Saladin Ahmed

DAS SCHWERT DER DÄMMERUNG

Das Buch

Dhamsawaat ist die Stadt aller Städte – prachtvoll, einzigartig und alles überragend ist sie seit Jahrhunderten Zentrum der Macht und Magie im Königreich des Halbmonds. Dhamsawaat ist auch der Schauplatz eines erbitterten Machtkampfes zwischen dem Kalifen, der sein Reich mit eiserner Faust regiert, und einem geheimnisvollen Meisterdieb, der sich nur »Falkenprinz« nennt und es sich zur Aufgabe gemacht hat, den Kalifen zu stürzen. Doch dann ereignen sich mehrere Morde, bei denen ganz offensichtlich Ghule mit im Spiel waren. Und es gibt in Dhamsawaat nur einen Mann, der es mit Ghulen und anderen Ausgeburten der Hölle aufnehmen kann: Doktor Adoulla Machslûd, seines Zeichens der letzte Ghuljäger seines Ordens. Eigentlich hat Adoulla genug davon, magische Ungeheuer zu jagen und möchte nur in Ruhe seinen Lebensabend genießen. Doch dann wird die Nichte seiner Jugendliebe ermordet, und Adoulla ist gezwungen zu handeln. Gemeinsam mit seinem jungen Gehilfen Rasîd, macht sich Adoulla auf die Jagd nach dem Mörder und seinen Ghulen – doch was sie draußen in der Wüste erwartet, übersteigt ihre schlimmsten Albträume. Jetzt ist es an Doktor Adoulla Machslûd und Rasîd, die Stadt Dhamsawaat, die Menschen und das ganze Königreich vor dem sicheren Untergang zu retten …

Der Autor

Saladin Ahmed wurde in Detroit geboren und ist in Derborn, Michigan, aufgewachsen. Er studierte Englisch an der Rutgers University und hat einen Masterabschluss in Poesie. Sein erster Roman *Das Schwert der Dämmerung* wurde mit dem Locus Award für das beste Debüt ausgezeichnet und war für zahlreiche weitere Preise nominiert, u. a. für den Hugo Award, den Nebula Award, den Gemmell Award und den BFSA Award. Saladin Ahmed lebt mit seiner Familie in Detroit.

SALADIN AHMED

DAS SCHWERT DER DÄMMERUNG

Roman

Aus dem Amerikanischen
von Simon Weinert

Deutsche Erstausgabe

WILHELM HEYNE VERLAG
MÜNCHEN

Titel der Originalausgabe
THRONE OF THE CRESCENT MOON

MIX
Papier aus verantwortungsvollen Quellen
FSC® C014496
FSC
www.fsc.org

Verlagsgruppe Random House FSC® N0011967

Deutsche Erstausgabe 01/2011
Redaktion: Catherine Beck

Umschlaggestaltung: Das Illustrat, München
Karte: Priscilla Spencer
Satz: Christine Roithner Verlagsservice, Breitenaich
Druck und Bindung: GGP Media GmbH, Pößneck

ISBN: 978-3-453-31589-1

www.heyne-fantastisch.de

Für meine Eltern,
Ismael Ahmed und die verstorbene Mary O'Leary,
die mich in die fantastische Welt der Bücher
eingeführt haben

Für meine Frau, Hayley Thompson,
die mich in so vielerlei Hinsicht unterstützt hat,
während ich dieses Buch geschrieben habe

Und für meine Kinder, Malcolm und Naima,
die dafür sorgen, dass diese kaputte Welt
trotz allem schön genug ist, um weiter darin
leben und schreiben zu wollen

Dieses Buch ist für euch

zu den Münzstädten und den Kriegslanden
Das Kahle Königreic
Zimbule
Wächter-Bucht
Die Juwele
Die Sû Republik
Priscilla Spencer

Die Himmels-mauer
Rughal-ba
Abassen
Tamajal
Fruchtbarer Fluss
Tigerfluss
Dhamsawaat
Yasrah
Das Königreich des Halbmonds
zum Ende der Welt

TEIL I

Neun Tage. Barmherziger Gott, ich flehe dich an, schenke mir heute den Tod!

Hals und Wirbelsäule des Gardisten waren verdreht und verbogen, aber er lebte noch. Neun Tage lang hatte man ihn in der rot lackierten Kiste eingeschlossen. Durch die Ritze im Deckel hatte er das Tageslicht kommen und gehen sehen. *Neun Tage.*

Er hütete sie wie eine Handvoll Dinare. Zählte sie immer und immer wieder. *Neun Tage. Neun Tage. Neun Tage.* Wenn er sich bis zu seinem Tod daran erinnern würde, bliebe seine Seele heil, wenn Gott sie schützend umfing.

Er hatte es aufgegeben, sich an seinen Namen zu erinnern.

Der Gardist hörte, wie sich leise Schritte näherten. Da begann er zu weinen. An jedem der neun Tage war der hagere Mann mit dem schwarzen Bart und dem schmutzigen weißen Kaftan zu ihm gekommen. An jedem Tag hatte er dem Gardisten Schnitte beigebracht oder Hautstellen verbrannt. Am schlimmsten aber war es, wenn der Hagere ihn zwang, den Schmerz anderer zu schmecken.

Einem jungen Mädchen aus den Sümpfen hatte der Hagere die Haut abgezogen. Dem Gardisten hatte er die Augenlider festgesteckt, sodass er zuschauen musste, wie sich die Haut des Mädchens unter dem Messer ringelte. Der Hagere hatte einen Badawi-Jungen bei lebendigem Leib verbrannt und den Kopf des Gardisten so gehalten, dass ihm der erstickende Rauch in die Nase stieg. Er hatte ihn gezwungen, mit anzusehen, wie die geschundenen und verkohlten Leiber von den Ghulen des Hageren auseinandergerissen wurden und wie die Ungeheuer ihre Herzen hinunterschlangen. Der Gardist hatte zusehen müssen, wie das Dienerwesen des Hageren, ein Ding aus Schatten und mit der Haut eines Schakals, etwas Schimmerndes aus den frischen Leichen gesaugt hatte, sodass sie mit ausgerissenem Herzen und einem roten Glühen in den leeren Augenhöhlen zurückblieben.

Dies alles mit anzusehen, hatte dem Gardisten beinahe den Verstand geraubt. Beinahe. Aber er würde sich erinnern. *Neun Tage. Neun … Allerbarmer, beende meine Tage auf dieser Welt!*

Der Gardist versuchte sich zu beruhigen. Zu jammern und sich den Tod zu wünschen, war nicht seine Art. Stets hatte er die Zähne zusammengebissen und Schläge und Wunden im Gefecht klaglos hingenommen. Er war hart im Nehmen. Hatte er nicht einst sogar den Kalifen selbst bewacht? Was hatte es da schon zu bedeuten, dass er sich nicht mehr an seinen Namen erinnern konnte?

Und ob ich schon wanderte in der Ödnis der Ghule und des verderblichen Dschinns, fällt kein Schatten der Furcht … fällt kein Schatten der Furcht … Er erinnerte sich nicht mehr an den Rest der Stelle aus den Schriften. Selbst die Himmlischen Kapitel waren ihm entfallen.

Der Deckel wurde geöffnet, und schmerzhaft blendendes

Licht fiel herein. Vor ihm erschien der Hagere im besudelten Kaftan. Neben ihm stand sein Diener, dieses Ding – teils Schatten, teils Schakal, teils grausamer Mensch –, das sich Mouw Awa nannte. Der Gardist schrie.

Wie immer sagte der Hagere nichts, doch die Stimme der Schattenkreatur hallte im Kopf des Gardisten wider.

Höre Mouw Awa, der in seines gesegneten Freunds Namen spricht. Du bist gar ein ehrenhafter Gardist. Gezeugt und geboren im Halbmondpalast. Im Namen Gottes hast du geschworen, ihn zu verteidigen. Alle, die dir untergeben sind, müssen dir dienen.

Langsam und tastend dröhnten die Worte im Schädel des Gardisten. Sein Verstand verlor sich in einer Trance des Schreckens.

Ja, heilig ist deine Furcht! Dein Schmerz soll den Zauber seines gesegneten Freunds nähren. Dein schlagendes Herz soll die Ghule seines gesegneten Freunds speisen. Dann wird Mouw Awa, der Schakalmann, dir die Seele aus dem Leib saugen! Du hast gesehen, wie die anderen geschrien und gefleht und geblutet haben. Du hast gesehen, was bald dir widerfahren wird.

Von irgendwo drang die Erinnerung an die Stimme eines Großmütterchens zu dem Gardisten durch. Uralte Geschichten über grausame Männer, die aus den Ängsten ihrer Gefangenen oder dem Abschlachten Unschuldiger Macht gewinnen konnten. Schreckensmagie. Schmerzmagie. Er wollte sich beherrschen, um dem Mann im beschmutzten Kaftan seine Macht zu verweigern.

Dann sah er das Messer. Der Gardist war dazu übergegangen, das Opfermesser des Hageren als ein Lebewesen zu betrachten, dessen geschwungene Klinge ein zorniges

Auge war. Er machte sich in die Hose und roch seine eigene Notdurft. Das hatte er in den letzten neun Tagen schon so oft gemacht.

Der Hagere, der noch immer nichts sagte, nahm kleine Schnitte vor. Die Klinge biss in Brust und Hals des Gardisten, und wieder schrie er und zerrte an den Fesseln, an die er gar nicht mehr gedacht hatte.

Während der Hagere schnitt, flüsterte das Schattenwesen im Kopf des Gardisten. Es rief ihm alle Menschen und Orte in Erinnerung, die er geliebt hatte, stellte ganze Kapitel seiner Erinnerung wieder her. Dann erzählte es Geschichten – über das, was bald geschehen würde. Von Ghulen in den Straßen. Von Blutströmen, in denen die Familie und Freunde des Gardisten, in denen ganz Dhamsawaat untergehen würden. Und der Gardist wusste sehr wohl, dass das Wesen nicht log.

Er spürte, dass sich der Hagere von seiner Furcht nährte, aber er wusste sich nicht zu helfen. Das Messer schnitt ihm in die Haut, und er hörte, wie Pläne zur Erlangung des Halbmondthrons geflüstert wurden, und darüber vergaß er, wie viele Tage er schon hier gewesen war. Wer war er? Wo war er? In ihm war nichts anderes mehr als Angst – um sich selbst und seine Stadt.

Und dann nur noch Finsternis.

1

Dhamsawaat, du Königin der Städte, du Krone von Abassen
Tausend mal tausend gehen durch deine Tore ein und aus
Und durch das enge Gewirr deiner Straßen, Mauern und Gassen
Zum Marktstand voller Bücher, zur Schule und zum Freudenhaus
Deinen Straßen bin ich vermählt, deine Nachtluft ist meiner Geliebten Kuss
Denn wer deiner überdrüssig wird, Dhamsawaat, den plagt des Lebens Überdruss

Doktor Adoulla Machslûd, der letzte echte Ghuljäger in der großen Stadt Dhamsawaat, seufzte, als er diese Zeilen las. Bei ihm war es anscheinend genau umgekehrt. Er fühlte oft des Lebens Überdruss, aber von Dhamsawaat konnte er trotzdem nicht genug bekommen. Nach über sechzig Jahren auf Gottes weiter Welt musste Adoulla feststellen, dass seine Geburtsstadt zu den wenigen Dingen gehörte, derer er nicht überdrüssig geworden war. Die Dichtkunst des Ismi Shihab gehörte auch dazu.

Wenn er frühmorgens die vertrauten Zeilen aus diesem frisch gebundenen Buch las, fühlte sich Adoulla jünger – und dieses Gefühl war ihm sehr willkommen. Das kleine Bändchen war in braunes Schafleder gebunden, und auf dem vorderen Buchdeckel war mit goldener Säure der Titel eingeätzt: *Ismi Shihabs Palmblätter*. Das Buch war sehr wertvoll, doch Hafi, der Buchhändler, hatte es Adoulla umsonst überlassen. Zwar war es schon zwei Jahre her, dass Adoulla Hafis Frau vor den Wasserghulen eines grausamen Magiers gerettet hatte, doch die Dankbarkeit des Buchbinders war noch immer überschwänglich.

Sacht schlug Adoulla das Buch zu und legte es beiseite. Er saß allein an einem langen Steintisch vor Jehjehs Laden, seinem liebsten Teehaus auf der ganzen Welt. Letzte Nacht hatte er grausige und lebhafte Träume gehabt – von Blutströmen, brennenden Leichen und schrecklichen Stimmen –, doch mit dem Aufwachen waren die Einzelheiten verblasst. In seinem Lieblingsteehaus, mit dem Kopf über einer Schale Kardamomtee und einem Buch von Imsi Shihab in der Hand, brachte es Adoulla beinahe fertig, seine Albträume vollkommen zu vergessen.

Der Tisch stand direkt an Dhamsawaats großer Hauptstraße, der breitesten und hektischsten Verkehrsader im ganzen Königreich des Halbmonds. Schon jetzt, am frühen Morgen, war die Hauptstraße fast vollständig verstopft. Einige der Vorübergehenden sahen wegen seines unglaublich weißen Kaftans zu Adoulla hin, die meisten aber nahmen keine Notiz von ihm. Auch er schenkte ihnen keine große Aufmerksamkeit, denn er konzentrierte sich auf etwas viel Wichtigeres.

Auf Tee.

Adoulla hielt das Gesicht noch tiefer über die kleine Schale und inhalierte tief, denn das Aroma war wie eine Kur gegen seinen Lebensüberdruss. Der würzig-süße

Kardamomdampf hüllte ihn ein, befeuchtete sein Gesicht und seinen Bart, und zum ersten Mal an diesem matten Morgen fühlte er sich wirklich lebendig.

Wenn er vor den Toren Dhamsawaats weilte, in spinnwebverhangenen Grüften Knochenghulen nachstellte oder Sandghule über die staubigen Ebenen jagte, musste er sich damit begnügen, auf Süßteewurzeln herumzunagen. Es waren harte Zeiten, aber als Ghuljäger war Adoulla es gewohnt, sich einzuschränken.

Wenn du zwei Ghulen gegenüberstehst, vergeude keine Zeit damit, dir zu wünschen, dass es weniger wären.

So lautete ein Sprichwort seines veralteten Ordens. Zu Hause jedoch, im zivilisierten Dhamsawaat, brauchte er erst einen Kardamomtee, bevor er sich als Teil der Welt fühlte.

Er hob die Schale an seine Lippen und nippte, genoss die pikante Süße. Er hörte, wie sich Jehjeh ihm schlurfend näherte, und roch das Gebäck, das ihm sein Freund brachte. Dies, so dachte Adoulla, war das Leben, wie der Barmherzige Gott es bestimmt hatte.

Mit lautem Klirren stellte Jehjeh seine Teeschale und einen Teller mit Gebäck auf den Steintisch und schob seinen drahtigen Leib neben Adoulla auf die Bank. Der wunderte sich schon seit Jahren, wie es dem schielenden, humpelnden Teehauswirt gelang, in solcher Windeseile mit klappernden Schalen und Tellern herumzuhantieren, ohne dass dabei viel zu Bruch ging. Vermutlich war es eine Frage der Übung. Adoulla wusste selbst am besten, dass man sich durch Routine nahezu jede Fertigkeit aneignen konnte.

Jehjeh hatte ein breites Lächeln, unbekümmert von den wenigen Zähnen, die ihm noch geblieben waren.

Er deutete auf die Süßigkeiten. »Mandelnester, die allerersten heute, noch bevor ich den Laden geöffnet habe. Und Gott bewahre uns vor fettleibigen Freunden, die uns zu früh aus dem Bett reißen!«

Adoulla machte eine ablehnende Geste. »Menschen, die unser Alter erreicht haben, mein Freund, sollten vor Sonnenaufgang aufstehen. Denn für uns ist der Schlaf dem Tode schon zu nah.«

Jehjeh grunzte. »So spricht der Meister des halbtägigen Nickerchens! Und weshalb schon wieder diese düsteren Worte, hm? Seit deinem letzten Abenteuer bist du noch bedrückter als sonst.«

Adoulla pflückte sich ein Mandelnest vom Teller und biss die Hälfte davon ab. Laut schmatzend kaute er, schluckte und starrte in seine Teeschale, während Jehjeh auf eine Antwort wartete.

Ohne aufzublicken, sagte Adoulla schließlich: »Bedrückt? Pff. Ich habe allen Grund dazu. Abenteuer, sagst du? Vor zwei Wochen stand ich einer lebenden Bronzestatue gegenüber, die mich mit einer Axt erschlagen wollte. Mit einer *Axt*, Jehjeh!« Er schüttelte den Kopf, noch immer in sein waberndes Spiegelbild im Tee versunken. »Ich habe sechzig Jahre auf dem Buckel und gerate trotzdem noch in einen solchen Wahnsinn hinein. Warum?«, fragte er und sah auf.

Jehjeh zuckte mit den Schultern. »Weil Gott der Allwissende es so eingerichtet hat. Solche Gefahren hast du schon oft gemeistert, mein Freund, und noch schlimmere.

Auch wenn du aussiehst wie der Sohn eines Bären, der es mit einem Bussard getrieben hat, so bist du doch der einzige wahre Ghuljäger in dieser ganzen gottverdammten Stadt, o großer und tugendhafter Doktor.«

Jehjeh köderte ihn, indem er ihn mit dem aufgeblasenen Ehrentitel eines Arztes ansprach. Doch die Ghuljäger teilten außer dem Titel eines »Doktors« nur wenig mit den »großen und tugendhaften« Heilern körperlicher Gebrechen. Kein Scharlatan, der als Arzt Aderlässe verabreichte, vermochte die mit Reißzähnen bewehrten Schrecken aufzuhalten, die Adoulla bekämpft hatte.

»Woher willst du wissen, wie ich aussehe, Sechszahn? Mit deinen Schielaugen siehst du nichts als deine eigene Nase!« So finster Adoullas Gedanken auch waren, so fand er es anheimelnd, mit Jehjeh vertraute Beleidigungen auszutauschen – anheimelnd wie ein altes Paar guter Sandalen. Er wischte sich Mandelkrümel von den Fingern und ließ sie auf seinen sauberen Kaftan rieseln. Durch Zauberhand glitten Krümel und Honigflecken von seiner wundersam unbefleckbaren Kleidung zu Boden.

»Aber du hast recht«, fuhr er fort. »Ich habe schon Schlimmeres gemeistert. Aber das, das war ...« Adoulla schlürfte seinen Tee. Der Kampf gegen den Bronzemann hatte ihn aus der Fassung gebracht. Die Tatsache, dass er den Schwertarm seines Gehilfen Rasîd gebraucht hatte, um mit dem Leben davonzukommen, war der Beweis dafür, dass er alt wurde. Noch beunruhigender war der Umstand, dass er während des Kampfes vom Tod getagträumt hatte. Er war müde. Und wenn man Ungeheuer jagte, war man als müder Mensch nur einen Schritt vom Tod entfernt. »Der Junge hat mir den fetten Hintern gerettet. Ich wäre jetzt tot, wenn er nicht gewesen wäre.« Das einzugestehen fiel ihm nicht leicht.

»Dein junger Gehilfe? Das ist doch kein Grund, sich zu schämen. Schließlich ist er ein Derwisch des Ordens! Deswegen hast du ihn doch in deine Dienste genommen, oder nicht? Wegen seines zweispitzigen Schwerts, mit dem er ›das Gute vom Bösen scheidet‹, und all das?«

»In letzter Zeit ist das zu oft passiert«, sagte Adoulla. »Ich sollte mich zur Ruhe setzen. Ich mag Dawoud und seine Frau.« Er trank einen Schluck und schwieg eine Weile. »Ich war wie versteinert, Jehjeh, bevor der Junge mir zur Hilfe gekommen ist. Wie versteinert. Und weißt du, was ich gedacht habe? Ich dachte, dass ich das nie wieder tun würde – hier an diesem Tisch sitzen und meine Nase über eine Schale guten Kardamomtee halten.«

Jehjeh neigte den Kopf, und Adoulla meinte, ein feuchtes Schimmern in den Augen seines Freunds zu erkennen. »Ich hätte dich vermisst. Aber wichtig ist, dass du hierher zurückgekehrt bist, Gott sei gepriesen.«

»Ja. Und warum, Sechszahn, sagst du jetzt nicht: ›Bleib künftig zu Hause, Opa‹? Das würde ein wahrer Freund zu mir sagen!«

»Weil du Dinge vermagst, o Bär mit dem Bussardschnabel, zu denen andere nicht fähig sind. Und die Menschen brauchen deine Hilfe. Gott hat dich zu diesem Leben berufen. Wie könnte ich mit Worten etwas daran ändern?« Jehjeh kniff die Lippen zusammen und zog die Augenbrauen nach unten. »Und außerdem: Wer sagt schon, dass es zu Hause ungefährlich ist? Der Falkenprinz, dieser Verrückte, wird uns noch die ganze Stadt niederbrennen – das kann jeden Tag passieren, das sage ich dir.«

Über dieses Thema sprachen sie nicht zum ersten Mal. Jehjeh konnte mit der tückischen Theatralik des geheimnisvollen Meisterdiebs, der sich Falkenprinz nannte, nichts anfangen. Und Adoulla stimmte mit ihm überein, dass der »Prinz« höchstwahrscheinlich verrückt war. Allerdings konnte er nicht umhin, den Möchtegernthronräuber gutzuheißen. Der Kerl hatte große Summen aus den Schatztruhen des Kalifen und der reichen Kaufleute gestohlen, und irgendwie war das Geld meistens bei Dhamsawaats Ärmsten gelandet – manchmal hatte es der Falkenprinz sogar bei ihnen persönlich abgegeben.

Jehjeh nippte an seinem Tee und fuhr fort: »Letzte Woche hat er schon wieder einen der Scharfrichter des Kalifen umgebracht, weißt du. Damit sind es schon zwei.« Er schüttelte den Kopf. »Gleich zwei Vollstrecker der Gerechtigkeit des Kalifen.«

Adoulla schnaubte. »Gerechtigkeit des Kalifen? Nun, das sind zwei Worte, die nicht zusammen in einem Zelt schlafen! Dieser Mistkerl ist als Herrscher nicht halb so klug, wie sein Vater es war, dafür aber doppelt so grausam. Ist es etwa Gerechtigkeit, die halbe Stadt verhungern zu lassen, während dieser gefräßige Hurensohn auf Brokatkissen sitzt und geschälte Trauben isst? Ist es etwa Gerechtigkeit …«

Jehjeh verdrehte die Augen, was grotesk aussah. »Keine Volksreden, bitte. Kein Wunder, dass du den Gauner magst, ihr habt beide eine große Klappe! Aber ich sage dir, mein Freund, ich meine es ernst. Entweder einen Kerl wie den oder einen wie den neuen Kalifen, aber beide zusammen verträgt die Stadt nicht. Da kommen Straßenschlachten auf uns zu. Ein neuer Bürgerkrieg.«

Adoulla verzog das Gesicht. »Möge uns Gott davor bewahren.«

Jehjeh stand auf, streckte sich und klopfte Adoulla auf den Rücken. »Ja. Möge Gott der Allerbarmer uns alten Gesellen erst einen friedlichen Tod gewähren, ehe dieser Sturm hereinbricht.« Doch der schielende Wirt wirkte in dieser Hinsicht nicht sehr zuversichtlich. Er drückte Adoullas Schulter. »Nun, ich überlasse dich wieder deinem Buch, o Kamel der goldenen Brille.«

Adoulla ächzte. Als er sich noch als raufender Straßenjunge in der Eselsaasgasse herumtrieb, hatte er andere Kinder, die lasen, selbst mit dem Namen dieses Märchenhelden gehänselt. In den Jahrzehnten, die seither vergangen waren, hatte er jedoch dazugelernt. Schützend legte er eine Hand auf das Buch. »Du solltest die Dichtkunst nicht gering schätzen, mein Freund. In diesen Zeilen verbirgt sich Weisheit. Über das Leben, den Tod und über das Schicksal.«

»Zweifellos!« Jehjeh tat so, als lese er ein Buch, als hielte er es vor sich und fahre mit dem Finger über die Zeilen. Dabei äffte er Adoullas Murmeln nach. »Oh, wie mühselig ist es, so fett zu sein! Oh, wie grausam ist es, eine so große Nase zu haben. Warum, o Barmherziger Gott, warum nur suchen die Kinder das Weite, wenn ich des Weges komme?«

Bevor Adoulla erwidern konnte, dass die Kinder vor Jehjehs Schielaugen die Flucht ergriffen, humpelte der

Teehauswirt davon und murmelte kichernd irgendwelche Schimpfworte vor sich hin.

Mit einem hatte sein Freund recht: Adoulla war, Preis sei Gott, am Leben und wieder zu Hause – zurück in der Perle von Abassen, der Stadt mit dem besten Tee auf der ganzen Welt. Wieder saß er allein an dem langen Steintisch, trank Tee und beobachtete, wie das frühmorgendliche Dhamsawaat erwachte und an ihm vorüberzog. Ein stiernackiger Flickschuster schlurfte an ihm vorbei, über die Schultern hatte er sich Stangen gelegt, an denen Schuhe baumelten. Eine Frau aus Rughal-ba schlenderte vorbei. In der Hand hielt sie einen Blumenstrauß, und die lange Schleppe ihres Schleiers flatterte hinter ihr her. Dann ein schlaksiger junger Mann mit einem Buch unterm Arm und Flicken auf dem Kaftan, der sich träge nach Osten bewegte.

Während Adoulla auf die Straße starrte, kehrte sein Albtraum mit solcher Macht zurück, dass er weder sprechen noch sich rühren konnte. Er wanderte – watete – durch die Straßen Dhamsawaats, die sich in hüfthohe Blutbäche verwandelt hatten. Sein Kaftan war mit Schmutz und Blut verschmiert. Alles war rot – die Farbe des Treulosen Engels. Eine körperlose Stimme – wie die eines Schakals, der der menschlichen Sprache mächtig ist – grub sich in seinen Geist. Und um ihn herum lagen die Leichen der Menschen von Dhamsawaat, reglos und ausgeweidet.

Beim Namen Gottes!

Er zwang sich, Luft zu holen. Dann betrachtete er die Männer und Frauen auf der Hauptstraße, die allesamt quicklebendig waren und ihrem Tagwerk nachgingen.

Kein Blut floss hier. Kein Schakal heulte. Und sein Kaftan war sauber.

Adoulla holte noch einmal tief Luft. *Nur ein Traum. Die Welt des Schlafs dringt in die Stunden meines Wachseins ein*, redete er sich ein. *Ich brauche ein Nickerchen.*

Er schlürfte von seinem Tee und ließ sich die Gewürze auf der Zunge zergehen, die Jehjeh in den Kardamom mischte. So gut es ging, schüttelte er die finsteren Gedanken ab und streckte die Beine für den langen Heimweg.

Er streckte sich noch immer, als er seinen Gehilfen Rasîd aus der Gasse links des Teeladens auftauchen sah. Wie immer war er in den makellosen blauen Seidenhabit des Derwischordens gekleidet. Der heilige Krieger kam auf Adoulla zu und schleifte ein großes Paket hinter sich her, etwas, das in graue Stoffstreifen gewickelt war.

Nein, nicht etwas. Jemand. Ein langhaariger kleiner Junge von vielleicht acht Jahren. Blut klebte an seinen Kleidern. *O bitte, nein.* Adoullas Magen zog sich zusammen. *Barmherziger Gott, hilf mir, was nun?* Tief in seinem Inneren fand Adoulla die Kraft, seine Teeschale abzustellen und sich zu erheben.

2

Adoulla beobachtete, wie sich Rasîd zwischen den Tischen des Teehauses hindurchschlängelte und den Jungen vorsichtig hinter sich herzog. Mit dem Rücken zur dicht gedrängten Hauptstraße blieb sein Gehilfe vor ihm stehen und neigte den Kopf mit dem blauen Turban. Aus der Nähe betrachtet wirkte das ängstlich dreinblickende, langhaarige Kind nicht mehr, als wäre es verletzt. Das Blut auf seinen Kleidern schien von jemand anderem zu stammen.

»Gottes Frieden, Doktor«, sagte Rasîd. »Das ist Faisal. Er braucht deine Hilfe.« Die Hand des Derwischs ruhte auf dem Griff des geschwungenen, in zwei Spitzen auslaufenden Schwerts an seiner Hüfte. Er war nur schmächtige eineinhalb Schritt groß und überragte das Kind neben ihm kaum. Der feine Schnitt seiner gelblichen Gesichtszüge wurde von den schräg stehenden Augen noch betont. Doch Adoulla wusste besser als jeder andere, welch eifriger und tödlicher Krieger sich hinter Rasîds schlanker Statur und seinem glatt rasierten Gesicht verbarg.

»Gottes Frieden, Junge. Und auch dir, Faisal. Wo liegt das Problem?«, fragte er den Derwisch.

Rasîd machte ein grimmiges Gesicht. »Die Eltern des Jungen wurden ermordet.« Der Blick seiner schwarzen Augen wanderte zu Faisal hinüber, aber er machte keine Anstalten, einen sanfteren Ton anzuschlagen. »Ich muss mich entschuldigen, Doktor, mein Wissen ist unzureichend. Aber nach dem, was Faisal erzählt hat, glaube ich, dass seine Familie von Ghulen angegriffen wurde. Also …«

Zwei Träger kamen vorbei und forderten sich gegenseitig auf, ein Fass saures Gemüse zu besteigen, und die leisen Worte des Derwischs gingen unter. »Was war das?«, fragte Adoulla.

»Ich sagte, dass ich zu dir geschickt wurde von … Faisal ist …« Er stockte.

»Was? Was ist denn?«, drängte Adoulla.

»Faisals Tante ist dir bekannt, Doktor. Sie war es, die ihn zu deinem Haus brachte.« Adoulla sah auf Faisal hinab, doch das Kind sagte nichts.

»Lass diese geheimniskrämerische Affenkacke, du stotternder Derwisch! Wer ist die Tante dieses Kinds?«

Rasîds vogelgleicher Mund zog sich angewidert zusammen. »Die Dame Miri Almoussa ist die Tante des Jungen.«

Gottverdammt.

»Ihr Bote brachte den Jungen mit dieser Nachricht, Doktor.« Aus seinem blauen Seidengewand zog er ein zusammengerolltes Stück grobes Papier und reichte es Adoulla.

Doullie

Du weißt, wie es zwischen uns steht. Ich hätte dich nicht belästigt, wenn die Not nicht groß wäre. Aber meine Nichte ist tot, Doullie! Ermordet! Zusammen mit ihrem törichten Ehe-

mann aus den Sümpfen. Nach allem, was Faisal erzählt, war es weder Mensch noch Tier, was sie getötet hat. Das bedeutet, dass es in der Stadt außer dir keinen gibt, der besser wüsste, was zu tun ist. Ich brauche deine Hilfe. Faisal wird dir alles berichten, was geschehen ist. Wenn du alles Nötige von ihm erfahren hast, schicke ihn zu mir zurück.

Möge Gottes Friede mit dir sein,
Miri.

»›Möge Gottes Friede mit dir sein‹?« Ungläubig las Adoulla diese Worte laut vor. Ein so gefühlloser, formelhafter Briefschluss von seiner alten Herzensflamme! Dame Miri Almoussa, die Seiden und Süßigkeiten verkaufte und die ein paar wenige Auserwählte als Miri von den Hundert Ohren kannten. Adoulla stellte sie sich vor. Auch wenn sie schon in ihren mittleren Jahren war, vermochte sie ihn immer noch mit mehr Lust zu erfüllen als ein Mädchen, das halb so alt war wie sie. Wie sie im Büro ihres Bordells saß, zwischen Papierschnipseln und einem halben Dutzend Brieftauben.

Es stimmte wohl, dass ihr letztes Treffen nicht glücklich verlaufen war. Aber war sie wirklich so wütend auf ihn, dass sie in einer derart schlimmen Angelegenheit lieber eine Nachricht sandte, als selbst zu ihm zu kommen? Die mit Rosenwasser getränkten Erinnerungen an sie drohten ihn zu übermannen, doch er schob sie beiseite. Im Augenblick war keine kummervolle Nostalgie vonnöten, sondern ein kühler analytischer Geist.

Das getrocknete Blut auf Faisals grob gewirktem Hemd

musste von einem seiner Eltern stammen. Miri hatte noch nicht einmal Zeit damit vergeudet, dem Kind etwas anderes anzuziehen, bevor sie es zu ihm geschickt hatte. »Dann bist du also Miris Großneffe? Ich erinnere mich, dass sie von einer Nichte erzählt hat, die in der Nähe des Sumpfhafens wohnte.«

»Ja, Doktor.« Der Junge sprach mit harter, flacher Stimme – die Stimme eines Menschen, der nicht zulässt, dass sein Geist begreift, was seine Augen gesehen haben.

»Und warum, Faisal, hast du den ganzen Weg in die Stadt zurückgelegt, um Hilfe zu holen? Am Sumpfhafen gibt es eine große Wachkaserne – schließlich stehen dort einige Schatzhäuser des Kalifen. Hast du den Wachen nicht erzählt, was passiert ist?«

Mit einer Bitterkeit, die das Alter des Jungen – vielleicht zehn Jahre – Lügen strafte, verzog Faisal das Gesicht. »Ich habe es probiert. Aber die Wachen hören nicht auf Sumpfkinder. Die kümmern sich nicht darum, was außerhalb der Schatzhäuser passiert, solange das Gold und die Edelsteine des Kalifen in Sicherheit sind. Meine Mama hat mir erzählt, dass Tante Miri in der Stadt einen Freund hat, der ein echter Ghuljäger ist, so einer wie in den Geschichten. Also bin ich nach Dhamsawaat gegangen.«

Adoulla lächelte traurig. »Das Leben gleicht nur selten den Geschichten, Faisal.«

»Aber meine Mama … und mein Pa…« Faisal entglitt die Maske des unerschütterlichen Sumpfjungen, ihm kamen die Tränen.

Adoulla fühlte sich im Umgang mit Kindern nicht wohl. Er streichelte ihm über die langen schwarzen Haare und hoffte, dass es das Richtige war. »Ich weiß, Kleiner, ich weiß. Aber du musst mir zuliebe stark bleiben, Faisal. Denn du musst mir ganz genau erzählen, was geschehen ist.«

Adoulla setzte sich wieder dem Jungen gegenüber. Rasîd dagegen blieb stehen, die Hand am Schwertknauf und den Blick seiner schräg stehenden Augen auf die Menschenmenge gerichtet, die sich am Teehaus vorbeischob.

Faisal erzählte seine Geschichte. Adoulla versuchte, aus dem Gestammel, dem Schluchzen und den Übertreibungen eines zu Tode Verängstigten nützliche Einzelheiten herauszufiltern. Doch gab es wenig herauszufiltern. Faisal lebte mit seinen Eltern einen Tagesritt von der Stadt entfernt in den Sümpfen. Während des Speerfischens waren sie mitsamt einer anderen Familie von zischenden, grauhäutigen und menschenähnlichen Ungeheuern überfallen worden. Knochenghule, nahm Adoulla an – so stark wie ein halbes Dutzend Männer und ebenso schwer zu besiegen. Außerdem besaßen sie grauenvolle Klauen. Faisal war geflohen, doch davor hatte er noch gesehen, wie die Ghule die Herzmuskeln seiner noch lebenden Eltern fraßen.

Das Blut an seinem Hemd stammte von seinem Vater. Faisal war der Einzige, dem die Flucht gelungen war. Zwar hatte Adoulla bei seiner Arbeit schon schreckliche Dinge gesehen, aber manchmal war es schlimmer, wenn man sich ansehen musste, wie diese Dinge auf andere wirkten.

»Ich lief davon und ließ sie zurück … Mama hat gesagt, ›Lauf!‹, und das habe ich gemacht. Es ist meine Schuld, dass sie tot sind!« Wieder fing er an zu heulen. »Meine Schuld!«

Umständlich legte Adoulla einen Arm um den Jungen. Er fühlte sich wie ein großer Affe, der ein frisch geschlüpftes Küken verhätschelte. »Es ist nicht deine Schuld, Faisal. Diese Ghule wurden von einem Menschen erschaffen. Wenn es der Allmächtige will, dann finden wir diesen Mann und können seine Geschöpfe davon abhalten, anderen wehzutun. Jetzt musst du mir das Ganze noch einmal erzählen – alles, jede Kleinigkeit, an die du dich erinnern kannst.«

Adoulla bekam eine weitere Version der Geschehnisse. Dass es nötig war, den Jungen zu zwingen, den Schrecken ein zweites und drittes Mal zu durchleben, war ihm nicht lieb. Aber wenn er seine Arbeit erledigen sollte, blieb ihm nichts anderes übrig. Erschreckte Menschen erinnerten sich oft falsch, selbst wenn sie ehrlich sein wollten. Deshalb hörte er nun neue Details und Unstimmigkeiten. Nicht weil er dem Jungen misstraute, sondern weil sich die Menschen selten ein zweites Mal genau gleich an eine Sache erinnerten.

Trotz allem war Faisal ein zuverlässigerer Gewährsmann als die meisten Erwachsenen, die schon einmal einen Ghul erblickt hatten. Schließlich stammte er aus den Sümpfen, und die Leute dort waren zäh und aufmerksam. Kein anderes Volk – nicht einmal die Badawi in der Wüste – schwebte stets so nah am Rand des Hungertods. Adoulla konnte sich noch gut daran erinnern, wie empört Miri gewesen war, als sie vor einem Dutzend Jahren erfahren hatte, dass ihre Nichte einen Sumpfmann heiraten würde. »Was erwartet sie dort draußen schon?«, hatte sie Adouolla bei einer Partie Bakgam gefragt. Darauf hatte er keine Antwort gewusst, denn er war genau wie sie ein Stadtmensch. Allerdings konnte man nicht leugnen, dass die Leute dort, wo das Leben davon abhing, flinke Fische aufzuspießen und empfindlichen goldenen Reis anzubauen, äußerst aufmerksam waren.

Faisals neuerlicher Erzählung entnahm Adoulla, dass sie von drei Kreaturen angegriffen worden waren und kein Mensch zu sehen gewesen war. Adoulla wandte sich an Rasîd. »Drei solche Biester! Von außerhalb der Sichtweite gelenkt. Das ist kein dahergelaufener Magier, dem die Macht seines ersten beschworenen Ghuls zu Kopf gestiegen ist. Besorgniserregend.«

Wer Ghule erschuf, war laut den Himmlischen Kapiteln zum Flammensee verdammt. Die Kapitel berichteten von alten, frevlerischen Zeiten, als böse Menschen ganze Legionen dieser Kreaturen aus einer Entfernung von mehreren Meilen gelenkt hatten. Aber diese Zeiten waren Vergangenheit. In all den Jahren seiner Jagd nach Ghulen war Adoulla nie einem Menschen begegnet, der mehr als zwei dieser Ungeheuer auf einmal schaffen konnte – und dann höchstens aus ein paar Hundert Schritten Entfernung. »Besorgniserregend«, sagte er noch einmal.

Er befahl Rasîd, einen kleinen Streifen vom blutverschmierten Hemd des Jungen abzuschneiden. Neben dem Namen des Erschaffers war das Blut eines Ghulopfers die beste Zutat für einen Suchzauber. Wahrscheinlich waren die Geschöpfe selbst leicht zu finden. Aber er würde näher an den Ort des Gemetzels reisen und die verwirrenden, überschäumenden Energien der Stadt zurücklassen müssen, um einen erfolgreichen Suchzauber zu sprechen.

Adoulla betete, dass er die Kreaturen finden würde, bevor sie erneut fraßen. Während das stumme Gebet in seinem Kopf widerhallte, füllte sich sein Herz mit einem matten Entschluss. Es musste noch mehr blutige Arbeit getan werden. *O Gott, warum bleibt es jedes Mal an mir hängen?* Adoulla hatte, wie es die Poeten ausdrückten, sein »Fährgeld zum Ball des Lebens« gezahlt, und zwar schon mehrmals. Jetzt war ein Jüngerer dran, seine Aufgabe zu übernehmen.

Doch Adoulla wusste, dass es keinen Jüngeren gab, der es ohne seine Hilfe tun konnte. Er hatte schon mit vielen Männern gemeinsam gekämpft, aber nie hatte er die erforderlichen Mittel gehabt, einen von ihnen in die Künste seines nahezu ausgestorbenen Ordens einzuweisen. Er hatte es nie übers Herz gebracht, einen anderen auf diese undankbare Reise zu schicken. Vor zwei Jahren hatte er sich widerwillig bereit erklärt, Rasîd als Gehilfen aufzunehmen. Während die Kampfkünste des Jungen ihresgleichen suchten, fehlte ihm das Talent für Beschwörungen. Wenn es jedoch um die Ghuljagd ging, war er ein ausgezeichneter Lehrling. Die Mittel, mit denen er zu diesem Ziel gelangte, waren seine eigenen und unterschieden sich von denen Adoullas.

Früher einmal waren die Ghulschöpfer und -jäger zahlreicher gewesen. Der alte Doktor Boudschali, Adoullas Lehrmeister, hatte es ihm zu Beginn seiner Lehre erklärt: *Die Kunst, die ich dir hier beibringe, mein Junge, ist beinahe ausgestorben. Einst liefen die Ghulschöpfer ungezügelt auf Gottes weiter Erde herum, und es brauchte mehr Mitglieder unseres Ordens. Heutzutage jedoch … nun, kaum jemand benutzt noch Ghule, um seine Mitmenschen zu überfallen. Der Kalif hat seine Soldaten und seine Hofzauberer, die für das sorgen, was er Ordnung nennt. Und wenn noch immer ein paar teuflische Gestalten dem Treulosen Engel folgen und arme Leute töten und verstümmeln, um Macht zu erlangen, nun, dann kümmert das diejenigen, die im Halbmondpalast herrschen, nur wenig. Sogar in anderen Ländern sind wir Ghuljäger nicht mehr das, was wir einmal waren. Die Paschas von Sû haben ihre Söldner und ihre Ruhmreichen Wächter. Der Großsultan von Rughal-ba beherrscht diejenigen, die noch um unsere Traditionen wissen. Sie sind Teil seiner Himmlischen Streitmacht, ob sie wollen oder nicht. Unsere Arbeit hat nichts mehr mit dem Heldentum der alten Geschichten gemein. Uns stehen keine riesigen Heere von Abscheulichkeiten gegenüber. Heutzutage retten wir hier mal einen Fischhändler und da mal das Weib eines Lastträgers. Trotz allem ist es die Arbeit Gottes. Das darfst du nie vergessen.*

Doch in den vielen Jahren, seit Doktor Boudschali ihm diese Worte gesagt hatte, war es Adoulla manchmal so vorgekommen, als schwinge das Pendel der Waage wieder in die andere Richtung zurück. Adoulla und seine Freunde hatten im Lauf der Jahrzehnte so viele Teufelskreaturen getötet, dass ihm der Verdacht kam, die alten Gefahren auf Gottes wunderbarer Welt würden allmählich wieder Fuß fassen. Doch Gott hatte sich nicht dazu herabgelassen, Scharen neuer Ghuljäger auferstehen zu lassen. Vielmehr und aus Gründen, die nur der kennt, der alle Antworten weiß, hatte es Gott gefallen, Mühen um Mühen auf die gebeugten Schultern einiger alter Gesellen zu häufen. Eines Tages – eines nicht allzu fernen Tages –, so fürchtete Adoulla, würde sein Rücken unter der Belastung nachgeben.

Warum war Adoulla dazu ausersehen, eine so schwere Last allein zu tragen? Wann würden andere lernen, wie man sich gegen die Diener des Treulosen Engels zur Wehr setzte? Was würde passieren, wenn er einmal nicht mehr wäre? Diese Fragen hatte Adoulla dem Allmächtigen schon tausend Mal gestellt, doch er, der alle Antworten weiß, hatte sich nie dazu herabgelassen, ihm zu antworten. Anscheinend reichten Adoullas Gaben immer gerade so aus, um die Geschöpfe, mit denen er es zu tun hatte, in Schach zu halten. Doch aufs Neue fragte er sich, warum Gott ihm auf dieser Welt eine so ermüdende und einsame Aufgabe zugeteilt hatte.

So überdrüssig er des Lebens zuweilen war und so töricht ihm die meisten Menschen auch erschienen, so vermochte er sie doch nicht ihrem schrecklichsten Los zu überlassen. Schicksalsergeben holte er Luft, atmete wieder aus und stand auf. Seine Teeschale war leer. Nachdem er eine halbe Ewigkeit in den Falten seines mondlichtweißen Kaftans gekramt hatte, zog er einen Kupferfels heraus und knallte ihn auf den Tisch.

Als hätte ihn das Geräusch heraufbeschworen, erschien Jehjeh. Er wünschte Rasîd Gottes Frieden und betrachtete das Blut auf Faisals Kleidern mit einem schiefen Stirnrunzeln. Als er sich, wie unter Freunden, mit einer Umarmung und einem Kuss auf beide Wangen von Adoulla verabschiedete, sagte er aber nur: »Pass auf dich auf, Bussardschnabel.«

»Ich versuch's, Sechszahn«, gab Adoulla zurück. Er drehte sich zu Rasîd und Faisal um. »Kommt, ihr beiden.«

Rasîd, der sich an die Mauer des Teehauses gelehnt hatte, trat vor. Es war, als erwache ein Schatten zum Leben und löse sich von den Sandsteinen. Sie vereinigten sich mit dem Strom auf der Hauptstraße, und Adoulla und der Derwisch nahmen den Jungen in ihre Mitte.

An der Ecke winkte Adoulla Kamelrücken zu sich, einen Lastträger, den er schon seit Jahren kannte. Kamelrücken war fast einen Fuß kleiner als Adoulla, hatte dafür aber Schultern, die für zwei Männer gereicht hätten.

Sie wünschten sich gegenseitig Gottes Frieden und küssten sich auf die Wangen. Dann drückte Adoulla dem Träger eine Münze in die Hand. »Bring Faisal zum Haus der Dame Miri Almoussa im Sängerviertel.« Er musste laut sprechen, da eine Straße weiter ein Esel schrie.

Das Kind wurde wieder von Angst befallen. »Aber … aber … brauchst du mich nicht, Doktor? Um dir den Weg zu zeigen?«

»Nein, Kind«, sagte Adoulla und beugte sich zu ihm hinab. »Ich werde meine Magie wirken, um die Ghule aufzuspüren. Du würdest uns nur aufhalten. Und außerdem werde ich dich nicht der Gefahr aussetzen.«

»Ich habe keine Angst.«

Nach einem Blick in seine Augen glaubte ihm Adoulla. Sollte Faisal den Ghulen ein zweites Mal begegnen, würde er nicht wieder davonlaufen. Und das würde den Tod eines kleinen Jungen bedeuten, wie Adoulla es schon einige Male erlebt hatte. Er verspürte keinerlei Verlangen, davon noch einmal Zeuge zu werden.

»Ich verspreche dir, Faisal, dass wir deine Familie rächen werden. Aber deine Mutter hat alles gegeben, damit du weiterleben kannst. Wirf dein Leben nicht so schnell wieder weg. Mach deine Mutter glücklich, indem du ein anständiger Junge bist und noch sehr, sehr lange lebst.«

Adoulla hielt inne, damit die Worte bei dem Jungen einsickern konnten.

Das Kind nickte, auch wenn es offensichtlich nicht überzeugt war. Es folgte Kamelrücken, und bald hatte die Menge die beiden verschluckt. Adoulla wandte sich zu Rasîd um, der ihn böse anstarrte.

»Was? Warum schaust du mich so finster an, Junge?« Hinter ihnen ließ jemand etwas auf die Straße fallen. Es zersplitterte laut, Essiggeruch verbreitete sich.

Rasîd warf einen Blick zurück, sah Adoulla an und kräuselte die Nase. »Du hast einen Jungen von kaum zehn Jahren in ein Haus zwielichtigen Rufs geschickt.« Missbilligend schürzte er die Lippen.

Der kleine Heilige konnte manchmal sehr begriffsstutzig sein. »Ich habe ihn zum Haus seiner *Tante* geschickt. In eines der wenigen Häuser in der Stadt, wo ein kleiner mittelloser Waisenjunge auch dann noch gut behandelt werden würde, wenn er nicht mit der Eigentümerin verwandt wäre. Miri und ihre Mädchen können immer einen oder zwei Botenjungen gebrauchen.«

»›O Gläubiger! Wenn einer dich vor die Wahl stellt, dich zwischen Tugend und dem Bruder zu entscheiden, dann wähle die Tugend!‹«, zitierte Rasîd aus den Himmlischen Kapiteln. »Es gibt wohltätige Orden, in denen der

Junge besser aufgehoben wäre. Unter solchen verkommenen Weibern aufzuwachsen ist …«

Adoulla spürte, wie ihn die Worte des Jungen erhitzten. Als er Miri Almoussa zum letzten Mal gesehen hatte – das war fast zwei Jahre her –, hatte sie ihm deutlich zu verstehen gegeben, dass sie nichts mehr mit ihm zu tun haben wollte. Dennoch wollte er verdammt sein, wenn er zuließ, dass man sie beleidigte. Er knurrte bedrohlich: »Über wen genau sprichst du eigentlich, Junge?«

Der Derwisch hütete sich davor, genauer zu werden. Stattdessen neigte sich sein blauer Turban. »Ich bitte um Verzeihung, Doktor. Ich wollte nur sagen, dass eine tugendhafte Erziehung in einem der städtischen Waisenhäuser, wo der Junge ein Handwerk lernen könnte …«

»Ihn dazu verurteilen würde bedeuten, sechs Nächte die Woche von einem besoffenen ›Gottesdiener an den Kindern‹ unter der Decke *erzogen* zu werden. Am Gebetstag würden sie ihn in Ruhe lassen. Pff. Da würde er ein schönes Handwerk lernen.«

»Doktor! Ich kann nicht glauben …« Ein Flusspferd von einer Frau, die sich zwischen ihnen hindurchschob und sie mit Flüchen eindeckte, weil sie mitten auf der Straße herumstanden, schnitt Rasîd das Wort ab. Adoulla ging weiter, und der Derwisch folgte ihm.

»Bitte, Junge«, sagte Adoulla. »Verschone mich mit deiner feierlichen Empörung in einer Sache, von der du keine Ahnung hast. In einem dieser Schreckenshäuser würde er viel wahrscheinlicher zu einer Hure werden, als wenn er seit seiner Geburt bei Miri gewohnt hätte. Als Waisenkind bin ich diesen Häusern aus dem Weg gegangen wie Verliesen, denn das waren sie auch. Daran hat sich nichts geändert. Jetzt aber!«, rief Adoulla halblaut und klatschte in die Hände, um den Streit zu beenden. »Ich muss nach Hause gehen, um ein paar Zauberutensilien einzustecken. Dann verlassen wir die Stadt. Lass uns einen Zahn zulegen. Wenn wir zu lange trödeln, überlege ich es mir vielleicht noch mal anders.«

Sie beschleunigten ihre Schritte, soweit es das Gedränge erlaubte. Die Sonne schien hell, als sie aus der Straße im Häuserschatten hinaustraten, um den weiten Engelsplatz zu überqueren. Adoulla blieb nicht stehen, um ein weiteres Mal die fast lebendigen Züge der uralten Statuen der Helfenden Engel zu bewundern. Stattdessen drängte er sich grob durch ein Knäuel seltsam gekleideter Stadtbesucher, die mit gereckten Hälsen und offenen Mündern auf die lebensechten Marmorkunstwerke starrten. *Bauernlümmel!*, meckerte Adoulla vor sich hin, machte ihnen in Wahrheit aber keinen Vorwurf.

Selbst als vor zweihundert Jahren ein Bürgerkrieg in der Stadt gewütet hatte, war der Engelsplatz eine Art Zufluchtsort geblieben. Alle Seiten waren darin übereingekommen, dass auf seinen Steinen kein Blut fließen sollte. Obwohl der Platz mit Flüchtlingen vollgestopft war, hatte man den Frieden dieses Ortes schmecken können. Das behaupteten wenigstens die Geschichtsschreiber und die Überlieferungen.

Heute war es auf dem Platz ruhig, abgesehen von den Schaulustigen. Hätte er nicht eine solch düstere Aufgabe vor sich gehabt, hätte Adoulla vielleicht etwas von dem Frieden des Platzes gespürt. Doch so waren seine Gedanken bei Suchzaubern und den Blutflecken auf den Kleidern eines Kindes.

Er und Rasîd verließen den Engelsplatz, indem sie in die schmutzige Grützgasse einbogen. Auf der Karte des Kalifen trug die enge, dreckige Straße, die vom Platz zu Adoullas Viertel führte, den Namen eines längst verstorbenen Herrschers. Doch die Dhamsawaatis nannten sie seit Jahrhunderten schon Grützgasse, wegen ihrer Armut und den ungastlichen Schenken. Adoulla wich den gelegentlichen Pisselachen aus und erreichte die Straßenecke, die die Grenze zu seinem rauen Viertel markierte, das ironischerweise Gelehrtenviertel hieß.

Der fromme alte Munesh, der nur noch ein Büschel weißer Haare auf dem Kopf hatte und in seiner Bude an der Ecke geröstete Nüsse verkaufte, wirbelte über dem Feuer mit erhitzten Tabletts voller gezuckerter Mandeln und gesalzener Pistazien herum. Bei dem Duft lief Adoulla das Wasser im Mund zusammen. Er blieb stehen, um eine Handvoll gerösteter Pistazien zu kaufen.

»Doktor!« Fast den ganzen Heimweg lang hatte Rasîd geschwiegen, und Adoulla hatte fast vergessen, dass sein Gehilfe da war. Ganz offensichtlich empörte sich der Derwisch über die Verzögerung. Adoulla wünschte sich, er wäre noch jung und könnte glauben, dass einem Eifer und der Drang, Ungeheuer zu bekämpfen, den Magen füllten. Die Jahre seines Lebens hatten ihn allerdings etwas anderes gelehrt, und er hatte noch einen langen Tag vor sich.

»Ich hatte nur ein halbes Frühstück, Junge. Ich brauche etwas im Bauch, damit ich klar denken kann, und ein paar Augenblicke hier werden keine große Rolle spielen. Die

Himmlischen Kapitel sagen: ›Ein Mann, der verhungert, baut keinen Palast‹.«

»Sie sagen aber auch: ›Gebet ist besser als Nahrung für den, der verhungert.‹«

Adoulla gab auf. Er grunzte Rasîd zu, bedankte sich bei Munesh und ging weiter. Dabei knackte er Pistazienschalen und mampfte geräuschvoll.

Sein Gehilfe war ein wahrer Derwisch aus dem Orden, wahrhaftiger als die meisten heuchlerischen Gecken, die die blaue Seide trugen. Er hatte Jahre damit zugebracht, seinen schmächtigen Körper zu stählen und aus ihm eine immer vollendetere Waffe Gottes zu machen. In Adoullas Augen war dies jedoch eine ungesunde Lebensweise für einen siebzehnjährigen Jungen. Sicher, Gott hatte Rasîd mehr als nur menschliche Kräfte verliehen. Mit dem zweispitzigen Schwert seines Ordens bewaffnet, war er nahezu unbesiegbar. Und selbst ohne das Schwert konnte er es mit einem halben Dutzend Gegnern auf einmal aufnehmen. Adoulla hatte ihm schon dabei zugeschaut. Aber die Tatsache, dass er nie ein Mädchen auch nur geküsst hatte, schmälerte Adoullas Wertschätzung für den Jungen beträchtlich.

Andrerseits war es Rasîds fromme Selbstbeherrschung, die aus ihm einen solch hervorragenden Kampfgefährten machte. Der Charakter eines Menschen zeigte sich am deutlichsten darin, wie er seine Gaben nutzte. In seinen vierzig Jahren als Ghuljäger hatte Adoulla einen Mann erlebt, der sechs Schritt in die Höhe gesprungen war. Und er hatte ein Mädchen gesehen, das Wasser in Feuer verwandeln konnte. Und einen Krieger, der sich erst in zwei, dann in vier Krieger aufgeteilt hatte. Er hatte erlebt, wie eine alte Dame Bäume zum Laufen gebracht hatte.

Was die Leute, denen er begegnet war, mit ihren Kräften anfingen, unterschied sich so viel oder wenig voneinander, wie sich die Leute selbst unterschieden. Die Beweggründe für ihre Handlungen umfassten dieselbe Bandbreite an Motivationen wie bei allen anderen Menschen auch. Manchmal halfen sie anderen Menschen und opferten sich. Meistens aber verhielten sie sich eigennützig und handelten böse an den anderen Kindern Gottes. Rasîd folgte immer dem ersten Weg.

Das Kind eines Nachbarn rief Adoullas Namen und winkte ihm von der anderen Seite der aus festgetrampelter Erde bestehenden Straße zu. Adoulla verdrängte seine belanglosen Gedanken, schleckte sich Salz und Pistazienkrümel von den Fingern und winkte dem Kind zu. Dann betrat er seinen eigenen Häuserblock.

Er kam an dem kleinen Laden aus Sandstein vorbei, der seinen Freunden und ehemaligen Weggefährten Dawoud und Litas gehörte. Das Paar stammte aus Sû, lebte aber schon seit Jahrzehnten in der Stadt. Anscheinend waren sie nicht zu Hause – die Läden aus Zedernholz waren zugezogen. *Zu schade.* Zwar hätte Adoulla seine Freunde, die sich zur Ruhe gesetzt hatten, nicht gebeten, ihn auf die Ghuljagd zu begleiten, doch Litas war noch immer eine gute Alchemistin; es wäre nicht schlecht gewesen, wenn er eine ihrer bemerkenswerten Gefriertinkturen oder Sprengstoffmischungen als Hilfsmittel bei seiner Arbeit hätte ausleihen können.

Aber heute war Idestag, deshalb nahm Adoulla an, dass

die beiden den Tag und womöglich auch die Nacht mit Freunden auf dem Westmarkt verbringen würden, wo einmal im Monat Händler aus der Republik Sû mit Elfenbein, Gold und den Jamsbonbons eintrafen, von denen Litas stets einen Vorrat zur Hand hatte, weil der Geschmack sie an ihre Heimat erinnerte.

Schließlich erreichten er und Rasîd das bleiche Steinhaus, das seit etwas mehr als zwanzig Jahren Adoullas eigenen schmalen Streifen von Dhamsawaat darstellte. Adoulla schloss die weiß gestrichene Holztür auf und trat durch den flachen Steinbogen ins Haus. Der Derwisch folgte ihm.

Es war kein Palast. Aber es war um einiges besser als die Bruchbuden, aus denen er stammte und die als Waisenjunge der Eselsaasgasse sein Vermächtnis gewesen wären. Der Erwerb des Gebäudes war ihm nur dank der Launen seiner Berufung möglich geworden, die ihm ausnahmsweise einmal zum Vorteil gereicht hatten. Vor vielen Jahren hatte er zusammen mit Dawoud und Litas gegen eine goldene, zwölf Schritt lange Schlange mit riesigen Rubinen als Augen gekämpft – ein uraltes Ungeheuer, geschaffen in den Tagen der Faronen von Kem und zum Leben erweckt durch die Grabungen eines habgierigen Mannes. Allein der Anblick der gleißenden Schlange versetzte auch das tapferste Herz auf magische Weise in Furcht, und das Untier hatte bereits eine Schwadron Wachen des alten Kalifen getötet. Adoulla und seine Freunde jedoch hatten dem Geschöpf einen Hinterhalt gelegt und ihm die Zauberkraft entzogen, die es belebte.

Unter ihren Blicken war die Schlange zusammengebrochen und zu großen Haufen Goldstaub zerbröckelt. Noch fast dreißig Jahre später erinnerte sich Adoulla lächelnd an das Geräusch, mit dem die faustgroßen Rubine zu Boden gekullert waren. *Jetzt bin ich ein reicher Mann*, hatte er damals gedacht, während er und seine Freunde freudig Goldstaub in ihre Taschen und Säcke geschaufelt und dabei kleine Freudentänze vollführt hatten.

Es war ein Schatz, der es mit denen der großen Kaufleute in Dhamsawaat aufnehmen konnte. Und obwohl ihn seine Berufung in den letzten zwanzig Jahren zu mehreren kostspieligen Reisen an ferne Orte gezwungen hatte, war noch immer ein stattliches Sümmchen übrig. Schließlich musste er weder Weib noch Kind aushalten. Vor zwei Jahren waren seine Ausgaben gestiegen, als Rasîd, der Adoulla bei einer Ghuljagd bewundernswert beigestanden hatte, ihn gebeten hatte, als sein Gehilfe bei ihm bleiben zu dürfen. Doch auch das hatte ihn nicht viel gekostet, da sich der Junge so genügsam ernährte.

Adoulla machte sich daran, seine Sachen zusammenzusuchen. Die Sümpfe lagen weniger als einen Tagesritt mit dem Maulesel westlich der Stadt, sie würden also kaum Reiseproviant benötigen. Dennoch musste man sich für jede Ghuljagd ausrüsten. Er warf sich einen großen, abgetragenen Beutel aus brauner Kalbshaut über die Schulter und streifte durch die mit Büchern und Kisten vollgestellten Zimmer seines Hauses. Dabei sammelte er von Regalen, Tischen und verstaubten Ecken Gegenstände ein und stopfte sie in den Beutel. Ein Stück Aloeholz, ein Kästchen mit Nadeln, auf denen Schriftverse eingraviert waren. Eine Phiole mit getrockneten Minzblättern. Beutel und

Päckchen, Papierschnipsel und kleine, helle, in Stoff eingeschlagene Fläschchen.

Nach einer Viertelstunde war er zum Aufbruch bereit. Rasîd wartete bereits an der Tür und reinigte sein Schwert. Der Derwisch hatte nur wenige Besitztümer. Das Schwert, sein blaues Seidengewand, der Turban aus einem langen Stück fester Seide, das auch zum Kletterseil oder Fesselstrick taugte. Auf dem Rücken trug er ein rechteckiges Bündel, das Proviant, ein kleines Zelt und einen kleinen Kochtopf enthielt.

Der Blick des Jungen glitt einmal an der Schwertklinge auf und ab, dann steckte er sie sorgfältig in die verzierte Scheide aus blauem Leder und Lapislazuli. Adoulla hatte ihn erst gestern beim Schwertreinigen beobachtet, und er bezweifelte, dass sein Schwert inzwischen wieder schmutzig geworden war. Doch er hatte verstanden, dass es Rasîd bei diesem Ritual um mehr ging als nur darum, eine geliebte Waffe zu pflegen. Es ging um die gezielte Ausrichtung seiner Gedanken, darum, dass er sich jeden Tag wieder aufs Neue ins Gedächtnis rief, was ihm wirklich wichtig war.

Nach einem letzten Blick auf seine Bücherregale und Schreibpulte empfand Adoulla etwas Vergleichbares.

3

Männer und Frauen verstopften die gepflasterten Haupt- und Seitenstraßen. Schrittweise schoben sie sich vorwärts und riefen um die Wette nach den wenigen freien Sänften und Mauleseln. Soweit Adoulla es beurteilen konnte, kamen die Leute, die zu Fuß gingen, schneller voran. Das bedeutete, dass er und Rasîd zu den Ställen am Stadtrand laufen würden. *Wunderbar.* Bei all den Fußwegen, die er in seinem Leben hatte zurücklegen müssen, hätte er als Stammesangehöriger der Badawi zur Welt kommen sollen. Aber so gingen sie eben weiter und bewegten sich eine halbe Stunde lang nach Westen.

»Hier sind wir also wieder«, brummte er Rasîd zu, weil er des Schweigens, das zwischen ihnen herrschte, überdrüssig war. »Wir lassen Sicherheit und Annehmlichkeiten zurück, um Ungeheuer zu töten. Vielleicht auch, um selbst getötet zu werden. Der Allmächtige weiß, dass mir allmählich die Kraft dafür ausgeht. Bald wirst du das ohne einen Lehrmeister tun müssen, weißt du das?«

»Das meinst du nicht ernst, Doktor.« Der Junge verzog voller Abscheu das fein geschnittene Gesicht, während sie an einem Wagen mit Abfällen vorbeikamen, der mitten auf der Straße liegen geblieben war und in der Morgensonne stank.

»Das meine ich nicht ernst? Pff. Muss ich dich an unseren letzten Ausflug erinnern? Ich wurde fast enthauptet, Junge! Ist das etwa ein Leben für einen alten Mann?«

»Wir haben Menschenleben gerettet, Doktor. Das Leben von Kindern.«

Adoulla brachte ein halbherziges Lächeln zustande. *Wie sehr würde ich mir wünschen, dass diese Gewissheit die Schmerzen in meinen Füßen lindern würde, so wie damals, als ich in deinem Alter war*, dachte er. *Ich wünschte, sie hielte mich davon ab, allmählich zu erstarren und den Tod zu akzeptieren*. Doch stattdessen sagte er: »Ja, das haben wir wohl gemacht.«

Sie gingen weiter, kamen an den farbenprächtigen Ladenfronten vorbei, die die Affenstraße säumten. Adoulla sah ein altes Ehepaar, das im Schneidersitz auf einer langen Schilfmatte vor einem Teehaus saß. Sie schienen nur aus schmutzigem grauem Haar und zerknitterter brauner Haut zu bestehen und spielten eine lebhafte Partie Bakgam. Der Mann bewegte seinen Spielstein über die aufgemalten Schwertspitzen und landete mit lautem Klackern und triumphierendem Lächeln auf dem ersten Schwert. Die Alte verlor. Sie runzelte die Stirn und spuckte aus. Beinahe hätte sie dabei Rasîd getroffen, der gerade mit Adoulla an ihr vorbeiging.

Sie waren gerade an dem alten Paar vorbei, da hörte Adoulla Dreikantwürfel im Bakgambecher klappern. Dann das Klirren, als sie auf das Brett fielen, und schließlich einige Rufe. Die Frau schnalzte mit der Zunge und stimmte einen höhnischen, unverständlichen Siegesgesang an, während der Mann ungläubig fluchte. Sie hatte eine Acht gewürfelt!

Das sollten Miri und ich sein. Adoulla konnte den Gedanken nicht unterdrücken. Er hätte Miri schon vor langer Zeit heiraten sollen. Er hätte das wahnsinnige Leben eines Ghuljägers aufgeben sollen. Doch stattdessen hatte er – Tor, der er war – Jahr um Jahr aufs Neue entschieden, dass der Kampf gegen Wesen mit Reißzähnen und das Brechen der Zauber böser Menschen wichtiger waren als Glück. Statt einer Wonne spendenden Ehe hatte er Monstrositäten im Kopf und einen Haufen verpasster Gelegenheiten, die schwer auf seiner Seele lasteten.

Schließlich näherten sich Rasîd und er dem Westtor, durch das sie aus der Stadt hinausgelangen würden. Als sie an einer schmalen Gasse vorbeikamen, lächelte ein rehäugiges Mädchen in Rasîds Alter den Derwisch nicht gerade schüchtern an. Rasîd gab ein würgendes Geräusch von sich und senkte den Blick, bis sie einen Häuserblock weiter waren.

Obwohl er wusste, dass es vergebene Liebesmüh war, konnte es sich Adoulla nicht verkneifen zu sagen: »Was ist nur los mit dir, Junge? Hast du nicht gesehen, wie diese kleine Blume dich angesehen hat? Du hättest wenigstens zurücklächeln können!«

»Doktor, bitte!« Der Junge blieb stehen. »Dieser Überfall. Du hast die außerordentliche Macht des Meisters dieses Ghulrudels erwähnt. Glaubst du, dass nicht ein Mensch, sondern einer von den Tausendundeinen diese Ghule geschaffen hat?«

Immer so auf die Pflicht konzentriert, immer so gleichgültig gegenüber dem, was wirklich zählt. Er kennt das schmerzhafte Ende dieses Weges nicht …

Adoulla gab seine onkelhaften Versuche auf, Rasîd dazu zu bringen, sich wie ein lebender, atmender junger Mann zu verhalten. Der Derwisch dachte lieber an Ungeheuer, als ein Mädchen anzulächeln. Nun gut. Allerdings wirkte ihm der Junge zu versessen darauf, gegen einen Dschinn zu kämpfen. *Hätte er tatsächlich einmal einem der Tausendundeinen gegenübergestanden, würde er anders darüber denken.*

»Es war kein Dschinn, Junge. Wenn einer der Feuergeborenen zuschlägt, entkommt niemand, schon gar kein Kind.«

Der Derwisch nickte nachdenklich. Adoulla nervte an dem Jungen zwar manches, aber immer zeigte Rasîd Respekt vor Adoullas Erfahrung.

»Ich frage mich …«, fuhr Adoulla fort, als sie um eine Ecke bogen, doch die Worte verkamen zu einem lauten Fluchen, denn plötzlich erblickte er vor sich eine dichte Menschenmenge.

»Ahhh, bei den Hoden Gottes! Der Stau des Schreckens!« Adoulla legte den altbekannten Ekel in den dhamsawaatischen Begriff für ein vollkommenes Erliegen des Verkehrs. Vor ihnen schien sich eine Mauer aus Menschen zu erheben, während sich ein Knäuel aus Karren, Kamelen und Knallköpfen, so breit wie ein Häuserblock, langsam durch das Westtor hinausschob. Adoulla stieß mit einem ungewaschenen kleinen Mann zusammen, der vor ihm gegangen war. Er schenkte der Aufforderung, gefälligst aufzupassen, wo er seine großen Latschen hinsetzte, keine Beachtung.

»Eine Torinspektion oder so was?«, fragte Rasîd.

Adoulla schnaubte. »Torinspektion, Steuerüberprüfung,

Wachuntersuchungen, das ist doch alles dieselbe Affenkacke. Und mit jedem Tag werden es mehr.« Bei dem Tempo, mit dem die Schlange vorrückte, würde es eine Stunde dauern, bis sie durchs Tor hindurch wären.

Ein Ghulrudel trieb sein Unwesen, was bedeutete, dass Leben auf dem Spiel standen. Doch Dhamsawaats hundert Kopfschmerzen beeilten sich für niemanden. Durch die Tore Dhamsawaats ging man nicht, wie man eine Haustür durchschritt. Erst kam man an die innere Mauer aus grauem Stein, dann überquerte man den Hof der Aufseher, bis es schließlich durch die große Hauptmauer ging, die dreißig Schritte dick war. Dann kreuzte man noch die von Häusern gesäumte Straße jenseits der Wachmauer, bevor man den Graben auf der Brücke der Goldenen Rosen überquerte. Das war ohnehin noch nie schnell gegangen, doch wegen der schlechten Stadtverwaltung des neuen Kalifen dauerte es noch viel länger.

So gut es ging, ohne grob zu werden, drängelten die zwei sich durch die Menschenmasse. Adoulla wollte keinen Streit anfangen, und Schlägereien waren in solchen Situationen nicht selten. Nach einer weiteren Viertelstunde näherten er und Rasîd sich dem breiten Tor in der Hauptmauer. Dort stieg die Straße leicht an, und Adoulla erkannte, dass dies mehr war als ein gewöhnlicher Stau.

Eine Hinrichtung! Der Hof der Aufseher mit seinen großen grauen Pflastersteinen war von allen Karren geräumt worden, und in seiner Mitte lag eine abgenutzte Ledermatte. Auf ihr kniete ein Junge, der nicht älter als zwölf Jahre sein konnte. Er war an Händen und Füßen gefesselt, und seine Augen waren schreckgeweitet. Neben ihm ragte ein großer verhüllter Mann mit einem breiten Schwert in der Hand auf.

Vor Entsetzen blieb Adoulla wie angewurzelt stehen. *Beim Namen Gottes! Was kann ein Junge in diesem Alter schon verbrochen haben, um ein solches Schicksal verdient zu haben?*

Wie zur Antwort erklang eine schrille Stimme. Als er sich zu ihr umwandte, entdeckte er einen Ausrufer in Livree, der in einem Erker über dem steinernen Torbogen stand und durch einen Metalltrichter brüllte.

»O glückliche Untertanen des Regenten Gottes auf Erden, des Verteidigers der Rechtschaffenen, des Allererhabensten, seiner Majestät des Kalifen. Wie Gott auf euch herablächelt, dass er euch einen solchen Herrscher schenkt! Seht, wie euch der gütige König Dschabbari ach-Chaddari, Kalif von Abassen und dem ganzen Königreich des Halbmonds, vor den gierigen Händen der Diebe beschützt! Seht, wie rasch und furchtbar er die Bösen bestraft!«

Wie ein Wurm schob sich der Verkehr Handbreit um Handbreit weiter, doch die meisten Leute auf der Straße gafften nun auf den Platz. Adoulla regte sich nicht. Er wollte diese Gräueltat verhindern, wusste aber, dass er es nicht konnte. Jemand schob sich an ihm vorbei, weil er vorankommen wollte.

Adoulla sah zurück auf die Ledermatte. *Allmächtiger, wie kannst du das zulassen? Warum sendest du mich aus der Stadt hinaus, um gegen Ungeheuer zu streiten, wenn doch in der Stadt solche Ungeheuer leben?*

Gott gab ihm keine Antwort.

Rasîd, der nicht stehen geblieben war, sah ihn besorgt an. »Doktor, was machst du …?«

Ohne Vorwarnung landete etwas im verhüllten Gesicht des Henkers und bedeckte es mit bernsteinfarbener Pampe. Dann platzte etwas Rotes aus seiner Brust.

Ein Armbrustbolzen! Männer und Frauen schrien durcheinander. Ein Donnerschlag hallte, und dann war der Platz plötzlich von einer orangefarbenen Rauchwolke vernebelt. Kurz darauf klärte sich der Rauch, und Adoulla erkannte nur noch die liegende Gestalt des Henkers.

Der gefesselte Junge war verschwunden.

Was konnte …?

Wieder ertönte ein Donnerschlag, diesmal jedoch aus dem Erker über dem Tor. Auch die Nische, in der der Ausrufer gestanden hatte, wurde von orangefarbenem Rauch umwabert. Augenblicklich lichtete er sich, und der in die Livree gepresste Leib des Ausrufers lag zusammengesackt zu Füßen eines hochgewachsenen, breitschultrigen Mannes. Er trug eine Tracht aus Kalbsleder und schwarzer, mit Falken bestickter Seide. Seine Arme waren so dick wie die Beine so manchen Mannes, doch er sprang mit der Anmut eines Tänzers auf das Geländer des Erkers.

Er ist es!, dachte Adoulla, der viel über den Mann gehört, ihn aber nie gesehen hatte. Faraad As Hammas, der …

»Der Falkenprinz!« Die Worte erklangen aus einem Dutzend Münder rund um Adoulla.

Noch mehr Schwierigkeiten. Ein selbstbewusstes Lächeln lag auf dem schnurrbärtigen Gesicht des berühmten Diebs. Aus der Entfernung hätte Adoulla die Gesichtszüge des Mannes eigentlich gar nicht so gut erkennen dürfen. Offenbar war hier ein Imponierzauber am Werk – ein Zauber, den sich vermutlich sonst nur der Kalif leisten konnte. Jeder in der Menschenmenge würde die Gesichtszüge des Falkenprinzen genauso deutlich sehen, würde ihn hören, als stünde er neben ihm, und wäre … nun, wenn auch nicht überzeugt von seiner Magie, so doch immerhin offen, sich anzuhören, was er zu sagen hatte. Wahrscheinlich war dies auch der Grund dafür, dass die Leute nicht in Panik verfielen und flohen.

Rasîd knurrte: »Dieser Verbrecher!«

Nun, wenigstens sind die meisten Leute offen, dem Mann zuzuhören, korrigierte sich Adoulla. Im Grunde konnte Adoulla Rasîds Urteil nicht widersprechen. Vor zehn Jahren hatte es großes Aufsehen um eine Serie sagenhafter Raubüberfälle auf die reichsten Bürger der Stadt gegeben, die anscheinend alle das Werk des gleichen gerissenen Banditen gewesen waren. Dieser nannte sich der Falkenprinz. Oder Faraad As Hammas, wie sich der Dieb später selbst bezeichnet hatte. Er hatte nie behauptet, einem wahren Königshaus anzugehören. Trotzdem waren die Gerüchte nie verstummt, nach denen er der letzte Abkömmling einer alten Abassener Königsfamilie war.

Aus königlichem Geschlecht oder nicht, der Falkenprinz war einer der mächtigsten Menschen in Dhamsawaat. Er und seine kleine Armee aus Bettlern und Dieben waren beinahe zu einer Art Staatsmacht geworden, nämlich die halb offizielle Stimme der Armen. Und während unter den Landbesitzern und Händlern nur wenige waren, die den Ruf »Teilt den Reichtum!« aufnahmen, wusste Adoulla aus zuverlässigen Quellen, dass einige der mächtigsten Minister des Kalifen, sei es aus Überzeugung oder aufgrund von Bestechung, insgeheim auf der Seite des Banditen standen.

»Gottes Friede, gute Leute von Dhamsawaat!«, rief der Dieb und breitete vor der Menge grüßend die Arme aus. »Unsere gemeinsame Zeit ist kurz! Hört die Worte eines Prinzen, der euch liebt!« Aus ein paar Ecken drang zaghafter Jubel. »Ich habe einen unschuldigen Jungen vor dem Henker des Kalifen gerettet. Sein Verbrechen? Dass er so töricht war, zu glauben, er könne aus dem Beutel eines Wachmanns ein paar Münzen nehmen, um damit seine notleidende Mutter zu ernähren! Nun, wir Erwachsenen wissen, dass Wachen so sehr an ihren Geldbeuteln hängen wie normale Leute an ihren Olivensäcken.« Dabei griff sich der Bandit ans Gemächt, und die Menge lachte zögernd über die Zote. »Aber hat der Junge den Tod verdient? Ist uns Dhamsawaatis der schlecht verdiente Reichtum von Grobianen mehr wert als das Leben eines Kindes?«

Allmählich wurde die Menge kühner, und aus allen Ecken war laute Zustimmung zu vernehmen: »Nein, nein!« und »Bewahre uns Gott davor!«

Mit in die Hüften gestemmten Händen sog der Falkenprinz die Reaktion der Menge auf. »Ich bin schuldig, gute Leute! Ich habe den Jungen befreit. Ich habe den Henker mit einem Honigkuchen beworfen, bevor ich ihn tötete! Nur einer, der am Verhungern ist, würde einem Kind wegen ein paar stinkenden Münzen den Kopf abhacken. Deshalb habe ich ihm zu Essen gegeben! Honig und Stahl, gute Leute!« Inzwischen lachte die Menge laut über den lustigen, lässigen Ton des Falken, und der sprach weiter.

»Der alte Kalif und ich waren Feinde. Er war kein Held, aber er hat fünfzig Jahre lang über diese Stadt gewacht, die er liebte. Seit drei Jahren jedoch saugt sein törichter Sohn Dhamsawaat nun schon aus. Er hat versucht, mich aufzuspüren und zu töten, und: Er! Hat! Versagt!« Aufgrund des Zaubers klang jedes Wort des Falken wie ein Trommelwirbel.

Ausgelassener Jubel stieg zu ihm auf, und eine kleine Gruppe fing an zu singen:

Flieg, flieg, o Falke!
Deine Schwinge ist gegen jeden Pfeil gefeit!
Flieg, flieg, o Falke!
Dein Herz ist stark, dein Blick reicht weit!

Das Lied, in dem es um einen edlen Falken ging, der einem grausamen König die Augen auskratzt, war eigentlich schon so alt wie der Sand, aber neuerdings hatte man es auf den Falkenprinzen umgemünzt. Und der neue Kalif hatte das Singen dieses Lieds bei Strafe durch Auspeitschen verboten.

Das wird hier noch richtig Ärger geben. Ein Dutzend Wachmänner in genieteten Lederwämsern drängten sich durch die Menge auf das Tor zu. Sie drohten mit schlanken Stahlkeulen und versuchten, gleichzeitig den Erker und das Gewühl im Auge zu behalten.

Als sich die Männer des Kalifen den Sängern näherten, ebbte das Lied ab. Doch augenblicklich wurde es am anderen Ende des Gedränges von einem zweiten Pulk erneut angestimmt. »Flieg, o Falke!«

Wie auf ein Kommando ruckten die Köpfe der Wachmänner herum, doch sie kümmerten sich nicht weiter um die Sänger, sondern versuchten, an den Prinz selbst heranzukommen. Dieser hatte in seiner Rede innegehalten, um so gut es auf dem kleinen Balkon ging zu dem Lied zu tanzen. Die Ausgelassenheit des Banditen spornte die Menge zu immer lauterem Gesang an, und diesmal verstummten die Leute nicht, wenn die Wachmänner an ihnen vorbeigingen. Adoulla fiel überdies auf, dass die Männer des Kalifen das Gewühl inzwischen mit größerer Besorgnis beäugten, während sie zum Tor gingen. *Ein Dutzend gegen Hunderte.*

Dann spürte er, dass sich sein Schützling neben ihm anspannte, als bereite er sich auf einen Kampf vor. Lautlos zog Rasîd sein Schwert, und alle um ihn herum wichen einen Schritt zurück. Die Klinge hatte zwei Spitzen gemäß der Überlieferung des Ordens, »um das Gute vom Bösen zu scheiden«. Und Adoulla fürchtete, dass Rasîd genau dies beabsichtigte.

»Was hast du vor?«, flüsterte Adoulla.

»Ich helfe den Wachleuten, Doktor.«

»Der Falkenprinz gehört nicht zu unseren Feinden, Junge.«

»Ich bitte um Vergebung, Doktor, aber er ist kein Prinz. Er nutzt Magie, um Verbrechen zu begehen. Genau deshalb sind wir verpflichtet, ihn zu bekämpfen!«

Rasîd wollte weitergehen, doch Adoulla packte ihn an den schlanken Schultern. Wäre der Derwisch fest entschlossen gewesen, sich einzumischen, hätte Adoulla ihn nicht aufhalten können, aber er hoffte, dass das Alter und die Autorität seines Lehrmeisters ihn zurückhalten würden.

»Wir sind verpflichtet, die Diener des Treulosen Engels zu bekämpfen. Faraad As Hammas ist vielleicht ein Verbrecher, aber er speist die Armen und züchtigt die Stolzen. Selbst deine pflichteifrigen Augen müssen doch erkennen, welche Tugend darin liegt!«

Der Junge sagte nichts. Er sah Adoulla mit finsterem Stirnrunzeln an. Dann steckte er sein Schwert weg.

Im Erker breitete der Falkenprinz die großen Hände aus, als wollte er die sich nähernden Wachmänner zu einem Bankett einladen. »Die Hunde des Kalifen laufen mir nach, meine Freunde! Wenn ihr Flüche aus ihren kläffenden Mäulern kommen hört, dann liegt das daran, dass ein Halunke ihre Armbrüste sabotiert hat! Aber das ist nur der Anfang, teures Dhamsawaat! Seid bereit! Bald wird der Tag kommen, an dem wir uns zurückholen, was uns gehört! Vor uns liegen Wahlmöglichkeiten, auch wenn manche uns glauben machen wollen, dass sie von Gott dazu bestimmt sind, an unserer statt zu entscheiden! Aber sind wir Dhamsawaatis gebunden mit den Ketten, die die Tyrannen der Vergangenheit geschmiedet haben? Kann uns ein Mensch ohne Weisheit und ohne Schranken regieren, nur weil vor ihm sein Vater regiert hat?«

Ein donnerndes »Nein!« brandete aus der Menge, und einzelne Stimmen feuerten ihn an.

»Lasst den Falken herrschen!«

»Gott gebe uns einen weisen Kalifen!«

»Keine Ketten mehr, o Falke!«

Adoulla hätte Geld gewettet, dass der großspurige

Dieb die lautesten Männer und Frauen selbst in der Menge platziert hatte. Inzwischen waren die Wachen schon fast am Tor, doch mussten sie sich durch eine zunehmend feindselige Menschenmasse zwängen. Der Prinz sprach weiter.

»Wir Menschen aus der Perle von Abassen lieben einen Kalifen, der seiner Pflicht nachkommt. Der hilft, sein Volk zu ernähren. Der ihnen nicht das Geld aus der Tasche zieht. Einen Kalifen aber, der uns mit seiner Habgier und seiner Grausamkeit verdammt? Nun …« Ein gefährlicher Unterton schlich sich in die Stimme des Banditen. »… nun, auch ein Kalif ist nur ein Mensch, und es wäre besser, wenn ein böser Mensch stürbe, als wenn unsere gute Stadt stirbt!« Dank des Zaubers sahen alle das ansteckende Leuchten in den Augen des Falkenprinzen.

Wieder erhob sich Geschrei. Einige grummelten nur aufgebracht, doch viele waren eindeutig aufgepeitscht von den Königsmordgedanken des Prinzen und veranstalteten gewaltigen Lärm. Am Rand der Menge bemerkte Adoulla einen verschwenderisch gekleideten Kaufmann und einen Staatsdiener in Livree, die mit ängstlichen Gesichtern das Weite suchten.

Rasîd legte wieder die Hand auf den Schwertknauf und trat unruhig von einem Bein aufs andere.

»Wenn es wenig Nahrung gibt und noch weniger Arbeit, wenn jeder zweite unserer Söhne den Kerker kennengelernt hat und jede zweite unserer Töchter von einem Wachmann geschändet wurde, dann hat sich Dhamsawaat seit jeher erhoben! Es wird wieder geschehen, meine Freunde! Haltet euch bereit! Haltet euch bereit!«

Die Wachen stiegen inzwischen zum Erker des Ausrufers hinauf. Von der anderen Seite des Tors strömten weitere Wachen herbei. Aber da war ein dritter Donnerschlag zu hören, wieder stieg eine orangefarbene Wolke auf, und der Prinz war verschwunden.

Allmächtiger!

Die Menge verlor schnell ihre Kühnheit. Männer wie Frauen wandten sich wieder ihren Besorgungen zu und machten einen weiten Bogen um die schäumenden Wachmänner. Mit einem Räuspern rief Rasîd seinem Lehrmeister ihre dringliche Aufgabe ins Gedächtnis. Während des Auftritts des Prinzen war im Gedränge kein Durchkommen gewesen, doch jetzt bewegte sich die Masse langsam wieder.

»Komm, Junge, das Tor wird jetzt stundenlang verstopft sein. Vielleicht gehen wir lieber zur breiten Straße hinüber und mieten uns eine Sänfte. Bei dem ganzen Durcheinander hier sind wir am Stuhlträgertor vielleicht schneller.« Adoulla versuchte, nicht daran zu denken, wie viel Zeit sie schon verloren hatten. Denn verlorene Zeit bedeutete weitere Tote durch die Klauen der Ghule.

Sie gingen ein halbes Dutzend Straßenecken weiter und bogen nach links in eine breite, weniger betriebsame Straße ein. Hier konnte man meinen, man wäre in einer anderen Stadt. In der Straße war es kühler, weil sie im Schatten hoher Häuser lag. Auf einer Türstufe saß eine Frau, flocht einen Korb und sah misstrauisch auf, als die beiden an ihr vorbeigingen. Sie und ein knochendürrer Mohnlutscher, der auf einer anderen Türschwelle lag und anscheinend mit den Wolken redete, waren die einzigen Menschen auf der Straße. Adoullas kritische Nase witterte Ziegeneintopf, dessen Duft aus einem Fenster waberte, und er sog das Aroma gierig ein.

»Achtung, Doktor!« Noch während die Worte Rasîds Mund verließen, spürte Adoulla, wie seine Sandale in einen warmen Haufen Kamelmist einsank. Er fluchte und streifte am Straßenpflaster den Kot ab. Dann wirbelte er noch einmal herum, um den verschmierten braunen Haufen hinter sich zu verfluchen.

Und sah sich von Angesicht zu Angesicht dem Falkenprinzen gegenüber.

Beim Namen Gottes! Wo kommt der jetzt her? Der Mann war fast zwei Schritt groß und damit sogar noch größer als Adoulla. An den Stellen jedoch, wo bei Adoulla Fettwülste wackelten, besaß der Prinz Muskeln. Sein schwarzer Schnurrbart war akkurat gestutzt, und sein hübsches dunkles Gesicht zierte ein Grinsen.

Aus dem Augenwinkel sah Adoulla, wie sich Rasîd umwandte und sein Schwert zog. Der Falkenprinz machte einen behutsamen Schritt zurück. Der Dieb sah Rasîd an, als wäre dieser ein gefährliches Tier. Doch als er zu sprechen anfing, lächelte er wieder.

»Nun, so einen Anblick bekommt man nicht in jeder Gasse! Ein Derwisch des Ordens und ein Ghuljäger – Doktor Adoulla Machslûd, vermute ich.« Der Prinz verhielt sich eigenartig gelassen, wenn man bedachte, welcher Lage er eben erst entronnen war.

Adoulla sagte zwar nichts, aber sein Erstaunen darüber, dass ihn außerhalb seines Viertels jemand kannte, musste ihm anzusehen sein.

»Ja, Doktor, ich weiß über dich Bescheid. Hätten wir Zeit, würde ich für dich all das Lob wiederholen, das ich bei den Armen des Gelehrtenviertels über dich gehört habe. Aber ein paar Straßen hinter mir sind Wachen.«

»Mörder!« Rasîd spuckte das Wort aus und machte einen Schritt nach vorn, doch Adoulla hielt ihm den Arm quer vor die Brust.

Der Prinz ging nicht auf den Derwisch ein, sondern sprach weiter mit Adoulla. »Wirst du mir helfen, Onkel? Meine nächsten Schritte – und das Leben anderer – hängen davon ab, ob die Wachleute herausbekommen, wohin ich gehe.«

Ein durch Ghule zum Waisen gewordener Junge ist für heute also nicht genug für den guten Adoulla Machslûd, was, Gott? Nein, Du musstest Deinen fetten alten Diener ja auch noch in die umstürzlerischen Machenschaften eines Wahnsinnigen verwickeln. Wundervoll. Adoulla sah zu dem Prinzen auf.

Er konnte herumdrucksen, so viel er wollte, ihm blieb hier nur eine Wahl, und die Zeit drängte. »Sie werden nicht erfahren, wo du hingehst«, grummelte er.

Rasîd neben ihm zischte wütend.

Der Prinz neigte den Kopf. »Der Falkenprinz dankt dir, Onkel! Vielleicht werde ich einmal Gelegenheit haben, den Gefallen zu erwidern.« Dann machte der Bandit einen Satz in die Höhe und landete auf einem Balkon im zweiten Stock.

Erstaunlich. Adoulla hatte zwar schon die Wirkung von Sprungzaubern gesehen, aber trotzdem war es ein beeindruckender Anblick, wie die körperliche Eleganz des Prinzen mit der offensichtlichen magischen Kraft verschmolz.

Mit zwei weiteren schnellen Sprüngen war der Dieb auf dem Dach des Hauses und nicht mehr zu sehen. Selbst der Derwisch stieß unwillkürlich ein anerkennendes Grunzen aus.

Adoulla hörte das Rufen und Klappern der sich nähernden Wachen. »Wir haben gesehen, wie er in die andere Richtung davon ist, ja?«, sagte er knapp.

Die schrägen Augen des Jungen blitzten zornig. »Ich werde nicht lügen, um diesen Schuft zu beschützen, Doktor!«

»Dann verstecke dich, Junge, und lass mich reden!« Aber der Derwisch rührte sich nicht. »Bitte!«, drängte Adoulla.

Rasîd schüttelte den Kopf samt Turban, verzog sich aber in eine schattige Seitengasse, wo er nicht mehr zu sehen war.

Im Laufschritt kamen zwei Wachmänner um die Ecke. *Dem Lärm nach hätte ich mit einer ganzen Schwadron gerechnet. Streitsüchtige Narren.* Adoulla vermied es, in die Schatten der Gasse zu blicken, und betete, dass der Junge in seinem Versteck bleiben würde.

»Du da, Alter! Halt! Bleib stehen, wenn dir dein Leben lieb ist!« Die Wachen waren beide hochgewachsen, jung und hatten frische Gesichter. Noch einmal riefen sie Adoulla zu, dass er anhalten sollte, obwohl er bereits stand.

Die beiden trabten herbei, und Adoulla roch ihren Schweiß. »Du! Hast du einen Mann gesehen …?«

»Da lang!«, rief Adoulla und zeigte in die falsche Richtung. Er gab den vergrantelten alten Opa. »Er ist dort hinten entlanggelaufen! Dieser dreckige, gottverdammte

Schurke! Hat mich beinahe umgerannt! In Gottes Namen, was macht ihr, damit das aufhört, frage ich euch? Als ich noch in eurem Alter war, hätte die Wache nie …«

Die beiden Männer drängten sich an Adoulla vorbei und rannten in die Richtung, in die er deutete. Als sie außer Sichtweite waren, trat Rasîd aus den Schatten.

Jetzt war es an Adoulla, den Kopf zu schütteln. »Wir haben viel Zeit verloren, Junge. Sieht so aus, als müssten wir bis in die Nacht hinein reiten.«

Rasîd nickte mit wollüstigem Ingrimm. »Ghule jagen im Dunkeln.«

Unwillkürlich musste Adoulla lächeln und fühlte sich von der Unermüdlichkeit seines Gehilfen angespornt. »Ja. Und nur ein verrückter Junge wie du, der ein Schwert anstelle eines Hirns besitzt, blickt dem mit Freude entgegen.«

Ohne wissen zu wollen, was der Allmächtige als Nächstes für ihn ausersehen hatte, gab Adoulla seinem Gehilfen ein Zeichen und ging weiter.

4

In den staubigen Randbezirken westlich von Dhamsawaat beobachtete Rasîd bas Rasîd, wie der Doktor keuchend aus der gemieteten Sänfte stieg. Der üble Gestank einer Gerberei lag beißend in der Luft und mischte sich eigentümlich mit dem Gesang der Vögel. Die Häuser hier waren weniger zahlreich und standen weiter auseinander als innerhalb der Mauern. Hütten aus sonnengetrocknetem Lehm und kleine, nach Wohlstand aussehende Häuser aus gebrannten Ziegeln säumten die Straße. Selbst hier, wo das Gedränge weit weniger dicht war, bevölkerte ein bunter Menschenmischmasch die Straße. Mit einem Teil seiner Aufmerksamkeit, die stets angestrengt auf seine Umgebung gerichtet war, nahm Rasîd all dies wahr. Doch seine vordringlichsten Gedanken galten der kurzen Begegnung mit dem Falkenprinzen und seinem eigenen Verhalten währenddessen.

Sich vor Autoritätspersonen zu verstecken, um einen Schurken zu schützen! Du hättest ihn gefangen nehmen sollen, tadelte sich der Derwisch selbst. *Du hättest darauf bestehen sollen, ungeachtet der Worte des Doktors*. Schließlich war Faraad As Hammas ein Verbrecher. Und ein Verräter am Thron des Halbmonds, auch wenn der Doktor darauf beharrte, dass der Bandit für eine gerechte Sache kämpfte.

Der Doktor. Rasîd hatte einem aufrührerischen Dieb geholfen, der Justiz zu entkommen, und warum? Weil der Doktor ihn darum gebeten hatte. Sicher, Rasîd war bei dem Doktor in eine Art Lehre gegangen und schuldete ihm deshalb Gefolgschaftstreue, aber diese Sache mit dem Falkenprinz … Rasîd fragte sich, was seine Scheichs in der Gottesloge sagen würden, hätten sie ihn jetzt sehen können. Und er fürchtete – so wie jeden Tag –, dass seine Taten das Missfallen des Allmächtigen erregt haben könnten. Schließlich konnte er nie wissen. Seine allabendlichen Meditationsübungen halfen ihm, seine rastlose Seele zu beruhigen, sodass er wenigstens schlafen konnte. Aber leicht war es nicht.

Ein langhaariges Mädchen in einem engen Gewand ging an ihm vorbei, und Rasîd wusste, dass der Allmächtige ihn schon wieder auf die Probe stellte. Er wandte den Blick ab und erstickte das schmähliche Sehnen, das seinen Leib durchzuckte.

In der Gottesloge war das Leben weniger verwirrend gewesen. Aber in den zwei Jahren, seit Großscheich Aalli – der am meisten verehrte, aber auch der toleranteste seiner Lehrer – ihn zum Doktor in die Lehre geschickt hatte, hatte Rasîd erfahren müssen, dass die Welt verworren war. *Wenn du Adoulla Machslûd kennenlernst, kleiner Sperling, wirst du sehen, dass es Wahrheiten gibt, die weit größer sind als alles, was du in dieser Loge gelernt hast. Du wirst lernen, dass sich die Tugend sonderbare Heimstätten wählt.*

Rasîd musste nun schon seit zwei Jahren immer wieder erfahren, wie wahr die Worte seines alten Meisters gewesen waren. Er dachte an die erste Ghuljagd zurück, die er mit dem Doktor unternommen hatte, als sie die Frau des

Buchbinders Hafi vor dem Zauberer Soud und seinen Wasserghulen gerettet hatten. Zu Beginn dieser Jagd hatte sich Rasîd gewundert, dass dieser pietätlose, zerzauste Kerl der große und tugendreiche Ghuljäger sein sollte, den Großscheich Aalli so überschwänglich gepriesen hatte. Doch als der gefährliche Soud am Ende tot war, hatte Rasîd zugeben müssen, dass der Doktor wahrlich mächtig war und dass er seine Pflicht voller Hingabe erfüllte.

Trotz allem hatte Rasîd während der ersten Tage, die er für Adoulla Machslûd gearbeitet hatte, ein Dutzend Mal mit dem Gedanken gespielt, ihn zu verlassen, weil er den Doktor einfältig und ehrfurchtslos fand. Allerdings waren die Befehle von Großscheich Aalli eindeutig gewesen, und ein frischgebackener Derwisch stellte einen Großscheich nicht infrage.

Ein ums andere Mal in den vergangenen zwei Jahren hatte Rasîd Beweise dafür gesehen, dass unter den Rülpsern, den Flüchen und der Laxheit des Doktors ein erbitterter Feind des Treulosen Engels lauerte. Ein Mann, der Gott mit einer tief bis in die Seele reichenden Hingabe diente, die sich nicht merklich von der des Großscheichs Aalli unterschied. Einer, der vor dem Allerbarmer Gefallen fand und gesegnet war.

Dennoch sorgte sich Rasîd darum, was passieren würde, wenn er eines Tages zur Loge zurückkehren würde, um selbst ein Scheich zu werden. Jede seiner Taten in der Welt würde gerichtet werden, und wenn er an seine eigene Nachlässigkeit in Situationen wie der mit dem Falkenprinzen dachte, fürchtete er, dass das Urteil nicht milde ausfallen würde.

Der Doktor hatte den Sänftenträger ausgezahlt, wandte sich zu Rasîd um und starrte ihn unter buschigen grauen Augenbrauen hervor durchdringend an. »Du machst dir Sorgen wegen der Geschichte mit den Wachen, was?«

Er fragte den Doktor nicht, woher er das wusste. »Ja, Doktor. Es ist nur so, dass …« Ein verzweifelter Wortschwall brach sich Bahn, dessen Heftigkeit ihn selbst in Erstaunen versetzte. »Ganz gleich, ob er nun ein Narr ist oder nicht, wie müssen unseren Kalifen und seinen Erben achten! Wir müssen ihn verteidigen! Wenn wir das nicht mehr tun, wovor verlieren wir dann als Nächstes die Achtung? Vor den Helfenden Engeln? Vor Gott selbst?«

Der Doktor verdrehte die Augen und kratzte sich an der Nase. Er legte Rasîd den Arm um die Schultern und führte ihn einen ausgetretenen Fußweg entlang, der auf zwei lange, niedrige Gebäude zulief. »Weißt du«, sagte der Doktor, während sie auf die Ställe zugingen, »es gibt nichts Schlimmeres als junge Menschen, die sich wie alte anhören! Hörst du nicht selbst, wie hysterisch du klingst? Glaubst du denn, dass es schon immer Kalifen gegeben hat, Junge? Gott und Mensch haben sich auch schon geliebt, bevor es Paläste und aufgeblasene Herrscher gab. Und wenn der Halbmondpalast morgen einstürzen würde, Gott würde uns noch immer lieben. ›Denn ja, Könige herrschen über den leiblichen Menschen, aber Gott ist der König der Seelen.‹«

Während der Doktor die Himmlischen Kapitel zitierte, wehte Tiergeruch zu ihnen herüber – Maulesel, Pferde und Kamele. Sie näherten sich den Ställen von Wegrand-Saeed. Der Betreiber, ein tadellos gekleideter, aber entstellter Mann, dessen Wirbelsäule fast parallel zum Boden verlief, kam heraus, um sie zu begrüßen. Dabei stieß er seinen edlen, mit Perlmutt besetzten Gehstock in den Staub. Da Wegrand-Saeed einer seiner zahllosen alten Freunde zu sein schien, führte der Doktor die Verhandlungen.

Und selbst wenn es nicht so gewesen wäre, hätte der Doktor darauf bestanden, das Gespräch zu führen, das war Rasîd klar. Denn der Doktor hielt Rasîd für zu blauäugig, um gewisse Aufgaben zu übernehmen. Einen Monat, nachdem er nach Dhamsawaat gekommen war, war Rasîd fürs Abendessen einkaufen gegangen. Angesichts des spärlichen Büschels welken Gemüses, das Rasîd nach Hause gebracht hatte, war der Doktor in Gelächter ausgebrochen und hatte wütend behauptet, für die Hälfte des Geldes das Doppelte kaufen zu können. Obwohl seither zwei Jahre vergangen waren, sah sein Meister in ihm immer noch »ein Genie mit dem Schwert, aber einen Gimpel der Straße«, wie sich der Doktor mit den Worten irgendeines Dichters ausdrückte.

Ein paar Minuten später küssten sich der Doktor und Wegrand-Saeed auf die Wangen und wünschten sich Gottes Frieden. Rasîd bekam den Zügel eines zähen Maulesels in die Hand gedrückt. Während er sein eigenes Maultier zur Straße lenkte, wirkte der Doktor besorgt, kratzte sich am Bart und sah sich um, als suche er etwas. Rasîd vermutete, dass es damit zu tun hatte, dass er Dhamsawaat verließ. Der Abschied von der Stadt ließ den Doktor abwechselnd kribbelig und melancholisch werden.

Rasîd glaubte nicht, dass er schon einmal jemandem begegnet war, der so sehr an einem Ort hing. So oft sich der Ghuljäger auch über das Stadtleben beschwerte, so sehr liebte er es doch. Vielleicht gerade weil die Königin der Städte ein Ort war, über den sich der Doktor gewohnheitsmäßig, bequem und endlos beschweren konnte. Rasîd hoffte, dass es Gott gefallen würde, diesen guten, wenn auch fehlerhaften Mann bald wieder in die Stadt zurückzubringen. Er schwor sich, seinen Schwertarm und seine Kräfte dafür einzusetzen, damit es so geschah.

Sie erreichten die Straße, und der Doktor stieg mit einigem Ächzen auf sein Reittier. Erneut warf Rasîd einen Blick auf seinen eigenen Maulesel. Wenn er allein reiste, benötigte er keine Reit- oder Lasttiere. *Der wahre Derwisch braucht kein Ross*, sagte die Überlieferung. Und seine Scheichs in der Loge behaupteten, dass Rasîd der schnellste Derwisch war, den der Orden jemals gesehen hatte. Er konnte meilenweit laufen, ohne müde zu werden. Und was Lasttiere anging, sprachen die Überlieferungen eine ebenso deutliche Sprache: *Der wahre Derwisch braucht nicht mehr, als er auf dem Rücken tragen kann.*

Der Doktor jedoch reiste trotzdem immer auf einem Reittier und nannte es Angeberei, wenn Rasîd darauf bestand, neben ihm her zu laufen. Inzwischen hatte sich Rasîd angewöhnt, Maultiere und Sänften zu mieten, wenn er mit dem Doktor unterwegs war, nur damit er ihn nicht schimpfen hören musste.

Nur deshalb? Oder weil du faul geworden bist und er dir einen Vorwand gibt?, hallte seine mahnende innere Stimme wider. Das nächste Mal würde er zu Fuß gehen, beschloss er.

Mehrere Stunden verbrachten sie damit, an Vororten und vereinzelten Bauernhöfen vorbeizureiten, bis es endlich keine Anzeichen mehr dafür gab, dass sie die größte Stadt der Welt hinter sich gelassen hatten. Auf der gestampften Lehmstraße waren nicht mehr viele Leute unterwegs, nur immer mal wieder ein oder zwei Ochsenkarren oder Kamele. Seit er die Loge verlassen hatte, war Rasîd selten aus Dhamsawaat herausgekommen, und während er vor sich hin ritt, staunte er aufs Neue, wie sich der Himmel über ihm auszubreiten schien.

Als die Sonne schon halb zum Horizont herabgesunken war und sie allein auf der Straße waren, brachte der Doktor sein störrisches Maultier nach kurzem Rangeln endlich zum Stehen. Rasîd lenkte sein Tier neben ihn. »Nun«, rief der Doktor halblaut, »diese Stelle ist so gut wie jede andere, um den Suchzauber zu wirken. Komm!« Er dirigierte Rasîd zum Straßenrand und stieg mit lautem Ächzen ab. Dann griff er in seinen Beutel und kauerte sich mit einem noch lauteren Ächzen auf den Boden.

Er gibt dauernd unanständige Geräusche von sich, dachte Rasîd verärgert. *Ächzen, Kratzen, zu lautes Lachen. Aber es ist meine Pflicht, ihn zu beschützen.* Fließend glitt Rasîd von seinem Reittier, ergriff die Zügel beider Tiere und stellte sich schützend neben den Doktor, der an seinem Zauberspruch arbeitete.

Der Doktor hatte ein Stück Papier herausgezogen, dazu das blutige Stoffstück von Faisals Kleidern, eine Phiole und eine lange Platinnadel. Er schrieb etwas auf das Papier, stach sich mit der Nadel in den Finger und steckte anschließend das Papier und den Stofffetzen mit ihr am Boden fest. Dann stand er auf, schloss die Augen und sagte Sprüche aus den Himmlischen Kapiteln auf. Dabei streute er bei jeder Nennung des Namens Gottes dunkelgrünes Pulver aus – Minze? – aus. »Gott ist der, der das Ungesehene sieht! Gott ist der, der das Ungewusste weiß! Gott ist der, der Verborgenes offenbart! Gott ist der, der Geheimnisse lehrt!«

Soweit Rasîd es erkennen konnte, passierte gar nichts. Doch der Doktor, dem der Schweiß auf der Stirn stand, öffnete die Augen und nahm Rasîd den Zügel seines Maultiers aus der Hand. Er saß auf und ritt weiter die Straße entlang, ohne ein Wort zu sagen oder sich auch nur umzudrehen und nachzuschauen, ob Rasîd ihm folgte.

Nachdem Rasîd aufgestiegen war und zu ihm aufgeschlossen hatte, fiel ihm auch auf, warum. *Er ist außer Atem. Die Reise, der Zauberspruch, das alles fordert seinen Tribut.* Rasîd versuchte, sich nicht davon beunruhigen zu lassen.

Er ließ dem Doktor ein paar Minuten Zeit, wieder zu Atem zu kommen. Dann sagte er: »Du hast die Fährte der Ghule aufgespürt, Doktor?«

»Ja«, war alles, was der Doktor erwiderte.

Meile um Meile trieben sie ihre Maultiere zu einem strammen Trab an, und als es Abend wurde, führte der Weg leicht abwärts. Dann bog die Straße weiter nach Westen ab und näherte sich dem Tigerfluss. Hier fiel das Gelände steiler ab und wurde schnell sumpfig. Feuchtigkeit lag in der Luft, und immer mehr Stechmücken schwirrten Rasîd um Augen und Nase. Als die Sonne den Horizont erreichte und den Himmel in rosa und rotes Licht tauchte, bemerkte Rasîd einen hageren bärtigen Bauern, der auf sie zukam – der einzige Reisende, dem sie seit Stunden begegnet waren. Der Mann machte einen weiten Bogen um die Maultiere, und als sie an ihm vorbeigingen, grummelte er von der anderen Straßenseite »Der Friede Gottes« herüber, wich aber ihren Blicken aus.

Hat er Angst vor uns? Oder hat er etwas zu verbergen?

Du bist nicht seinetwegen hier, rügte sich Rasîd selbst. *Bleib bei der Sache.*

Große Felsbrocken, hinter denen sich alles Mögliche verstecken konnte, lagen ringsum verstreut. Rasîd hielt nach Bewegungen Ausschau. Der Tigerfluss lag außer Sichtweite zu ihrer Rechten. Er war nur aufgrund der frischen, feuchten Luft zu erahnen, anhand der Dattelpalmen und der großen Flecken Stahlschilfs, das im Abendwind klapperte.

»Halt.« Der Doktor sprach so laut, dass er zwei erschreckte Sumpfvögel aufscheuchte. Es war das erste Wort, das er seit Langem von sich gab. »Die Spur zweigt hier ab, aber irgendetwas stimmt nicht.«

»Was willst du damit sagen, Doktor?«

Rasîds Meister sah tatsächlich verwirrt aus – ein seltener Anblick. »Ich weiß nicht recht, Junge. In all den Jahren, in denen ich Suchzauber gesprochen habe, ist mir so etwas noch nie passiert. Normalerweise spüre ich – oder besser gesagt: ich höre in meinem Kopf – Gottes Fingerzeige in die Richtung meiner Beute. Und das ist noch immer so. Unser Opfer ist nah und befindet sich in dieser Richtung.« Der Doktor deutete von der Straße weg nach rechts auf ein Feld, in dem dicht gedrängt Felsbrocken standen. Und zu einem spitz zulaufenden, einsamen Hügel. »Aber ich höre auch, dass Er mich auf andere Gefahren hinweist. ›Der Schakal, der Seelen verschlingt‹. ›Das

Ding, das den Stolz des Löwen zerschmettert.‹ Ich ... ich weiß nicht, was das heißen soll. In meinem ganzen Leben habe ich nie ...« Der Doktor ließ die Zügel los und hielt sich mit beiden Händen den Kopf. Rasîd versuchte, sich seine Besorgnis nicht anmerken zu lassen.

Der Doktor holte tief Luft und atmete geräuschvoll aus. Dann sah er auf, schüttelte den Kopf und fuhr sich mit der Hand durch den Bart. »Fort. Was immer es war, es ist verschwunden.« Er sah sich um, als wäre er aus einem Traum erwacht. Noch ein Luftholen und ein Ausatmen, das einem Kamel Ehre gemacht hätte. »Vergiss es, Junge, nicht weiter wichtig. Ich bin alt und müde und hatte den ganzen Tag nichts zu essen.«

Das glaubte Rasîds Meister zwar selbst nicht, aber wenn der Doktor nichts mehr sagen wollte, dann konnte Rasîd daran wenig ändern.

»Lass uns weitermachen«, sagte der Doktor, lenkte sein Maultier von der Straße und führte es die leichte Böschung hinunter.

Rasîd folgte ihm.

Nach einer weiteren Viertelstunde war es dunkel – bis auf das schwache Licht der Sterne und des Monds, die von einem silbernen Wolkenschleier verborgen waren. Als sie den Fuß des spitzen Hügels erreichten, erkannte Rasîd, dass es gar kein Hügel war, sondern ein Fels, der wie ein kleiner Berg fünfzehn Schritt steil in die Höhe ragte. Der Doktor lenkte seinen Maulesel auf den Felsen hinauf, die Hufe des Tiers trappelten laut auf dem Stein. Rasîd folgte ihm mit seinem Reittier auf den Weg, der rasch steil anstieg. Dann wandte sich der Doktor, der Richtungsanweisungen folgte, die Rasîd weder sehen noch hören konnte, zur Seite und ritt über einen riesigen Steinkeil.

Die exakte Dreiecksform und die glatte Oberfläche des Steins veranlassten Rasîd zu der Frage, ob der Grat, über den sie ritten, überhaupt von Menschen geschaffen worden war. *Und wenn doch, was für Menschen sind auf ihm gegangen?*

»Doktor, woher kommt dieser Stein? Was stand hier einst für ein Gebäude?«, fragte Rasîd leise. Er bildete sich etwas darauf ein, dass er nicht leicht zu erschrecken war, aber als er über Bodenplatten längst Verstorbener lief, wurde ihm etwas mulmig.

Der Doktor sah sich beim Sprechen die ganze Zeit um, er wirkte abgelenkt. »Das stammt aus dem Reich von Kem, das ist sicher. Vielleicht der Eckstein einer …«

Der Doktor brach mitten im Satz ab und brachte seinen Maulesel abrupt zum Stehen, worauf sich das Tier lautstark beschwerte. Er kniff die Augen zusammen und spähte um sich. »Steig ab!«, flüsterte er und kraxelte von seinem Maultier herunter.

Rasîd gehorchte. Er nahm die Zügel beider Tiere, ließ sie aber wieder fallen, als der Doktor erneut flüsterte.

»Lass sie. Uns bleibt keine Zeit, sie anzubinden.« Wieder kam Rasîd seinen Befehlen nach, und die beiden Tiere trotteten den Abhang hinunter zu einem mit Dornklee bewachsenen Flecken nahe am Fuß des Hügels.

»Knochenghule. Mehr als einer. Ganz nah«, sagte der Doktor und hielt den Kopf schief. Es sah aus, als lausche er auf etwas in seinem Kopf. Dann steckte er seine große Hand in seinen Beutel. »Am Fuß des Hügels!«, bellte er.

Rasîd fragte nicht, woher der Doktor das wusste. Er zog sein Schwert und spähte in die Dämmerung unter ihnen. Plötzlich fingen die Maultiere ängstlich an zu brüllen. Mit seinen scharfen Augen konnte Rasîd ihre dunklen Umrisse ausmachen, während sie den Felsabhang hinunter flohen.

Dann erkannte er andere Gestalten, vage menschlich – ein, zwei, drei. Sie traten hinter Felsbrocken hervor und schlichen den Hügel hinauf. Und Rasîd hörte ihr Zischen.

Das Zischen von Ghulen glich keinem anderen Geräusch in dieser Welt. Es war, als würden tausend hasserfüllte Schlangen auf einmal fauchen. Rasîd hatte es schon oft gehört, aber er bekam trotzdem jedes Mal Gänsehaut.

Wolken trieben über den Himmel, und die Szenerie unter ihnen war in Mondlicht getaucht. Selbst der Doktor mit seinen alten Augen würde mittlerweile alles genau erkennen können. Drei Knochenghule, die nur aus Klauen und Kiefern und grauer Haut zu bestehen schienen, krabbelten den riesigen Felsklotz herauf.

»Aus Jägern sind Gejagte geworden, Doktor.«

Der Doktor grunzte und zog etwas aus seinem Beutel. Zwei der Ghule waren auf zwanzig Schritt herangekommen. Der Doktor betrachtete sie kühl, hob eine verkorkte Phiole in die Höhe und schleuderte sie auf den Boden. Das Glas zersprang, und der Geruch von Essig und Blumen breitete sich aus. Dazu bellte der Doktor Verse aus der Schrift.

»Gott ist die Gnade, die die Grausamkeit bezwingt!« Es ertönte ein Geräusch wie von einem Erdrutsch, und nachdem die falschen Seelen der beiden ersten Ghule ausgelöscht waren, verloren sie ihre menschenähnliche Gestalt und zerfielen zu einem Haufen Grabwürmer und umgepflügter Erde. *Zwei der Ungeheuer auf einen Streich!* Nicht zum ersten Mal staunte Rasîd über die Macht des Doktors. Er fühlte sich darin bestärkt, seinen Lehrmeister zu bewundern und sich nicht um ihn zu sorgen.

Doch einer der Ghule stand noch. Der Doktor beugte sich nach vorn und stützte sich mit den Händen auf den Knien ab. Der Zauber hatte ihn sichtlich erschöpft. »Jetzt bist du dran, Junge!«

Kaum hatten sich die Worte von den Lippen des Doktors gelöst, da schoss Rasîd auch schon auf die Kreatur zu, und sein Schwert wirbelte auf der Suche nach Ghulfleisch durch die Luft. Mit stumpfsinniger Böswilligkeit zischte die Kreatur ihn an und schlug mit den langen Krallen nach ihm. Doch Rasîd hielt sie auf zwei Schwertlängen Abstand.

Tänzelnd näherte er sich zwei Schritte und ließ sein Schwert herabsausen. Er spürte, wie die Klinge in das Ungeheuer eindrang. Ein Zischen, und die abgetrennte Klaue des Ghuls segelte durch die Luft. Statt Blut spritzten Maden von ihr weg, eine landete auf Rasîds Wange. Der Ghul ließ sich keinen Wimpernschlag lang beirren, sondern schlug mit seinem Armstumpf zu. Blitzschnell trat Rasîd zurück und wagte nicht, das juckende Insekt von seiner Wange zu wischen.

Der Ghul setzte nach, doch jetzt hatte Rasîd einen Vorteil. Die Kreatur spürte keinen Schmerz, und selbst mit einer Klaue hätte sie die meisten Menschen mit Leichtigkeit töten können. Rasîd aber war anders als die meisten Menschen. Er schlängelte sich nach links, dann nach rechts, und hielt sich dabei stets die gesunde Klaue des Ghuls vom

Leib. Er wartete auf eine gute Gelegenheit und erkannte sie, als sich die Kreatur mit schnappendem Kiefer auf ihn stürzte.

Da verlagerte Rasîd das Gewicht, hob das Schwert und ließ es hinabschwirren. Dem Ghul fiel der Kopf von den Schultern. Sein Leib zitterte und löste sich in einen Haufen Maden und Graberde auf.

Rasîd wischte sich die Made von der Wange und trat neben den Doktor, der ganz außer Atem, aber nicht verletzt war. »Doktor! Wo, glaubst du …«

Und wieder ein Zischen. Die Worte blieben Rasîd im Hals stecken.

Zwei weitere Knochenghule krochen von der Kante der steileren Flanke des Felsblocks auf sie zu. *Barmherziger Gott!* Seit er zum Doktor gekommen war, hatte Rasîd gegen Knochenghule gekämpft, aber immer nur gegen einen oder zwei. Er hatte nicht geahnt, dass ein Ghulrudel dieser Größe überhaupt erschaffen werden konnte. Neben ihm keuchte der Doktor noch immer und war vermutlich nicht in der Lage, gleich wieder einen Zauber zu wirken.

Rasîd griff die Ghule an und streckte das zweispitzige Schwert seitlich aus, während er an ihnen vorbeistürmte. Die Klinge schnitt in den Hals eines Ghuls und wurde ihm fast aus der Hand gerissen. Er zog die Waffe zurück und rannte weiter. Sich unter Klauenhieben wegduckend, lenkte er die Ghule vom Doktor weg. Doch die Geschöpfe trieben ihn vor sich her, bis seine Fersen weniger als einen Schritt von der Felskante entfernt waren. Er versuchte, einen Blick auf den Doktor zu erhaschen, doch die Ghule versperrten ihm die Sicht.

Maden tropften aus der Halswunde des einen Gegners. Die Kreatur stolperte und konnte ihre Kräfte offensichtlich nicht bündeln. Das andere Geschöpf starrte Rasîd mit leeren Augen an. Ein teuflisches untotes Insekt schien im Körper des Ungeheuers abzuwägen, wann es zuschlagen sollte.

Die in den weißen Kaftan gehüllte wuchtige Gestalt des Doktors schob sich vorwärts und rief mit schwacher Stimme: »Gott ist die Hoffnung der Hoffnungslosen!«

Der verwundete Ghul klappte zusammen, und der andere raste auf Rasîd zu. Mit solcher Wucht rammte ihn das Ungeheuer, dass ihm die Luft wegblieb. Stolpernd wich er zwei Schritte zurück.

Unter seinen Füßen war kein Boden mehr.

In einem Knäuel aus Gliedmaßen stürzten er und der Ghul über den Felsrand.

Rasîd spannte die Muskeln an und bündelte seine Seelenkräfte. Er wand sich, ließ das Schwert fallen und versetzte dem Ghul im Sturz einen Tritt. Der steinige Grund raste auf ihn zu, doch Rasîd beobachtete es mit den ruhigen Sinnen, die er eingeübt hatte. Sein akrobatisches Talent war eine Gottesgabe und übertraf die Fähigkeiten eines jeden Seiltänzers oder Artisten. Bei diesem Sturz würde er sich nicht verletzen.

Er rollte sich zusammen und stieß lediglich ein heftiges Grunzen aus, als er aufkam. Auf dem Boden rollte er noch sechs Schritte, bevor er keuchend aufsprang. Seine scharfen Augen erspähten ein paar Schritte weiter das im Mondlicht blitzende Schwert, und er hob es auf. Sobald er den vertrauten Griff in Händen spürte, fühlte er sich zuversichtlicher.

Wo ist der Ghul? Rasîd sah sich um und machte sich auf einen weiteren Kampf gefasst. Drei Schritte entfernt entdeckte er ihn, wie er zuckend auf dem Boden lag. Das Ungeheuer war mit dem Kopf aufgekommen und hatte sich den Schädel an einem mannsgroßen Felsbrocken aufgeschlagen. Das Wesen zischte kläglich, zuckte noch einmal und verwandelte sich dann in einen Haufen toten Ungeziefers.

Preis sei Gott! Erst jetzt gestattete sich Rasîd, die Schmerzen in Brust und Rippen zur Kenntnis zu nehmen. Das Monster hatte ihm mit seinen ranzigen Klauen das Seidengewand zerfetzt und die Haut aufgeschürft. *Die Wunde muss mit Kräutern gereinigt werden.* Vor einiger Zeit hatte ihm der Doktor beigebracht, dass die alte Mär von Ghulwunden, deretwegen sich Leute in Ghule verwandeln, Unsinn war. Doch die schmutzigen Krallen der Leichenmonster vermochten dennoch unzählige tödliche Krankheiten zu bringen.

Von oben hörte Rasîd die Rufe des Doktors. *Noch mehr Ghule?* Er lief zur senkrechten Felswand und begann, mit einer Geschwindigkeit an ihr hinaufzuklettern, über die gewöhnliche Menschen staunten. Der Doktor war bereits erschöpft gewesen, als er seine letzte Zauberformel gesprochen hatte. In diesem Zustand war er ein schwacher Gegner für die Knechte des Treulosen Engels. Rasîd beeilte sich noch mehr. Er achtete nicht auf seine Wunden und darauf, dass er sich an der Felswand schmerzhaft die Haut abschürfte. Er hoffte nur, dass er nicht zu spät kommen würde.

5

Als Adoulla in diesen Kampf gezogen war, hatte er sich wie ein selbstsicherer junger Mann gefühlt – er hatte die Ghule früh gewittert, hatte einige erledigt und zugesehen, wie sein Gehilfe einem weiteren den Kopf abgeschlagen hatte. Doch dieser Ausbruch übertriebener Tapferkeit war schnell vergangen. Adoulla zweifelte nicht daran, dass Rasîd den Sturz überlebt hatte, aber vielleicht brauchte er seine Hilfe. Und womöglich trieben sich noch mehr Ghule herum. Adoulla war zum Umfallen müde, doch seine Berufsehre und die Sorge um seinen Gehilfen hielten ihn auf den Beinen. Er wandte sich zu der Stelle, an der Rasîd abgestürzt war, und kramte in seinem Beutel nach einem kleinen Pergamentumschlag.

Aus dem Augenwinkel erkannte er, dass sich ihm etwas näherte. Adoulla wirbelte herum, um dem Ding, was es auch sein mochte, auszuweichen. Da traf ihn etwas Schweres im Rücken.

Er fiel der Länge nach hin, Beutel und Umschlag glitten ihm aus den Händen. Zwischen ihm und seiner Tasche schlängelte sich eine große Gestalt hindurch. Verbissen unterdrückte er den Schmerz im Rücken, dann wich er krabbelnd vor der Kreatur zurück und erhob sich heftig schnaufend.

Vor Entsetzen stieß Adoulla einen Schrei aus. Es war ein weiterer Knochenghul. Ein riesiger Knochenghul. Der größte Ghul, den er in vierzig Jahren gesehen hatte.

Unmöglich! Eine Kreatur dieser Größe zu erschaffen – zusammen mit all den anderen! Die Macht, die dafür erforderlich war, ließ sich nicht ermessen. Das Ungeheuer überragte ihn, obwohl er nicht gerade klein war. Wer konnte dieses über zweieinhalb Schritt große Ungetüm wohl erschaffen haben und es beherrschen?

Es machte einen Schritt auf Adoulla zu. Der Ghuljäger sah ihm erst in die seelenlosen Augen und dann auf die breiten Klauen. Mit einer dieser Klauen konnte es seinen Kopf wie eine Melone zermalmen. Nur der Umstand, dass er sich reflexartig geduckt hatte, hatte ihn vor einer gebrochenen Wirbelsäule bewahrt. Und trotz seines steten Lebensüberdrusses, war Adoulla noch nicht bereit, sich den Kopf wie eine Melone zerquetschen zu lassen. Allein schon deshalb, weil Rasîd ihn brauchte.

Er starrte in die stumpfen, pupillenlosen Augen des Ghuls. Leise und verzweifelt fing er an zu pfeifen: »Unterm Birnbaum, meine Süße.« Als sich die ersten Töne von seinen Lippen lösten, hielt der Koloss in der Bewegung inne. Ein zuversichtlicher Blick und der ghulbezähmende Klang eines Lieblingslieds. Es war ein unzuverlässiger Altweiberzauber, dem es an der Kraft und Eleganz einer Anrufung der Schrift fehlte. Manchmal zeigte er gar keine Wirkung, und wenn doch, dann nur für ein paar Minuten. Aber er hatte Adoulla schon mehr als einmal das Leben gerettet.

Die Klauen des Ungetüms hingen seitlich herab, und es

wiegte sich leicht im Rhythmus der Melodie. Adoulla versuchte zu pfeifen und dem Ghul gleichzeitig ins Auge zu blicken und seine Handlungsmöglichkeiten zu erwägen. Doch der Satz *Ich bin zu alt* stellte sich seinen Gedankengängen immer wieder in den Weg.

Nicht jetzt, bellte eine Stimme in ihm. Sein Beutel mit den Zauberutensilien lag hinter dem Riesenghul auf dem Boden. *Er könnte genauso gut in Rughal-ba liegen.* Machte er auch nur einen Schritt darauf zu, wäre der Zauber gebrochen. Er pfiff weiter, kam aber allmählich ans Ende des Lieds – und damit wäre auch die Ghulzähmung vorbei.

Adoulla betete, dass ihn die Ghulklauen nicht erwischten, wenn er sich nach seinem Zauberbeutel duckte. Die Chancen, die er sich ausrechnete, gefielen ihm gar nicht. *Das war es dann*, dachte Adoulla. *Ein schändlicher Tod durch die Hände eines zischenden Scheusals.* Er konnte nicht sagen, dass es ihn überraschte. *Was würde ich für eine letzte Schale Kardamomtee geben, oder eine letzte Mahlzeit in meinem Haus.*

Kraftlos und mit trockenen Lippen pfiff er die letzte Note der Melodie und spannte seine Muskeln an. Die Kreatur kreischte.

Dann stürzte sich etwas auf den Ghul.

Rasîd war es nicht. Adoulla sah goldenes Fell aufblitzen und erkannte einen peitschenden Schwanz. Irgendein Tier hatte sich auf den Rücken des Riesenghuls geheftet. Die milchweißen Augen des Ungeheuers wurden erst groß, dann zogen sie sich zusammen. Wieder brüllte es auf.

Adoulla schob seine melancholischen Gedanken beiseite und versuchte, die Tatsachen zu betrachten. Was hatte den Ghul verletzt, und wie konnte Adoulla es zu seinem Vorteil nutzen?

Das graugrüne Monster wand sich und versuchte, den neuen Angreifer abzuschütteln. Als sich der Ghul dabei umwandte, bekam Adoulla einen besseren Blick auf das außergewöhnliche Tier, das sein Leben gerettet hatte. Eine schlanke Löwin mit Augen wie grünes Feuer und einem unglaublich golden schimmernden Fell.

Fieberhaft durchforstete Adoulla sein angesammeltes Wissen. Das war kein Tier. Wenn man den Legenden aus der Wüste Glauben schenken konnte, dann war dieses Geschöpf eine Handlangerin der Gerechtigkeit der Engel – beziehungsweise von Gott. Zum Dank sprach Adoulla ein stummes Stoßgebet.

Dennoch. »Gottes Hilfe kommt dem, der sich selbst hilft.« Adoulla wagte es, nach seinem Beutel zu greifen.

Als er ihn aufgehoben hatte und darin herumwühlte, erkannte er jedoch, dass keine Anrufung nötig war. Seine Retterin hatte die Hülle, die auf so monströse Weise ein menschliches Gesicht nachäffte, ausgelöscht. Als die Kreatur den Geist aufgab, plapperte sie auf jene Weise, die Adoulla auch nach so vielen Jahren noch den Magen umdrehte. Dann zerfiel der Ghul mit einem Geräusch, das an das Schaben eines steinernen Grabdeckels erinnerte, und zurück blieb ein Teppich aus Friedhofserde, aus der tote Sargmotten hervorsprudelten.

Aus dem Fell der Löwin sickerte blendendes Licht hervor. Als das Licht wieder schwächer wurde, stand statt der Löwin ein braunhäutiges Mädchen mit unscheinbaren Zügen, vielleicht fünfzehn Jahre alt. Gekleidet war es in das schlichte, sandfarbene Kamelkalbleder der Badawi-Stammesleute. Es war, als hätte Adoulla geblinzelt, und jemand hätte währenddessen die bissige Kreatur, die eben noch vor ihm gestanden hatte, gegen ein grünäugiges kleines Mädchen ausgewechselt.

Doch das erlebte er nicht zum ersten Mal.

Die seltene, fast vergessene Gabe der Löwengestalt. Vor vielen Jahren hatte er einen anderen Stammesangehörigen gekannt, der dieselbe Gottesgabe besessen hatte – für einen Wilden war er ein anständiger Mann gewesen, aber schrecklich anzusehen, wenn man ihm krumm kam. Adoulla würde sehr viel Vorsicht walten lassen müssen.

»Hallo«, brachte er heraus.

Das Mädchen starrte ihn mit seinen Smaragdaugen misstrauisch an.

»Gottes Friede«, probierte er es.

Fast unmerklich entspannten sich die Gesichtszüge des Mädchens, aber es schaute immer noch grimmig drein. »Gottes Friede«, erwiderte es knapp und wischte sich das zottelige, schulterlange Haar aus den Augen. Ein Mädchen ihres Alters hätte ein bisschen mehr Respekt an den Tag legen sollen, wenn es mit einem Mann wie Adoulla sprach. Wenigstens hätte es ihn mit »Onkel« anreden sollen. Doch die ungehobelten Badawi zeigten nur gegenüber ihren Stammesgenossen Anstand. Das Mädchen ließ seinen ersten beiden Worten einige gebellte Fragen folgen: »Du hast gegen diese verdorbenen Geschöpfe gekämpft? Hast du die anderen getötet?«

»In der Tat«, sagte Adoulla und schluckte den Tadel hinunter, zu dem er schon angesetzt hatte. »Danke für deine Hilfe, Kind. Es ist viele Jahre her, seit ich jemandem begegnet bin, der mit der Löwengestalt begabt war.«

Dem Mädchen klappte der Unterkiefer herunter. »Du weißt von der Gabe? Und fürchtest mich doch nicht?«

Adoulla zuckte mit den Schultern. »Bestimmt bist du gewohnt, es mit deinen unwissenden Stammesgenossen zu tun zu haben. Sie haben Angst vor dir, obwohl sie auf deine Macht angewiesen sind, ist es nicht so? Nun, ich bin kein undankbarer Wilder.« Die Beleidigung seines Volkes entlockte dem Mädchen ein Knurren, als steckte noch immer eine Löwin in ihm.

Beschwichtigend hob Adoulla beide Hände. »Ich bin Gelehrter auf dem Gebiet solcher Phänomene und ihrer finsteren Abarten, Mädchen. Die Löwengestalt ist eine Gabe Gottes, die er durch seine Engel verleiht. *›Darauf mag der wahre Badawi schauen: eine Mähne aus Sonnengold und mondsilberne Klauen.‹* Ich kenne die Gestalt, und sie ist nichts, was man fürchten müsste. Außerdem: Nach vierzig Jahren Ghuljagd braucht es mehr als ein Mädchen, das die Gestalt eines Löwen annimmt, um mich zu erschrecken. Allerdings bin ich durchaus erstaunt. Schließlich ist es zwanzig Jahre her, seit ich jemanden wie dich getroffen habe. Und ich habe nicht gewusst, dass auch Mädchen die Gabe erlangen können.«

Adoulla hörte nur das leiseste Geräusch, als sich Rasîd über die Felskante schob. Das Mädchen wirbelte sofort herum.

»Nun, Junge, jetzt wird es aber auch Zeit!«, sagte Adoulla, als der Derwisch herbeitrottete. »Einen alten Mann hier oben allein kämpfen zu lassen! Doch wie du siehst, sind wir gar nicht allein.«

Auch wenn der Junge das Schwert schon wieder gezückt hatte, wirkte seine Miene doch weniger kampfbereit als ungläubig. »Wer ist das Mädchen, Doktor?«

»Nun, unter anderem war sie das Instrument von Gottes Helfenden Engeln, denn sie hat mein Leben gerettet. Aber wir hatten noch keine Zeit, uns angemessen vorzustellen.« Adoulla wandte sich dem Mädchen zu, das Rasîd musterte. »Ich bin Doktor Adoulla Machslûd, junge Frau. Mein Gehilfe heißt Rasîd.« Ein kalter Wind kam auf, und Adoulla steckte die Hände unter die Achseln, um sie zu wärmen.

Wieder runzelte das Mädchen die Stirn. »Du bist Ghuljäger? Und der da ist ein Derwisch?«, fragte sie brüsk, ohne den Blick von Rasîd zu wenden.

Die schlechten Manieren des Mädchen veranlassten Adoulla dazu, verärgert die Augenbraue hochziehen. Allerdings war er nicht sicher, ob sie es sah. »Ja, das stimmt beides. Aber ich war in dem Glauben, dass selbst die unhöflichsten Badawi keine so schlechten Manieren hätten, dass sie ihre Nase in fremder Leute Angelegenheiten stecken, ohne vorher ihren eigenen Namen genannt zu haben.«

Dem Mädchen schien das in keiner Weise peinlich zu sein. »Ich bin Samia Banu Laith Badawi, Beschützerin der Sippe von Nadir Banu Laith Badawi.«

Adoulla warf seinem Gehilfen einen Blick zu. Erst jetzt bemerkte er die blutverschmierten Risse in Rasîds blauer Seide. Die Schnittwunden schienen nicht tief zu sein, doch

Adoulla wusste aus Erfahrung, wie sehr sie brannten. Natürlich würde der stoische Junge keinen Mucks von sich geben. Trotzdem waren hier Kräuter vonnöten – Ghulsbann und Lavendel. Adoulla war zwar kein Heiler, aber seine Freunde Dawoud und Litas hatten ihm ein paar Dinge beigebracht. »Du bist verletzt«, sagte er zu seinem Gehilfen und fasste in seine Tasche, um einen Beutel mit Wundumschlägen herauszuholen. Er warf ihn dem Derwisch zu, der sein Schwert wegsteckte und den Beutel mit sichtlichem Widerwillen in der Hand knetete, um ihn aufzulegen zu können.

Der beißende Geruch der zerriebenen Kräuter kitzelte Adoulla in der Nase. Wieder sah er zu dem Mädchen hinüber. »Samia kann Löwengestalt annehmen, Junge. Erinnerst du dich an meine Lektionen über die Mächte der alten Wüstenstämme des Kahlen Königreichs? Sie hat eben den größten Ghul getötet, den ich je gesehen habe.«

Der Derwisch bekam große Augen, hielt beim Zerdrücken des Beutelinhalts inne und runzelte leicht die Stirn. »Beeindruckend, Doktor. Aber die Überlieferungen meines Ordens sagen: ›Ein Feind meines Feindes zu sein, macht dich noch nicht zu meinem Freund.‹«

»Nun, dann freu dich und tanze, Junge, denn wenigstens einmal haben deine alten Scheinheiligen etwas Weises verzapft. Aber ich nenne sie nicht Freund. Ich sage nur, dass sie mir das Leben gerettet hat.«

Das Mädchen spuckte aus. »Gemeiner Mensch! Sprich nicht so, als würde ich nicht vor dir stehen!« Der Akzent der Stämme hatte in Adoullas Ohren immer so geklungen, als sprächen Steine. Dieses zerzauste Mädchen jedoch hörte sich an wie ein knirschender Kieselregen. Mit seinem wütenden Blick nagelte es Adoulla fest. »Was machst du hier draußen, Alter?«

»Doktor, Mädchen! Du sprichst mich gefälligst als Doktor oder als Onkel an, oder jedenfalls mit etwas mehr Respekt!« Von Engeln erwählt oder nicht, Adoulla hatte genug von dem unverschämten Ton dieses ungezogenen Mädchens.

»Die Badawi geben nichts auf die Titel der Städter«, sagte sie mit verächtlichem Lächeln. Dann setzte sie widerwillig hinzu: »Wenn du es willst, dann nenne ich dich eben Doktor.« Dabei wurde ihr Ausdruck noch um einiges arroganter. »Du sagst selbst, dass ich dir das Leben gerettet habe – das bedeutet, dass du mit deinem Leben in meiner Schuld stehst.«

Adoulla stieß ein bellendes Lachen aus. *Diese Leute haben Vorstellungen!* »Ach wirklich? Ich bin ein Ghuljäger, Mädchen. Weißt du, wie viele Leben ich schon gerettet habe? Wie viele Männer, Frauen und Kinder ich schon vor den Klauen von Ungeheuern bewahrt habe? Stehen die etwa mit ihrem Leben in meiner Schuld? Sind sie zu meinen Sklaven geworden? Nein. Das ist ein Relikt aus einem der lächerlichen, sich über sechs Abende ziehenden Heldenepen deines Volkes.«

Wieder knurrte das Mädchen, sagte aber nichts.

Adoulla seufzte. »Sieh. Du hast in deiner ungezogenen Art gefragt, was wir hier machen? Nun, wie es aussieht, hat dieses Ghulrudel vor ein paar Tagen eine Familie im Sumpf getötet. Mein Gehilfe und ich …«

»Ich habe sie gesehen«, unterbrach Samia, und all die

Arroganz war aus ihrer Stimme verschwunden. »Ich bin den Spuren dieser Geschöpfe fast eine Woche lang gefolgt, seit sie die Wüste des Kahlen Königreichs verlassen haben. Ich habe die getöteten Sumpfleute gefunden, ihre Rippenkästen waren aufgebrochen, die Herzen hatte man ihnen herausgerissen. Und ihre Augen … Ich weiß, wie Leichen aussehen. Ich habe selbst schon Menschen getötet! Habe gesehen, wie das Leben in ihren Augen erloschen ist. Aber das war … In ihren Augen gab es nichts Braunes oder Schwarzes oder Weißes – nur Rot! Kein Blut. Sondern ein rotes Glühen wie … so etwas habe ich noch nie gesehen. Wenn der Tod durch Ghulklauen so aussieht, dann …« Das Mädchen erschauerte, schlang die Arme um ihren knabenhaften Leib und verfiel in Schweigen.

Auch Adoulla war für einen Moment sprachlos. Wenn die Augen der Opfer in der Farbe des Treulosen Engels leuchteten, dann war das noch ein weiterer Hinweis darauf, dass es hier um etwas Schrecklicheres ging als nur darum, ein paar Ghule zu jagen. Vor Furcht krampften sich seine Eingeweide zusammen. »Ob Knochenghul oder Wasserghul, Sandghul oder Nachtghul, die unheiligen Scheusale fressen die noch warmen Herzen der Menschen. Aber das … Diese Sache mit den Augen ist etwas noch Entsetzlicheres. Eine grausame Art der Hexerei, von der die alten Schriftrollen behaupten, sie sei vom Antlitz der Erde verschwunden. Ein Zeichen dafür, dass nicht nur das Fleisch verzehrt, sondern auch die Seele ausgesaugt wurde wie Knochenmark.«

Die grünen Augen des Mädchens weiteten sich vor Entsetzen. »So etwas ist nicht möglich!«

Rasîd, der mit den Händen unter seinem Gewand hantiert hatte, um den Inhalt des Wundumschlags auf die Wunde zu pressen, meldete sich zu Wort, bevor Adoulla antworten konnte. »Das Mädchen hat recht. So etwas würde Gott nicht erlauben! In den Himmlischen Kapiteln heißt es: ›Wahrlich, auch wenn das Fleisch gegeißelt wurde, spürt doch die Seele des Gläubigen keine …‹«

»Bitte, Junge, keine Verse aus der Schrift! Deine unzulänglichen Auslegungen helfen uns hier nicht weiter, und ich brauche meine Kräfte für wichtigere Dinge, als dafür, dich durch Erläuterungen der Schriften zu erhellen. Nun …«

Samia hielt den Kopf schräg und schnüffelte. »Du sagst die Wahrheit«, sagte sie, und ihre Stimme klang plötzlich schwach. »Ich wittere keine Spur Falschheit an dir.« Dann traten ihr Tränen in die Augen.

Adoulla war verblüfft. »Und ich wittere keine Falschheit an dir, Samia Banu Laith Badawi. Wobei meine Nase, so sehr sie auch hervorragt, bestimmt nicht so fein ist wie deine. Doch nun ist es an mir, Fragen zu stellen. Warum plötzlich diese Tränen? Und wie kommt es, dass du ganz allein diesen Ungeheuern nachstellst? Wo ist deine Sippe?«

»Das geht dich nichts an«, sagte Samia und klang dabei hölzern und schwer, während sie sich ein paar Tränen aus dem reizlosen Gesicht wischte. Wind kam auf. Unheimlich mischte sich sein Rauschen mit dem kläffenden Schrei einer jagenden Nachtweihe.

»Wir teilen offenbar einen Feind, Mädchen. Selbst jemand aus den Stämmen sollte erkennen, dass wir auch unsere Kenntnisse teilen sollten.« Das Mädchen kniff skeptisch die Augen zusammen. Da fiel Adoulla eines von Miris Lieblingssprichworten ein: *In einem sind sich Bienen und Käfer gleich, sie mögen beide lieber Honig als Essig*. Dass Miri selbst diesem Grundsatz nur selten folgte, hatte nicht viel zu bedeuten. Adoulla musste eine andere Herangehensweise wählen. »Samia, ich will dich nicht beleidigen. Ich weiß, wie es ist, wenn man sein Glück an die Ghule verliert. Und ich kann dir helfen, Mädchen. Wenn du mich lässt.«

Als das Mädchen antwortete, sprach es mit der Stimme einer Toten. »Ich habe gelogen. Als ich davon erzählte, wie ich die Sumpfleute gefunden habe, sagte ich, dass ich so etwas nie zuvor gesehen hätte. Das war gelogen. Ich habe so etwas schon mal gesehen. Es ist meiner Sippe widerfahren.«

Das ist es also. Adoulla streckte tröstend die Hand zu dem Mädchen aus, doch es wehrte ihn mit einem zornigen Blick ab. Sie schluckte, wischte sich eine weitere Träne ab und sprach weiter. »Eines Nachts zog ich zum Kundschaften voraus, bis ich weit vor meiner Schar war. Und als ich am nächsten Morgen dorthin zurückkehrte, wo sie ihre Zelte aufgeschlagen hatten … Was ich dort fand …« Die nüchterne Stimme des Mädchens brach. Samia verfiel in Schweigen, die Augen weit aufgerissen angesichts der Schrecken, an die sie sich erinnerte. Dann erstickte sie ihren Schmerz und fuhr fort.

»Leichen. Die ganzen Leichen. Alle siebenundfünfzig Banu Laith Badawi – der alte Onkel Mahloud und die verwöhnte kleine Wassi. Fasisa, die wirklich glaubte, die

Sippe zu beherrschen. Mein Vater. Mein hübscher junger Vetter, der Häuptling geworden wäre – er war verbrannt worden. Alle, verstehst du? Ich bin die Letzte.«

Es klang so, als ob sich das Mädchen das selbst immer wieder hätte sagen müssen. Adoulla erwiderte nichts, sondern hoffte, sie würde weitersprechen.

»Überall roch es verdorben und eigenartig«, sagte sie kurz darauf. »Nach Schakal, aber nirgends war ein Haar zu finden. Nach frisch vergossenem Kinderblut und gleichzeitig nach uralten Gebäuden. Doch diese Gerüche führten mich nirgends hin. Das einzige Zeichen, das ich finden konnte, war das hier.« Samia holte einen verzierten, geschwungenen Dolch aus ihrem Gewand. Es sah aus, als würde getrocknetes Blut an der Klinge kleben.

»Der gehörte meinem Vater. Er hat ihn in den Falten seines Häuptlingsgewands versteckt. Blut klebt an ihm, aber es riecht weder nach Mensch noch nach Tier. Und wenn man den Geschichten glauben kann, dann bluten Ghule nicht.«

Adoulla dachte fieberhaft nach und versuchte, sich an die seltsamen Sätze zu erinnern, die ihm eingefallen waren, als er Gottes Hilfe bei der Suche nach den Ghulen erbeten hatte. »*Der Schakal, der Seelen verschlingt.*« »*Das Ding, das den Stolz des Löwen zerschmettert.*« Er drehte und wendete die Sätze hin und her, gelangte aber zu keiner Lösung. »Im Allgemeinen darf man den Geschichten keinen Glauben schenken«, sagte er schließlich zu Samia. »Aber diese ist dennoch wahr. Was bedeutet, dass dein Vater jemand oder etwas anderes verwundet hat. So Gott will, hält dieser Dolch Antworten für uns bereit.«

»So Gott will«, gab das Mädchen zurück, auch wenn es nicht so klang, als hätte sie noch viel Hoffnung. »Seit Tagen versuche ich, die Spur der Ungeheuer zu finden, um meine Schar zu rächen, damit ich mit Ehre sterben kann. Ich bin beinahe zufällig über sie gestolpert, als sie euch gerade angegriffen haben.« Einen Moment lang schwieg Samia, dann schluckte sie und fuhr fort. »Dieses ... dass sie die Seele aussaugen, das haben sie mit meiner Sippe gemacht.« Es war keine Frage. Sie sah geradeaus, und ihre inzwischen wieder trockenen Augen wirkten, als wäre ihre Seele ebenfalls ausgesaugt worden. Den Dolch hielt sie erhoben. »Das ist alles, was mir von meinem Vater geblieben ist, aber ich werde ihn nie benutzen – denn da mir die Löwengestalt gegeben wurde, habe ich allen anderen Waffen abgeschworen. ›*Meine Klauen, meine Fänge, das sind die silbernen Messer der Helfenden Engel.*‹ So lautet das alte Sprichwort.«

Gott bewahre uns vor der Dichtkunst der Wilden! Doch Samia hatte die Worte mit einer Bitterkeit gesprochen, wie Adoulla ihr noch nie begegnet war. Gott allein vermochte sich zu erinnern, in wie viele schmerzerfüllte Gesichter er im Verlauf seiner Jägerjahre geblickt hatte, doch das machte es ihm nicht leichter, den Schmerz im Gesicht dieses rauen kleinen Löwenmädchens zu ertragen. Trotz allem wusste er, dass Samia, im Gegensatz zu fast allen anderen Opfern, mit denen er zu tun gehabt hatte, keine tröstende Umarmung brauchte, sondern die nackte Wahrheit.

»Hör mir zu, du von Engeln Berührte. Deine Familie ist tot, ihre Körper wie auch ihre Seelen. Es steht nicht in meiner Macht, daran etwas zu ändern. Aber ich kann dir die Gelegenheit bieten, dich zu rächen.« Adoulla wusste sehr wohl, dass jemand aus dem Stamm nichts anderes wollen würde. »Wenn du magst, kannst du als unsere Verbündete mit uns ziehen, Samia Banu Laith Badawi.«

Neben ihm schien sich Rasîd zu verschlucken. Adoulla hatte beinahe vergessen, dass er da war. »Doktor! Wir können sie nicht … Es gibt keinen Grund, sie …«

»Pff. Du vergisst dich, Rasîd bas Rasîd. Wer von uns ist der Lehrmeister, und wer ist der Gehilfe, Junge? Außerdem brauchen wir Samias Dolch, um den zu finden, der das getan hat. Das Ghulrudel wurde zerstört. Jetzt müssen wir herausfinden, wer es erschaffen hat. Und wir müssen ihn töten. Leider sind wir an die Grenzen meines Suchzaubers gelangt.«

»Kannst du nicht einen anderen Zauber wirken?« Das Mädchen war angespannt. *Wäre sie in ihrer Löwengestalt, würde ihr Schwanz hin und her peitschen*, dachte Adoulla. Er fuhr sich mit der Hand über den Bart.

»Meine Anrufungen haben ihre Grenzen, Kind. Genau wie die Kräfte. In den Kapiteln steht geschrieben: ›Selbst der Mächtigste ist nur ein Splitter vor dem Wald der Macht Gottes.‹« Er zog den rot gesprenkelten Stofffetzen hervor, den er für den Suchzauber benutzt hatte. »Dieses Blut hier wurde von dem Ghulrudel vergossen, das wir eben vernichtet haben. Damit konnte ich sie aufspüren. Der Meister des Rudels aber – der wahre Mörder der Sumpfleute und deiner Sipppe – nun, Gott benötigt mehr von uns, um ihn zu finden. Das Blut auf Nadir Banu Laith Badawis Dolch ist aber ein guter Ausgangspunkt. Darf ich?«, fragte er und griff vorsichtig nach der Waffe.

»Du hast dir seinen vollen Namen gemerkt«, sagte Samia, und in ihrer Miene zeigte sich etwas, das Adoulla für das hielt, was unter den Wilden Hochachtung war. Sie gab ihm den Dolch und sah ihn dabei unruhig an.

Adoulla musste auf dieser Hochachtung aufbauen, wollte er die Hilfe Samias ohne ihre arrogante und skeptische Zurückhaltung gewinnen. Außerdem stellte er fest, dass er das verzweifelte Bedürfnis hatte, ihr Trost zu spenden. Er hielt die Klinge vor sich und begutachtete sie mit zusammengekniffenen Augen. »Dein Vater hat diese Kreatur verwundet, Samia. Mit dieser Waffe können wir das Ding und seinen Meister finden und zerstören. Dein Vater hat bis zuletzt für deine Sippe gekämpft.«

Er gab ihr den Dolch zurück, aber ihr Gesicht war ausdruckslos. Sie sagte nichts. *Pff. Wieso gebe ich mir überhaupt die Mühe, ihrer törichten, unverständlichen Stammesehre zu schmeicheln?* Er konzentrierte sich wieder auf ihre eigentliche Aufgabe und sprach mit kühler Sachlichkeit: »Ein Mann mit der Macht, ein solches Ghulrudel zu erschaffen – jemand, der diese grausame alte Zauberkunst beherrscht –, wird auch über mächtige Zauber verfügen, die ihn abschirmen. Er weiß jetzt, dass ich nach ihm suche, und er wird Schutzmaßnahmen ergreifen. Selbst mit diesem Blut wird es ohne die Hilfe eines Alchemisten unmöglich sein, ihn zu finden. Preis sei Gott, dass ich eine der besten Alchemistinnen Dhamsawaats kenne. Sie verlässt zwar für ihre Arbeit nicht mehr das Haus, aber sie wird uns trotzdem helfen. Morgen kehren wir in die Stadt zurück.«

In Samias Augen blitzte es auf, und Adoulla sah, dass alles, was er bei ihr erreicht hatte, wieder zunichte war.

»Morgen? Warum kehren wir nicht sofort zurück? Ich suche nach dem Hund, der meine Sippe ermordet hat, du fetter alter Trottel!« Die Miene der kleinen Badawi war bockig und drohend.

In Adoulla regte sich Jähzorn, doch er musste sich ins Gedächtnis rufen, was die junge Wilde durchgemacht hatte. Trotzdem würde er sich nicht von einem Kind sagen lassen, was er zu tun hatte. Vor allem nicht von einem Kind mit dem holprigen Akzent einer Badawi, das Sand hinter den Ohren hatte. Man musste ihm zeigen, wer hier das Sagen hatte.

»Hör mir mal zu, Samia Banu Laith Badawi. Wir schwimmen hier in tiefen dunklen Wassern. Wir brauchen Hilfe. Aber erst brauchen wir Ruhe. Wenn du willst, kannst du mit uns essen, und *morgen* gehen wir in die Stadt zurück.« Ob sie nun von Engeln berührt war oder nicht, im Grunde war sie ein tief verletztes Kind Gottes, das mit Ungeheuern zu kämpfen hatte. Oft, so hatte er über die Jahre gelernt, brauchten die Menschen, denen Adoulla half, vor allem jemanden, der ihnen sagte, was sie tun sollten.

Einen Augenblick lang schäumte sie stumm vor sich hin, bis sie zu dem Schluss zu gelangen schien, dass sie keine andere Wahl hatte, als sich zu fügen. Sie fuhr sich mit der Hand durchs Haar, richtete sich auf und setzte eine gleichgültige Miene auf. Auf die Einladung zum Essen ging sie gar nicht ein. »Nun gut, Doktor. Morgen.« Das war alles, was sie sagte. Dann warf sie Rasîd einen Blick zu, der schwer zu deuten war, und trottete auf einen großen Felsüberhang zu.

Adoulla sah zu, wie sie hinter dem Fels verschwand. Dann wandte er sich seinem Gehilfen zu und ertappte ihn mit offen stehendem Mund. Sogleich senkte der Derwisch den Blick. Adoulla merkte, dass es nicht der richtige Moment war, ihn aufzuziehen, deshalb beherrschte er sich. Stattdessen sagte er einfach: »Du hast heute gut gekämpft.« Lob auszusprechen, war ihm immer unangenehm, doch dem von Selbstzweifeln geplagten Derwisch tat es gut.

Ein kaum wahrnehmbarer rötlicher Hauch legte sich auf Rasîds gelbbraune Wangen, und er neigte dankend den Kopf. Wenn er Komplimente erhielt, fühlte er sich genauso unangenehm wie Adoulla, wenn er welche aussprach. Vielleicht war das einer der Gründe, weshalb sie so gut zusammenarbeiteten, überlegte Adoulla.

Der Junge räusperte sich. »Ich gehe mal die Maultiere einsammeln, Doktor. Die können nicht weit gekommen sein.« Seine Stimme klang angespannt. Ihn bedrückte etwas, mehr als sonst.

»Was ist los, Junge?«, fragte Adoulla geradeheraus.

Der Derwisch schien einen Augenblick nachzudenken, bevor er antwortete und dabei seinen Turban zurechtrückte. »Der Falkenprinz, ein blutrünstiges Ghulrudel und ein Badawimädchen, das von Engeln berührt ist! Genug Wundersames und Ungeheures für ein ganzes Leben. Macht dir das keine Sorgen, Doktor?«

Adoulla zuckte schläfrig mit den Schultern. »Mehr, als ich sagen kann. Und dennoch habe ich Schlimmeres gesehen, Junge.«

Das war natürlich eine Lüge, für die er aber ein flüchtiges, beeindrucktes Lächeln von Rasîd erntete. Der Derwisch nickte einmal kurz und stahl sich über den steilen Felsabhang davon.

Während er Rasîds leichtfüßigen Bewegungen zusah, überkam ihn stechender Neid auf die unermüdliche Jugend. Eine ganze Zeit lang stand Adoulla nur da, lauschte den Insekten in der Nacht und zuckte hin und wieder zusammen, wenn ihn seine Schultern schmerzten. Auch das Schienbein hatte er sich am Fels aufgeschürft, was ihm bisher vor lauter Angst oder Müdigkeit nicht aufgefallen war. Er fragte sich, ob überhaupt noch ein Fingerbreit an ihm war, der nicht irgendwann einmal geprellt oder aufgerissen worden war. Dann machte er sich vorsichtig an den Abstieg.

Ein paar Minuten später kehrte Rasîd zurück, lautlos wie immer, doch die Maultiere, die er führte, verrieten ihn. Die Tiere schienen unverletzt zu sein, Preis sei Gottes Fürsorge im Kleinen. Adoulla hatte Maultiere schon immer bewundert, denn sie waren intelligent und misstrauten Autoritäten, wurden aber als halsstarrig und reizbar beleumundet. *So wie ich.*

Der Junge holte einen kleinen Bronzetopf hervor und bereitete über einem knisternden Feuer eine einfache Suppe zu. Draußen in der Nacht stieß etwas Kleines einen schrillen Todesschrei aus. *Vielleicht jagt das Mädchen dort draußen ein Abendessen*, dachte Adoulla und war nicht sicher, ob er es als Scherz meinte.

Als sie sich zu Brot und Suppe hinsetzten, war Rasîd sichtlich abgelenkt, und das hatte noch andere Gründe als die Wunder und Schrecken, die sie heute gesehen hatten.

Adoulla kannte den Grund, bezweifelte aber, dass es sich der Junge schon eingestehen würde.

Das Mädchen.

Zweifellos verknotete sich der Derwisch innerlich beim Versuch, die Quadratur des Kreises zu bewerkstelligen und seine heiligen Eide mit den natürlichen Reaktionen eines jungen Mannes zu vereinbaren. Dabei war ihm das selbst nur halb bewusst. Als junger Mann hätte Adoulla dem Mädchen einfach gesagt, dass sie ein reizendes Gesicht hätte, und sich weiter keine Gedanken gemacht. Nur dass dieses spezielle Mädchen nicht gerade ein reizendes Gesicht hatte.

Nein, das Mädchen war nicht das, was man landläufig hübsch nannte. Aber sie besaß eine rohe Lebendigkeit, die Rasîd offensichtlich ansprach. Der Junge war jedoch nicht in der Lage, ehrlich zu sich selbst zu sein, schon gar nicht, wenn es um eine Frau ging. Adoulla gab der Gottesloge die Schuld, die aus dem Jungen ein menschliches Schwert gemacht hatte.

Andrerseits hatte auch Adoulla schon lange nicht mehr die Berührung einer Frau gespürt. Zwar sah er sich um und zwinkerte mal der einen oder anderen jungen Frau zu, doch es war ihm unangenehm, darüber hinaus mehr zu tun. Und unter den älteren Frauen gab es sowieso nur eine, die für ihn zählte.

Miri.

Bevor er einschlief, ließ Adoulla seine Gedanken eine Weile bei Miri Almoussa verweilen. Die warmen, einladenden Rundungen der großen Liebe seines Lebens tanzten vor seinem geistigen Auge, und beinahe hörte er, wie sie ihm mit schwerer, heiserer Stimme ins Ohr flüsterte, ihn anzüglich neckte und ihm Teekuchen anbot. Flatternd fielen ihm die Augen zu, und er glitt allmählich in den Schlaf hinüber. Dabei träumte er schon von sich wiegenden Hüften und Zuckerglasur.

Und wieder stieß in der Dunkelheit ein kleines Tier einen Todesschrei aus.

Das Kalb auf der Schlachtbank brüllt.
Und der Krieg ist über uns kommen.
Diebe, ins Dunkel der Nacht gehüllt,
Haben mir die Träume genommen.

Ungebeten kamen Adoulla die Verse aus Ismi Shihabs Palmblättern in den Sinn. Niedergeschlagen schnaubte er, wälzte sich auf die Seite und schlief allein auf einer Matte auf dem kalten harten Boden.

6

Samia Banu Laith Badawi dehnte und streckte ihre Muskeln im Licht der aufgehenden Sonne. Sie nahm einen Schluck aus ihrem Wasserschlauch, zog ihre Stiefel aus Gazellenleder an und rollte die Bettmatte zusammen.

Gerade als sich ihre Gedanken dem Kampf der letzten Nacht und ihren neuen Verbündeten zuwandten, witterte sie, dass sich Rasîd ihr näherte. Einen halben Herzschlag später löste sich der geschmeidige kleine Junge keine drei Schritt von ihr entfernt aus den Schatten des Felsens. Sie schämte sich, denn nie zuvor hatte sich ihr ein Tier oder Mensch so weit genähert, ohne dass sie es vorher gewittert hätte! Der Nachtwind hatte die letzten Rückstände des verdorbenen Ghulgestanks verweht, und sie war ausgeruhter als am Abend zuvor. Also hatte sie keine Ausrede. Doch als sie die Witterung des Derwischs schließlich aufnahm, war sie zu verblüfft, um sich noch weiter zu schelten.

Helfende Engel, steht mir bei! Nie zuvor hatte sie etwas so Starkes und zugleich so Reines gerochen. Ohne einen Grund fühlte sich Samia noch tiefer beschämt. Es fiel ihr schwer, den so rein riechenden, glatt rasierten kleinen Mann in Blau nicht anzustarren. Sie gab einen leisen Laut des Erstaunens von sich.

»Gottes Friede«, grüßte sie der heilige Mann mit dem kantigen Gesicht, in dem sie nichts ablesen konnte.

»Gottes Friede«, entgegnete Samia. Die Morgenluft strömte warm und feucht in ihre Lungen.

»Ich entschuldige mich, wenn ich dich erschreckt habe«, sagte der Derwisch knapp. »Wir packen zusammen und brechen bald auf.«

Sie schnaubte. »Du hast mich nicht erschreckt. Und wie du siehst, bin ich schon bereit zum Aufbruch.«

Der Derwisch neigte Kopf und Turban. »Natürlich.« Selbst wenn er ganz ruhig stand, strahlte er etwas Kriegerisches aus. Hätte Samia in der vergangenen Nacht nicht gesehen, wie Rasîd gegen die Ghule gefochten hatte, so hätte sie dennoch gewusst, dass der klein gewachsene Mann kämpfen konnte. Die selbstsichere Eleganz, mit der er sich bewegte, die Härte in seinen schräg stehenden Augen, die Natürlichkeit, mit der seine Hand auf dem Schwertgriff ruhte – all das waren die Zeichen, die ihr Vater sie bei Freund oder Feind zu entziffern gelehrt hatte.

Obwohl sie nicht hätte sagen können, warum, fielen Samia die spöttischen Bemerkungen ein, die zwei Jungen aus in ihrer Sippe über sie gemacht hatten – wenn auch nie direkt ihr ins Gesicht. Bemerkungen über ihr herbes, hässliches Aussehen. Ohne Zweifel waren sie neidisch auf ihre Macht und ihren Ruf gewesen, aber … Bis zu diesem Augenblick hatte es sie nicht gekümmert, ob ihre Beleidigungen auf Wahrheit gründeten oder nicht.

Der Derwisch starrte sie an.

Sie sah den kleinen Mann böse an. »Was denn?«

Zwischen ihnen huschte eine winzige Eidechse über

den Fels. Einen Wimpernschlag lang blickte Rasîd dem Tier nach, doch als er sprach, sah er ihr wieder ins Gesicht. »Ich habe mich etwas gefragt, Samia Banu Laith Badawi. Nach allem, was der Doktor mir erzählt hat, entspricht es nicht dem Wesen deines Volks, außerhalb des eigenen Volks Hilfe zu suchen. Ich weiß, dass du deine Sippe verloren hast, aber warum hast du nicht bei anderen Sippen deines Stamms um Hilfe gebeten? Auch wenn dich Engel berührt haben, bist du noch zu jung, um so auf dich allein gestellt zu sein.«

»Jung! Ich bin fünfzehn! Wie viel älter bist du denn, Kleiner? Höchstens zwei Jahre?« Wütend sog Samia die Luft ein. *Aber immerhin ist er geradeheraus – nicht wie der Doktor mit seinen vielen Worten und seinem Lächeln.* Die Augen des Derwischs hielten ihren Blick gefangen, und ein machtvolles Gefühl durchlief sie.

»Beim letzten Stammesrat wurde die Sippe meines Vaters von den anderen Sippen des Stammes von den Wasserstellen verbannt«, sagte sie schließlich. »Meinetwegen. Weil er es gewagt hat, ein Mädchen zur Beschützerin der Sippe zu ernennen. Und jetzt …« Sie konnte ein bitteres Lachen nicht unterdrücken. »Jetzt kann ich meine Sippe nicht mal rächen, weil kein Badawi meinem Ruf folgen würde. Und so habe ich als Beschützerin versagt.« Endlich brach Samia ihre Erzählung ab. Sie konnte kaum glauben, dass sie das alles laut ausgesprochen hatte. *Wieso erzählst du diesem Fremden das alles? Weil er so rein riecht? Weil du an seiner Seite kämpfen wirst? Die Stammesangelegenheiten sind Stammesangelegenheiten, und Sippenangelegenheiten sind Sippenangelegenheiten!*

Der Derwisch kratzte sich unter dem blauen Turban. »Aber du …«

»Genug davon«, sagte sie nachdrücklich. »Was ist mit dir, Rasîd bas Rasîd? Wo ist deine Sippe? Warum trägst du keinen Familiennamen?« Sie stellte fest, dass ihre Stimme einen leicht verächtlichen Klang angenommen hatte. »Keine Familie? Keine Sippe? Keinen Stamm?« Als ihr auffiel, dass man über sie dasselbe sagen konnte, krampfte sich ihr Magen zusammen.

Der Derwisch seufzte, und obwohl er mit ruhiger Eindringlichkeit sprach, klangen die Worte, als rezitiere er etwas Altbekanntes. »Mein Name ist Rasîd bas Rasîd – der alte Ausdruck, um zu sagen: Rasîd, einfach nur Rasîd. Ich bin ein Derwisch aus dem Orden. Unter den Menschen bedarf ich keines Vaters. Unter den Menschen bedarf ich keines Bruders. Unter den Menschen bedarf ich keines Sohnes.« Er richtete sich zu voller Größe auf, was auf einmal beeindruckender wirkte. »Gott ist mein Vater, die zweispitzigen Schwerter des Ordens sind meine Brüder, und die Tugend ist mein Sohn.«

Samia wusste, dass das die Worte eines Verrückten waren. Denn was war ein Mensch ohne Familie? Und trotzdem fühlte sie sich von diesen Worten ergriffen, und Rasîds Ernst faszinierte sie. Wieder erfasste sie die Scham darüber, dass ihre Sippenverwandten in ihrem eigenen Blut dalagen. Sie hatte nicht das Recht, einen Mann auf diese Weise zu betrachten. Sie war die Beschützerin der Sippe und hatte versagt. Ihr blieb nur noch, ihr Leben für die Rache zu geben. Der Weg einer Ehefrau und Mutter war ihr verwehrt.

Aber was, wenn – mochte Gott ihr diesen Gedanken vergeben – was, wenn sie nicht sterben sollte? Sie war die Letzte der Banu Laith Badawi, und ihr oblag es, ihre Sippe vor dem Aussterben zu bewahren. Und um dieser Pflicht nachzukommen, musste sie heiraten und Kinder bekommen …

Die verwirrenden, beschämenden Gedanken verzogen sich, als sie die Witterung des Doktors aufnahm. Gleich darauf sah sie seine klobige, weiß gekleidete Gestalt unter den Felsüberhang stapfen.

»Gnädiger Gott, überschüttet dich der Heilige jetzt schon mit frommen Sprüchen?«, fragte er. »Die Sonne ist ja noch kaum aufgegangen! Versteh mich nicht falsch – wenn man sie die ersten Male hört, sind diese knappen Kleinode an Weisheit sicher anregend, aber nach einer gewissen Zeit klingen sie dann doch etwas aufgeblasen.«

Rasîds enttäuschter Kehle entrang sich ein leiser Laut. »Doktor. Bitte.« Er klang wie ein schikanierter Junge.

Der Ghuljäger wedelte beschwichtigend herum, und in seinen Worten gaben sich Ärger und Zuneigung die Hand. »Oh, gewiss, es ist sehr gut, Rasîd dabeizuhaben. Der Junge durchquert einen Raum in einem Atemzug, und – Gott ist mein Zeuge! – ich habe selbst gesehen, wie er einen Zyklopen getötet hat!«

Einen Zyklopen! Wirklich! Samias Wüstenvolk wusste über die einäugigen Riesen der Berge nur wenig, aber sie hatte allerlei Geschichten über ihre sagenhafte Kraft gehört. Sie riskierte einen kurzen, bewundernden Blick zu Rasîd hinüber. Der Derwisch stand stocksteif da und sagte nichts.

Der Doktor fuhr fort: »Aber wie du siehst, glaubt Rasîd,

er wäre besonders ›weise für sein Alter‹. Ich sage dir jedoch eins, Mädchen: Niemand kann über sein Alter hinaus weise sein. Man weiß immer nur so viel, wie man erlebt hat, auch wenn es möglich ist, dass man dabei weit weniger gelernt hat. Der Junge ist dem Orden sehr jung beigetreten und hat immer nur das Leben eines Derwischs gelebt. Deshalb ist er viel ernster als die meisten Männer seines Alters. Wer von ihnen hat schon gelernt, Stein mit den Fäusten zu zertrümmern, bevor er sich zum ersten Mal rasieren musste? Doch auch wenn er Steine zertrümmern kann, er ist und bleibt ein junger Mann, und das sollte er sich öfter ins Gedächtnis rufen.«

Fünfzig verschiedene Gefühle brachen über Samia herein. Sie hielt den Blick zu Boden gerichtet und sagte: »Wir sollten aufbrechen.«

Ohne seine Worte an irgendwen zu richten, sagte der Derwisch leise: »Ich bin vielleicht jung, aber da ein Älterer unter uns ist, muss wenigstens einer ein gebührend würdevolles Verhalten an den Tag legen.«

Samia sah auf und erkannte ein winziges Lächeln auf dem hübschen Vogelgesicht des Derwischs. Dann ging er zu den Mauleseln davon.

Solche Erwiderungen waren offenbar eine Seltenheit, denn dem Alten fehlten vor Verblüffung die Worte. Er stand nur da und sah blinzelnd zu, wie der Derwisch davonging. Dann wandte sich der Ghuljäger zu Samia um. Ein Lachen ließ seine Schultern und seinen dicken Bauch erbeben. »Ha! ›Muss wenigstens einer!‹ Hihi! › Gebührend würdevoll!‹« Er rief Rasîd hinterher: »In der Tat, Junge, in der Tat! Und weil ich ganz bestimmt nicht derjenige bin, kannst du das gern übernehmen!« Der Doktor zwinkerte Samia mit seinen buschigen grauen Augenbrauen verschwörerisch zu. »Er hasst es, wenn ich ihn ›Junge‹ nenne, weißt du.«

»Und ich hasse es, wenn du mich ›Mädchen‹ nennst, Doktor.«

Der Alte ließ ein beleidigtes Schnauben hören. »Pah. Ich sage dir dasselbe, was ich ihm sage – ich nenne euch Jungspunde so, wie ich will! Immerhin bin ich so alt, dass ich euer Großonkel sein könnte, meine Liebe.«

Samia spürte Wut in sich hochkochen, während sie Rasîd zu den Maultieren folgten. »Bevor er starb, hat mein Großonkel mich Beschützerin der Sippe genannt.« Vor ihrem geistigen Auge entstand das Bild ihres knorrigen grauen Großonkels Mahloud, dessen großes Talent, Wasser zu finden, nicht vom Alter gemindert worden war. Auch ihn hatten die Ghule getötet.

Wieder trafen sie die Erinnerungen wie ein Hammerschlag in die Magengrube. Wieso konnte sie sie nicht verbannen? Es ging nicht an, dass sie alle paar Stunden vor Kummer krank wurde. Mit dieser Schwäche würde es ihr nie gelingen, sich zu rächen.

Der Alte sagte etwas, anscheinend wiederholte er sich. Erst beim dritten Mal verstand Samia ihn. »Ist alles in Ordnung mit dir, Samia?«

Sie knurrte tief und lang und schob ihre Schwäche beiseite. »Mir geht es gut, Doktor. Warum stehen wir hier und tratschen? Wollten wir nicht aufbrechen?«

Der Alte seufzte erschöpft und schwieg. Samia betrachtete ihn etwas genauer.

Sie hatte gesehen, wie er drei der Kreaturen vernichtet hatte, die die wilden Kämpfer ihrer Sippe mit solcher Leichtigkeit besiegt hatten. Sie wusste, dass er über große Macht verfügte. Aber wenn sie ihn jetzt betrachtete, einen fetten Alten, der stark schwitzte, obwohl die Sonne kaum aufgegangen war, dann sah sie nichts von dem an ihm, was ihrem Vater nach einen Krieger ausmachte. Wenn sie ehrlich war, wusste sie, dass sie den Riesenghul nicht hätte erschlagen können, wenn seine Aufmerksamkeit nicht vom Doktor abgelenkt gewesen wäre. Aber warum hatte er so hilflos gewirkt? Er hatte gepfiffen und fast so ausgesehen, als wäre er bereit zu sterben und als wäre es ihm egal, ob er den Ghul dabei mit in den Tod riss oder nicht. Einen Ghuljäger auf ihrer Seite zu wissen würde die Chancen auf ihre Rache erhöhen – denn so töricht war sie nicht, dass sie glaubte, keine Verbündeten zu benötigen. Aber dieser Alte …

Und dann auch noch der Derwisch. Die Badawi zierten sich nicht so wie die Dorfleute, wenn es um die Wahrheiten von Mann und Frau ging. Auch wenn Samia die Beschützerin der Sippe war, hatten die älteren Frauen ihr genauso wie den anderen Mädchen beigebracht, auf welche Dinge sie sich vorfreuen konnte. Das Gefühl in ihr, wenn sie einen Mann erblickte, und die Dinge, die sie tun würde, wenn sie verheiratet wäre. Doch wenn sie Rasîd anschaute, empfand sie lediglich Verwirrung. Der Derwisch war zwar ein mächtiger Verbündeter, aber er war auch eine Ablenkung. Ihr schwirrte der Kopf vor Widersprüchen.

Im Verlauf des Morgens folgten sie der Straße aus festgestampftem Lehm, die breiter und ebener wurde, je weiter sie kamen. Der Derwisch bot ihr sein Maultier an. Sie nahm an, dass er sie damit nicht beleidigen wollte. Woher sollte er wissen, dass eine Badawi nur auf einem reinblütigen Pferd ritt? Auf einer Straße zu reisen war Zugeständnis genug.

Samia ging zwei Schritte hinter ihren neuen Verbündeten her und versuchte, sich an den harten Untergrund zu gewöhnen. Und sie versuchte, die Gedanken zu verbannen, die ihr im Kopf herumschwirrten. Die kleine Gruppe lief schweigend vor sich hin, und Samia wünschte sich fast schon das wahnsinnige, meckernde Geplapper des Doktors zurück. Es war besser, als mit den schmerzhaften Bildern in ihrem Kopf allein zu sein.

Sie wanderten stundenlang, und gelegentlich wechselten der Alte und Rasîd ein paar Worte. Samia überhörte sie größtenteils, weil sie über das Messer in ihrer Tasche nachdachte. Natürlich würde sie selbst es nie benutzen, aber auf eigentümliche Weise war es zum wichtigsten Gegenstand auf Gottes weiter Welt geworden.

Es war gerade mal Nachmittag, als eine Luftbewegung sie aus ihren grimmigen Gedanken riss. Sie näherten sich einer großen Fülle menschlicher Gerüche. Ein paar Minuten später führte die Straße – eine breitere hatte Samia nie gesehen – unter zwei großen Felsen hindurch, um sich mit einer anderen, doppelt so breiten Straße zu vereinen. Und es war, als wären sie in einen Sandsturm aus Menschen geraten. Samia wollte überall gleichzeitig hinsehen, und die bedrohlichen Witterungen eines Dutzends unterschiedlicher Fremder stürmten auf sie ein. Es erforderte ihre gesamte Selbstbeherrschung, nicht die Löwengestalt anzunehmen. *Was ist nur los mit dir? Hast du auch so reagiert, als sich die Handelskarawanen mit der Sippe trafen?* Ihr fehlte der Vater, der sie führte, aber das war keine Entschuldigung. *Konzentriere dich. Du kannst nicht bei jedem Menschenpulk, der vorbeikommt, in Panik verfallen.*

Die drei Wanderer fügten sich in einen dichten, aber zügig voranschreitenden Strom aus Reisenden ein, der sich auf Dhamsawaat zuschob. Samia erkannte, dass die Straße lange geradeaus weiterführte und dann in einer Biege auf eine mit Gestrüpp bewachsene Düne hinaufging. Da das Gestrüpp die Düne nicht sprenkelte, sondern bedeckte, näherten sie sich anscheinend einer Wasserstelle. Dem immer dichter werdenden grün-braunen Teppich nach zu urteilen, der die Landschaft zunehmend bedeckte, musste es sich um eine große Wasserstelle handeln. *Der Tigerfluss*, dachte sie. *Der muss ganz in der Nähe sein.*

Kurz darauf sah sie in der Ferne sein grünliches Band. Samia wusste, dass Außenstehende glaubten, die Badawi würden vom kleinsten Rinnsal schon in Erstaunen versetzt. Doch die Dummköpfe wussten nichts von den schönen Bächen und Quellen, die die großen Oasen im Kahlen Königreich speisten. Dieser große Fluss allerdings mit seinen Booten und den Leuten, die in ihm fischten … Samia war wahrhaft erstaunt, auch wenn sie alles tat, um es zu verbergen.

Auf der anderen Seite des Stroms lagen die Bauernhöfe und Obstgärten, die, wie ihr Vater sie gelehrt hatte, ihre Erzeugnisse jahrein, jahraus zu den hungrigen Horden Dhamsawaats verschickten. Oliven, Datteln, Weizen, wächserne Erdäpfel, kleine Felder für Viehfutter. So nah war Samia der Stadt noch nie gekommen. Die Banu Laith Badawi waren selbst für Badawi besonders wild und unabhängig – gewesen, wie sie schmerzerfüllt hinzufügen musste. Ihre Sippe hatte nur wenig Kontakt zu Städtern gehabt. Doch selbst eine unabhängige Sippe benötigte manchmal Waren von anderen Leuten – Werkzeuge, Früchte und Getreide und, wenn sich keine Weiden finden ließen, Futter für das Vieh. Von den Beschützern der Sippe erwartete man Rat in allen Fragen zum Wohlergehen der Sippe, und so hatte sie ihren Vater ein paar Mal zu den Markttreffen begleitet, die in der Nähe abgehalten wurden. Doch hier, der Stadt so nah, war alles noch einmal ganz anders. Hier brodelte ein … Leben, das förmlich aus der Stadt quoll, und Samia konnte es spüren.

Sie marschierten weiter. Es ging nun so steil bergauf, dass dem Doktor in der prallen Sonne die Schweißbäche übers Gesicht rannen. Wieder fragte sich Samia, ob sie mit diesem fetten Alten in den Kampf ziehen sollte. *Für den Augenblick*, erinnerte sie sich, *hast du kaum eine andere Wahl. Die beiden sind die einzigen Verbündeten, die du auf der Welt noch hast*. Der Gedanke war besorgniserregend, zerstreute sich aber schnell wieder, denn sie erreichten den Kamm der Düne, und Dhamsawaat, die Königin der Städte, lag vor ihnen.

Samia blieb stehen und brachte eine ganze Weile lang kein Wort heraus. *Jetzt sehe ich, warum man diesen Ort die Perle von Abassen nennt*, dachte sie, als sie die türkis, golden und weiß schimmernden Kuppeln sah, die den Häuserteppich sprenkelten. *Ich dachte immer, Vater hätte mit seinen*

Geschichten übertrieben, aber jetzt muss ich erkennen, dass er dem schrecklichen Ausmaß dieser Stadt nicht gerecht geworden ist.

Sie fiel beinahe in Ohnmacht. *Die Häuser!* Sie hätte nicht gewusst, wie sie all die Häuser zählen sollte – flach, spitz, mit Kuppeln, aus Stein und Ziegeln in einem Dutzend verschiedener Farbtöne. Und sie erhoben sich so hoch wie Berge! Und über allem, ungefähr dort, wo das Zentrum dieses Wirrwarrs zu liegen schien – ja, es gab ein Zentrum –, ragte eine gigantische weiße Kuppel auf. Samia war Gebäude nicht gewohnt und hätte Mühe gehabt, die Größe der Kuppel zu schätzen. Dennoch war sie sich sicher, dass das Gebäude, das von der Kuppel bekrönt wurde, größer war als jedes Marktdorf, das sie kannte.

Es musste sich um den sagenhaften Halbmondpalast handeln, die prächtige Wohnung und Festung des Kalifen und seiner Familie. Weder wussten die Badawi viel über den angeblichen Herrscher von Abassen, noch interessierten sie sich für ihn. Sie beschränkten ihre Beziehungen mit den Städtern auf das Allernotwendigste, fürchteten sie doch, im besten Falle als Spielfiguren benutzt, im schlimmsten zu Sklaven gemacht zu werden. Doch selbst unter den Badawi wusste man von der Pracht des Palasts, und die wenigen, die Dhamsawaat besucht hatten, beteuerten, dass die Geschichten über den Prunk des Kalifenschlosses nicht übertrieben waren. Selbst aus der Entfernung vermochte Samia zu sehen, dass sie die Wahrheit sagten.

Noch außerhalb der Stadtmauern hielten sie auf zwei längliche Gebäude zu, die stark nach Pferden rochen. Dort übergab der Doktor die Maultiere einem gebeugten Mann in lächerlichen Stadtklamotten. Dann gingen sie zu Fuß weiter, passierten die gewaltigen Stadttore und gelangten in ein noch dichteres Gedränge. Samia musste sich immer wieder ins Gedächtnis rufen, dass dies kein Fiebertraum war. *Überall so viele Steine und Ziegel. Selbst die Luft ist von ihnen geschwängert.* Sie musste sich zwingen, nicht wie ein geblendetes Kind in die Gegend zu glotzen.

Noch verwunderlicher als die Häuser waren jedoch die Leute. Hatte sie die Reisenden auf dem Weg in die Stadt schon für eine gewaltige Menschenmasse gehalten, erblickte sie nun, während sie durch die Straßen gingen, hundert Mal mehr von ihnen. Die größten Menschenansammlungen, die Samia zuvor je gesehen hatte, waren in den Dörfern und Pilgerstätten im Nordosten versammelt gewesen. Damals war sie schon verblüfft gewesen angesichts der hundert Dächer und zweistöckigen Häuser. Aber das hier … das war unmöglich. Ein tobender Mischmasch aus Stoffen und Hautfarben. Es war Furcht einflößend. Die Witterungen von Männern und Frauen verschmolzen mit tausend anderen Gerüchen, und zahllose Menschen schossen in ihr Blickfeld und huschten wieder hinaus.

Wie sollte sie in einer solchen Menschenmasse Feinde wittern?

»Hier sind so viele Leute!«, sagte sie, ohne es zu wollen.

»Du hättest es mal auf unserem Weg nach draußen erleben sollen!«, bellte der Alte. Er wandte sich Rasîd zu. »Nach Hause wird es doppelt so schnell gehen, vermute ich.«

Samia hatte Mühe, sich die Straßen noch gestopfter

vorzustellen. Verschleierte Rughali-Frauen säumten die Straße und zerrieben süß duftende Gewürze mit Stößeln, die so groß wie Kriegskeulen waren. Mädchen in juwelenbesetzten Halbgewändern schlenderten Arm in Arm mit reichen, verweichlichten Männern. Zwei Jungen trieben kleine Ziegen an der Menge vorbei. Selbst zwei Männer im Kamelkalbleder der Badawi entdeckte sie. Sie vermied Blickkontakt zu ihnen, doch die beiden schienen ohnehin mehr an der Stadt interessiert zu sein als einer jungen Stammesfrau, die eigenartigerweise allein durch die Perle von Abassen streifte. Außerdem versuchte Samia, die Witterungen von Tieren und Menschen so gut es ging zu ignorieren, denn ihr Anblick war verwirrend genug.

Ein Mann mit mürrischem Gesicht sprang ihr in den Weg. Samia machte sich auf einen Kampf gefasst und versuchte die Risiken abzuwägen, wenn sie an diesem unvertrauten Ort Löwengestalt annehmen würde. Der Mann roch nach Falschheit, fuchtelte mit einem Lederbecher herum und brüllte etwas von Dreieckswürfeln. Bevor Samia etwas tun konnte, stieß der Doktor ihn mit dem Ellbogen zur Seite und zischte etwas von gezinkten Glücksspielen. Spöttisch verneigte sich der Mann und suchte nach einem anderen potenziellen Spieler.

Wieder unterdrückte sie den Drang, auf der Stelle umzudrehen und mit der Schnelligkeit einer Löwin in die Wüste zu rennen. Doch sie dachte an ihren Vater, der in seiner Jugend einmal nach Dhamsawaat gereist war. Das gab ihr Kraft. Wenn Nadir Banu Laith Badawi diesen monströsen Ort betreten und es überlebt hatte, dann würde seine Tochter seine Erinnerung ehren, indem sie es ihm gleichtat. Die Gedanken an ihren Vater und an ihre Bestimmung erfüllten sie mit neuer Entschlossenheit. Sie machte sich klar, dass der Weg zur Rache – ihr einziger Lebenszweck – durch diesen Sandsturm einer Stadt mit seinem bunten Teppich aus Hunderten von Menschen führte. Oder Tausenden? Sie kannte nicht einmal das Wort für die Zahl an Menschen, die in dieser Stadt leben mussten.

Langsam bewegten sie sich die Straße hinunter, denn wegen der vielen Menschen war an ein schnelles Vorankommen nicht zu denken. Immer wieder sah Samia nach links, um sich zu vergewissern, dass der Doktor noch da war. Sie hatte gegen die wildesten Krieger verfeindeter Stämme gekämpft. Sie hatte sogar einen Ghul getötet. Aber noch nie hatte sie etwas so sehr mit Furcht und Schrecken erfüllt. Was, wenn sie den Alten verlieren würde? Wie sollte sie jemals wieder zu ihm zurückfinden? Inmitten der unberührten Dünen der Wüste vermochte sie alles und jeden aufzuspüren. Aber hier? Mit all den Gebäuden, Karren, Gerüchen und Geräuschen und Menschen? *Diese Stadt könnte mich bei lebendigem Leibe verschlingen, und niemand würde es bemerken.* Sie rückte näher an Adoulla Machslûd heran und brachte kaum mehr als ein Flüstern heraus. »Wie viele Menschen leben in Dhamsawaat?«

Der Alte lächelte auf eine Art, dass sie sich töricht fühlte, obschon sie nicht glaubte, dass er das beabsichtigt hatte. »Meine Liebe«, fing er an. »Wie viele Menschen lebten in deiner Sippe?«

»Um die fünfzig, meistens.«

»Und aus wie vielen Sippen besteht dein Stamm?«

»Ungefähr hundert. Alle drei Jahre gibt es einen Stammesrat.« Wenn sie an den letzten Stammesrat dachte, bei dem sie vor nicht einmal einem Jahr teilgenommen hatte, brannten ihr Tränen der Wut in den Augen. Doch trotz der ungerechten Behandlung, die ihre Sippe beim letzten Rat erfahren hatte, schwoll Samia vor Stolz die Brust, wenn sie sich daran erinnerte, wie groß die Schar der versammelten Banu Laith gewesen war. Als sie weitersprach, hob sie das Kinn. »Die Banu Laith Badawi sind ein großer Stamm. Wenn wir uns versammeln, ist unsere Zahl Furcht einflößend. Die Zelte bedecken die Dünen wie …« Sie brach ab, weil ihr auffiel, wie lächerlich sie sich anhören musste.

Der Alte räusperte sich und tat so, als fiele ihm ihre Betretenheit nicht auf. »Stell dir vor, dein ganzer Stamm wäre versammelt, und neunundneunzig weitere Stämme von derselben Größe. Und daneben noch einmal hundert Stämme derselben Größe. Zweihundert mal eure Stammesversammlung neben- und übereinander. So viele Menschen leben in der Stadt, die du vor dir siehst.« Der Stolz in seinen Worten war nicht zu überhören.

Einen Moment lang dachte sie, der Alte würde sie anlügen. Aber warum sollte er? Und dennoch: Wie konnten so viele Menschen am selben Ort leben? Wie konnten sie atmen? Wie konnten sie sich von Ort zu Ort bewegen, ohne verrückt zu werden?

All diese Fragen stellte sie dem Doktor, obwohl sie wusste, dass sie blauäugig klingen musste, aber das war ihr egal. Der Alte lachte und sagte: »Tja, meine Liebe, jedes Mal, wenn ich aus der Haustür hinausgehe, werde ich ein Stück verrückter. Das ist die wahre Prüfung einer lebendigen Stadt! Erinnere mich daran, dass ich dir die Geschichte erzähle, wie ich einmal zwei ganze Tage brauchte, um von der Affenstraße zu den Fernen Gärten zu gelangen!«

Die Menge lichtete sich ein bisschen, als der Doktor und der Derwisch sie über einen großen rechteckigen, gepflasterten Platz führten, der von Statuen gesäumt war. Samia war so sehr damit beschäftigt, möglichst dicht bei dem Doktor zu bleiben, dass sie die Statuen erst wahrnahm, als sie direkt vor einer davon stand. Es war die Darstellung eines Engels. Als sie ihm in die Augen sah, erstarrte sie angesichts seiner Schönheit. Die Banu Laith Badawi trieben so viel Handel, dass hin und wieder ein kleines, von den städtischen Handwerkern gefertigtes Steinkunstwerk den Weg zu den Stammesleuten fand, die es dann mit einer Eitelkeit und Wertschätzung präsentierten, die nicht der Stammesart entsprach und Samia wütend gemacht hatte. Aber hier, diese Statuen, diese Kunst – diese Augen, die vor Leben barsten …

Der Doktor zog sie am Arm. »Ich weiß, Kind. Selbst nach all den Jahren bin ich zuweilen sprachlos ob ihrer Schönheit. Aber lass uns weitergehen.« Wieder lächelte er stolz, als wäre er ein Häuptling und die Stadt seine Sippe.

Sie gingen ein Stück weiter und kamen schließlich an Häusern vorbei, in denen offensichtlich ärmere Menschen wohnten. Die Leute auf der Straße riefen dem Doktor Grüße zu, beäugten Samia neugierig, stellten aber keine Fragen. Endlich blieben sie vor einem hohen Gebäude aus weißlichem Stein stehen, vor dem in zwei irdenen Töpfen mickrige Dornkleebüschel wuchsen. Mit einem großen Eisenschlüssel schloss der Doktor die Tür auf. Einen Augenblick lang verharrte er auf der Schwelle, reckte die Handflächen zum Himmel und lächelte. »Dank sei Gott, dass ich hier bin, um meinen Fuß wieder über meine Schwelle zu setzen!«, rief er.

Kaum waren sie hineingegangen, da ließ sich der Alte schwer auf einen dunklen Holzdiwan sinken und ließ das lauteste Gähnen vernehmen, das Samia je gehört hatte. Er bot ihr ein abgenutztes Kissen an, das unter den Banu Laith Badawi eine Kostbarkeit gewesen wäre, von Städtern wie dem Doktor allerdings kaum geschätzt wurde. Der Derwisch verschwand in ein anderes Zimmer und kehrte mit einem Krug kühlen Wassers und einem Teller voller Nüsse und getrockneter Früchte zurück. Er zündete eine Olivenöllampe an, das warme Licht wirkte beruhigend auf Samia. Ein paar Minuten lang tranken und kauten sie alle drei schweigend, bevor der Derwisch etwas sagte.

»Ich fürchte, ich weiß genau, wie deine Antwort lauten wird, Doktor, aber ich würde vorschlagen, dass wir als Nächstes die Männer des Kalifen von dieser Bedrohung in Kenntnis setzen.«

Der Doktor verdrehte die Augen. »Wenn du meine Antwort schon weißt, Junge, dann brauche ich dir ja nicht zu sagen, dass es mehr schaden als helfen würde, wenn der Kalif von diesen Dingen erführe.«

Samia war überzeugt, dass sie genauso zynisch blickte wie der Doktor. Sie räusperte sich. »Selbst die Badawi wissen, dass die Männer des Kalifen verrucht sind, Derwisch!

Die Hunde von Dhamsawaat scheren sich nur wenig um das, was den Banu Laith Badawi widerfahren ist.«

»›Hunde von Dhamsawaat‹«, wiederholte der Doktor. »Was ist das, ein Schimpfname der Wilden für die Leute aus der Stadt? Ist dir bewusst, dass ich ein Hund von Dhamsawaat bin, Mädchen? Und doch bist du nur allzu bereit, meine Hilfe in Anspruch zu nehmen!«

Samia musste sich beherrschen, um den Alten nicht anzuknurren. »Deine Hilfe, Doktor? War nicht ich es, die dich letzte Nacht vor dieser verdorbenen Kreatur gerettet hat?«

»Da hat sie nicht unrecht, Doktor«, ergriff der Derwisch das Wort. Anscheinend verzichtete er darauf, die Staatsbeamten noch einmal ins Spiel zu bringen. Zum zweiten Mal sah Samia einen Anflug von Belustigung auf diesem grimmigen, aber hübschen und fein konturierten Gesicht. Wieder dachte sie voll Bitterkeit: Wäre sie diesem Mann noch vor gar nicht langer Zeit begegnet, hätte sie sogleich an Werbung gedacht. Sie stellte sich vor, wie stolz ihr Vater über eine solche Partie gewesen wäre. Und welch trotzige Bewunderung ihre Sippe seinen Kampfkünsten gezollt hätte. Doch diese Gedanken brachten sie jetzt nicht mehr weiter. Die Sippe – das Andenken an die Sippe – verlangte nach der rächenden Löwin. Das auf Heirat sinnende Mädchen dagegen befleckte das Andenken der Sippe.

Grummelnd beschwerte sich der Doktor über respektlose Kinder und strich mit der Hand über die unzähligen Falten seines Kaftans. Dann erhob er sich und ging hin und her. »Nun. Wie ich letzte Nacht schon sagte: Diese

Sache mit dem Messer fällt in das Gebiet der Alchemisten. Meine Alchemistenfreunde sind derzeit nicht zu Hause, aber morgen beim ersten Sonnenstrahl werden wir ihnen einen Besuch abstatten. Dann möchte ich dir einen Jungen vorstellen, der seine Familie durch dieselben Ungeheuer verloren hat. Ihr beiden seid die einzigen Zeugen dieser Bedrohung, und es wird mir helfen, eure Geschichten noch einmal gemeinsam zu hören.«

Samia vermochte ihren Zorn nicht zu bändigen. »Noch mehr Reden? Wir vergeuden einen ganzen Tag, alter … Doktor! Es gibt in der Stadt doch bestimmt noch andere mit diesen Fähigkeiten.«

Der Alte zuckte mit den Schultern. »Eine Handvoll. Doch die verlangen alle gepfefferte Preise. Und sie gehören alle nicht zu der Sorte, die zu einer jungen Wilden, die in ihren Laden stürmt und ihnen sagt, was sie machen sollen, sonderlich freundlich sind. Denn ich bezweifle nicht, dass du genau das tun würdest.«

Samia knurrte.

Der Alte lächelte. »Außerdem ist keiner von denen in seinem Metier so gut wie Litas. Wie viel Zeit wir auch durch Warten verlieren, die machen wir dank ihrer Fähigkeiten wieder mehr als wett. Nun versuche bitte, dich damit abzufinden. Wir haben morgen viel zu tun. Und sobald wir eine Beute haben, begeben wir uns auf die Jagd.«

Das Lächeln des Doktors wurde steinern. »Du hältst mich für einen faulen alten Trottel. Und wenn ich dich anschaue, sehe ich eine unverschämte Wilde. Aber im Namen Gottes, unser Treffen während des Kampfes erinnert mich an die Himmlischen Kapitel: ›O Gläubiger! Siehe den

Zufall, der kein Zufall ist!‹ Gott hat uns dazu bestimmt, gemeinsam gegen diesen grausamen Feind zu kämpfen, Samia Banu Laith Badawi. Und das werden wir auch tun.«

Das Funkeln in den Augen des Ghuljägers erfüllte Samia zum ersten Mal seit vielen Tagen mit echter Zuversicht. Es war eine teuflische, bittere Hoffnung, aber sie war alles, was sie hatte. Nadir Banu Laith Badawis Sippe würde gerächt werden.

Ungefähr eine halbe Stunde lang lag Samia auf einem Diwan neben der Haustür und döste. Das tat gut, auch wenn ihr ständig düstere Gedanken kamen, die sie beunruhigten. Dann verkündete der Doktor, dass es Zeit war zu essen.

Samia verstand die Stadtmenschen nicht. Eine verschrumpelte alte Frau, die im Haus nebenan wohnte, brachte Teller mit Essen herüber. Samia ging davon aus, dass es sich bei ihr um die Schwester oder Mutter des Doktors handelte, obwohl sie ihm nicht glich – warum sonst sollte sie in seiner Nähe wohnen und ihn mit Essen versorgen? Doch die Frau blieb nicht, um mit ihnen zu essen – und der Doktor gab ihr eine Münze, bevor sie ging! Das war das Niederträchtigste und Schamloseste, was Samia je gesehen hatte. Allerdings hatte sie schon gehört, dass Städter auch Liebe mit Münzen bezahlten.

Der Doktor lud breite, mit einer dicken grünen Masse gefüllte Fleischstreifen auf seinen Teller. »Heller Wein und Pistazienlamm! Dem stets helfenden Gott sei Dank, dass nicht alles, was Er uns zukommen lässt, wahnwitzige Prüfungen sind!« Der Alte füllte seinen Becher, stürzte den Wein hinunter und füllte den Becher erneut. »Iss,

Mädchen!«, bellte er, und Pistazienkrümel flogen ihm aus dem Mund, während er auf die Teller deutete. »Wir werden bald genug wieder unterwegs sein, fürchte ich. Dann wirst du dir wünschen, du hättest was gegessen!« Wieder trank er einen tiefen Schluck.

Samia wollte sich einreden, dass sie keinen Hunger hatte. Dass sie keinen Raum in sich hatte außer für die Rache, doch sie wusste, dass das eine Lüge war. Bei den Gerüchen knurrte ihr der Magen, als würde sich die hungrige und durstige Löwin in ihrem Innern zu Wort melden. Ohne eine weitere Aufforderung des Doktors leerte sie den halben Weinbecher und stopfte sich Lamm in den Mund. Nach ein paar Bissen krampfte sich ihr der Magen zusammen.

»Dieses Stadtessen ist zu üppig«, sagte sie und leerte ihren Becher in zwei Zügen.

Der Derwisch lächelte verzückt. »Du sprichst mir aus der Seele, Samia Banu Laith Badawi. Wie du siehst, esse ich nur Früchte, Brot und Bohnen. Die Ernährung eines Frommen.«

Sie ertappte sich bei einer Erwiderung. »Du kannst mich einfach Samia nennen, Rasîd.« *Was hat mich denn jetzt geritten? Dieser verfluchte Wein ist zu stark!* Der Derwisch murmelte verlegen vor sich hin und hielt den Blick starr auf den Teller gerichtet. *Er ist älter als ich, und doch wirkt er so jung.*

»Nun«, polterte der Alte angeheitert und löste damit die Anspannung. »Dieses Vogelfutter mag vielleicht hinreichen für einen kleinen Heiligen. Aber nicht für einen Mann von meiner …« Er hielt inne und hob seinen Bauch mit beiden Händen an. »Für einen Mann von meiner Gewichtigkeit.« Der Ghuljäger wandte sich zu Samia um, und in seinen Ton mischte sich Sorge. »Etliche Jahrzehnte habe ich als Diener Gottes zugebracht, weißt du. Ich bin Wege gegangen, von denen dieser anmaßende Junge noch nie etwas gehört hat. Seit vierzig Jahren führe ich Krieg gegen den Treulosen Engel. Ist denn der Wunsch, meine Abende auf diese Weise zu verbringen, so falsch?«

Der Alte nahm noch einen kräftigen Schluck und wandte sich wieder Rasîd zu. Dabei lächelte er streitlustig. »Manchmal bist du genauso schlimm wie diese Demütigen Jünger, vor denen du eine solche Achtung hast! Vielleicht solltest du ihrer dummen kleinen Sekte beitreten! Da kannst du dich über Bier und Tanz und all das empören!« Er deutete mit einem tadelnden Finger auf Rasîd. »Denk daran, was die Kapitel sagen: ›Gott spricht durch diese Kapitel und nicht durch den Mund eines Priesters. Seine Schriften sind nicht verzeichnet auf Papyrus, Pergament oder Vellum, sondern sie sind eingebrannt in die Erinnerungen der Menschen, eingeprägt in ihre Herzen und gemeißelt in ihre Seelen.‹ Doch dein Orden und die Demütigen Jünger tun gerade so, als wären die Kapitel auf ihren Lippen geschrieben.«

Er schenkte sich noch einmal ein. »Bevor ihr Ruhm in Abassen verblasste, waren die Ghuljäger in manchen Dingen unerbittlich. Aber wenigstens hielten sie sich nicht für heilig. Gott ist der Barmherzigste Gastgeber, Junge! Wenn du das vergisst, dann hast du auch vergessen, wofür wir kämpfen!« Nach diesem Wortschwall streckte der Ghuljäger in übertriebener Verzweiflung die Hände empor.

Eine Zeit lang hörte man nur Essgeräusche und das schwere Atmen des Alten. Als sie die Mahlzeit beendet hatten, saßen sie schweigend da. Dann durchbrach die dröhnende Stimme des Doktors erneut die Stille.

»Und wo wir gerade vom Kämpfen reden«, sagte er, als wären seit seinem letzten Satz nicht mindestens zehn Minuten vergangen. »Eins habe ich mich gefragt, Samia. Wenn wir, so Gott will, den vom Allmächtigen verfluchten Diener des Treulosen Engels finden und ihn besiegen, was wirst du dann machen?« Augenblicklich war der angenehme Weindunst in Samias Kopf verflogen. *Warum fängt er jetzt damit an?* Es klang, als wüsste der Ghuljäger schon, wie ihre Antwort ausfallen würde, und als würde er sie nicht gutheißen.

»Wichtig ist nur, dass ich töte, wer oder was auch immer dies getan hat. Wahrscheinlich werde ich dabei sterben. Und so soll es auch sein. Das Martyrium für mich, Rache für meine Sippe.«

In Adoullas Stimme war plötzlich keine Spur mehr von weinseliger Vergnügtheit. »Martyrium? Bist du so versessen darauf zu sterben?«

Sie sprang auf und fauchte den Alten an. »Weshalb sollte ich mir wünschen zu leben? Alle, die ich kenne, sind tot! Meine Sippe ist tot! Ich kann nur beten, dass das Schicksal mir gewährt, sie zu rächen, bevor ich sterbe!«

Der Doktor starrte sie an, und sein Blick war streng. »Denke daran, dass auch das Schicksal Weggabelungen kennt. Dein Vater hat gesehen, dass du von Engeln berührt bist, und hat dich zur Beschützerin der Sippe erwählt, obwohl du eine Frau bist. Er verstand das Kapitel, in dem es heißt: ›Jeder Mensch hat nur ein bestimmtes Schicksal, aber er hat immer eine Wahl.‹«

Träge spießte der Doktor eine einsame Bohne auf – das Einzige, was auf seinem Teller noch übrig war. »Aber fürs Erste genug der düsteren Gedanken. Wir müssen uns um das kümmern, was wir Städter Schlafplätze und die Badawi ›irgendein schmutziger Sandfleck‹ nennen. Oh, tut mir leid, Mädchen, ich scherze nur. Aber natürlich würden wir keine Schande über dich bringen wollen, indem wir dich im Haus eines Mannes schlafen lassen, der weder dein Vater noch dein Ehemann ist. Ich bin überzeugt, dass dir meine Nachbarin – die Alte, die uns das Essen gebracht hat – ein Lager bereiten wird. Für eine junge Frau wie …«

Samia knurrte. »Ich bin kein Mädchen, Doktor. Mein Vater hat mich zur Beschützerin der Sippe erwählt, und das bin ich auch. Die Beschützerin schläft, wo es sein muss. Wenn du so freundlich wärst, mir hier am Fuß der Treppe ein Lager herzurichten, wäre das in Ordnung.«

Der Derwisch neben ihr gab ein ersticktes Geräusch von sich.

Samia achtete nicht auf ihn, weil sie sich nicht erlauben konnte, die Beherrschung zu verlieren. »Ich will nur wissen«, sagte sie, »ob wir hier auch wirklich sicher sind, Doktor. Ich will nicht geweckt werden, weil mein Brustkorb auseinandergerissen wird. Derjenige, gegen dessen Ghulrudel wir gekämpft haben – was hält ihn davon ab, uns hier anzugreifen?«

Der Doktor gähnte und lächelte herablassend. »Ghule in einer Stadt herumschleichen zu lassen ist nicht so einfach, Kind. Außerdem liegt ein Schutzzauber auf meinem

Haus, sodass kein Ghul die Schwelle übertreten kann.« Grob schob der Alte den leeren Teller zu Rasîd hinüber und stand auf. Plötzlich wirkte er nicht mehr träge, sondern getrieben. »Hör mir zu. *Eine* der Banu Laith Badawi lebt sehr wohl noch. Erst wenn *sie* stirbt, *dann* ist deine Sippe tot. Bis zu diesem Tag, Mädchen, lebt deine Sippe weiter.« Er schwenkte einen dicken Finger vor ihr und ging hinaus.

Sie drehte sich wieder zu dem Derwisch um, bang und erregt zugleich, dass sie mit ihm allein im Zimmer war. Doch als sie sich umwandte, war der kleine Mann verschwunden. In ihr krampfte sich etwas zusammen und löste sich im selben Moment, und sie empfand zugleich Enttäuschung und Erleichterung.

Einige Zeit später, als sie auf ihrem Lager lag und einzuschlafen versuchte, ging ihr ein Sturm von Gedanken durch den Kopf. Der Anblick ihres Bruders mit dem herausgerissenen Herzen und den rot schimmernden Augen. Die Hand ihres Vaters, die einen Dolch umklammert hielt. Das Geräusch fauchender Ghule. Die Gerüche dieser fremden Stadt. Rasîds kurzes Lächeln.

Und die Ermahnungen des Doktors. *Deine Sippe lebt weiter*, hatte er gesagt. Da fiel ihr auf, dass sie sich schon halb als tot empfunden hatte. Sie hatte sich verhalten, als wäre die Sippe des Nadir Banu Laith Badawi für immer von Gottes weiter Welt verschwunden. Der Ghuljäger, der die Liebe eines Stadtmenschen für dieses Haus empfand, das er sein Zuhause nannte, verstand ihr Volk nicht. Er begriff nicht, was sie verloren hatte. Und trotzdem hatte er sie zum Nachdenken gebracht.

Zuhause, dachte Samia. Für die umherziehenden Badawi war das kein Ort. Die Melodie eines der für ihr Volk wichtigsten Lieder zwängte sich in ihren Kopf. Erst sangen die Jungen:

Wo mein Vater ist, da ist mein Heim! Ich bin ein wahrer Badawi!

Dann erwiderten die Männer:

Wo meine Söhne sind, da ist mein Heim! Ich bin ein wahrer Badawi!

Und dann sangen alle zusammen:

Wo meiner Sippe Zelte steh'n, da ist mein Heim! Ich bin ein wahrer Badawi!

Es war ein angeberisches Lied, mit dem die Badawi ihre Überlegenheit über die verweichlichten Dorfleute und Städter zur Schau stellten. Jetzt aber bekam es eine traurige Ironie. Samias Vater war ihrer Mutter in den Tod gefolgt. Sie selbst hatte weder Söhne noch Töchter. Und da ihre Sippe von den anderen ausgegrenzt worden war, würde auch keine andere Sippe sie aufnehmen. Wie konnte sie je wieder ein Zuhause erlangen?

Das brennende Verlangen nach Rache hatte sie weit getrieben, doch ihr Körper fühlte sich an, als würde er vor Erschöpfung schmelzen. In dieser Nacht konnte sie nichts mehr tun. Sie konnte nur all das beweinen, was sie verloren hatte. Und weil sie wusste, dass ihre neuen Verbündeten sie nicht hören konnten, und weil sie so müde war wie nie zuvor, weinte sich Samia Banu Laith Badawi zum ersten Mal seit vielen, vielen Jahren ganz leise in den Schlaf.

TEIL II

Der Gardist wusste nicht, wie lange man ihn in der rot lackierten Kiste festgehalten hatte.

Da öffnete sich der Deckel, und die groben Hände des Hageren zogen ihn aus der Kiste, nackt und wimmernd. Der Hagere warf ihn auf den Lehmboden. Mit vor Durst brennender Kehle lag der Gardist da und versuchte, sich an seinen Namen zu erinnern. Doch er erinnerte sich an nichts mehr als daran, dass er im Halbmondpalast geboren war und geschworen hatte, dort als Wächter zu dienen. Und dass ihm andere Wachen unterstellt waren. Der Hagere und seine Schattenkreatur ließen nicht zu, dass er das vergaß.

Und er erinnerte sich an den Straßendieb und den Bettler. Der Hagere hatte sie langsam getötet, und ihr Blut war ihm auf den ohnehin schon schmutzigen Kaftan gespritzt. Ihr Flehen hatte er den Gardisten hören lassen. Hatte ihn ihre Notdurft riechen lassen, als sie sich vor Furcht selbst beschmutzten.

Der Gardist wusste nicht, wo er war. In einem Zimmer. Mit Deckenbalken und huschenden Ratten. Ein Keller? Eine Zelle?

Dann hörte er das Kreischen in seinem Kopf, und die Stimme des Schakalwesens erklang wieder in seinen Gedanken.

Höre auf Mouw Awa, der einst Hadu Nawas genannt wurde und für seinen gesegneten Freund spricht. Du bist ein ehrenwerter Gardist. Gezeugt und geboren im Halbmondpalast. Im Namen Gottes hast du geschworen, ihn zu verteidigen. Alle, die dir untergeben sind, müssen dir dienen.

Höre auf Mouw Awa, den die Menschen weder sehen noch hören, ehe er zuschlägt! Der lacht angesichts der Schärfe des Schwerts und des gefiederten Pfeils! Der vom Gottschakal neu Geschaffene, der aus seinem Kerker befreit wurde von seinem gesegneten Freund.

Höre auf Mouw Awa und kenne keine Hoffnung. Wisse, dass nichts dich retten kann. Mouw Awa hat die Macht, sich heimlich anzuschleichen und die Feinde seines gesegneten Freunds zu töten. Den Fetten, den Reinen und das Kätzchen.

Im Kopf des Gardisten flüsterte der Schakalmann aus Schatten von Blut und berstenden Lungen. Wieder spürte der Gardist grobe Hände unter seinen Achseln. Der Hagere schleppte ihn auf die andere Seite des dunklen Zimmers, wo ein großer schwarzer Kessel brodelte und zischte und nach Schwefel roch, obwohl unter ihm kein Feuer brannte. Die Flüssigkeit im Kessel sah aus wie geschmolzene Rubine, und ihr rötliches Glühen beschien den schwarzen Bart des Hageren.

Der Gardist spürte, wie er hochgehoben und in den Kessel getaucht wurde. Er spürte, wie die Hitze seine Haut verbrühte. Und er hörte das beschämende Schreien und Betteln eines Mannes, der einmal stark gewesen war.

7

Samia Banu Laith Badawi atmete wieder den Tod ihrer Familie ein. Schreiend und knurrend schreckte sie aus dem Schlaf hoch und durchlebte erneut jene grauenhafte Nacht, in der sie ihre Sippe gefunden hatte.

Nein, das war nur ein Traum. Dies ist eine andere Nacht. Sie war nicht in der Wüste. Sie lag auf einem Lager im Haus von Doktor Adoulla Machslûd.

Und doch war da noch immer dieser grausame Kryptageruch.

Nicht nur ein Traum! Samia bemerkte eine Bewegung im Augenwinkel. Etwas stürzte sich auf sie. Nur die Reflexe einer von Engeln Berührten, geschärft durch jahrelanges Training mit ihrem Vater, retteten sie. Etwas – etwas, das beinahe Menschengestalt hatte – krachte auf das Lager, auf dem sie einen halben Atemzug zuvor noch gelegen hatte.

Nein! Mouw Awa wird von den Menschen weder gesehen noch gehört, ehe er zuschlägt! Aber das Kätzchen hat ihn gar gewittert!

Das Wesen vor ihr war bis auf die glühenden roten Augen schwarz wie ein Schatten. Irgendwie hörte sie seine Stimme nicht nur mit den Ohren, sondern auch im Kopf. Der Schatten wurde eine vage Gestalt – ungefähr die eines Schakals, der auf den Hinterläufen ging. Doch an den

Rändern flatterten und peitschten seine Umrisse wie Zeltfahnen im Wind.

Von dem Geschöpf waberte der Geruch ihrer toten Sippe zu ihr herüber. Und der Geruch von verbranntem Schakalhaar und altem Kinderblut. Seine Augen. Sie waren etwas heller als die ihrer toten Sippengenossen. Und als Samia die Kreatur vor sich sah, wusste sie, dass dieses Ding die Seelen ihrer Sippe – die Seele ihres Vaters – verschlungen hatte.

Sie schrie vor Angst. Erneut stürzte sich das Ding auf sie, und sie vermochte seinen in Schatten gehüllten Klauen kaum auszuweichen.

Sie rief: »RASÎD! DOKTOR! FEINDE!« Die Worte hallten mit der mächtigen Stimme einer Löwin, lauter, als irgendein Mädchen schreien konnte, denn sie nahm ihre Tiergestalt an. Als sie noch jünger gewesen war, hatte sie oft viele Versuche benötigt, um diese Gestalt anzunehmen. Nun geschah es, ohne dass sie nachdenken musste und innerhalb eines Atemzugs. Im einen Augenblick war sie eine Frau, im nächsten eine große goldene Löwin. Im einen Augenblick war sie von der Furcht eines Mädchens erfüllt, im nächsten schoss Sonnenlicht durch ihre Adern.

Die Klauen und Fänge und der goldene Pelz verliehen ihr Zuversicht. Sie wich einem weiteren Angriff aus und knurrte die Kreatur an. »Was auch immer du bist, du hast die Banu Laith Badawi ermordet. Ich reiße dir die Kehle raus!«

Das Ding vor ihr stieß ein ekelhaftes Heulen aus, das halb nach Hund, halb nach Mensch klang. *Mouw Awa ist nicht mehr allein. Er wurde von seinem gesegneten Freund ge-*

funden. Und für seinen gesegneten Freund wird er erschlagen das Kätzchen, den Fetten und den Reinen. Mouw Awa erschauert gar, da er weiß, wie salzig und süß die Seele des Kätzchens mit den zwei Geschmäckern sein wird.

Die Stimme dieses Wesens in ihrem Kopf zu hören war beunruhigend, aber ihr Vater hatte ihr schon vor Jahren beigebracht, bei einem Feind mehr auf den Körper als auf die Worte zu achten. Samia brüllte erneut, um ihre Verbündeten zu wecken. Dann stürzte sie sich auf die verdorbene Kreatur.

Noch während sie das tat, versuchte sie zu begreifen, was das für ein Ungeheuer war. Konnte sie mit ihren Klauen einen Schatten verletzen?

Samia ließ ihre linke Pranke vorschnellen und bekam eine Antwort. Das widerliche Geschöpf – Mouw Awa hatte es sich selbst genannt – spuckte, jaulte und tänzelte vor Schmerz zurück.

Das Kätzchen hat Mouw Awa geschnitten! Wild wie sein Vater, der, grausam, Mouw Awas gesegneten Freund geschnitten hat!

Von der schieren Schnelligkeit, mit der sich die Kreatur auf sie stürzte, wurde Samia überrumpelt. Doch es gelang ihr, einen halben Schritt Abstand zu den schnappenden Kiefern zu halten und auch dieses Mal auszuweichen. Allerdings gingen ihr bereits die Kräfte aus, und allem Anschein nach war das bei dem Geschöpf nicht der Fall. Außerdem war sie es nicht gewohnt, in solcher Enge zu kämpfen.

Scharrend wich sie zurück und stieß dabei einen kleinen Buchständer um, der ihre Hinterpranke festnagelte. *Gott hilf mir!* Das Geschöpf näherte sich, und sein Gestank raubte ihr beinahe das Bewusstsein.

Ein blauer Schemen stürzte sich auf das Ding, das sich Mouw Awa nannte. *Rasîd!*

Der Derwisch hatte das Schwert gezückt und schlug damit auf die Kreatur ein. Damit lenkte er die Aufmerksamkeit des Ungeheuers von Samia ab. Ein, zwei, drei Mal fuhr Rasîds zweispitziges Schwert in den Leib des Wesens, hinterließ aber keine Wunde.

»Pass auf! Dieses Ding ... Es stinkt nach den Wunden meines Vaters!«, knurrte Samia. Dann spannte sie die Hinterbeine an und brachte den hölzernen Buchständer zum Bersten. Splitter schnitten ihr ins Fleisch, doch sie achtete nicht darauf.

Sie beobachtete das Ungeheuer und den Derwisch und hielt nach einer günstigen Gelegenheit Ausschau. Wieder drang Rasîds Schwert in Mouw Awas Leib ein, doch das Geschöpf jaulte nur und grinste höhnisch. Einmal verfehlten Mouw Awas Kiefer ihr Ziel, und dann noch einmal. Dann peitschte ein Unterarm des Ungeheuers über Rasîds Brust. Der Derwisch segelte durch die Luft, als hätte ihn ein Pferd getreten. Samia sackte das Herz in die Magengrube.

Aus dem Augenwinkel sah sie den Alten auf der Treppe auftauchen. Er rief etwas, doch sie achtete nicht auf den Doktor und hechtete auf Mouw Awa zu.

Weder die Schärfe des Schwerts noch Gebet vermögen Mouw Awa aufzuhalten. Er hat sich durchs Zauberwerk geschlichen. Und er wird kosten den zwiefachen Geschmack von Kind und Löwe, während die Geschöpfe seines gesegneten Freunds den Reinen und den Fetten erschlagen.

Die Kreatur wich ihrem Angriff aus und warf etwas zu

Boden. Ein Geräusch wie peitschender Wind war zu hören, und plötzlich brodelten in der Mitte des Raums zwei mannsgroße Sandstürme. Allmählich nahmen die Sandstürme Gestalt an, bekamen Arme, Beine, Fangzähne.

Barmherziger Gott! Wenn man aus den Dünen der Wüste Ungeheuer machen würde, sähen sie so aus! Die menschengestaltigen Wesen schnappten mit den Kiefern und entblößten Zähne, die gezackten Felsen ähnelten. Eines ließ eine gespaltene Zunge hervorschnellen. Nein, keine Zunge. Eine fleischfarbene Steinviper. Die tödlichste Schlange der Wüste.

Samia sah noch, wie die Sturmgestalten zwischen sie und ihre Verbündeten traten, aber mehr Aufmerksamkeit vermochte sie ihnen nicht zu widmen. Denn das wahnsinnige, mörderische Monster vor ihr hatte den Tod verdient, und Samias einziger Lebenszweck in Gottes weiter Welt war, es zu töten.

Ein ums andere Mal schlug sie mit ihren Pranken zu, doch Mouw Awa war ihr immer einen Schritt voraus. Seine von Schatten umrankte Schnauze schien spöttisch zu lächeln. *Zwar faucht und speit das Kätzchen, doch wird es im reißenden Schlund von Mouw Awa, den man einst Hadu Nawas nannte, zugrunde gehen.*

Die anderen Beteiligten am Kampf waren jetzt in ihrem Rücken. Hinter sich hörte sie, wie Schriftverse gerufen wurden, Rasîds Schreie und die leisen Donnerschläge eines Zaubers. Sie musste all ihre Disziplin aufbringen, um nicht vor ihrem Feind davonzulaufen. Irgendetwas brannte, und der Rauch und der widerliche Gestank des Ungeheuers brachten sie zum Würgen.

Sie brüllte. Die Feinde ihrer Sippe waren vor diesem Gebrüll geflohen. Mouw Awa jedoch griff erneut an und kam ihr so nahe, dass Samia die eigenartige Hitze spürte, die aus seinem Rachen drang.

Das Ungeheuer stürzte sich auf sie, verfehlte sie aber. Da erkannte sie ihre Gelegenheit. Sie machte einen Sprung nach vorn und ergriff die Chance, die das zu selbstsichere Ungeheuer ihr bot.

Mir!

Zu spät begriff Samia, dass sie es war, die zu selbstsicher handelte. Mouw Awa hatte keineswegs das Gleichgewicht verloren. Vielmehr hatte er sie mit einer Finte angelockt. Mit ihren Klauen zerfurchte sie Schattenfleisch. Doch die Kreatur wich zur Seite, biss mit schwarzen Kiefern zu, die sich in Samias Rippen gruben. Samia schrie, fauchte und hieb weiter mit den Pranken auf das Ding ein. Schwer verwundet taumelte Mouw Awa vor ihr zurück.

Doch seine Fangzähne hatten großen Schaden angerichtet. Außer dem Schmerz hatte nichts anderes mehr in ihrem Bewusstsein Platz. Schmerz und glutrote Hitze. Sie wimmerte, und dann war um sie nur noch Dunkelheit.

Barmherziger Gott, hilf mir! Adoulla musste mit ansehen, wie in seiner Bibliothek zwei Sandghule zu unechtem Leben erwachten, und konnte es kaum glauben. Samia kämpfte gegen eine Kreatur, die aussah wie der belebte Schatten eines Schakals – eine Kreatur, die er noch nie gesehen hatte. Rasîd rappelte sich wieder auf.

Zwar bemerkte Adoulla all das, aber die Sandghule zogen seine Aufmerksamkeit auf sich. Die Macht, die nötig war, um diese Geschöpfe aus der Ferne auferstehen zu lassen, um sie von einem sicheren Ort aus zu befehligen und zudem die Schutzzauber zu durchbrechen, die Adoulla hier gewirkt hatte, war unermesslich. Die Zahl an Menschen, die ermordet und verstümmelt werden mussten, um eine solche Magie zu erschaffen … Sie hatten es wahrhaft mit einer schrecklichen Gefahr zu tun.

Einer der Ghule griff Adoulla mit einem Grinsen im grotesken, menschenähnlichen Gesicht an. Adoulla hatte die Hände bereits in den Taschen seines Kaftans und zog daraus eine kleine Phiole hervor, die er mit dem Daumen entkorkte. Die grabschenden Krallen der Ghule waren nur noch wenige Fingerbreit von Adoullas Augen entfernt, doch er blieb ruhig stehen und ließ zerstoßene Rubine durch die Luft rieseln, während er aus der Schrift zitierte.

»Gott ist eine Oase in der Wüste der Seele!« Noch in der Luft verwandelte sich der Rubinstaub in Asche. Der Ghul zerfiel zu einem Haufen Sand und toter Käfer. Als die Magie, die die Kreatur belebte, aus ihr entwich, spritzten Adoulla Sandkörner und weniger erfreuliche Dinge ins Gesicht. Gleichzeitig spürte er, wie ihn die Beschwörung schlagartig erschöpfte – seine Brust zog sich zusammen, und er bekam Seitenstechen. Nach dem Kampf in der Nacht zuvor hatte er nicht mehr viele Reserven.

Zu alt, dachte er. Doch noch während er das dachte, sah er, wie das Löwenmädchen verzweifelt gegen die Schattenkreatur kämpfte und Rasîd erfolglos versuchte, einen Sandghul mit dem Schwert zu erschlagen.

Nein, nicht zu alt, sagte er sich. *Denn wenn ich das bin, dann sterben diese Kinder*. Gott allein wusste, woher er die

Kraft nahm, um erneut in seinem Beutel nach einem Mittel gegen diese Geschöpfe zu kramen.

Als sich seine Finger um drei glatte Steine von der Größe von Weintrauben schlossen, dankte er dem Allerbarmer lautstark. Er holte die Blitzperlen – jede ein Perlmuttstrudel – heraus und sah auf. Rasîd war schon wieder zu Boden geworfen worden. Schon kämpfte er sich wieder hoch, doch der Ghul, den er angegriffen hatte, kam jetzt auf Adoulla zu.

Adoulla wich aus, als die Kreatur fauchend nach ihm schlug. Irgendwie gelang es ihm, den steinernen Klauen auszuweichen, die ihm den Leib aufreißen wollten. Dennoch traf ihn der Unterarm des Ghuls wie eine Eisenstange vor der Brust. Er fiel nach hinten und landete auf dem Hintern. Dabei grunzte er, weil ihm die Luft aus den Lungen gepresst wurde.

Eben wollte er die Perlen schleudern, doch er hielt noch einmal inne. Sie würden zweifellos ein Feuer auslösen. Sein Haus …

Aber ihm blieb keine Wahl. Er schleuderte sie.

Die winzigen Steinchen trafen den Sandghul, der laut fauchte. Sofort wurden sie in den Bauch der Kreatur hineingesaugt. Kurz klaffte ein Loch im Sand und offenbarte eine wuselnde Masse aus Skorpionen und glänzenden schwarzen Käfern. Adoulla sprach die Beschwörung.

»Gott ist der Blitz, der dreimal herniederfährt!« Vor Schmerz und Trauer sprach er undeutlich, aber es genügte. Ein lautes und doch gedämpftes Geräusch war zu hören, wie ein Donnerschlag in einer Wolldecke, und der Sandghul erstarrte mitten in der Bewegung. Dann zwei weitere Donnerschläge, als die beiden anderen Perlen in seinem Körper explodierten. Aus dem Torso des Ghuls schossen Blitzstrahlen hervor, die Adoullas Arm versengten, als er ihn nach oben riss, um sein Gesicht zu schützen. Überall im Zimmer brachen kleine Brände aus, die sich mit magischer Geschwindigkeit ausbreiteten. Adoulla roch brennendes Papier und fragte sich, welche Bücher und Schriftrollen er gerade verlor. Er sah seine Möbel Feuer fangen – selbst die Wände seines Hauses standen in Flammen. Dann überwältigte ihn die Anstrengung der Beschwörung, und er brach zusammen. Schmerz und Rauch erfüllten sein Bewusstsein.

Rasîd beobachtete, wie einer der Sandghule unter der Beschwörungsformel des Doktors zusammenbrach, und dankte Gott, als er sich dem anderen entgegenwarf. Nie zuvor hatte er gegen Sandghule gekämpft, aber der Doktor hatte ihm von ihnen erzählt. Es war anders als der Kampf gegen Knochen- oder Wasserghule. Wie oft Rasîd auch das Schwert schwang, seine Klinge traf auf kein Fleisch. Stattdessen fuhr sie durch losen Sand, und Rasîd benötigte all sein Geschick, um den Schlägen des Ghuls auszuweichen, während er sein Schwert befreite.

Allmächtiger, was kann ich gegen ein solches Ungeheuer ausrichten? Doch die Frage wurde aus seinen Gedanken gefegt, als das Geschöpf ihn mit einem Hieb seiner großen, körnigen Faust zu Boden schlug. Rasch rappelte er sich auf und sah, wie der Doktor etwas auf den Ghul schleuderte und eine Anrufung sprach, bevor er ohnmächtig wurde. Es donnerte, und Rasîd riss den Arm hoch, um sich vor einem plötzlichen Feuerhagel zu schützen. Als er den Kopf zur

Seite drehte, bemerkte er Samia, die gegen die Schattenkreatur kämpfte.

Sowohl Rasîds Haut als auch seine Seidengewänder wurden versengt, aber er unterdrückte den Schmerz. Als sein Blick wieder auf den Sandghul fiel, stellte er fest, dass die Anrufung des Doktors bemerkenswerte Wirkung gezeigt hatte. Bei der Explosion war die Kreatur erstarrt. Was auch immer für dieses Ungeheuer Schmerz war, hatte es außer Gefecht gesetzt. In der magischen Hitze der Explosion war der Rumpf des Sandghuls, so dick wie der Stamm einer Palme, geschmolzen und hatte sich in Glas verwandelt! Geschmolzene Skorpione und Tausendfüßer waren darin eingeschlossen und trübten das Glas schwarz ein. Der Sandghul war zur Salzsäule erstarrt.

Überall im Zimmer flackerten kleine Brandherde, die sich mit erstaunlicher Geschwindigkeit ausbreiteten. Rasîd konzentrierte sich jedoch auf seinen Feind. Wenn sich ihm eine Gelegenheit bot, ergriff er sie auch. Glas war zerbrechlich.

Er steckte das Schwert in die Scheide, streckte den rechten Arm aus und richtete die Faust auf den Sandghul. Mit einem lauten Schrei, der seine Seelenkräfte bündelte, schoss er nach vorn und rammte die Faust in den Bauch der Kreatur. *Falls das Ding überhaupt einen Bauch hat!*

Es krachte ohrenbetäubend, dann klirrte es wie von tausend winzigen Glöckchen. Unzählige heiße Glasscherben bohrten sich in Rasîds Haut, von den Fingerknöcheln bis zum Ellbogen. Doch er war hochkonzentriert, und dank seiner Ausbildung spürte er keinen Hauch von Schmerz. *Preis sei Gott!*

Schneller, als das Auge folgen konnte, zog er den Arm aus dem Rumpf des Ungeheuers. Der Sandghul zerfiel, Sand, Glasscherben und tote Tausendfüßer regneten zu Boden. Rasîd wandte sich von dem hüfthohen Schutthaufen ab und ließ den Blick durchs Zimmer schweifen.

Das ganze Haus war von Rauch erfüllt, und das Feuer breitete sich schnell aus. Die Wände liefen schwarz an. Obwohl er anscheinend keine schwere Wunde davongetragen hatte, lag der Doktor am Boden und stöhnte schmerzerfüllt. In einer Ecke kauerte eine goldene Löwin – Samia! Sie blutete, knurrte und wimmerte. Rasîd stockte der Atem.

Die Schakalkreatur war offensichtlich verwundet und kämpfte sich auf die Beine und in Richtung Fenster. Sie heulte auf, und ihre Gestalt wurde von Schattenfetzen umflattert. Während sich Rasîd auf das Ungeheuer zubewegte, hörte er es in seinem Geist sprechen.

Nein! Mouw Awa ward zerfleischt und gebissen! Ob dies wohl seinen Tod bedeutet? Nein! Denn sein gesegneter Freund wird ihn heilen. Sein gesegneter Freund wird herrschen auf dem Kobrathron, während die Luft widerhallen wird von Mouw Awas Geheul!

Das Geschöpf klammerte sich an das Gitterfenster, ließ das dunkle Holz bersten und heulte vor Schmerzen. Ehe Rasîd zu ihm gelangte, war es aus dem Fenster im zweiten Stock auf den festgestampften Lehm der Straße gesprungen. *Der Sturz bringt ihn um*, hoffte Rasîd. Doch als die Kreatur auf dem Boden aufkam, schien sie sich einfach … aufzulösen. Rasîd konnte sich bemerkenswert gut verbergen, aber das war etwas anderes. Mouw Awa versteckte sich nicht einfach … er verschmolz mit dem Schatten der Straßenlaternen. Das Geschöpf war geflohen, aber nicht tot – das spürte Rasîd allzu deutlich.

Eigentlich war es Rasîds Pflicht, die Verfolgung aufzunehmen, aber sein Blick fiel auf die reglosen Gestalten von Samia und dem Doktor. Sie brauchten ihn. Innerhalb eines Augenaufschlags hatte sich die Wüstenfrau wieder zurückverwandelt. Ihm war, als breche ihm das Herz, als er dieses fünfzehnjährige Mädchen mit einer grässlichen Wunde in der Seite sah. Der Doktor setzte sich stöhnend auf und hustete vor lauter Rauch. Die Flammen loderten heißer, und das Holz des Diwans und der Buchregale knisterte und knackte im Feuer.

Samia wimmerte. Sie bewegte nur den Mund und stieß flehentliche Schmerzenslaute aus. Rasîd richtete den Blick wieder auf die Straße. *O Gott, ist es falsch, dieses Ungeheuer entkommen zu lassen, nur um das Leben von Freunden zu retten?* Doch noch während seine Seele den Allmächtigen um Rat bat, eilte sein vom Rauch halb erstickter Leib zu Samia hinüber.

Plötzlich erfüllte grünes Licht das Haus. Als er bei Samia ankam, erkannte er hundert winzige Hände in der Farbe von Seealgen, die die Flammen ausschlugen und den Rauch wegwedelten. *Magie.* Allerdings nicht die Art von Zauber, die der Doktor wirkte. Was immer das auch zu bedeuten hatte, Rasîd achtete nicht darauf. Für ihn zählte nur Samias Wunde, die schrecklich zischte und blubberte, als wäre sie mit einer alchemistischen Säure angefüllt. Rasîd spürte, wie ihm Tränen in die Augen traten, und das nicht nur wegen des Rauchs.

Dann berührten ihn die großen Hände des Doktors an der Schulter, und er hörte seine barsche Stimme im Ohr. »Komm, Junge. Wir haben Hilfe bekommen.«

Rasîd fauchte seinen Lehrmeister an: »Wir hätten sie nicht herbringen dürfen, Doktor! Sie ist noch ein Kind!« Seiner Kehle entrang sich ein unzusammenhängender Schrei. »Wir hätten sie nicht hierherbringen sollen!« Der plötzliche Drang, den Doktor zu ohrfeigen, verblüffte ihn.

Der Doktor zuckte ohnehin vor Schmerz zusammen, denn der Rauch und seine Wunden setzten ihm zu. »Krieg dich wieder ein, Junge! Ich habe doch gesagt, dass wir Hilfe bekommen haben!«

Kaum spürte Rasîd die knöcherne, rötlich schwarze Hand, die seinen Unterarm berührte, aber er sah sie. Dawoud. Litas. Die Freunde des Doktors. Der Rauch füllte seinen Blick und seinen Geist. Er ließ sich aus dem brennenden Haus führen, ohne ganz zu begreifen, was geschah.

Später stand er vor der rußgeschwärzten Ruine seines Heims. Die magischen Brandherde erloschen, doch der Schaden war bereits angerichtet. Der Doktor saß auf der Straße und stützte den Kopf in die Hände. Seine Sû-Freunde – der große, glatzköpfige Magus Dawoud und seine drahtige kleine Ehefrau Litas – standen neben ihm.

»Um das Feuer haben wir uns gekümmert«, sagte Dawoud zu dem abwesend wirkenden Doktor. »Wir konnten es löschen, bevor es auf die Nachbarhäuser übergriff. Meine Magie bewirkt, dass sie weder sehen noch riechen, was hier geschehen ist. Aber was im Namen Gottes ist hier eigentlich geschehen, Adoulla? Und wer ist sie?«

Der Doktor stotterte und versuchte, bei Verstand zu

bleiben. Rasîd musste feststellen, dass es ihm selbst nicht anders erging.

»Das sind Fragen für später«, drang Litas' Stimme von irgendwo zu ihm. »Wer immer sie ist, hier stirbt sie uns weg. Wir müssen sie nach Hause bringen, und zwar sofort. Rasîd!«

Jetzt erst bemerkte er, dass er Samias leblosen Körper, ihr rußverschmiertes Gesicht und die geschlossenen Augen mit den langen Wimpern tatenlos angestarrt hatte. Wieder versuchte er, etwas zu sagen, doch Rauch und Tränen brannten ihm in der Kehle. Sein Seidengewand war mit Asche bedeckt. »Tantchen?«, brachte er schließlich heraus.

Die kleine Sû-Alchemistin hatte eine scharfe Stimme, und ihre blauschwarzen Züge wirkten streng. »Wir haben eine Sänfte mitgebracht«, sagte sie, und als sie mit einem Kopfnicken zu einem Gestell aus Holz und Leder deutete, klapperten die Ringe in ihren verfilzten Locken. »Hilf mir beim Tragen.«

Rasîd folgte der Aufforderung, und seine Hände und Füße setzten sich in Bewegung, ohne dass er es wollte. Als sie sie in die Sänfte setzten, schrie Samia vor Schmerzen auf. Rasîd war, als risse ihm der Laut die Eingeweide aus dem Leib. Samia verzog noch einmal das Gesicht und blieb dann stumm.

»Noch gibt es Hoffnung«, sagte Litas. »Beweg dich, Junge!«

Rasîd blinzelte sich die Tränen aus den Augen und setzte sich in Bewegung.

8

In der Stunde, in der Nacht und Tag ineinander übergingen, war es still im Gelehrtenviertel der großen Stadt Dhamsawaat. Die Unermüdlichsten unter denen, die durch die Straßen zogen, waren schließlich auch zu Bett gegangen, auch wenn »Bett« für sie nur einen Streifen Lehmboden bedeutete. Die ersten Karrenschieber, Träger und Ladenbesitzer würden erst in einer Stunde auf die Straße gehen. Litas Likamis Tochter starrte zu dem mit Zedernholz gerahmten Fenster hinaus, rieb sich die Schläfen und dankte dem Allerbarmer für kleine Gnaden – die wohltuende Stille hatte ihr den ersten Teil ihrer Arbeit einfacher gemacht.

Im rauen und geschäftigen Gelehrtenviertel ging es normalerweise so laut zu, dass sein Name – ein Überbleibsel aus der Vergangenheit der Stadt, wie Adoulla ihr erzählt hatte – wie der reine Hohn wirkte. Litas jedoch bildete sich etwas darauf ein, dass sie, ihr Mann und ihr alter Freund Adoulla dafür sorgten, dass die offizielle Bezeichnung nicht zur reinen Lüge wurde. Generationen nachdem die Gelehrten und Studenten der Gegend von Betreibern billiger Läden und Zuhältern verdrängt worden waren, sorgten die drei dafür, dass man im Viertel noch immer Gelehrsamkeit fand. Dass sich ihre Gelehrsamkeit vor allem auf das Heilen von übernatürlichen Wunden und auf Kreaturen bezog, die aus Grabkäfern erschaffen worden waren, spielte dabei keine Rolle.

Litas wandte sich vom Fenster ab und betrachtete das halb tote Mädchen, das vor ihr auf der niedrigen Couch lag, das störrische Haar in alle Richtungen über die Kissen gebreitet. Die mühsamen Atemzüge der Wüstenfrau übertönten alle anderen Geräusche im Zimmer – ganz anders als vor ein paar Stunden, als sie mit einem sterbenden, von Engeln berührten Mädchen in der Sänfte hereingestürmt waren.

Nie zuvor hatte Litas eine solche Wunde gesehen. Die Stammesfrau war gebissen worden, allerdings nicht so schlimm, dass es lebensgefährlich gewesen wäre. Es war, als wirkte das Gift in der Wunde mehr auf die Seele als auf den Körper. Keines von Litas' Rezepten half dagegen. Preis sei Gott, dass Dawoud – wie so oft, wenn es in der Vergangenheit gegolten hatte, jemanden zu heilen – intuitiv gewusst hatte, was zu tun war. Mit ihren Stärkungsmitteln und Umschlägen hatte Litas zwar den Zustand des Mädchens stabilisieren können, doch in Wahrheit waren es Dawouds Kräfte gewesen – das seltsame grüne Glühen, das von ihm abstrahlte, wenn er seine Hände wie Schlangen über dem Herz des Mädchens bewegte –, die die Wüstenfrau vom Rand des Todes zurückgebracht hatten.

Der Geruch von frischem Kardamomtee riss sie aus ihren Gedanken. Nebenan hörte sie Dawoud, der ihr klappernd eine Tasse auf die Untertasse stellte. Dass sie einander Tee kochten, war einer der Gründe für ihre glückliche Ehe. Bereits in den ersten Tagen ihrer Ausbildung, nachdem sie das erdrückende Leben einer Dame am Hof der Sû aufgegeben hatte, brannte sich ihr eine der wichtigsten Lektionen in Alchemie ein: Man sollte die einfachen Dinge nicht für selbstverständlich halten. Sie hatte gesehen, wie ein Mann von einem gehörnten Ungeheuer getötet worden war, nur weil er beim Beschwörungskreis einen winzigen Fehler gemacht hatte. Sie hatte erlebt, dass Eheleute die Namenstage ihrer Angetrauten vergaßen und einander irgendwann zu hassen begannen.

Von der Straße drang ein Schrei durchs Fenster. Entweder ein verspäteter Säufer oder ein früher Karrenschieber. Wie als Antwort darauf stieß das Badawimädchen – Adoulla hatte sie Samia genannt – einen Schmerzenslaut aus. Litas betete stumm für das Mädchen und sorgte sich wegen ihrer begrenzten Heilkräfte. Von einem niedrigen Regal im Wohnzimmer nahm sie ein Tongefäß und holte eine Handvoll goldener Jamssüßigkeiten heraus. Der süße, erdige Geschmack breitete sich in ihrem Mund aus und beruhigte sie. Sie waren teuer, diese kleinen Erinnerungsstücke an ihre Heimat, aber es gab nichts Vergleichbares.

»So schwer, wie du die letzten Stunden geschuftet hast, hättest du die ganze Dose verdient. Ich glaube, dass das Mädchen überleben wird.« Ihr Mann kam mit einem Teetablett in den knöchernen, verhärmten Händen zurück. In seinem schrumpeligen, rotschwarzen Gesicht stand die Sorge um sie geschrieben.

»Wo sind Adoulla und Rasîd?«, fragte sie.

Er ruckte mit seinem hennagefärbten Spitzbart Richtung Treppe. »Sind beide oben. Der Junge hat sich in andächtige Selbstanklage vertieft, während Adoulla den

Verlust seines Hauses beweint und sich den Kopf über den Überfall zerbricht.«

Nach Adoullas hastiger Erklärung, das Mädchen sei von Engeln berührt, und seiner Beschreibung der Kreatur, die sie angegriffen hatte, zerbrach sich auch Litas den Kopf darüber. *Als wäre es noch nicht Wahnsinn genug*, dachte ein schwieliger Teil ihres Bewusstseins, *dass Adoulla uns ein Badawimädchen bringt, das im Sterben liegt. Sie muss auch noch eine Gestaltwandlerin sein.* Als hätte die Seele ihres alten Freunds von ihr Besitz ergriffen, stieß sie ein bitteres Lachen aus. Sie nahm ihre Teetasse von Dawoud entgegen und nippte daran, während sie sich neben das Mädchen setzte.

Im Schlaf war das Gesicht der Wüstenfrau zu einer Grimasse verzogen. Erneut wunderte sich Litas über die Eigentümlichkeit der bösartigen Wunde. Jahrzehntelang war Litas mit ihrem Mann und verschiedenen Weggefährten herumgereist und hatte sich mit Geschöpfen und Zaubersprüchen auseinandergesetzt, die für die meisten Menschen unbegreiflich waren. Litas jedoch wusste, dass man alles auf der Welt erklären konnte. Ghule, Dschinn, Feuerbälle und Brücken aus Mondlicht. All das war logisch, wenn man nur die Formeln begriff. Schon vor Jahren hatte sie es aufgegeben, nach dem Trank ewiger Jugend zu suchen oder danach, wie man Kupfer in beständiges Gold verwandelt. Auch vergeudete sie ihr Talent nicht auf die törichten Pflichten, mit denen die Handvoll anderer Alchemistenmeister in der Stadt beschäftigt waren. Es war kein richtiges Leben, wenn man wochenlang nur daran arbeitete, Legierungen zu trennen oder die Ernten zu vergrößern – um die Reichen noch reicher zu machen. Ganz gleich, welchen Reichtum einem eine solche Arbeit einbringen würde.

Verletzten zu helfen, war etwas anderes. Mit kundigem Blick betrachtete Litas die Wunde erneut. Von Seelenmord hatte sie bisher nur gelesen. Diese Art von Magie war zwar alt, doch ihr war sie neu. Das Entscheidende aber war, dass diese Magie beinahe ein Mädchen getötet hatte, das im Haus ihres besten Freunds geschlafen hatte. Damit war es auch ihre ureigene Angelegenheit.

Sie stellte ihre Teetasse ab und fasste sich an die hölzerne Klammer, die ihre langen Filzhaarknoten zusammenhielt. Dawoud, der in vielen Dingen ihr Gegensatz war, hatte sie oft wegen der umständlichen Haartracht der östlichen Sû aufgezogen. Vor Jahren hatte er ihr vorgeschlagen, sich den Kopf kahl zu scheren wie die rotschwarzen Landfrauen der westlichen Republik! Der Gedanke entsetzte sie noch immer.

Wortlos stellte sich ihr Mann neben sie und legte ihr die Hand auf den Rücken. Sie spürte den Druck seiner langen kräftigen Finger und dankte Gott – nicht zum ersten Mal –, dass jemand, der so anders war als sie selbst, doch ein so untrennbarer Teil von ihr sein konnte.

Litas hörte ein Geräusch auf der Treppe, drehte sich um und entdeckte Adoulla, der abgekämpft die Stufen herunterstieg. Dawouds Hand löste sich von ihrem Rücken. Dann ging ihr Mann zu dem Freund, um ihn in den Arm zu nehmen. Unter Adoullas schweren Lidern war sein Schmerz nicht zu erkennen, aber als er mit einer ihr unbekannten Stimme sprach, hörte sie seine Qual. Es war die leise Stimme eines kraftlosen Menschen.

»Mein Haus. Dawoud, mein Haus. Es … es …«

Er sprach nicht zu Ende, sondern ließ die breiten Schultern hängen, und in seinen Augen schimmerten Tränen. Es bekümmerte sie, ihn in diesem Zustand zu sehen, denn er war nicht leicht zu erschüttern. Ihr Mann löste sich aus der Umarmung und schüttelte den Ghuljäger an den Schultern.

»Hör mir zu. Sieh mich an, Adoulla! Gott ist der Allerbarmherzigste, hörst du mich? Der Wiederaufbau wird Geld kosten, und Zeit, aber in einem halben Jahr bist du wieder da, wo du angefangen hast … bis auf ein paar Bücher und Schriftrollen.«

Adoulla schluckte und schüttelte den Kopf. »Wahrscheinlich bin ich in einem halben Jahr eine Leiche mit roten Augen, deren Seele von Gott abgetrennt wurde.«

Da ihr wichtigster Patient schlief, kümmerten sich Litas und Dawoud um die Blessuren und angestauchten Rippen Adoullas. Während sie ihn verarzteten, saß er mit leerem Blick da, zuckte hin und wieder zusammen, sagte aber kein Wort. Danach fiel er auf einem Stapel Kissen in der Ecke des Empfangszimmers in tiefen Schlaf und schnarchte laut. Und als Adoullas junger Gehilfe mit dem eisigen Blick darauf bestand, Wache zu halten, legten sich auch Litas und Dawoud hin.

Als sie nach ein paar Stunden aufwachten, kochte Litas Tee, und Adoulla dankte ihr dafür, als hätte sie das Leben seiner Mutter gerettet. Nachdem er sich ausgeruht hatte, war er ein bisschen weniger untröstlich und lenkte sich mit grimmigen Plänen ab.

»Dieses Schakalding, das sich Mouw Awa nennt, und

sein geheimnisvoller gesegneter Freund – man muss ihnen das Handwerk legen. Dort draußen ist irgendwo ein Ghulschöpfer, der so mächtig ist, wie ich noch keinen erlebt habe. Ich habe Angst um unsere Stadt«, sagte Adoulla. Er schlürfte sabbernd aus seiner Teetasse und wischte sich die Tropfen aus dem Bart.

Deine Stadt, mein Freund, nicht unsere, widersprach eine nachtragende Stimme in ihr. Jahrzehntelang hatte sie in Dhamsawaat gelebt und die Stadt auch geliebt, doch je älter sie wurde, desto mehr sehnte sie sich danach, in die Republik Sû zurückzukehren. Diese Stadt hatte ihr eine sinnvolle Beschäftigung und mehr aufregende Erlebnisse beschert, als sie zählen konnte. Aber in dieser schmutzigen Stadt war auch ihr Kind gestorben. In dieser viel zu engen Stadt war ihr Mann über sein Alter hinaus ausgezehrt worden. Sie wollte nicht sterben, um diese Stadt zu retten – nicht ohne vorher ihre Heimat noch einmal gesehen zu haben.

Doch natürlich sagte sie das nicht laut, sondern setzte sich selbstzufrieden hin, während Dawoud sagte: »Welche Hilfe du auch immer benötigst, du bekommst sie von uns, mein Bruder. Welcher Gefahr du dich auch immer stellst, du wirst ihr nicht allein entgegentreten.«

Eine Weile lang saßen sie einfach nur da und tranken Tee. Dann sprach Dawoud wieder und zeigte dabei mit einem harten Lächeln auf Adoulla: »Du weißt, dass du dem Gnädigen Gott trotz der Gefahren, denen du dich gegenübersiehst, danken solltest. Danke ihm dafür, dass wir nur zwei Türen weiter wohnen. Dass wir nicht am Morgen, sondern spät in der Nacht heimgegangen sind.

Dass wir den Rauch von deinem Haus gesehen haben, als wir auf dem Heimweg waren.«

Bei dem Wort »Haus« entfuhr Adoulla ein Seufzer, und seine Augen glänzten feucht. Wieder dankte er Litas für den Tee, stand auf und spazierte einsam zu Haustür hinaus.

Ächzend stand Dawoud auf und ging Adoulla hinterher. Sie hörte die beiden langsam weggehen. Sie unterhielten sich, wie sich Männer unterhielten, wenn sie unter sich waren.

Litas schob die traurigen Gedanken beiseite und sah nach Samia. Das Mädchen biss nicht mehr krampfhaft die Zähne zusammen, sondern schlief entspannt. Es war Zeit, den zweiten Umschlag aufzulegen. Litas stellte einen kleinen Topf mit einer Kräutermischung auf den Herd.

Ein paar Minuten später kochte die Mischung und verwandelte sich in eine klebrige Masse. Litas nahm dem Mädchen den Verband ab und reinigte die Wunde. Dann trug sie den noch heißen Brei mit einem kleinen Holzlöffel auf. Wie durch Zauberei löste sich die Salbe auf der Wunde auf und nahm den Schmerz des Mädchens mit sich fort. Rauchwölkchen ringelten sich in die Luft und ließen halb verheiltes Fleisch zurück. Mit der anderen Hand berührte sie bestimmte Druckpunkte auf der Handfläche des Mädchens.

Wie vom Blitz getroffen schnellte Samia hoch und schrie, bis ihr der Atem ausging. Dann holte sie tief Luft und schrie weiter. Litas taten die Nachbarn leid, doch die waren die Schreie der Notleidenden gewohnt, die bei Litas Heilung suchten.

Rasîd sprang von dem Kissenberg auf, auf dem er geschlafen hatte. »Tantchen! W… was?«, sagte er, blinzelte sich den Schlaf aus den schräg stehenden Augen und griff zum Schwert.

»Geh wieder schlafen, Rasîd. Hier ist alles in Ordnung – ihre Schreie sind ein gutes Zeichen. Sie zeigen, dass die Seele des Mädchens noch immer kräftig ist.«

Noch während Litas sprach, sackte Samia wieder aufs Kissen zurück und fiel in tiefen Schlaf.

Dawoud und Adoulla kamen herein, die Schreie hatten sie herbeigerufen. Umso besser. Jetzt war es an Dawoud, die seelischen Schmerzen zu behandeln, die das Mädchen quälten.

Fragend blickte er Litas an, und sie nickte. Dann kauerte er sich neben der schlafenden Samia hin und ließ die Hände in langsamen Schlangenbewegungen einen Fingerbreit über dem jungenhaften Körper des Mädchens kreisen. Er schloss die Augen und zuckte zusammen, als litte er Schmerzen. Ein schwaches grünes Glühen umspielte seine Hände. Mit geschlossenen Augen ließ er die Hände weitertanzen, bis das Schimmern verblasste. Dann brach er auf einem Stuhl zusammen und fasste sich an die Brust.

Er hat seine Kräfte schon lange nicht mehr so beansprucht. Er wird so schnell älter, dass man ihm fast zuschauen kann! Litas dachte wieder an ihre Heimat und betete, dass sie es noch erleben würden, sie wiederzusehen, bevor der Leib ihres Mannes den Preis für seinen Beruf zahlen musste. Sie lief zu ihm hinüber und schlang einen Arm um seine knochigen Schultern.

Durch zusammengebissene Zähne und sichtlich erschöpft sagte er: »Es ist Zeit, sie zu wecken.«

»Sie wecken?« Stirnrunzelnd sah der Derwisch sie an.

»Vergib mir, Tantchen, Onkel – aber sie wurde schwer verletzt. Wir müssen sie ruhen lassen, ja?«

Der Junge steckte seine Nase in Dinge, die ihn nichts angingen, und dahinter musste irgendein Grund stecken. *Glaubt er etwa, sie zu lieben?*, fragte sich Litas. »Das Mädchen war dem Tod zu nahe, Rasîd. Sie muss geweckt werden – wenn man sie überhaupt wecken kann –, damit sie sich daran erinnert, dass sie noch am Leben ist. Später ist noch genug Zeit, sie ruhen zu lassen.«

Sie wandte sich zu ihrem Kästchen aus Wacholderholz um und nahm eine Phiole mit großen rosaroten Salzkörnern heraus. Mit der Phiole ging sie zu dem Mädchen, nahm den Stöpsel heraus, und ohne selbst daran zu riechen, hielt sie sie dem Badawimädchen unter die Nase.

Samia setzte sich ruckartig auf. Sie stöhnte vor Schmerzen und hustete, und beim Husten färbten sich Mund und Nasenlöcher rot.

Dank dem Allmächtigen. Rasîd mochte vielleicht entsetzt sein, aber Litas wusste, dass das Blut ein Zeichen der Genesung war. *Kann sein, dass sie das alles heil übersteht.*

Rasîd war nahe an das Mädchen herangerückt. Ganz offensichtlich wollte er etwas tun, wusste aber nicht, was. »Was geschieht mit ihr?«, rief er.

Litas rieb sich die Schläfen und zwang sich zur Geduld. Dann schob sie den Jungen zur Seite und tupfte dem Mädchen das Blut vom Gesicht. »Das ist schwer zu erklären, Rasîd. Für einige Augenblicke haben wir ihrer Seele vorgegaukelt, sie befände sich in einem unversehrten Körper. Ihre Seele wird gezwungen, sich daran zu erinnern, wo sie wirklich wohnt. Samia wird erwachen und sich ihrer

Umgebung bewusst werden, aber nicht in der Lage sein zu sprechen. Dann erst wird sie ruhen, und wir können unsere Behandlung abschließen. So Gott will, werden die Bande, die Er zwischen Körper und Seele geschlossen hat, wieder zusammenwachsen.«

Litas trat zurück, und kurz darauf öffnete das Mädchen die hellen grünen Augen.

»Habe ich … habe ich es getötet?«, waren Samias erste Worte. Was sie damit meinte, brauchte keiner von ihnen zu fragen.

Zu Litas' Erstaunen – und sie hätte schwören können, dass es ihn selbst ebenso erstaunt hätte – trat Rasîd vor, um ihr zu antworten. »Du hast mir eine Gelegenheit zum Angriff verschafft, aber ich habe versagt, Samia Banu Laith Badawi.« Er verneigte sich tief, und die Scham stand ihm ins Gesicht geschrieben. »Ich bitte dich, meine Entschuldigung anzunehmen. Aber wisse, dass es deine Tapferkeit war, die die Kreatur in die Flucht geschlagen hat.« Der Junge schwieg und ging wieder einen Schritt zurück, als wäre es ihm peinlich, dass er etwas gesagt hatte.

Ah, schoss es Litas durch den Kopf, und sie dachte daran, wie schön und töricht sich junge Menschen verhielten. *Er glaubt nicht, dass er sie liebt. Er befürchtet, dass er sie liebt!*

Das Mädchen erwiderte die Worte des Derwischs so kraftvoll, als wäre sie schon den halben Tag wach und hätte nicht bis vor wenigen Augenblicken in Todesgefahr geschwebt. Ein weiteres gutes Zeichen. »Was hast du erwartet?«, fragte sie. »Ich wurde von meinem Vater ausgebildet.« Dann schloss sie die Augen und schlief wieder ein.

Am Nachmittag saß Litas mit Dawoud und Adoulla in

der Küche. Sie tranken Ziegenmilch aus kleinen Schalen, aßen Kirschen und diskutierten das weitere Vorgehen. Wie immer stand Rasîd neben ihnen.

»Und was nun?«, fragte ihr Mann.

Adoullas Schnurrbart war rot verfärbt. Er wischte sich das Gesicht am Ärmel ab, und der Fleck im Stoff verschwand durch Zauberei, während er sprach. »In den letzten eineinhalb Tagen habe ich gegen Knochenghule gekämpft, gegen Sandghule und gegen ein halb wahnsinniges Geschöpf, für das ich keinen Namen habe. Denjenigen, der diese Kreaturen befehligt, müssen wir finden. Das hier habe ich von dem Mädchen, es gehörte ihrem Vater«, sagte Adoulla, zog einen verzierten Dolch heraus und legte ihn vor sich auf den Tisch. »Tatsächlich hatten wir vor, euch einen Besuch abzustatten, bevor …« Er brach ab, schluckte und fuhr dann matt fort: »Bevor uns diese Ungeheuer angegriffen haben. Ich hatte gehofft, dass uns eure Wahrsagerei …«

Aus dem Wohnzimmer drang ein unartikulierter Schrei – von Samia.

Sie alle hasteten hinüber. Die Wüstenfrau war wach, reagierte aber nicht auf die Rufe der anderen. Stattdessen kniff sie angestrengt die Augen zusammen und reckte den Hals, als konzentriere sie sich verbissen auf etwas Unsichtbares. *Ah. Sie will Löwengestalt annehmen*, dämmerte es Litas. Doch offenbar gelang es Samia nicht.

In ihre aufgerissenen Augen trat ein gehetzter Ausdruck, und sie fing an, um sich zu schlagen. Schließlich machte Dawoud einen Schritt auf sie zu und legte ihr beruhigend eine Hand auf die Stirn.

»Beruhige dich, Kind, so beruhige dich doch! Danke dem Gnädigen Gott, dass du noch am Leben bist. Wir haben dich zurückgeholt, bevor der Tod dich verschlingen konnte. Aber meine Frau ist erschöpft, und du hast keine Ahnung, wie teuer die Kunst eines Magus erkauft ist. Bleib still liegen und mach unsere Bemühungen nicht zunichte.« Sanfter hatte er noch mit keinem Patienten gesprochen.

Doch der Kopf des Mädchens ruckte herum. »Ein Magus? Du hast mich mit deinen Verwünschungen verzaubert? O Gott, bewahre mich! Mir wurde die Gestalt geraubt! Da wäre ich besser gestorben!« Aus ihrem Inneren drang ein raubtierhaftes Knurren.

Noch vor kaum zwölf Stunden war das Kind in fast jeder entscheidenden Hinsicht tot gewesen, und jetzt war sie lebendig genug, um alle Badawiklischees lebhaft zur Schau zu stellen. Allerdings konnte sich Litas das nicht allein auf die Fahne schreiben. Das von Engeln berührte Mädchen besaß wundersame Selbstheilungskräfte.

Adoulla fuhr sich mit der Hand über den Bart und fauchte das bettlägerige Mädchen an: »Du wärst besser gestorben, was? Zum Henker mit dir, Mädchen! Ohne Fragen zu stellen oder Geld zu fordern haben sich meine Freunde verausgabt, um dich zu heilen. Sie haben Wunder gewirkt mit Zaubermitteln, die einen Arbeiter einen Jahreslohn kosten würden! Ganz zu schweigen von den Anstrengungen. Und du zahlst es ihnen mit diesem barbarischen Aberglauben zurück?«

Mit jedem wütenden Wort vertiefte sich die Röte seines Gesichts. Litas fragte sich, ob der Ghuljäger wusste, was er tat – denn eine solche Provokation konnte nützlich sein, um das Gemüt des Mädchens in Wallung zu bringen, bevor sie wieder in einen umso tieferen Erholungsschlaf fiel –, oder ob er lediglich seinen Ärger an einem halb toten Mädchen ausließ. Sie trat neben ihn und legte ihm die Hand auf den Arm, aber er ließ sich nicht beschwichtigen.

»Hätte Dawoud dich sterben lassen, Mädchen, dann würde deine Sippe ungerächt bleiben. Lebst du etwa nicht für die Rache? Fürs Töten, für die Ehre und all das?« Er drehte sich zu Rasîd um. »Gott bewahre uns vor besessenen, undankbaren Kindern. Kein Wunder, dass du solche Glotzaugen bekommst, wenn du sie anschaust, Junge! Du hast deine Seelenverwandte gefunden!«

Samia funkelte Adoulla finster an, und der empörte Rasîd stritt murmelnd alles ab. Doch Adoulla fuhr fort: »Für hübsche Stadtmädchen hat er nicht einmal ein Lächeln übrig. Aber wenn man ihm eine Wilde mit langweiligem Gesicht vorsetzt, die im Namen des Engels tötet, dann steht seine Seele auf einmal in Flammen! Ach, spar dir dein Stottern, Junge! Du bist so versessen darauf, das Offensichtliche zu leugnen. Ja zum Abschlagen von Köpfen, nein zum Küssen!« Er hob den Blick zum Himmel. »Wie in Gottes Namen bin ich nur in eine solche Welt geraten?«

Er wandte sich wieder Samia zu. »Hör mir zu! Dies war die einzige Möglichkeit, dich zu retten. Du schuldest Dawoud und seiner Frau Dank. Würden sie dem barbarischen Badawikodex gehorchen, dann stündest du sogar mit deinem Leben in ihrer Schuld, oder nicht?«

Samia knurrte wie ein kleiner mürrischer Löwe. *Wie*

kann sie mit einer Mädchenkehle Löwentöne erzeugen?, fragte sich die Gelehrte in Litas.

Das Mädchen nickte Dawoud zu und presste Worte hervor, als würde ihr jedes wehtun. »Der Doktor hat recht. Du hast mir in der Tat das Leben gerettet, und ich … ich schulde dir etwas.« Dawoud tätschelte dem Mädchen mit seiner dunklen, knochigen Hand die Schulter, doch Samia sah die Hand an, als fiele eine Felsschlange über sie her.

Verwirrt fragte Dawoud: »Woher kommt diese Furcht, junge Frau? Hast du Lagerfeuergeschichten gehört? Geschichten, in denen die Magi alle rote Roben anhaben, zwischen Bergen aus menschlichen Schädeln stehen und hämisch lachen? In denen sie Blut aus Kelchen trinken, während Neugeborene auf dem Altar schreien? Pff! Welch finstere Unterstellungen von einem Mädchen, das sich ein goldenes Fell wachsen lässt und ihren Feinden mit den Zähnen die Kehle ausreißt!«

Samia reckte das Kinn, sodass ihr zotteliges Haar nach hinten fiel. »Die Gestalt ist ein Geschenk der Engel! Doch woher kommt deine verdorbene Macht?«

Litas war froh, dass ihr Mann geduldig mit dem Mädchen war – gegenüber anderen Menschen konnte er sehr hartherzig sein, nur nicht gegen Litas. Als er antwortete, lächelte er noch immer, wenn auch bitter. »Gott hat mir meine Gaben gegeben. Meine Macht, Mädchen, schöpfe ich aus meiner eigenen Lebenskraft. Aus den Tagen, die mir auf dieser Welt noch bleiben. Nun. Meiner Frau schuldest du immer noch ein Dankeschön, oder nicht?« Damit wandte er sich um und ging hinaus.

Einen Moment lang sagte Samia nichts, doch dann ließ

sie den Kopf sinken. »Ich habe es am rechten Dank mangeln lassen, Tantchen. Ich danke dir für deine Hilfe und erbitte Gottes Segen auf dich herab.«

Dann kommt man also doch durch diese Wand aus Stammesstolz und Misstrauen. Gut. »›Gottes Segen komme über den, der anderen hilft‹«, zitierte Litas aus der Schrift. »Denk daran, wenn du das nächste Mal in einer entsprechenden Lage bist.«

Die Stammesfrau setzte zu einer Frage an, doch Litas würgte sie ab. »Du hast schon zu viel geredet, Kind, und du bist noch nicht ganz klar im Kopf. So es der Wille des Allmächtigen ist, erlangst du deine Macht zur Gestaltwandlung schon irgendwann wieder zurück. Jetzt aber ist es Zeit, dich auszuruhen.« Litas füllte einen Becher mit dem Schierlingssud, der auf dem Herd gezogen hatte, und reichte ihn dem Mädchen. »Du wirst alle paar Stunden aufwachen, und das ist am besten so. Dann vergisst dein Körper nicht, dass du lebst. Jedes Mal, wenn du aufwachst, musst du dich dazu zwingen, dich umzuschauen und ein wenig zu reden. Und bevor du wieder einschläfst, musst du einen kräftigen Schluck aus diesem Becher nehmen – aber nicht mehr, wenn du wieder aufwachen willst! Hast du verstanden?«

Das Mädchen wurde bereits wieder müde und nickte schläfrig.

»Gut, nun nimm den ersten Schluck.«

Das Mädchen kam ihrer Aufforderung nach, und kurz darauf setzte es sich energisch im Bett auf und fing an, unruhig herumzuzappeln. *Gut.* Die anderen Kräuter in dem Gebräu sollten Samia ein paar Minuten überreizen, bevor der Schierling sie in einen erholsamen Schlaf versetzte.

In diesem Moment kam Adoulla die Stufen heruntergetrampelt und bellte: »›Hadu Nawas‹ – so hat sich das abscheuliche Geschöpf selbst genannt. Ich kenne den Namen, Litas! Den habe ich irgendwo mal gelesen. In einem Geschichtsbuch? In einer alten Romanze?« Er sah sie flehentlich an, aber sie war ziemlich sicher, dass sie das Buch, an das sich Adoulla halb erinnerte, nie gelesen hatte.

Wütend ließ ihr Freund die Fingerknöchel knacken und die Schultern hängen. »Natürlich, ganz gleich, welches Buch es war, jetzt ist es sowieso nur noch ein feuchter Aschehaufen.«

Litas bemerkte, dass Samia aufstehen wollte, und hielt sie mit einem Arm vor der flachen Brust des Mädchens zurück. Verärgert nuschelte Samia: »Du wusstest von dieser mörderischen Kreatur und hast es vergessen?« Trotz der Verachtung in ihrer Stimme klang die Stammesfrau schwächer, von Drogen benebelt. Gut. In wenigen Augenblicken würde sie schlafen.

Adoulla war einigermaßen geduldig mit dem verwundeten Kind. »Nun, wenn ich jedes Buch in meiner Bibliothek auswendig gelernt hätte, meine Liebe, dann hätte ich gar keine Bibliothek gebraucht!«

»Stadtmenschen und ihre Bücher!« Ungeachtet der Drogen und ihrer Wunde schien Samia von ihrer barbarischen Überheblichkeit aufgepeitscht zu sein. »Hätte mein Volk über dieses Wissen verfügt«, zischte sie erstaunlich kraftvoll, »dann wäre es in Liedern und Geschichten weitergegeben worden, sodass zehn Leute es hüten würden …«

Litas konnte zusehen, wie ihrem alten Freund der Geduldsfaden riss. »Na, dann sag mir doch, wo all dieses Wissen jetzt ist, Samia Banu Laith Badawi?«

Dem Mädchen stand die schmerzliche Erinnerung an ihre tote Familie ins Gesicht geschrieben. Adoullas Worte waren grausam. Aber Litas kannte ihren Freund gut genug, um zu wissen, woher sie kamen. Um seine Bücher trauerte er genauso wie sie um ihre Sippe, und sicher fiel es ihm schwer, stillzuhalten, wenn sich diese vermeintlich ungebildete Wilde über seinen Lebensinhalt – das Sammeln und Archivieren von Büchern – lustig machte.

Trotzdem war das alles zu viel Aufregung. Eine Grenze war überschritten, und das konnte der Genesung des Mädchens schaden. Litas legte Adoulla eine Hand auf den Arm. Das genügte. Der Ghuljäger nahm die Hände hoch und schien von sich selbst angewidert zu sein. »Ach, ich muss nachdenken. Ich brauche frische Luft«, polterte er und hastete zur Tür hinaus, die er hinter sich zuschlug.

Das Mädchen kniff die smaragdgrünen Augen zusammen. Offenbar war auch sie von sich selbst angewidert. Als wollte sie die Löwin in ihrem Innern dazu bringen, das kleine schwache Mädchen abzutöten. Sie murmelte etwas von Rache, schloss die Augen und schlief ein.

Rasîd wollte Adoulla nachlaufen, doch Litas hielt ihn davon ab. Der Ghuljäger musste mit seinen Gedanken allein sein und hatte es nicht nötig, sich eine Predigt von einem Jungen anzuhören, der nur einen Bruchteil seiner Lebensjahre auf dem Buckel hatte.

Litas betrachtete Samia und gestattete sich einen Moment der Selbstzufriedenheit. Dank ihrer Anstrengungen würde Samia wahrscheinlich am Leben bleiben. Dann sah Litas zur Haustür, die Adoulla eben zugeschlagen hatte. Auch er würde weiterleben, trotz seines Schmerzes.

Sie holte tief Luft. In Dhamsawaat ging es wegen der Spannungen zwischen dem Falkenprinzen und dem neuen Kalifen ohnehin schon turbulent zu, und jetzt kam noch diese Bedrohung dazu. Sie verabscheute es, in die düstere Welt grausamer Magie und Monsterjagden hineingezogen zu werden. Aber irgendwie würde es ein gutes Ende nehmen, redete sie sich ein. Irgendwie würde Gott sie durch die Sache hindurchgeleiten, und dann würden Dawoud und sie vielleicht endlich nach Hause zurückkehren und diese aufregende, schöne, gottverdammte Stadt hinter sich lassen.

9

Adoulla schlug die schwere Holztür des Ladens seiner Freunde hinter sich zu. Wie tief war er gesunken, dass er ein halb totes Mädchen angeschrien hatte! Obwohl er sie »Mädchen« nannte, sah er in Samia eine Löwin oder einen Felsbrocken aus der Wüste. Er rief sich ins Gedächtnis, dass sie tatsächlich ein Mädchen war, auch wenn sie darüber hinaus noch viel mehr sein mochte.

Dawoud stand ein paar Schritte von seinem Laden entfernt. Die Arme hatte er vor der Brust verschränkt, er starrte auf die Straße. Als er Adoulla hörte, drehte er sich um und sah ihn mit hochgezogener Augenbraue an. Adoulla war nicht nach Reden zumute, deshalb versuchte er, an seinem Freund vorbeizugehen, doch Dawoud packte ihn mit seiner Krallenhand am Arm.

»Ist alles in Ordnung mit dir?«

Adoulla lachte freudlos. »In Ordnung? Die Liebe meines Lebens will, dass ich ihre tote Nichte räche, sonst will sie aber nichts mit mir zu tun haben. Mir lastet schwer auf der Seele, dass das Barbarenmädchen beinahe gestorben ist. Ich bin alt und bereit zu sterben, aber Gott sendet mir Prüfungen und Ungeheuer, die verdorbener sind als alles, was ich bisher gesehen habe. Mein Haus …« Adoulla wusste, dass ihm hier die Stimme wegbrechen würde.

»… mein Haus ist verkohlt, und alle meine Bücher sind dahin. Und zu allem Überfluss träume ich von Blutbächen in den Straßen.«

Dawoud strich sich über den hennagefärbten Spitzbart und runzelte die Stirn. »Blutbäche? Ich hatte beinahe denselben Traum. Aber er spielte in der Republik.«

Diese Neuigkeit hellte Adoullas Stimmung nicht gerade auf. »Nun, wie es scheint, kommen wir Traumpropheten im Dutzend billiger daher. Möge es Gott gefallen, aus uns beiden falsche Propheten zu machen.«

Dawoud nickte grimmig. »Geh ein Stück mit mir«, sagte er, und gemeinsam schlenderten sie langsam die Straße hinunter.

Adoulla atmete tief ein und aus, um sich zu beruhigen. »Es ist einfach zu viel, mein Bruder. Gott hat mir mehr auferlegt, als ich tragen kann.«

Ein Mann trottete mit einem Kamel an ihnen vorbei und murmelte dem Tier dabei glücklich ins Ohr. Der Magus legte Adoulla eine schmale Hand auf die Schulter und drückte Fett und Muskeln. »Aber nicht allein, verstehst du? Du musst es nicht allein tragen.«

Dawoud wollte damit sagen, dass sie gemeinsam gegen die Geschöpfe vorgehen würden, so wie sie es vor Jahren getan hatten. Doch Adoulla konnte das nicht zulassen. »Das kann ich von euch beiden nicht verlangen. Beim Namen Gottes, es tut mir leid, dass ich euch überhaupt so tief in die Sache hineingezogen habe.«

»Dieses Ding, das dein kleines Löwenmädchen töten wollte, Adoulla, das macht mir Angst. Du weißt, wie weit es kommen muss, damit ich Angst habe. Du weißt, was ich alles gesehen habe, denn wir haben es gemeinsam gesehen. Aber eine Wunde, die die Seele tötet! Die Kreatur, die Samia gebissen hat, ist die leibhaftige Grausamkeit … Feigheit … Treulosigkeit. Ich konnte es spüren. Aber in all dem wand sich noch etwas anderes, etwas Schlimmeres … eine grässliche Ergebenheit. Ergebenheit einem sehr mächtigen Mann gegenüber. Hier ist eine Bosheit am Werk, die ich nicht übersehen kann. Etwas, das mich und meine Frau nicht mehr ruhig schlafen lässt. Ich weiß, dass du dasselbe spürst.«

Eine Horde schreiender Kinder, die Fangen spielten, schoss die Straße hinunter. Adoulla strich sich über den Bart und fühlte sich erschöpft, obwohl erst früher Nachmittag war. »Ja, ich mag auch nicht daran denken, welchen Menschen dieses Ding seinen ›Freund‹ nennt.« Er schüttelte sich und spähte zu Dawoud hinüber. Vielleicht war ihm doch nach Reden zumute. »Wie geht es dir eigentlich? Die Heilzauber, die du gewirkt hast … Nun, wir sind alle nicht mehr so jung, wie wir einmal waren.«

Dawoud lächelte traurig. »Und du denkst, dass manche von uns schneller älter werden als andere, stimmt's? Wie geht es mir? Ausgezehrt, Adoulla. Zu drei Vierteln tot, so wie dein fetter Hintern, oder vielleicht noch schlimmer. Aber das würde mir gar nichts ausmachen, wenn meine Frau im Vergleich zu mir nicht Jahr für Jahr immer jünger aussehen würde.«

Darüber hatten sie schon oft gesprochen. Dawoud war knapp fünfzehn Jahre älter als seine Frau, aber ihre Lebhaftigkeit ließ sie jünger wirken, während der Preis, den Dawoud für seine Zaubersprüche zahlte, ihn älter aussehen ließ und seine Gesundheit angriff. Die meisten Leute schätzten, dass sie dreißig Jahre auseinanderlagen. Im Laufe der Jahrzehnte hatte Adoulla bei Freunden allerlei schwere Krankheiten oder schreckliche alte Wunden gesehen. Solche Katastrophen besetzten einen speziellen Bereich im Leben eines Menschen, so wie ein zweiter Ehegatte oder ein besonders schwieriges Kind. Und so war es auch mit Dawoud und dem aufzehrenden Preis seiner Maguszauber.

Eine angenehme Brise strich zwischen den Häusern hindurch, und Dawoud atmete tief ein. »Es gab Zeiten«, kicherte der Magus kläglich, »da habe ich geglaubt, dass ich so etwas wollte – eine Frau, die viel jünger ist als ich. Welcher Mann wollte das nicht? Jetzt aber ... Ich weiß nicht. Teils möchte ich sie gehen lassen ... möchte sie dazu bringen, in die Republik zurückzukehren.«

»Wie oft sollen wir noch darüber reden, mein Bruder? Wir wissen beide, dass du ohne sie nicht leben könntest. Außerdem tust du gerade so, als wäre es allein deine Entscheidung! Als würde Litas dich je verlassen! Und sie dazu bringen? Ha, das möchte ich sehen!«

Neid versetzte Adoulla einen wohlvertrauten Stich. Er hatte Litas schon immer bewundert. Sie war geistvoll, unvoreingenommen und schlicht eine der schönsten Frauen, die Adoulla je gesehen hatte. Mehr als einmal hatte er geträumt, mit ihr zu schlafen, und wenn er aufgewacht war, hatte er sich halb gewünscht, mit ihr zusammen zu sein. Ungefähr einmal im Jahr, wenn Dawoud nicht da war und es sich traf, dass er mit ihr zusammen aß, wünschte er es sich einen Abend lang wieder. Doch er sah darin nichts anderes als Tagträumereien. Adoulla freute sich für seine Freunde. Seit Langem teilten sie ein Leben miteinander, daran konnte es keinen Zweifel geben.

Adoulla hatte nie eine solche Liebe gekannt. Zwar war ihm Miri Almoussa genauso teuer, wie Litas es Dawoud war, doch zwanzig Jahre lang verliebt zu sein war etwas anderes, als verheiratet zu sein, wie Miri ihm über die Jahre hinweg immer wieder tränenreich und gereizt erklärt hatte. Bevor sie ihm gesagt hatte, dass er sie nie wieder besuchen sollte.

Er schob die verdrießlichen Gedanken an seine Herzensangelegenheiten beiseite. Schließlich gab es etwas zu tun. Aber er hatte kaum Anhaltspunkte. Hätte er den Namen des Ghulschöpfers gekannt – des Mannes, den die Kreatur Mouw Awa »gesegneten Freund« genannt hatte –, dann hätte er einen Suchzauber sprechen können. Leider taugten die Namen des Geschöpfs selbst – Mouw Awa, Hadu Nawas – nicht für einen solchen Spruch. Aber sie konnten ihnen vielleicht dennoch nützlich sein – wenn sich Adoulla nur hätte erinnern können, wo er sie schon einmal gehört hatte.

Wieder versuchte er, seinem Gedächtnis zu Leibe zu rücken. Und wieder fiel es ihm nicht ein. Irgendwo in seinem Kopf war ein Hinweis versteckt, der die Stadt retten konnte. Doch er vermochte ihn nicht freizulegen. Er wünschte seinem besten Freund Gottes Friede, verabschiedete sich und ging allein fort, um nachzudenken.

Bildete er es sich ein oder lag im Viertel tatsächlich noch der Brandgeruch der letzten Nacht in der Luft? Er wandte sich um, um zu seinem Haus zu gehen und die rauchende Hülle zu betrachten. Aber er stellte fest, dass er es nicht über sich brachte, seine Schritte nach Osten zu lenken. Sich diesem Anblick auszusetzen … Er fürchtete, dass er dann vollkommen zusammenbrechen würde.

Das war nicht weiter schlimm. Er konnte für das Haus ohnehin nichts mehr tun, und rührseliges Herumheulen würde die Ungeheuer, die die Stadt unsicher machten, auch nicht aufhalten.

Adoulla lenkte seine Schritte zur Grützgasse. Im Gehen berührte er vorsichtig die Stelle, wo der Sandghul ihm den eisernen Arm gegen die Brust gestoßen hatte. Doch es schmerzte nicht mehr. Seine Blessuren zu heilen war seinen Freunden ein Leichtes gewesen – im Vergleich zu der Wunde des Mädchens. Aufs Neue erstaunte ihn sein erbärmliches Schicksal, und er schüttelte den Kopf. Ganz gleich, wie oft ihn seine außerordentlichen Freunde auch wieder zusammenflickten, er brachte es immer wieder fertig, mit einer frischen Wunde aufzukreuzen, grübelte er vor sich hin.

Er ging zum großen öffentlichen Garten und fand einen winzigen Hügel, wo er sich hinsetzte. Sein leuchtend weißer Kaftan lag um ihn ausgebreitet. Er liebte diesen Ort, der am späten Nachmittag zum Leben erwachte, auch wenn er dem Vergleich mit dem filigranen Garten des Kalifen nicht standhalten konnte, in dem leise zwitschernde Vögel, die wegen ihres Gesangs ausgesucht wurden, die Zweige der Orangen- und Granatapfelbäume bevölkerten. Die Blüten verströmten einen angenehmen Duft, und im Garten des Kalifen gab es plätschernde Bäche, die durch Zauberei aufwärts flossen und die Luft mit einlullendem

Glucksen erfüllten. Niemand dort hob die Stimme über ein Flüstern hinaus.

Das Ganze sollte besänftigend wirken, der vollkommene Rückzugsort für Prinzen, Poeten und Philosophen, wo sie mit ihren Gedanken allein sein konnten. Adoulla jedoch, dessen Aufgaben ihn schon das eine oder andere Mal in Gärten gebracht hatten, die jemandem seines Standes eigentlich verschlossen waren, glaubte, dass er an einem solchen Ort durchdrehen würde. Zum einen herrschte dort nur deshalb Ruhe, weil man das Gelichter der Stadt mit Waffengewalt am Betreten hinderte. Und es gab noch einen anderen Grund: Im Garten des Kalifen konnte er einfach nicht nachdenken. Ihm war, als könnte dabei etwas Zerbrechliches kaputtgehen.

Der Garten des Gelehrtenviertels dagegen bot einige der wildesten Gerüche und Geräusche in ganz Dhamsawaat. In erster Linie Pisse, ungewaschene Träger, die den ganzen Tag in der Sonne geschleppt hatten, und tausenderlei Abfall. Doch darunter verbargen sich die Gerüche, die Adoulla ein Gefühl von Heimat vermittelten – soweit er dieses Gefühl in dieser unwirtlichen Welt überhaupt haben konnte.

Als Waisenjunge, als Ghuljägerlehrling, als junger Spitzbub und zeitweiliger Held hatte er diese Gerüche geatmet, und heute als alter Sack tat er es immer noch. Die köchelnde Zimtfarbe der Wahrsager, die Weinfässer, die sich Spieler und Diebe teilten und über denen sie ihre Sorgen vergaßen, die Fleischspieße, aus denen der Saft zischend ins offene Feuer tropfte, und hier und da ein paar Blumen, die den verzweifelten Wunsch zu hegen schienen, den

Beweis zu erbringen, dass dies ein öffentlicher Garten und keine schmierige Kaschemme war … Adoulla saugte alles in sich auf. *Heimat.*

Dazu kamen die Geräusche. Sein Beruf hatte ihn an unzählige Orte geführt, aber er hatte nirgends Menschen kennengelernt, die so laut waren wie die seines Heimatviertels. Die Kinder und die Mütter, die mit ihren Kindern schimpften. Die umherziehenden Geschichtenerzähler und diejenigen, die ihnen applaudierten und dazwischenriefen. Die Huren, die eine Nacht in warmen Armen versprachen, und die Freier, die schamlos mit ihnen feilschten. Alle gingen ihren Beschäftigungen so laut nach, wie ihre Stimmen es hergaben. Ob das Schicksal nun grausam oder gütig war, dachte Adoulla, dies waren seine Leute. Er war unter ihnen geboren worden, und er hoffte inständig, dass er unter ihnen ruhig entschlummern würde.

Pah! Bei deinem Glück, alter Geselle, wirst du einsam und von niemandem beklagt in irgendeiner kalten Höhle von einem Ungeheuer abgeschlachtet.

Bereits zum hundertsten Mal in dieser Woche brachte Adoulla die entmutigende Stimme in sich zum Schweigen und versuchte, sich auf seine Aufgabe zu konzentrieren. Er setzte sich, atmete auf und dachte nach.

»Hadu Nawas«, hatte das Geschöpf gesagt. Die Bedeutung lag ihm auf der Zunge, doch je mehr er sie fassen wollte, desto mehr war es, als griffe er mit eingeölten Fingern nach einem Stück Seife.

Bahîm, ein in die Jahre gekommener Straßenräuber, der Adoulla vor zwanzig Jahren hatte ausrauben wollen und ihn vor zehn Jahren vor einem Raubüberfall gerettet hatte, ging an ihm vorbei. Der Ganove nickte ihm kurz zu und zog an seinem Schnurrbart. Da er bemerkte, dass Adoulla in Gedanken versunken war, sprach er ihn nicht an. Hier kannte man Adoulla, und das war der Grund, weshalb er von allen Plätzen in der Stadt hier am besten tun konnte, was getan werden musste. Vertrautheit. Sie nahm ihm die Anspannung, und wenn er nicht angespannt war, bemerkte er Dinge und setzte sie richtig zu einem Bild zusammen.

Adoulla winkte Bahîm zu und deutete auf einen Grasfleck neben sich. Seine Gedanken bewegten sich nicht dorthin, wo er sie haben wollte, und sie dazu zu zwingen, würde ihm nur Kopfschmerzen bereiten. Aus Erfahrung wusste er, dass Ablenkung und nutzloses Tratschen weiterhelfen konnten.

Bahîm und er wünschten sich Gottes Frieden, und Bahîm setzte sich hin. Der stiernackige Mann zog eine Zunderbox und einen dünnen Stängel Hashi hervor. »Wenn es dir nichts ausmacht, Onkel?«

Adoulla lächelte nachlässig und zitierte Ismi Shihab. »›Hashi und Wein in Maßen, dazu Musik ertönt, Gott pisse auf den, der's dem andern nicht gönnt.‹«

Bald waren sie von süßlich stinkendem und stechendem Rauch eingehüllt, während sie über alles und nichts redeten. Über das Wetter, den Tratsch aus dem Viertel, die appetitlichen Körper der Mädchen, die an ihnen vorbeigingen. Mehr als einmal bot Bahîm ihm den Hashi-Stängel an, und obwohl Adoulla jedes Mal ablehnte, spürte er, wie die Ränder seines Bewusstseins vernebelten, nur weil er neben Bahîm saß.

Es war angenehm, und Adoullas Gedanken verloren sich im Rhythmus von Bahîms Klagen. Für kurze Zeit gelang es ihm fast, den grausigen Wahnsinn seines Lebens zu vergessen.

»Ich habe gehört, dass ein paar der Männer, die dem Falkenprinzen folgen, in einem Hinterhalt getötet wurden«, sagte Bahîm. »Man sagt, man hätte ihnen das Herz aus der Brust gerissen! Das müssen die Schergen des Kalifen gewesen sein, auch wenn man annehmen sollte, dass die eher eine ihrer geliebten öffentlichen Enthauptungen veranstaltet hätten.«

Adoullas zaghafte Hochstimmung verflog. *Die Herzen aus der Brust gerissen?* Da ihn der Hashirauch ein wenig benebelt hatte, kostete es ihn große Mühe, klar zu denken. Es klang gerade so, als hätte es der Falkenprinz mit demselben Gegner zu tun bekommen wie Adoulla und seine Freunde. Und Faraad As Hammas könnte sich in dieser Sache als mächtiger Verbündeter erweisen. Adoulla wollte weitere Fragen stellen, doch Bahîm war im Hashirausch nicht mehr zu bremsen und meckerte in einem fort weiter.

»Und dann diese gottverdammten Wachleute und dieser Kalif, der es mit den Hunden treibt!«, sagte der Dieb leise, aber bestimmt, und betonte jedes Wort, indem er sich am Schnurrbart zog. »Und ihre ganzen Gesetze! Da wollte ich doch vor zwei Tagen Waren durch das Händlertor schaffen für mein altes krankes Tantchen ...« Er lächelte schamlos. »Und da halten mich zwei Wachen an und fragen mich nach einer Zollbescheinigung. Nun, natürlich habe ich eine Zollbescheinigung. Die ist sogar fast rechtmäßig! Aber diese Hurensöhne fangen an, mir etwas von neuen Zöllen und Tarifen an diesem und jenem Tor zu erzählen, zu diesem und jenem Prozentsatz, und es dauert nicht lange, da schwindelt mir der Kopf, und ich habe keinen Dirham mehr. Denen ihre Vorschriften sind für mich ein Buch mit sieben Siegeln, Onkel, aber ich merke sehr wohl, wenn jemand meine Kinder verhungern lassen will. Ich ...«

Buch mit sieben Siegeln und sterbende Kinder! Das ist es! Gott, vergib mir, warum ist mir das nicht früher eingefallen? Alle anderen Gedanken waren vergessen, als Adoulla begriff, dass der Allerbarmer ihm endlich einen Hinweis gegeben hatte. »Natürlich! Verflucht sei mein aufgeweichter Kopf, natürlich! Das ist es!« Adoulla sprang auf und ächzte vor Anstrengung. Das Ganze passierte so plötzlich, dass Bahîm sogar zu reden aufhörte.

Bahîm kam leichter auf die Beine und war trotz seines Hashirauschs kampfbereit. »Was ist, Onkel?«

»Bahîm, mein Lieber, ich bin gerade auf einer Jagd, die mich das Leben kosten könnte. Wenn das geschieht, werden noch viele andere in der Stadt sterben. Aber wenn es nicht geschieht, dann schulde ich dir ein Gelage im Silberpalast!«

Bahîm besaß genug Diebesschläue, um die dunkleren Andeutungen in Adoullas Aussage zu überhören. »Der Silberpalast! Mir wäre lieber, du würdest mir einen Monat lang die Miete zahlen! Wenn ich gewusst hätte, dass ich so wertvolle Informationen habe, dann hätte ich sie dir verkauft!«

»Keine Informationen, Bahîm, nur das Geschenk deiner Gesellschaft. Gottes Friede sei mit dir.«

»Wie auch mit dir, Onkel.«

Adoulla küsste den Dieb auf die Wange und verließ den Garten. In seinem Herzen fand eine zerbrechliche Hoffnung neue Heimat.

10

Rasîd bas Rasîd sah den Doktor aus dem Laden stürmen und die Tür hinter sich zuschlagen. Er war das reizbare Gemüt seines Lehrmeisters gewohnt, hatte ihn aber noch nie so wütend erlebt. Selbst seine eigenen Wangen waren rot vor Wut auf den Doktor, weil er Samia Banu Laith Badawi so gescholten hatte. Sie war nicht für den Verlust des Doktors verantwortlich und hatte es nicht verdient, verhöhnt zu werden. Aber Rasîd nahm an, dass ihre Worte nur das Bündel waren, das beweist, dass das Kamel einen schwachen Rücken hat. Der Doktor war alt, und mit jedem Tag schien er erschöpfter und ausgelaugter zu sein.

Tugend ist das beste Heilmittel für den Ermatteten, zitierte Rasîd im Geist. Man musste den Doktor lediglich an die gute Arbeit erinnern, die er zum Ruhm Gottes geleistet hatte, begriff er.

Er ging schon auf die Tür zu, um seinem Lehrmeister zu folgen und ihn zu trösten, doch Litas' kleine Hand packte ihn am Oberarm und hielt ihn zurück. »Adoulla muss allein sein, Rasîd. Vertraue mir, die ich mich mit alten Männern auskenne. Er wird schon wieder.«

Rasîd wollte widersprechen. Doch wenn er aufrichtig darüber nachdachte, bekam er Zweifel, ob seine frommen

Ratschläge dem Doktor etwas bedeuten würden. Er seufzte, nickte und setzte sich auf einen Ebenholzstuhl. Mit Mühe hielt er den Blick zu Boden gerichtet – und nicht auf die schlafende Samia Banu Laith Badawi.

»Du kannst sie schon anschauen, Rasîd«, sagte Litas. »Von deinen Blicken wird ihr noch keine Gewalt angetan, weißt du.«

Statt die Schlafende anzuschauen, sah Rasîd die Alchemistin an. Sie hatte eine kleine, fast leere Phiole von einem Regal genommen. Jetzt hielt sie das Gefäß hoch und betrachtete das blaue Glas skeptisch. Verärgert sog sie Luft durch die Zähne. »Das habe ich befürchtet«, sagte sie mehr zu sich selbst als zu Rasîd.

»Was ist los, Tantchen?«

Sie starrte noch einen weiteren Moment lang auf die verschlossene Phiole, schüttelte den Kopf, sodass die Ringe in ihrem Haar klirrten, und sah Rasîd an. »Ein kleiner Rückschlag. Ihre Genesung schreitet gut voran. Bemerkenswert gut dank ihrer von Engeln berührten Kräfte. Aber wir haben hier ein Problem. Mir ist das Purpurquecksilber ausgegangen. Das ist eine starke Lösung, die das Blut leichter fließen lässt. Wir brauchen es aus zwei Gründen: um den Heilungszauber zu vollenden, den wir auf das Mädchen gelegt haben, und um das Blut am Dolch des Mädchens zu destillieren, mit dessen Hilfe wir vielleicht mehr über unsere Feinde erfahren können. Du musst gehen und mir eine neue Phiole besorgen.«

Das ärgerte Rasîd. Schließlich war er ein heiliger Krieger und kein Botenjunge! Doch er schluckte seinen Ärger hinunter, weil er wusste, dass er einem unzulässigen Stolz entsprang. »Natürlich, Tantchen. Wo kann man Purpurquecksilber bekommen?«

Litas stellte die Phiole hin, und ihr dunkles, herzförmiges Gesicht bekam einen grimmigen Ausdruck. »In den Dschungeln von Rughal-ba. Dort lebt ein mächtiges Ungeheuer, das man Rote Chimera nennt. Dessen Horn muss man …«

Rasîds Herz pochte schneller, doch er begriff schnell, dass er zum Narren gehalten worden war, als Litas' sachliche Erklärung in einem Kichern endete.

»Hi! Oh, vergib mir, Rasîd! Ich ziehe dich nur auf. Nein, nein, sei mir nicht böse. In letzter Zeit habe ich nur so wenig Gelegenheit für Scherze. Aber um Gottes Wahrheit zu sagen, die Entschlossenheit, die aus deinem grimmigen Gesicht gesprochen hat, zeugt von deiner Tapferkeit.«

Ohne etwas darauf zu erwidern, nahm Rasîd das Kompliment an und vergaß den Ärger darüber, dass er aufgezogen worden war.

»Tatsächlich«, fuhr Litas fort, nahm dabei Kohle und Papier zur Hand und schrieb, »musst du nur sechs Straßen weiter zum Budenviertel gehen. Gleich hinter dem Häuschen des Inspektors wirst du links den Laden von Doktor Zarqawlayari sehen. Du erkennst ihn an der grün gestrichenen Tür. Gib ihm das. Er wird meine Bestellung ausführen und später mit mir abrechnen.« Die Alchemistin reichte ihm die Notiz und führte ihn zur Tür hinaus in die warme Nachmittagsluft.

Während er sich vom Haus entfernte, glaubte Rasîd, hinter einer Ecke die Stimmen von Dawoud und dem Doktor zu hören. Aber er nahm an, dass sie lieber allein reden wollten, und ging weiter, ohne bei ihnen anzuhalten. Die Spätnachmittagssonne blendete ihn ein wenig. Er kam an einem Mann vorbei, der gegen die Steinwand eines Ladens Wasser ließ, und an einem anderen, der gesund genug war, um Almosen zu erbetteln. Rasîd nahm beides mit Verachtung zur Kenntnis und ging weiter.

Im Budenviertel wurde er von dem verführerischen Duft gebratener Erdäpfel willkommen geheißen. Rasîd ging an der Reihe grob gezimmerter Stände mit Essen vorbei und ignorierte seinen knurrenden Magen. Nach ein paar Minuten erreichte er die grün gestrichene Tür, die Litas ihm beschrieben hatte.

Sie stand halb offen, und er trat ein, wobei er einmal anklopfte, um sich beim Ladenbesitzer bemerkbar zu machen. Bis auf ein Regal mit sauber aufgereihten Flaschen und Kisten an der gegenüberliegenden Wand und einen Arbeitstisch, der dem aus Dawouds und Litas' Laden ähnelte, war der Raum unmöbliert.

Ein Rughalimann mittleren Alters mit eng anliegendem Turban – zweifellos Doktor Zarqawlayari – sah vom Arbeitstisch auf, als würde er sich über die Unterbrechung ärgern. Erstaunt betrachtete er Rasîds blaues Seidengewand, richtete sich dann jedoch auf und verneigte sich förmlich.

»Gottes Friede, Meister Derwisch. Nun, was für eine Ehre! Man sieht nicht viele Ordensmänner in der Stadt. Ich … was kann dieser niedrige und unwürdige Ladenbesitzer für dich tun?«

Obwohl dem wahren Diener Gottes weder Lob noch Verachtung der Menschen etwas bedeuten sollten, freute sich Rasîd ungemein, dass er mit solchem Respekt behandelt wurde. Die Menschen von Rughal-ba waren in diesen Dingen weniger lax als die Abassener. Nicht zum ersten Mal fragte sich Rasîd, ob er im falschen Reich geboren worden war.

Du wurdest genau dort geboren, wo der Allmächtige es bestimmt hat … Jetzt kümmere dich um deine Geschäfte, erklang eine tadelnde Stimme in seinem Inneren.

»Gottes Friede mit dir, Herr«, sagte Rasîd. »Ich wurde hierhergeschickt von der Dame Litas Likamis Tochter.« Damit überreichte er ihm Litas' Notiz.

Leise und langsam las der Ladenbesitzer die Nachricht, bevor er um Entschuldigung heischend aufblickte. »Ah, ja, Dame Litas. Eine tüchtige Frau. Eine meiner besten Kundinnen, auch wenn sie ihre Rechnungen manchmal etwas spät begleicht. Aber ich bedaure, dass ich euch beide enttäuschen muss, Meister Derwisch.«

Rasîd hob fragend eine Augenbraue.

Wieder verzog Doktor Zarqawlayari voll aufrichtig scheinenden Bedauerns das Gesicht. Nervös kratzte er sich am Spitzbart. »Links und rechts bereiten sich die Menschen auf das Schlimmste vor, und deshalb ist Purpurquecksilber zurzeit stärker nachgefragt. Selbst in guten Zeiten ist die Lösung schon selten, und wir leben nicht in guten Zeiten. Ich habe nur noch eine Phiole übrig. Und im Namen des Verteidigers der Rechtschaffenen wurde eben erst eine Warenbesteuerung angekündigt. Morgen früh wird mich der Ladeninspektor aufsuchen, um seine Abgaben einzutreiben, und für den muss ich die Phiole aufheben.«

Einen Moment lang war Rasîd sprachlos. Einen frevelhaften Ghulschöpfer zu jagen und zur Strecke zu bringen … Samia Banu Laith Badawi zu retten … das mussten in Gottes Augen doch entscheidende Aufgaben sein. Dass etwas so Alltägliches und Profanes wie die Launen des Handels und der Politik dazwischenkommen konnte, schien ihm unmöglich.

»Aber … aber wir brauchen diese Phiole!«, brachte er schließlich heraus. »Es geht um Menschenleben!«

Hilflos breitete der Ladenbesitzer die Hände aus. »Es tut mir wirklich leid, Meister Derwisch. Ganz ehrlich. Aber an meinem Ende stehen auch Menschenleben auf dem Spiel. Wenn ich den nötigen Anteil meiner Waren nicht als Abgaben für den Kalifen bereitstelle, werfen sie mich in den Kerker. Meine Familie würde verhungern. Was soll ich tun?«

Aber ohne Purpurquecksilber wird Samia sterben. Und wir werden den frevlerischen Mördern, die wir jagen, nicht näher kommen. Rasîd stellte sich vor, wie er mit leeren Händen zu Dawoud und Litas zurückkehrte, und da setzte etwas in ihm aus.

Ich könnte mir einfach nehmen, was wir brauchen. Der Gedanke fuhr in sein Herz wie ein vergifteter Pfeil. Er fühlte sich elend, nur weil er daran dachte. *Unsere Not ist groß, und unsere Sache ist gerecht. Würde Gott …*

Mit einem Schlag ging hinter ihm die Ladentür zu, sodass die Flaschen auf dem Regal und auf dem Tisch klirrten. Noch ehe er sich umwandte, spürte Rasîd die Anwesenheit anderer Menschen. Er wirbelte herum und erblickte am anderen Ende des Raums drei roh wirkende Gestalten.

Ein kleiner Mann mit einem Rattengesicht zückte ein langes Messer. Er wurde flankiert von einem stämmigen Einäugigen, der einen Panzerhandschuh aus Messing trug, und einem hochgewachsenen Rotfluss-Sû mit einem Kampfstab. »Ah, wie immer Gottes Friede, Doktor Z!«, sagte der Mann mit dem Rattengesicht. »Du weißt, weshalb wir … he? Wer ist dieser Narr?«

Der Ladenbesitzer klang ängstlich. »Ihr gottverdammten Erpresser! Das ist schon das zweite Mal in diesem Monat, dass sie mir meine Waren stehlen. Bitte, Meister Derwisch, hilf mir!«

Gnädig verflog alle Unsicherheit aus Rasîds Herz. Dies war Diebstahl, und er wusste, was er zu tun hatte. Er straffte sich und stellte sich dem Trio entgegen. »Falls ihr hier seid, um euch zu nehmen, was Gott euch nicht gegeben hat, dann wird das böse für euch enden. Ich schlage vor, dass ihr verschwindet, Übeltäter.«

Der Einäugige ergriff das Wort und bellte wie ein Schmied. »›Meister Derwisch‹, was? Schau, mit dem Orden haben wir kein Hühnchen zu rupfen, Junge. Das ist eine Sache zwischen diesem gierigen Hurensohn und unserem Prinzen. Also, warum schaffst du deinen dürren Arsch nicht hier raus, bevor wir Erwachsenen ihn dir versohlen müssen, was?«

Der Sû spuckte aus, lächelte und hämmerte mit der Stahlspitze seines Stabs auf den Steinboden.

Endlich wieder etwas, das einen Sinn ergibt. Eine klare Vorgehensweise. »Verteidigt euch«, sagte Rasîd ruhig.

Dann sprang er auf sie zu.

In dem kleinen Ladenraum war zu wenig Platz, um sein

Schwert zu ziehen. Stattdessen stürzte sich Rasîd auf den Rattengesichtigen, hieb ihm den Handballen ins Gesicht und brach ihm die Nase. In derselben Bewegung packte er den Mann am Hals und schleuderte ihn auf den Einäugigen, sodass beide in einem Knäuel zu Boden stürzten.

Rasîd wirbelte gerade rechtzeitig herum, um einem Schlag mit dem Stab des dritten Schufts auszuweichen. In dem engen Raum hatte sein Gegner Mühe, die Waffe einzusetzen. Mit einem Fausthieb schlug Rasîd den Stab des verblüfften Mannes entzwei, vollführte eine Drehung und stieß ihn mit einem Fußtritt gegen die Wand.

Inzwischen war der Einäugige wieder auf den Beinen, doch er blieb vorsichtig auf Abstand und wartete auf eine Gelegenheit zum Angriff. Er schlug mit der Faust zu, traf aber nur leere Luft, während Rasîd seinen Ellbogen hochschnellen ließ und dem Mann das Kinn zertrümmerte. Sein Gegner brach zusammen.

Rattengesicht, der noch immer am Boden war und sich die gebrochene Nase rieb, versuchte, Rasîd ins Bein zu stechen. Doch Rasîd wich schlangengleich zurück und trat dem Ganoven aufs Handgelenk, das mit einem befriedigenden Krachen splitterte. Der kleine Mann ließ sein Messer fallen, krümmte sich zusammen und wimmerte halb ohnmächtig vor Schmerzen.

Der Sû warf mit den zwei Hälften seines Stabs nach Rasîd, riss die Ladentür auf und lief davon. Erst wollte Rasîd die Verfolgung aufnehmen, doch dann wandte er sich noch einmal um, um sich zu vergewissern, dass der Ladenbesitzer in Sicherheit war.

Dem Mann stand der Mund offen, und das Erstaunen

stand ihm ins errötete Gesicht geschrieben. »Oh, danke, Meister Derwisch, danke! Und Gottes Segen auf dich! Diese Schufte waren …«

Rasîd hörte ein Geräusch. Ohne Vorwarnung wurden ihm die Füße weggerissen. Er landete hart auf dem Rücken, und ihm blieb die Luft weg. Über ihm blitzte es hell auf, plötzlich war ihm übel, und er verlor die Orientierung.

Irgendeine Hexerei. Diese Gauner hatten Komplizen vor dem Laden, dämmerte ihm, und er schalt sich, dass er sich so leicht von einfachen Räubern hatte übertölpeln lassen.

Er kämpfte gegen die Übelkeit im Bauch und die Lichtflecken an, die durch sein Blickfeld tanzten, und begann sich aufzurappeln.

Und plötzlich hatte er eine Schwertklinge an der Kehle.

Rasîd sah auf und erkannte durch die Lichtmotten, die ihm im Auge umherschwirrten, den in Leder und Seide gekleideten Falkenprinzen, der in der einen Hand einen Spiegel und in der anderen einen Säbel hielt. Die Klinge ritzte Rasîd am Hals.

»So sehen wir uns wieder, Freund von Adoulla Machslûd! Und du hättest beinahe zwei meiner Leute getötet, verdammt!«

Rasîd sagte nichts, sondern wartete, bis der Schwindel nachließ. Er lauerte darauf, dass der Prinz kurz unaufmerksam war, um die Klinge wegzustoßen.

»Jungs!«, sagte der unglaublich große Bandit zu seinen Männern, doch seine Augen und sein Säbel waren unablässig auf Rasîd geheftet. »Es ist keine Schande, von dem da eine Tracht Prügel zu bekommen. Er kämpft besser als jeder andere, den ich kenne, mit Ausnahme vielleicht von mir selbst. Aber hört auf zu stöhnen und zu jammern. Schnappt euch den Behälter mit dem blauen Pulver und haut ab! Ich bitte tausendmal um Verzeihung, o ehrenhafter Ladenbesitzer, aber wir müssen, im Namen der guten Leute von Dhamsawaat, deinen Vorrat an Nachtblütenessenz beschlagnahmen. Gräme dich nicht, denn ich schwöre dir in Gottes Namen, dass sie in den Händen meines Alchemistenmeisters ein liebevolles Heim finden und von großem Nutzen sein wird.«

Diebstahl, Lästerung und Missbrauch des Namens Gottes, alles in einer einzigen Rede! Es war abscheulich, und Rasîd kochte das Blut, weil er nichts tun konnte, um es zu verhindern.

»Oh, komm schon«, sagte Faraad As Hammas wieder zu Rasîd, während seine Männer das Weite suchten. »Schau nicht so grimmig drein, junger Mann. Du liegst nur deshalb auf dem Rücken, weil ich fiese Tricks angewendet habe. Als ich gesehen habe, wie gut du kämpfst, wollte ich es nicht auf einen törichten Kampf Mann gegen Mann ankommen lassen. Darum habe ich all meine Heimlichkeit und mein letztes Blendglas eingesetzt.« Er warf den kleinen Spiegel auf den Boden, wo er zerschellte.

»In ungefähr einer Stunde werden sich dein Magen und deine Augen wieder beruhigt haben. Bleib einfach einen Moment liegen und komm zu Atem. Ich werde jetzt anderswo gebraucht, aber vielleicht kreuzen sich unsere Pfade ja noch einmal.« Rasch ging der Bandit rückwärts zur Ladentür und hielt die Säbelklinge dabei auf Rasîd gerichtet. Dann schlüpfte er hinaus und verschwand.

Sobald die Klinge nicht mehr seinen Hals berührte, versuchte Rasîd aufzustehen. Die Wirkung des magischen Spiegels raubte ihm immer noch die Orientierung, und als er endlich auf den Beinen war, konnte er kaum verhindern, dass er sich erbrach.

Eine Stunde Erholung, hatte der Dieb gesagt, und Rasîd zweifelte nicht daran, dass dies bei normalen Menschen auch zutraf. Aber Rasîd war eine Waffe Gottes, kein unglückseliger Wachmann. Ohne auf das Wimmern des noch immer bestürzten Ladenbesitzers zu achten, zwang er sich, einen Schritt nach dem anderen zu machen. So bewegte er sich, so schnell er konnte, zu der grün gestrichenen Tür und folgte dem Banditen.

Als er auf die Straße trat, suchte Rasîd die Menschenmenge ab und bemerkte einen Haufen Gaffer, die an der Fassade eines Hauses emporstarrten und hinaufdeuteten. Dann sah er Faraad As Hammas, der auf das Dach kletterte. Dabei half ihm offenbar derselbe Sprungzauber, den er auch genutzt hatte, um nach der verhinderten Hinrichtung auf dem Hof der Aufseher zu entkommen.

Rasîd schob sich durch die Menge und biss die Zähne zusammen, weil sein Magen rebellierte. Er holte ein paar Mal Luft, um seine Seele zu sammeln, und sprang auf einen Blumenkasten im zweiten Stock des Gebäudes. Seine Füße und Finger fanden Halt in dem hölzernen Gitterwerk der Fensterrahmen, und er kletterte hinauf, so schnell er konnte. Einen Moment lang war ihm schwindelig, und er glaubte, er würde stürzen. Doch er nahm alle Kraft zusammen, kletterte weiter und zog sich schließlich über den Rand des Dachs.

Als er sich aufrichtete, sah er am anderen Ende den Falkenprinzen. Er hatte die muskulösen Arme vor der Brust verschränkt und ein dreistes Grinsen im schnurrbärtigen Gesicht.

Rasîd zog das Schwert.

»Äußerst eindrucksvoll, junger Mann!«, donnerte der Bandit. »Bei den Eiern Gottes, ich habe noch nie einen Menschen getroffen, der sich so schnell vom Zauber des Blendglases erholt!« Plötzlich hatte der Mann seinen Säbel in der Hand.

Trotz seines Schwindels stürmte Rasîd auf den Dieb zu und holte mit dem Schwert aus. Faraad As Hammas parierte einen Streich, dann noch einen und noch einen.

Jedes Mal, wenn sich ihre Klingen trafen, klirrte der Stahl, und bei jeder Erschütterung glaubte Rasîd, er müsse sich übergeben. Doch er biss die Zähne zusammen und kämpfte weiter, drängte auf den Gegner ein und suchte nach einer Lücke in der Verteidigung des Prinzen.

Doch er fand keine. Zwar schwitzte der Falkenprinz inzwischen, doch das Grinsen wich nicht aus seinem Gesicht. »Weißt du was? Ich glaube, wenn dir nicht übel und schwindlig wäre, hättest du mich schon längst einen Kopf kürzer gemacht«, rief er. »Aber dir ist übel und schwindlig. Und deshalb …«

Der Bandit trat ruckartig zurück und wich erneut einem von Rasîds Schwertstreichen aus. Dann stieß er ihm den Stiefel in die Magengrube, schneller als Rasîd es je für möglich gehalten hätte. Rasîd taumelte nach hinten, sein Magen entleerte sich, und das Schwert fiel ihm aus der Hand.

Das war es dann, ätzte die Stimme in seinem Kopf. *Getötet von einem gewöhnlichen Verbrecher. Und du hast es gewagt, dich eine Waffe Gottes zu nennen!*

Doch statt ihm den Rest zu geben, griff Faraad As Hammas in sein Gewand, holte einen kleinen Gegenstand heraus und warf ihn Rasîd zu.

»Ich habe dafür keine Zeit«, bellte der Dieb. »Aber ich lasse dir ein Geschenk hier. Fang!«

Aus reinem Reflex fing Rasîd das kleine Glasfläschchen auf, das der Dieb ihm zuwarf. *Was ist das wieder für eine Teufelei?*, fragte er sich, als er die leuchtend rote Flüssigkeit sah, die in der Nachmittagssonne schwappte und funkelte.

»Doktor Zarqawlayaris letzte Phiole Purpurquecksilber, junger Mann! Sie gehört dir – nimm sie, du hast meinen Segen. Ich habe mit angehört, wie du den Ladenbesitzer angefleht hast, bevor sich meine Männer bemerkbar gemacht haben. Der Falkenprinz hat es sich zur Aufgabe gemacht, Menschenleben zu retten, wo er nur kann. Es ist besser, wenn du und die Deinen es bekommen, als wenn es dem tyrannischen Kalifen zufällt.«

Während der Dieb plapperte, bewegte sich Rasîd auf sein Schwert zu, das ein paar Fuß von ihm entfernt lag.

»Allerdings wurde das Verschlusssiegel der Phiole gebrochen«, fuhr der Bandit fort und ging rückwärts zum anderen Ende des Dachs. »Deshalb dringt ganz allmählich Luft ein. Was bedeutet, dass dir weniger als eine Stunde bleibt, um es zur Dame Litas zu bringen. Wenn du magst, können wir hier den ganzen Tag lang mit unseren Klingen spielen. Oder du rettest das Menschenleben, das du retten wolltest.« Während seiner Rede wich der Bandit weiter zurück.

Rasîd kämpfte sich auf die Beine und sah zu seinem Schwert hinüber.

»Du kannst dich später bei mir bedanken!«, rief der Falkenprinz höhnisch und sprang auf das Dach eines benachbarten Hauses – so mühelos, dass Zauberei im Spiel sein musste. Rasîd glotzte dumm auf die Phiole in seiner Hand.

Sein Magen krampfte sich schmerzhaft zusammen, und Galle brannte in seiner Kehle. Ihm schwindelte noch immer, und einen Augenblick lang verharrte er regungslos. In seiner Seele wog er Diebesgut gegen das Leben eines von Engeln berührten Mädchens ab.

Dann brachte Rasîd die empörte Stimme in seinem Inneren zum Schweigen und machte sich auf den Rückweg ins Gelehrtenviertel.

11

Samia Banu Laith Badawi fand sich in einem verwirrenden Durcheinander aus Geräuschen, Lichtern, Schatten und Gerüchen wieder. Die wehklagenden Winde des Kahlen Königreichs. Der süße Geruch von verbranntem, getrocknetem Dung in der Luft. Die gegerbten Zelte ihres Volks. Die glücklichen Rufe derer, die, wie sie wusste, tot waren.

Ein Traum.

Sie schwebte über den Zelten, als säße sie auf einem Baum, den es nicht gab, und beobachtete die Banu Laith Badawi bei ihrer Arbeit – sie kochten, reinigten Häute, striegelten Kamele und flickten Kleider. Sie wollte ihnen etwas zurufen, aber bei dem Versuch schrie sie sich die Kehle wund, und doch brachte sie kein Wort heraus. Sie fauchte, sie versuchte, näher zu kommen, aber es passierte nichts.

Ihr Vater trat in ihr Sichtfeld und sprach mit jemandem, den sie nicht sehen konnte.

Ich bin ein Badawihäuptling, kein sklavischer Stadtmensch! Laith Banu Laith Badawi entscheidet, was für seinen Stamm das Beste ist! Gott nahm deine Mutter, Beschützerin, mit derselben Hand, mit der er uns dich gab. Und die Engel haben dir diese Gabe verliehen. Ich werde nicht zurückweisen, was Gott und die Helfenden Engel und die Frau, die mein Atem in der

Nacht war, der Sippe geschenkt haben, nur wegen der Narrheiten der Banu Chad oder der Banu Fiq Badawi. Das sind fette, verweichlichte Sippen voller Heuchler. Sie mögen in ihren gottverdammten Zelten über meine Wahl des Beschützers der Sippe sagen, was sie wollen. Aber im Rat sollen sie dich mit derselben Achtung behandeln, die wir ihren Beschützern entgegenbringen, oder es wird eine Blutfehde geben!

Diese Worte. Samia erinnerte sich an diese Worte. Vor nicht einmal einem Jahr hatte ihr Vater das zu ihr gesagt. Zur Blutfehde war es nicht gekommen, stattdessen war ihre Sippe von den Wasserstellen verbannt worden. Und dann war etwas über die Banu Laith Badawi hergefallen, etwas Schrecklicheres als jede Fehde. Als sie die Leichen ihrer Sippengefährten sah, denen man die Herzen herausgerissen hatte, war ihr klar geworden, dass es weder die Banu Fiq noch die Banu Chad gewesen sein konnten.

Plötzlich war ihr Vater verschwunden, und mit ihm die Wüste. Samia erwachte und schlief wieder ein, wachte auf und schlief wieder ein, und es war immer dasselbe. Einmal schien sich eine Wolke von ihrem Blick und ihrem Geist zu heben. Ein paar klare Momente lang erkannte sie, dass sie im Laden des Sû-Paars lag. Dann senkte sich der Nebel des Schlafs wieder auf sie herab.

Sie war zurück in der Wüste, fern von allen Zelten, inmitten der Dünen. Sie beobachtete ein grünäugiges Mädchen, das ein bisschen jünger als sie selbst war, wie es sich rasch einen Weg durch den Sand suchte. Sie trug das Kamelkalbsleder der Badawi, wanderte jedoch allein. Keiner ihrer Stammesgenossen war zu sehen. Unvermittelt blieb das Mädchen stehen und sah Samia an. Dann begann das

Mädchen vor ihren Augen zu wachsen, ihr Gesichtsausdruck wurde härter, der Blick kälter. Sie alterte.

Und Samia schrie, als sie erkannte, dass sie selbst das Mädchen war. Sie betrachtete sich selbst, ohne Stamm, ohne Sippe und allein, wie sie alterte und zu einem Skelett wurde. Dann zerfielen die Knochen zu Staub und wurden vom heulenden Wind fortgetragen.

Schreiend erwachte sie und schnappte nach Luft. Dann erbrach sie sich, Tränen traten ihr in die Augen. Sie fühlte sich so schwach und ausgelaugt wie die alte Frau, die sie in ihrem Traum geworden war. Plötzlich hörte sie ein lautes Pochen, Leute riefen etwas, und ein Teil von ihr wollte fliehen, der andere töten.

»Mouw Awa! Mouw Awa!«

Die Stimme des Doktors. Samia war so verdattert, dass sie einen Moment brauchte, um zu merken, dass dies kein Widerhall ihrer Träume war, sondern ein wirkliches Geräusch. *Das Ungeheuer schlägt wieder zu!* Furcht erfasste sie. Sie versuchte, Löwengestalt anzunehmen. Vor Anstrengung brannte ihr Körper, als würde sie versuchen, in einem Sandsturm zu atmen. Aber die Gestalt ließ sich nicht herbeirufen. Sie war hilflos. Matt sammelte sie ihre Kräfte.

Doch einen Augenblick später begriff sie, dass sie nicht angegriffen wurde, Preis sei Gott. Sie war im Haus des Sû-Paares. Der Doktor stapfte im Laden hin und her und brüllte. Da wurde Samia klar, dass das Pochen das Schlagen der schweren Tür gewesen sein musste, als der Doktor hereingekommen war.

»Mouw Awa! Mouw Awa!«, rief der Ghuljäger erneut. »Das ist aus den verschlüsselten Kemeti-Schriften. Beim

Namen Gottes, wieso ist mir das nicht gleich eingefallen? Die ›Kindersense‹. Jetzt weiß ich, wo ich den Namen schon mal gelesen habe! Litas! Litas, Likamis Tochter! Wo bist du, Frau? Dawoud! Wo ist deine Frau?«

Die beiden Freunde des Doktors erschienen auf der Treppe. Litas wirkte ernsthaft verärgert. »Beim Namen Gottes, Adoulla, ich habe dir doch gesagt, dass das Mädchen Ruhe braucht, um sich zu erholen. Hast du den Verstand verloren? Was soll das Geschrei?«

Samia war jetzt hellwach und schaffte es, sich auf dem Kissen des Diwans aufzusetzen. Freudig stellte sie fest, dass dort, wo ihre Wunde gebrannt hatte, nur noch ein schwaches Stechen zu spüren war.

Links von ihr stand Rasîd, an die weiß gestrichene Wand gelehnt, und wirkte noch befangener als sonst. Sein Seidengewand war staubig, und er sah bleich aus, fast als wäre ihm übel.

Doch sie wollte den Derwisch nicht zu lange anschauen, deshalb wandte sie sich dem Doktor zu, der breit grinste, als er Litas entgegenpolterte.

»Litas! Meine Teure, bitte sag mir, dass du dich an das Buch erinnerst, das ich dir geliehen habe …«

»Du hast mir viele Bücher geliehen, Adoulla. Welches denn?«

»Verfasst vom Hofpoeten Ismi Shihab. Eine seltene Abschrift seiner persönlichen Memoiren aus der Zeit vor dem Bürgerkrieg … erinnerst du dich? Hafi hat fünf Jahre gebraucht, um das Buch für mich aufzutreiben! Erinnerst du dich?«

Litas verdrehte die Augen. »Stimmt. Ich erinnere mich,

dass du es mir aufgedrängt hast. Du warst so aus dem Häuschen, dass du es gefunden hattest. Langweilig, nicht so wie seine Gedichte. Ich habe ein paar Seiten über bedeutungslose Thronintrigen gelesen und es dann zur Seite gelegt. Es muss oben noch irgendwo sein.«

»Dank dem Allsorgenden Gott, dass du Geliehenes nicht pünktlich zurückgibst, meine Teure! Preis sei Gott!« Der Doktor eilte die Treppe hinauf und strahlte vor Begeisterung. Das Sû-Paar folgte ihm. Samia hörte, wie oben hastig herumgestöbert wurde, und Litas und der Doktor unterhielten sich laut über Bücher.

Samia hätte gern gegen jemanden gekämpft. Das Herumstochern und Lesen, das der Doktor so unerlässlich fand, beunruhigte sie. Der Drang, diese trödelnden alten Säcke zu verlassen, war fast übermächtig, und sie zwang sich ein weiteres Mal, die steinharte Wirklichkeit zu akzeptieren. Ein Badawikrieger suchte immer den wirkungsvollsten Weg, mit einem Feind fertigzuwerden. Und ihren Feind allein finden zu wollen und ihm einen selbstmörderischen Hinterhalt zu legen, war nicht der wirkungsvollste Weg. Sie konnte sich an sonst niemanden wenden. Von ihrem eigenen Volk konnte sie keine Hilfe erwarten, selbst wenn es darum ging, solche Kreaturen zu bekämpfen. Vielmehr ging Samia davon aus, dass einige das Auftauchen dieser Ungeheuer der angeblichen Verdorbenheit ihrer Sippe zuschreiben würden.

Wieder überkam sie der schreckliche Gedanke daran, was sie alles verloren hatte. Sie dachte an zu Hause – an gewürzten Joghurt und frisches Fladenbrot. Mit Tränen in den Augen wünschte sie sich, ihren Vater noch einmal wiederzusehen, ihren Vetter oder sonst jemanden aus ihrer Sippe.

Mit meinen Vater gegen meine Sippe! Mit meiner Sippe gegen meinen Stamm! Mit meinem Stamm gegen die Welt! Höhnisch hallte das alte Badawisprichwort in ihrem Kopf. Sie war die Letzte der Banu Laith Badawi, und sie hatte keine Kinder. Was bedeutete die Sippe jetzt? Was bedeutete der Stamm?

Ihre Gedanken wurden von den Schreien des Doktors unterbrochen, die von oben herunterschallten. »Aha! Es ist tatsächlich hier! Preis sei Gott!« Der Ghuljäger kam die Treppe heruntergestürzt, und die anderen folgten ihm. Er setzte sich an den niedrigen Tisch neben dem Diwan und schlug ein kleines schwarzes Buch auf.

»Du hast mehr Anspruch darauf, dies zu hören, als sonst jemand, Samia.«

Sie nickte dankbar, fühlte sich aber immer noch schwach.

Nachdem sich alle versammelt hatten, stieß der Doktor seinen dicken Finger auf das Buch und dröhnte: »Dieses Buch! Daraus kenne ich die Namen Hadu Nawas und Mouw Awa. Ismi Shihabs Memoiren. Hört euch das an.

Hadu Nawas war der letzte lebende Abkömmling einer einst großen Familie. Er war reich und unterhielt einen prächtigen Stadtpalast in der Nähe des Fernen Gartens am Rand der Stadt. Einmal, zweimal, dreimal gingen unter den armen Leuten der Gegend Gerüchte um, es seien Kinder in Hadu Nawas' Palast verschwunden. Der Kalif wusste von den krummen Machenschaften Hadu Nawas', doch da er ein politischer Verbündeter des Kalifen war, wurde nichts gegen ihn unternommen.

Doch der Wind der Politik dreht sich schnell. Eine Reihe von Vorfällen, verschlungen wie ein Rätselteppich, machten aus Hadu Nawas blitzgeschwind einen Feind des Hofs. Und da plötzlich empörte sich der Kalif darüber, dass Hadu Nawas Kinder abgeschlachtet hatte.«

An dieser Stelle sah der Ghuljäger auf und zu Litas hinüber. »Und du sagst, das Buch wäre langweilig, meine Teure?«

Litas zuckte mit den Schultern. »So weit habe ich es nicht gelesen.«

Der Doktor wandte sich wieder dem Buch zu und las weiter.

»Ich war dabei – um die Freveltaten zu Protokoll zu nehmen –, als die Wachmänner auf das menschengestaltige Ungeheuer stießen. Er hatte sich unter dem Palast ein unsagbares kleines Nest eingerichtet. An den Wänden sah man unanständige Malereien und Käfige für Kinder. Als wir Hadu Nawas fanden, hatte er ein Beil in der Hand, und er fletschte zufrieden die Zähne. So stand er über den Leib eines kleinen Mädchens gebeugt.

Gott kann ich nicht belügen, warum also sollte ich das Papier belügen? Wir haben den Mann gefesselt und geschlagen. Haben ihm die Fingernägel ausgerissen, ihm in die Hoden gestochen und ihn gefoltert bis zur Gerichtsverhandlung. Einige wollten den Teufel vor dem Volk zur Schau stellen, aber der Kalif untersagte es, vor den einfachen Leuten über seine Verbrechen zu reden.

Das Netz der Beeinflussungen war auf solche Weise gewoben, dass der Kalif wünschte, der Name der Familie Nawas möge von ihrem letzten, wahnsinnigen Abkömmling gesäubert werden.

Deshalb beraubte man Hadu Nawas seines Namens. Es wurde angeordnet, dass er in einem der unheiligen Grabmäler der Kem eingeschlossen werden sollte, damit er in den Ruinen inmitten der Wüste vor Durst oder Wahnsinn umkomme.

Als Strafe gab man dem Mörder auch einen neuen Namen, der von den verdorbenen Kem verunreinigt war, damit er für seine Gefangenschaft gezeichnet wäre. Nicht Hadu Nawas wurde in dem Grab eingeschlossen, sondern Mouw Awa, die Kindersense.«

Der Doktor schlug das Buch zu und kratzte sich an der großen Nase. »Das ist alles, was der Dichter dazu zu sagen hat.«

Samia zitterte, aber nicht aus Schwäche. Nicht nur einmal hatte ihre Sippe die eindrucksvollen Ruinen einer Pyramide oder eines Obelisken der Kem entdeckt. Doch kein Badawi, der bei Verstand war, näherte sich diesen Stätten, die bekanntermaßen von übelster Zauberei verunreinigt waren. In einer solchen Ruine eingeschlossen zu sein …

»Er wurde in eine Pyramidenruine geworfen und dem Tod überlassen«, sagte der alte Magus. »Nun, dort hat ihn wohl offensichtlich etwas gefunden. Etwas, das ihn nicht sterben lassen wollte. Etwas, das Nutzen aus der Seele eines Kindermörders ziehen konnte.«

»Die Toten Götter«, sagte Litas mit unheimlich tonloser Stimme.

Der Doktor kratzte sich nachdenklich an der Glatze. »Nun, meine Lieben, ihr Sû wisst mehr über die alten Heiden als wir Abassener, doch gibt es auch Bücher, die berichten, dass die Faronen der Kem mithilfe der Seelen fressenden Magie ihrer Götter regiert haben.«

Rasîd, der lange geschwiegen hatte, kniff die schräg stehenden Augen zusammen. Er zog sein Schwert und fing an, es zu reinigen. »Entschuldige, aber Bücher und Geschichten haben uns nicht zu kümmern. Dieses Geschöpf Mouw Awa mordet Männer und Frauen. Schlimmer noch: Wenn der Doktor die Wahrheit sagt, dann verhindert es, dass ihre Seelen in die Gegenwart Gottes gelangen. Es – und mit ihm derjenige, der es zum Töten ausgesandt hat – muss auf der Stelle gefunden und erschlagen werden.«

Die Art, wie der Derwisch dastand und sprach, erweckte in Samia den Wunsch, ihm näher zu sein. Hätte sie nicht auf dem Diwan gelegen, hätte sie wahrscheinlich gegen ihren Willen einen Schritt auf ihn zugemacht.

»Also, wie können wir hoffen, dieses üble Geschöpf zu töten?«, fuhr Rasîd fort. »Meine Klinge konnte ihm nichts anhaben. Meine kühnsten Schwertstreiche zeigten keine Wirkung.«

Nachdenklich legte Dawoud die Stirn in Falten. Er zog an seinem hennagefärbten Spitzbart. »Das überrascht mich nicht«, sagte er. »Dieser Mouw Awa wurde anscheinend aus einer uralten Kem-Magie heraus geboren – pervertierte Zauberei, gegen die dein Stahl, aber auch meine Kräfte und Adoullas Anrufungen wahrscheinlich nichts ausrichten können. Was sagst du dazu, Geliebte?« Ohne viel Hoffnung wandte sich Dawoud an seine Frau.

Die Alchemistin schüttelte den Kopf, sodass ihre Haarringe klapperten. »Mit Gottes Hilfe und nach einigen Monaten des Studiums könnte ich vielleicht eine Substanz erschaffen, mit der man eine solche Kreatur bekämpfen kann, aber wir haben nicht so viel Zeit.«

Samia sprach die Worte aus, fast noch ehe sie sie dachte. »Es floh vor meinen Klauen. Ich habe es schwer verwundet. Die Schlussfolgerung ist, dass ich die Einzige bin, die es töten kann.« Sie wusste nur zu gut, was sie danach sagen würde, und die Worte auszusprechen bereitete ihr Übelkeit. »Nur bin ich selbst verwundet und halb tot. Und ich kann die Gestalt nicht annehmen.«

Litas zischte sie an. »Beleidige unsere Kunst nicht, Kind. Du bist nicht halb tot. So schnell, wie du gesundest, bist du in ein paar Tagen wieder vollkommen hergestellt.«

Samia drehte den Kopf zur Seite und merkte, dass der Doktor sie so eindringlich ansah, dass sie glaubte, er würde durch sie hindurchsehen.

»Fürwahr«, sagte der Ghuljäger. »Und möge es Gott gefallen, dass es so kommt, denn das Kind hat vielleicht recht, was ihre Klauen betrifft.« Er wandte den Blick von ihr ab und schien stattdessen ins Leere zu starren. »Wisst ihr, dass ich Übersetzungen von Berichten der Barbarenpriester in den Kriegslanden gelesen habe? Das Land Brachsen wurde einst von Kreaturen heimgesucht, die halb Wolf, halb Mensch waren. Den Helden dieser Länder gelang es, die Ungeheuer mit Schwertern aus Silber zu töten – mit Schwertern, von denen sie behaupteten, dass die Engel sie berührt hätten, wenn ich mich recht erinnere. Natürlich waren das nur Bücher und Geschichten, und sie haben uns deshalb nicht zu kümmern«, sagte er und spendierte Rasîd einen belustigten Blick.

Rasîd räusperte sich. »Die Engel würden ihren Segen niemals auf diese heidnischen Länder hinabsenden! Ihre Gaben gewähren sie nicht Dieben und Gotteslästerern!

Sie …« Er brach ab und sah zu Boden. Zum ersten Mal, seit sie ihn kannte, witterte Samia eine Unreinheit, die vom Körper des Derwischs zu ihr wehte. So etwas wie Betrug. *Unmöglich*, sagte sie sich. Vielleicht waren ihre Sinne von der Wunde und den Heilmitteln etwas beeinträchtigt.

Zu seinem Gehilfen gewandt, zuckte der Doktor mit den mächtigen Schultern. »Davon weiß ich nichts. Aber das ähnelt doch dem, was dein Volk über die Löwengestalt sagt, oder nicht, Samia? Als du mir gesagt hast, dass du keine Waffe führst, welchen brachialen Vers hast du da zitiert?«

Es verwirrte Samia, dass sie sich so sehr an die Beleidigungen des Doktors gewöhnt hatte, dass sie ihr kaum noch auffielen. »Ich bin eine Badawi, keine furchtsame Städterin. Für einen wahren Badawi ist brachial keine Beleidigung.«

»Gut, gut. Das *Sprichwort*, Kind, wie lautet es?«

»*Meine Klauen, meine Fänge, das sind die silbernen Messer der Helfenden Engel.*«

Da kamen ihr ganz ohne Vorwarnung die Tränen. Sie wischte sie weg. »Ich bin die Einzige, die die Banu Laith Badawi rächen kann, und ich kann die Gestalt nicht annehmen!«

»Du wirst deine Sippe rächen, Samia. Darauf kannst du dich verlassen«, sagte der Doktor, und Samia dankte Gott für die Zuversicht in seinem Blick und seiner Witterung.

Der Ghuljäger sprach mit sanfterer Stimme weiter. »Kind … du solltest wissen … Das heißt … nun, dein Schmerz ist ganz frisch, Samia, aber er ist in unserem

Kreis nicht einzigartig. Um Gottes Wahrheit zu sagen, Mädchen, wir sind hier ein regelrechtes Waisenhaus! Die Eltern des Jungen haben an der Pforte der Gottesloge jeden Anspruch auf ihn abgegeben. Zwischen meinen Freunden und allem, was sie als Familie bezeichnen können, liegen tausend Meilen und zwanzig Jahre. Und sie haben ...« Der Doktor unterbrach sich selbst, bevor er es aussprach. »Sie haben in diesem halb geheimen Krieg, den wir gegen den Treulosen Engel führen, weit mehr verloren, als du ahnst.«

Samia sah zu Litas hinüber. Von dem warmen Lächeln der Alchemistin war keine Spur zu sehen. Sie sah Adoulla traurig an und stand auf. In ihrer kleinen schwarzblauen Hand hielt sie den Dolch von Samias Vater.

Kraftlos streckte Samia die Hand aus, weil sie die Waffe selbst halten wollte. »Dieser Dolch. Meine Sippe ...«, fing sie an.

»Keine Sorge«, sagte Litas. »Ich werde ihn dir zurückgeben. Aber wir haben nun – dank Rasîd – eine Lösung, mit der wir das seltsam schwarze Blut darauf zu einer Essenz destillieren können, die wir untersuchen können. Allerdings werde ich eine Weile brauchen, um sie vorzubereiten.«

Die Alchemistin warf dem Doktor noch einen Blick zu, diesmal eher verärgert als traurig. »Adoulla, da du heute so darauf versessen zu sein scheinst, über anderer Leute Schmerzen zu plaudern, solltest du dem Mädchen vielleicht einmal von deiner eigenen Familie erzählen.« Sie ging hinaus. Dawoud folgte ihr und warf dem Doktor dabei einen entschuldigenden Blick zu.

»Und um was ging es da eben, Doktor?«, fragte Samia.

»Das kannst du Litas irgendwann einmal fragen, und sie wird es dir erzählen, Kind. Doch sie hat recht, ich schulde dir ein Stück meiner eigenen Geschichte. Denn unter Verbündeten sollte ein Gleichgewicht herrschen in Bezug auf das, was wir über den Seelenschmerz der anderen wissen.«

Rasîd, der aussah, als könne er sich selbst nicht leiden, und untypischerweise nach Betrug roch, ging aus dem Zimmer und ließ Samia und dem Doktor allein zurück. Sie sah dem Derwisch nach und war verwirrt, bis sie sich zwang, ihre Aufmerksamkeit wieder auf den Ghuljäger zu richten. »Litas hat deine Familie erwähnt«, sagte sie.

»Ja. Damit meint sie eigentlich meine Eltern. Ich kann mich nur noch sehr dunkel an sie erinnern. Vor allem erinnere ich mich daran, wie ich ihre Leichen gefunden habe. Als Junge habe ich mir jeden Tag selbst Geschichten über sie erzählt. Dass sie getötet wurden, weil sie in Wahrheit Kalif und Königin in Verkleidung gewesen sind, und dass ich, wie ein Romanheld, ein geheimer Prinz bin.

Aber sie waren nicht von königlichem Geblüt«, fuhr der Doktor fort. »Sie waren ein Lastträger und seine Frau, gewöhnliche Leute aus dem Gelehrtenviertel, die mich im Stich gelassen haben und mich, ohne dass sie etwas dafür konnten, ohne Familie und Geld einem grausamen Schicksal überlassen haben.«

Der Doktor hielt inne, um Samia einen Tonbecher mit kaltem Wasser zu geben. Sie trank einen kräftigen Schluck und spürte den süßen Schmerz, mit dem ihre ausgetrocknete Kehle wieder zum Leben erwachte. Sie wusste nicht, was sie auf die Worte des Doktors erwidern sollte. »Wie sind sie gestorben?«, fragte sie und merkte zu spät, dass eine solche Frage bei den allzu spitzfindigen Städtern als unhöflich aufgefasst werden konnte.

Aber der Doktor seufzte nur. »Sinnlos, meine Teure. Sie starben sinnlos. Keine gewichtige Prophezeiung, keine finstere Machenschaft der Diener des Treulosen Engels. Bloß ein armseliger, verzweifelter Hundesohn mit einem Messer, der betrunken oder dumm genug war, um zu glauben, er könne meinem völlig abgebrannten Vater ein paar Münzen abnehmen.« Gedankenverloren nahm er ein Stück braunen Stoff in die Hand, der auf einem Sû-Nähtablett auf den Kissen lag. Während er weitersprach, drehte er den Stoff zwischen den Fingern.

»Als ich kaum erwachsen war, gelang es mir, ihren Mörder aufzuspüren. Inzwischen war er in der Gosse gelandet, einbeinig, und hatte sich mit Wurmholzwein um den Verstand gesoffen. Damals hatte ich schon angefangen, mein Handwerk zu lernen, aber in Wahrheit war ich noch immer der Straßenjunge, der die anderen Raufbolde aus der Eselsaasgasse angeführt hatte. Aber als ich diesen Mann fand, war ich bösartiger als je in irgendeiner Schlägerei. Ich habe ihn mit einem Messer umgebracht. Ich habe zehnmal auf ihn eingestochen. Es braucht lange, bis ein Mensch von den Wunden einer kurzen Messerklinge stirbt. Lange genug, dass ich währenddessen aus meiner Raserei erwachte. Lange genug, dass ich mich dabei ertappte, wie ich mich mit einem blutigen Messer über einen Krüppel beugte, der mich noch immer anflehte.«

Der Doktor schüttelte sich. »Ich finde noch immer

keine Worte für das, was ich damals empfunden habe. Aber du und ich, wir haben mehr als eine Sache gemein. Bis zum heutigen Tag fasse ich keinen tödlichen Stahl an. Ich habe reichlich Messer und Schwerter gesehen, und anstatt zu töten, tue ich jetzt alles, was ich kann, damit niemand umkommt.«

»Als wir uns begegnet sind, habe ich mich gefragt, wieso du dich unbewaffnet einer so gefährlichen Aufgabe stellst.«

»Ja. Ich bin kein sanftmütiger Mensch, Samia. Ich reise mit denen, die bereit sind zu töten. Ich schmeichle mir damit, dass ich noch immer Schläge austeilen kann wie ein Mann, der nur halb so alt ist wie ich. Aber … nun, es ist ein Unterschied, ob man jemanden kaltblütig ausnimmt, oder ob man gelegentlich einem Unmenschen eine blutige Nase verpasst.«

In der Tür erschien Dawoud und schnaubte. »›Gelegentlich‹? Lass dir von ihm keinen Bären aufbinden, Mädchen. Adoulla Machslûd hat weit öfter als ›gelegentlich‹ für gebrochene Rippen und geschwollene Schädel gesorgt!« Der Magus kam herüber und klopfte dem Ghuljäger auf die Schulter. »Der da ist genauso wild wie irgendein Badawi, machen wir uns da mal nichts vor!«

Samia wollte den Magus gerade dafür tadeln, dass er ihr Volk derart charakterisierte, als plötzlich Gestank den Raum erfüllte. Er war so kräftig, dass er für Samias empfindliche Sinne fast wie ein fester Gegenstand war. Erst war sie überzeugt, dass einer der beiden Alten einen Wind hatte fahren lassen. Der eine deutete anklagend auf den anderen, und sie kicherten wie Kinder. Aber der Gestank war anders, ein Geruch, den ihre Sinne nicht erkannten. Und er drang durch die kleinen Zedernfenster von draußen in den Laden. »Was ist das für ein Geruch?«, fragte sie und musste würgen.

Der Doktor hörte auf zu kichern, und als er antwortete, triefte seine Stimme vor Geringschätzung. »Das ist der Duft der Färber und Gerber. In seiner unendlichen Weisheit ließ der neue Kalif die Windzauber letztes Jahr so umleiten, dass sie den Gestank ins Gelehrtenviertel treiben. Deshalb belästigt uns dieser Geruch jede Woche einen Abend lang, bevor er nach einer Stunde wieder verfliegt. Müssten wir es auch nur noch eine Minute länger ertragen, dann hätte der Kalif todsicher einen Aufstand am Hals.«

Dawoud grummelte etwas, ging zu einem Strickbeutel, der an der Wand hing, und zog zwei zusammengelegte Tücher daraus hervor. Er reichte sie Samia und dem Doktor. »Traurig, aber ich muss sagen, dass ich mich fast daran gewöhne. Litas hat das hier wenigstens immer bei der Hand.«

»Preis sei Gott für die Weisheit deiner Frau, mein Bruder.« Der Doktor hielt sich den Stoff vor Mund und Nase. Als Samia seinem Beispiel folgte, staunte sie über den angenehmen Duft von Minzöl und Zimt, der über dem stechenden Essiggeruch lag.

Der Magus kniff die Augen zusammen und sagte mit fester Stimme: »Ich lasse nicht zu, dass ihr etwas zustößt.« Er sprach mit dem Doktor, als wäre Samia gar nicht anwesend. »Wir sind stets auf deiner Seite, mein guter Freund, das weißt du. Aber es ist nicht mehr so wie früher. Ich lasse nicht zu, dass Litas etwas geschieht. Das zählt für mich inzwischen mehr als alles andere.«

Samia drängten sich Worte auf, doch sie behielt sie für sich.

Der Doktor nahm sein parfümiertes Tuch herunter und legte seinem Freund eine große, dunkle Hand auf die Schulter. »Auch ich werde nicht zulassen, dass ihr etwas geschieht, mein Bruder.«

Samia glaubte ihm. In diesem Augenblick erschien ihr der Doktor auf furchterregende Weise geistesgegenwärtig. Sein Gesicht wirkte weniger rund, sondern hart und eingefallen. Sie wünschte sich, sie könnte sich mit schierer Willenskraft vollends selbst heilen und ihre Kräfte wiedererlangen. Auf dem Siechbett zu liegen, während tapfere alte Männer – ja, Doktor Adoulla Machslûd war tapfer, das musste sich Samia eingestehen – alles Nötige taten, um ihre Sippe zu rächen … Das bereitete ihr Magenkrämpfe.

Samia erbrach sich über den Rand des Diwans. Dünnflüssige gelbe Galle spritzte auf den Kaftan des Doktors und tropfte daran herab.

Samia schämte sich zu Tode. Ihr Magen krampfte sich erneut zusammen wegen der Schmerzen und Arzneien, dem Gestank, der Scham und dem Geschmack von Galle. Wieder übergab sie sich, traf diesmal aber wenigstens den Kupferkübel, den Litas neben den Diwan gestellt hatte.

In diesem Augenblick rauschte die Alchemistin ins Zimmer und verscheuchte die beiden Männer. »Raus mit euch beiden! Raus! Dieses Kind ist die Tochter eines Stammesfürsten und hat eben ihren Mageninhalt herausgewürgt. Glaubt ihr etwa, dass sie zwei alte Ziegenböcke wie euch gebrauchen kann? Nein! Überlasst die Angelegenheit mal uns hochgeborenen Frauen. Ich sagte, geht! Beim Namen Gottes, könnt ihr Mannsbilder euch nicht woanders nützlich machen?«

Samia war so dankbar über die Ankunft der Alchemistin, als wäre ihr eine Armee zur Hilfe gekommen. Jetzt, wo ihr Magen leer war, fühlte sie sich besser, und nachdem die Männer hinausgegangen waren, lächelte sie Litas kraftlos an. Doch die kleine Frau wirkte untröstlich, als sie sich neben Samia hinsetzte.

»Weißt du, gestern noch hat es mir vor der zermürbenden Buchhaltung gegraut, die nach Idestag fällig ist. Ich dachte, dass wäre die größte Mühsal der Woche. Und jetzt? Jetzt ist mein Haus voller Schmerz, Trauer und Mühsal.«

Samia fühlte sich zutiefst beschämt. »Es tut mir leid, Tantchen, dass ich meinen Kummer in dein Haus gebracht habe.«

Litas wischte die Worte beiseite. »Ich rede nicht nur von dir. In dem Feuer hat Adoulla Machslûd die Bücher und Talismane eines ganzen Lebens verloren, Samia. Er macht Dinge, die nur ein junger Mensch tun sollte, um sich wieder aufzurüsten. Er spricht Sprüche, die ihm den Schlaf rauben, er blutet sich aus und all so was. Viele Jahre lang haben wir Seite an Seite gekämpft, meine Liebe, und ich bin mir nicht sicher, ob ich ihn jemals so entschlossen gesehen habe.«

Das tröstete Samia. Ihre Achtung vor Doktor Adoulla

Machslûd wuchs beinahe greifbar. Litas sprach weiter, während sie Samias Erbrochenes wegwischte.

»Du musst verstehen, was er verloren hat, Samia. Dieses Haus … es stand für etwas. Es stand dafür, dass dieser Mann ohne Frau und Kinder oder hohe Geburt etwas in dieser Welt sein Eigen nannte.« Die Alchemistin schüttelte den Kopf. »Doch ich vermute, all das hat wenig Bedeutung für eine Stammesfrau, vor allem für eine so junge Frau wie dich. ›*Mit meinen Vater gegen meine Sippe! Mit meiner Sippe gegen meinen Stamm! Mit meinem Stamm gegen die Welt!*‹ Du findest uns alle seltsam, diese kleine Familie von Leuten, die nicht blutsverwandt sind. Habe ich recht?«

Samia dachte kurz nach, bevor sie antwortete. »Seltsam? Vielleicht. Aber auch bewundernswert. Ihr seid alle so unterschiedlich und doch so miteinander verschworen. Um Gottes Wahrheit zu sagen, ich habe ein solches Zusammensein noch nie erlebt. Ich wurde von meiner eigenen Sippe gefürchtet, obwohl sie sich glücklich schätzen konnten, mich Beschützerin zu nennen.« Sie beherrschte sich, bevor sie noch mehr sagte. Wie konnte sie es wagen, schlecht über ihre Sippe zu reden – über ihre *tote* Sippe? Und dazu noch vor dieser Frau, die ihr im Grunde vollkommen fremd war?

Sie wechselte das Thema. »Du und dein Mann, Tantchen, ihr seid schon lange verheiratet, nicht wahr? Und du schläfst mit ihm trotz seiner unreinen Kräfte?« Erst nachdem sie die Frage gestellt hatte, merkte sie, dass sich solche Reden unter Städtern nicht gehörten.

Aber Litas lachte nur. »Ha! Glaubst du, ihm sind Hufe gewachsen, oder was? Er hat alles, was einen Mann ausmacht. Wir sind vielleicht nicht mehr das heißblütige Paar, das wir einmal waren, aber ja, natürlich schlafe ich mit ihm!«

»Und trotzdem habt ihr keine Kinder?«

Litas lächelte schwach und traurig und sagte nichts.

»Vergib mir, Tantchen. Ich hätte nicht …«

»Nein, nein, kein Grund, dich zu entschuldigen, Kind. Wir hatten einen Sohn, Dawoud und ich. Vor langer, langer Zeit. Er war ein schöner Junge, und sein strahlendes Gesicht hatte alles, was man an den Ufern des Sû und des Blauen Flusses an Schönheit nur finden konnte.«

Schwer hing die Trauer dieser Frau in der Luft. »Er … Ist er zu Gott eingegangen, Tantchen?«

Ein schwaches, zartes Nicken. »Ja. Er ist seit zwanzig Jahren tot. Wäre er noch am Leben, wäre er älter als du.« Sie sah Samia an, als überlegte sie, ob sie ihr etwas erzählen sollte. »Dawoud und ich mussten bittere Erfahrungen machen, als wir jung waren, Samia Banu Laith Badawi. Erfahrungen mit dem Zorn des Treulosen Engels. Und über … Verwundbarkeiten.« Eine Weile starrte die Alchemistin in die Ferne.

»Nun«, sagte sie schließlich und stand auf. »Meine Wahrsagetinktur sollte inzwischen kochen, und ich muss nach ihr sehen. Du solltest etwas essen und danach noch ein bisschen schlafen. Und trink von diesem Tee, der deine Genesung voranbringen wird.« Die Alchemistin fütterte sie mit Kichererbsen und Olivenöl gefülltes Pitabrot und gab ihr danach einen übersüßten Arzneitee. Samia hatte den Becher kaum hingestellt, als ihr die Lider herabsanken und sie in einen traumlosen Schlaf fiel.

Ein paar Mal erwachte sie halb aus ihrem fiebrigen Genesungsschlaf. Jedes Mal erhaschte sie die Witterung des Doktors, wach und geschäftig. Ein paar Mal sah sie sich um und erkannte ihn im Wohnzimmer, wo er Kräuter im Mörser zerstampfte oder Metallspäne in eine Phiole feilte und dabei Beschwörungsformeln murmelte. Einmal schlitzte er sich den Unterarm auf und ließ Blut auf ein Pergament tropfen. Während sie zwischen Schlafen und Wachen hin und her glitt, waberten ihr Litas' Worte über die Entschlossenheit des Doktors durch den Kopf.

Als sie schließlich richtig erwachte, war sie allein. Die Wunde in ihrer Seite tat noch immer weh, aber die Übelkeit war vergangen, und sie spürte neue Kraft in den Gliedern. Anhand des Sonnen- und Mondlichts in der Stadt, das durch die Gebäude eigenartig verfälscht wurde, konnte sie die Uhrzeit nur schwer bestimmen, aber der Dunkelheit vor den Fenstern nach zu urteilen, musste die Nacht schon deutlich vorgerückt sein.

Wieder versuchte sie, die Gestalt anzunehmen, und wieder kam sie sich vor, als atme sie Sand ein. Doch sie unterdrückte ihre Tränen und stand zitternd auf. Aus einem anderen Zimmer hörte sie Stimmen – die von Litas, Dawoud und dem Doktor. Mit langsamen, unbeholfenen Schritten folgte sie den Stimmen in das Zimmer neben dem Wohnzimmer.

Der Raum war vollgestellt. Ein volles Bücherregal, Gestelle mit Flaschen, ein seltsamer Glasschlauch. Die einzige einigermaßen freie Fläche bot ein Tisch aus einem eigenartigen Metall. Die massige Gestalt des Doktors in weißem Kaftan saß auf einem niedrigen Stuhl, und Rasîd lehnte neben ihm an der Wand. Vor dem Tisch in einem hohen Stuhl saß Litas, ihr Mann stand hinter ihr, und gemeinsam schauten sie in ein mächtiges, in Holz gebundenes Buch. Neben dem Buch stand ein bizarrer Apparat aus Messing und Glas. Ein Teil des Geräts sah aus wie eine Klaue, und diese Klaue hielt das Messer von Samias Vater. Litas betrachtete einen anderen Teil des Apparats, der wie ein großes Auge geformt war. Was sie dort sah, schien sie mit den Bildern und Buchstaben in dem Buch zu vergleichen.

Lernen, die Bestimmung von Pflanzen, die Feinheiten der Sternkonstellationen. Jahrelang hatte Samias Vater versucht, ihr beizubringen, dass all das Teil ihrer Aufgabe als Beschützerin der Sippe war. »Geduld, kleiner Mond, ist eine Kriegertugend«, pflegte er zu sagen. »Deine Stärke allein reicht nicht aus. Du brauchst auch Wissen, kleine Rose. Und Urteilsvermögen. Und, kleiner Smaragd, wie ich schon sagte: Geduld.« Auch wenn er sie immer »Beschützerin« nannte, wenn andere es hören konnten, hatte er ein Dutzend »kleine« Namen für sie, wenn sie unter sich waren. Sie liebte es, wie er seine Reden selbst dann noch mit ihnen spickte, als er sie zu einer Kriegerin erzog.

Die größte Sorge ihres Vaters war, dass Samia zu löwenartig werden konnte. »Du tätest gut daran, mehr Zeit darauf zu verwenden, die Buchstaben der Städter zu lernen, statt Sandfüchsen nachzustellen! Ein Beschützer muss seine Sippe auf vielerlei Weise verteidigen«, hatte er noch vor zwei Wochen gesagt. Dabei hatte er sie so enttäuscht angeschaut, dass es sie bis ins tiefste Innere geschmerzt hatte. Nur um ihren Vater glücklich zu machen, hatte sie sich bemüht, dem Buch mit all den sinnlosen Zeichen, die ihr Vater ihr hatte beibringen wollen, Aufmerksamkeit zu schenken. Sie hatte sich wirklich angestrengt. Aber so sehr sie sich auch bemühte, sie war für diese Dinge nicht gemacht.

Ihre neuen Verbündeten sahen zu ihr auf, als sie sie kommen hörten. Rasîd löste sich von der Wand und machte einen Schritt auf sie zu, bevor er sich selbst zurückzupfeifen schien. Der Doktor bekam große Augen. Vielleicht war er überrascht, dass sie wieder auf den Beinen war. Litas sah sie mit demselben verwunderten Gesicht an, mit dem sie durch das Glasauge gesehen hatte.

Allerdings war es der Magus, der als Erster etwas sagte. »Beim Namen Gottes, Kind, du solltest dich ausruhen! Wie kommt es, dass du auf den Beinen bist? Und bei den Hoden Gottes, wieso bist du überhaupt wach? Du solltest die nächsten zwei oder drei Tage durchschlafen!«

Litas biss sich auf die Lippen und sah aus, als versuchte sie, hinter ein Rätsel zu kommen. »Die Berührung der Engel«, sagte die Alchemistin. »Erstaunlich. Wirklich, die Kräfte, die Gottes Gesandte dir verliehen haben, reichen über deine Löwengestalt hinaus. Selbst mit der Hilfe unserer Heilungszauber hätte es dir erst in einer Woche möglich sein sollen, aus eigener Kraft aufzustehen.«

Samia hob das Kinn ein wenig. »Vielleicht sind wir ›Wilden‹ widerstandsfähiger als die verweichlichten Städter, die du normalerweise behandelst, Tantchen.«

Der Doktor stieß mit den Lippen ein Furzgeräusch aus. »Ja, ja, ganz sicher ist hier die angeborene Tapferkeit der Badawi am Werk, Mädchen.«

Bevor Samia etwas erwidern konnte, stand Rasîd neben ihr. »›Gottes Gnade ist größer als alle Grausamkeit‹«, zitierte er aus den Himmlischen Kapiteln. »Du wurdest schwer verletzt, Samia. Preis sei Gott, dass du dich so schnell erholst, aber du solltest dich ausruhen, denn …«

Litas gab einen ärgerlichen Laut von sich. »Bitte«, sagte sie zu Rasîd. »Gib keine Ratschläge, wenn du nicht weißt, wovon du sprichst. Im Moment ist es das Beste für Samia, nicht zu schlafen. Das Purpurquecksilber erweckt ihr Blut, genau wie es das Blut auf diesem Messer erweckt. Wenn sie gehen kann, dann lass sie gehen. Und wo wir schon über Blut sprechen: Sie hat das Recht zu erfahren, welche Antworten wir bekommen.« Die Sû-Frau drehte sich zu Samia um und deutete auf den einzigen freien Stuhl im Zimmer. »Setz dich. Ich bin gerade bei den letzten Handgriffen für meine Wahrsagetinktur. Ich habe die Männer gefragt, aber du kannst es mir besser beantworten: Als du diese Mouw-Awa-Kreatur verwundet hast, hat sie da geblutet?«

Samia zwang sich, sich an diese wenigen Augenblicke zu erinnern, die sie beinahe das Leben gekostet hätten. An die Fangzähne, die sie in das verdorbene Fleisch dieses Ungeheuers geschlagen hatte. Es hatte sich zugleich wie Fleisch und doch nicht so angefühlt. Da waren Schatten und Schmerz gewesen, aber … »Nein, Tantchen. Nein, es hat nicht geblutet.«

»Wie ich dir gesagt habe«, befand der Doktor und strich sich nachdenklich über den Bart. »Die Badawifrau mit ihrem bemerkenswerten Geruchssinn meinte auch, dass das Blut auf der Waffe weder nach Mensch noch nach Tier roch, während Mouw Awa nach beidem gerochen hat. Wie ich mutmaßte, muss es sich um das Blut jenes Mannes handeln, der die Ghule erschaffen hat. Derjenige, den das Ungeheuer seinen ›gesegneten Freund‹ genannt hat.«

»Nun, wo es auch herkommt, es ist das eigenartigste Blut, das ich je gesehen habe. Voller Leben und doch leblos. Alle acht Elemente sind darin vorhanden, aber sie sind … irgendwie ins Gegenteil verkehrt. Sand und Blitz, Wasser und Wind, Holz und Metall, gelbes Feuer und blaues Feuer! Wie können sie alle in einem einzigen Tropfen Blut sein und doch auch wieder nicht?« Die kleine Frau wandte sich ihrem Mann zu. »Und noch eigenartiger: In den Klumpen kriechen Dinge herum. Als stamme dieses Blut von einer Mischung aus Mensch und Ghul. Das ergibt keinen Sinn. Trotzdem, mein Lieber, du solltest deine Zauber wirken. Wenn es Gottes Wille ist, gewähren sie uns deutlichere Antworten.«

Mit einem winzigen silbernen Löffel schaufelte die Alchemistin ein weißes Pulver aus einem Behälter und träufelte es in eine Glasphiole mit einer roten Flüssigkeit. Daraufhin begann die Flüssigkeit Blasen zu bilden und zu schäumen und verfärbte sich grün. Diese nunmehr grüne Flüssigkeit goss Litas über das blutige Messer, das Samias Vater gehört hatte.

Da ging ein helles grünes Licht von der Waffe aus. Es wurde heller und heller, bis es den ganzen Raum erfüllte.

»Du kannst anfangen«, sagte die Sû-Frau zu ihrem Mann. »Steht auf«, forderte sie die anderen auf und ging selbst mit gutem Beispiel voran.

Der Magus trat vor und hielt die Hand eine Haarbreit über das Messer. Während sich seine Finger um die blutige Klinge schlängelten und wanden, zogen sie ein unheimliches grünes Schimmern an. Der alte Sû verdrehte die Augen in den Kopf und begann, eine wortlose Anrufung zu singen, wobei seine Stimme einen seltsamen Hall bekam. *Verdorbene Zauberei*, dachte Samia. Instinktiv begann sie mit der Verwandlung …

Und natürlich stellte sie fest, dass es ihr nicht gelang. Wieder wurde sie von Panik ergriffen – sie spürte die Gestalt, ohne sie fassen zu können. Ihre schmerzende Wunde verwehrte ihr die Löwengestalt. *Allmächtiger, ich flehe dich an, hilf mir!*

Doch dann sagte der Magus etwas, und sie musste seinen Worten lauschen, denn sie waren der Weg zur Rache für die Banu Laith Badawi. In ihren Augen brannten Tränen, doch erneut schob sie jeden Gedanken an die Gestalt zur Seite und hörte zu.

»Dieses Blut ist wie … wie eine Absage ans Leben«, sagte Dawoud, während seine Finger noch immer über dem Messer hin und her fuhren. »Mehr als das, eine Absage an die Existenz. Wie das Wesen eines Ghuls, dessen falsche Seele aus kriechendem Ungeziefer besteht. Aber mit einem Willen. Einem grausamen, machtvollen Willen.«

Der Doktor sprach leise mit Litas, als wären Samia und Rasîd nicht da. »Wenn ich darüber nachdenke, passt das alles auf erschreckende Weise zusammen. Es gibt eine alte Geschichte über einen Mann, den man den Ghul der Ghule nennt. Ein Mensch, der wie ein vom Treulosen Engel selbst erzogener Ghul war. Ein Mensch, der sich selbst die Zunge abschnitt, damit der Treulose Engel besser durch ihn sprechen konnte. Der seine Seele ausleerte, um sie mit dem Willen des Treulosen Engels zu füllen. Angeblich trägt er einen Kaftan, der nie sauber wird, und …«

Der Doktor brach ab, als Dawouds Kopf zurückzuckte und der Magus wie unter großen Schmerzen das Gesicht verzog. Jetzt berührte der alte Sû das Messer mit den Fingerspitzen und schrie.

Erst war es ein gebrüllter, wortloser Gesang, aber dann formten sich die schmerzerfüllten Laute zu Worten. »DAS BLUT VON ORSHADO! DAS BLUT VON ORSHADO!« Während er schrie, zuckte der Körper des Magus eigentümlich, aber er ließ das Messer nicht los. »DAS BLUT VON ORSHADO!«

Litas stürzte zu ihm nach vorn und löste die Finger ihres Mannes von der Klinge. Dawoud taumelte in die Ecke, brach auf einem Kissen zusammen und wimmerte erbärmlich. Zitternd presste er die Hände an seinen Kopf.

Dem Doktor war die Sorge um seinen Freund ins Gesicht geschrieben. »Deine Zauberei fordert ihren Tribut von deinem Leib. Dafür, mein Bruder, schuldet dir die Welt etwas.« Er legte dem Magus eine Hand auf die Schulter. »Zauberei kann ihren Tribut jedoch auch vom Geist fordern. Preis sei Gott, dass der Möchtegernmeuchler des Mädchens so verwirrt war, dass er so viel ausgeplaudert hat. Bestimmt ist dieser Orshado derjenige, den das Ungeheuer seinen ›gesegneten Freund‹ genannt hat. Ich sage schon lange, dass mein Orden den falschen Namen trägt, denn in Wahrheit jagen wir nicht Ghule, sondern

Menschen. Und jetzt haben wir eine Beute. Mit einem Suchzauber und einem Namen können wir …«

Es blitzte in den Augen des Doktors – fast, dachte Samia, als würde er weinen.

»Ich habe vergessen«, sagte er leise. »Ich habe ja keine mit Schriftversen gravierten Nadeln mehr. Die gingen in dem Feuer zugrunde wie alles andere auch. So verunreinigt, dass sie zu nichts mehr zu gebrauchen sind, oder sogar gänzlich zerstört.«

Samia wollte darauf drängen, dass es noch einen anderen Weg geben müsste, aber sie merkte, welche Anstrengung es sie kostete, Gedanken und Worte zu formulieren. Sie war schwächer, als sie den anderen gegenüber zugegeben hatte. Doch ihr Herz schlug schneller, als Rasîd ihre Gedanken aussprach.

»Gibt es denn keine anderen Zauber, die du wirken könntest, Doktor? Kann man solche Nadeln denn nirgends kaufen?«

Der Doktor schüttelte den Kopf. »Die Sache ist weitaus komplizierter, Junge. Es dauert Wochen, solche Nadeln anzufertigen. Wären wir an einem entlegenen Ort oder hätten es mit einem unerfahrenen Magus zu tun, dann könnte ich es mit einem einfacheren Spruch probieren. Aber die Stadt ist voller Lebenskräfte, die einen Suchzauber erschweren, und dieser Orshado verfügt zweifellos über mächtige Schutzzauber. Nur mit einwandfreien Instrumenten und einer tadellosen Anrufung hätten wir eine Chance, unseren Gegner zu finden.«

Der Doktor sah alle der Reihe nach an und schien sich zu einem Lächeln zu zwingen. »Aber lasst uns nicht alle so hoffnungslos dreinschauen, was? Immerhin haben wir nun ein paar Mittel, die uns helfen können. Wenn der Allmächtige will, finden wir das gottverdammte Ungeheuer und seinen ›gesegneten Freund‹ auch ohne Suchzauber.«

In der Ecke des Labors trat Rasîd nervös von einem Fuß auf den anderen. Auf seinem kantigen Gesicht zeigte sich ein Stirnrunzeln. »Dieser Ausdruck macht mir Sorgen, Doktor. Wie kann eine solche Kreatur einen Freund haben?«

Der Doktor zog eine buschige Augenbraue nach oben. »Weißt du was, Junge? Ich habe dieselbe Frage schon in Bezug auf Rasîd bas Rasîd gehört! ›Der macht so ein griesgrämiges Gesicht‹, sagen sie!«

Er macht sich ständig lustig, selbst wenn es um Leben oder Tod geht, dachte Samia und bemerkte das einfältige Grinsen im Gesicht des Doktors, als er dem Derwisch in die Rippen kniff.

Als hätte Rasîd dieselben Gedanken, runzelte er die Stirn. »Entschuldige, Doktor«, sagte er. »Aber es gibt hier kaum einen Grund zum Scherzen.«

Der Ghuljäger lächelte verzweifelt. »Wo immer in Gottes weiter Welt ein Mensch versucht, seine Sorgen etwas leichter zu nehmen, kann man sich darauf verlassen, dass ein gottverdammter Heiliger daherkommt und dem ein Ende macht! Und ich dachte noch, der da …«, und er deutete dabei auf Rasîd, »hätte gelernt, ein bisschen lockerzulassen.«

Samia vermochte zwar nicht zu sagen, warum, aber Rasîd reagierte, als hätte man ihn geohrfeigt. »Lockerlassen? Gott bewahre. Wenn überhaupt, dann ist dies der

Zeitpunkt, um Tugend und Wachsamkeit zu verdoppeln. Die unheiligsten Diener des Treulosen Engels gehen in der Stadt um«, sagte der Derwisch mit Nachdruck. »Möge es dem Allerbarmherzigsten Gott gefallen, uns alle zu beschützen!«

»Möge es Gott gefallen«, erwiderten alle Anwesenden formelhaft. Als Samia wieder zum Doktor hinüberblickte, war sein Lächeln verschwunden.

12

»Möge es Gott gefallen«, sagte Dawoud Wadschîds Sohn, und die anderen sprachen im Chor mit. »Jetzt haben wir zumindest eine Ahnung, mit wem wir es zu tun haben«, sagte er. »Was machen wir jetzt?«

Eine ganze Weile herrschte Schweigen. Seine Worte hingen im Raum, und die grimmigen Gesichter spiegelten die Misslichkeit ihrer Lage wider. Dawoud betrachtete die Gesichter in seinem Wohnzimmer. Seine Frau wirkte, als hätte sie zu viel gesehen, und in Adoullas Zügen stand jene Müdigkeit geschrieben, die auch ihn selbst zeichnete. Nur die Mienen der beiden jungen Krieger waren anders, dachte Dawoud. Das Mädchen mit den Smaragdaugen und der glatt rasierte Junge wirkten eher entschlossen als resigniert. Den drei Älteren merkte man an, dass sie fast schon gewohnheitsmäßig abgekämpft waren, während Rasîd und Samia noch von einem eifrigen Wille angespornt wurden.

Adoullas Gehilfe war der Erste, der etwas sagte, und er klang hitzig. »Wir müssen die Wachmänner warnen, Doktor. Oder vielleicht sogar den Kalifen selbst. Jemand aus der Obrigkeit muss …«

Der Ghuljäger schnaubte ungläubig. »Glaubst du immer noch, dass du deine Kräfte darauf richten solltest,

Junge? Nach zwei Jahren in dieser Stadt solltest doch selbst du, der du so obrigkeitshörig bist, begreifen, dass der Kalif Leuten wie uns keinen Glauben schenken wird. Und selbst wenn er glauben würde, dass Dhamsawaat in Gefahr schwebt, würde seine erste Sorge immer noch seiner eigenen Geldbörse gelten. Einen selbstsüchtigen Menschen überzeugen zu wollen, dass er sich um etwas kümmert, das über seine eigene Nasenspitze hinausgeht, ist reine Zeitverschwendung. Nein. Der Kalif wird uns so viel nützen wie ein Loch im Eimer. Aber ich habe erfahren, dass der Falkenprinz dieselben Schwierigkeiten hat wie wir. Er könnte …«

Das kann er nicht ernst meinen! Dawoud würgte seinen Freund ab, indem er ihm die Hand auf die massige Schulter legte und einen mahnenden Finger vor seinem Gesicht schwenkte. »Wie kann ein und derselbe Mensch so blauäugig und gleichzeitig so gottverdammt zynisch sein, mein Bruder? Selbst wenn wir Faraad As Hammas finden könnten, würde es uns mehr schaden als nutzen, wenn wir unser Schicksal an das seine ketten würden. Die halbe Stadt verfolgt ihn! Und außerdem gibt es auf den Straßen durchaus ein paar gute Gardisten, weißt du. Allen voran ihr Hauptmann.«

Er wandte sich Rasîd zu, der so aussah, als wolle er unbedingt jemanden umbringen. »Deine Idee ist gut, Rasîd. Und ich kenne den Hauptmann der Garde, Roun Hedaad. Litas und ich haben ihm sogar einmal das Leben gerettet. Morgen früh werde ich zum Halbmondpalast gehen und mit ihm über das reden, was wir herausgefunden haben. Ich kann ihm zwar nur eine unbestimmte Warnung geben, aber er wird trotzdem dankbar sein. Es kann nicht schaden, wenn die Garde von dieser Bedrohung weiß. Vielleicht hilft es.«

Adoulla strich sich über den Bart. »Hm. Roun Hedaad ist ein guter Mensch für einen Gardisten. Ein sehr guter Mensch. Doch jedermann weiß, dass er ein Überbleibsel einer vergangenen Ära ist und nur noch wenig tatsächliche Macht besitzt. Der Hauptmann der Wache hat die wahre Macht. Aber dennoch ist die Idee nicht übel, nehme ich an. Wenn es im Palast einen gibt, der lange genug seinen Eigennutz vergessen kann, um sich Gedanken über den Mord an armen Leuten zu machen, dann ist es Hauptmann Hedaad. Deshalb sollte vielleicht tatsächlich jemand mit ihm sprechen.« Adoulla drehte sich zu Rasîd um. »Bist du zufrieden, Junge?«

Dankbar neigte der Derwisch den Kopf mit dem Turban und wandte sich dann zu Dawoud. »Und danke, Onkel.«

Litas neben ihm stand auf und sagte leise: »Roun Hedaad wäre in dieser Sache tatsächlich ein guter Verbündeter. Ich wünschte, ich könnte dich begleiten, mein Lieber. Aber das Mädchen ist noch nicht ganz genesen. Morgen früh braucht sie Purpurquecksilber, und ich muss bei ihr sein, um es ihr zu verabreichen. Und wo wir gerade dabei sind …« Der Blick ihrer schönen Augen wanderte zu der Stammesfrau. »Es ist Zeit für deine Schlafsalbe. Komm mit mir, Samia. Das ist eine Sache unter uns Frauen. Überlassen wir die alten Dummköpfe sich selbst.«

Dawoud kam es vor, als wollte das Mädchen widersprechen – zweifellos kochte sie innerlich, weil sie aus dem Kriegsrat ausgeschlossen wurde. Aber da sackte ihr der Kopf auf die Brust, und ihr Körper strafte ihre ausdauernde Dickköpfigkeit Lügen. Auf schwachen Beinen folgte sie seiner Frau hinaus.

Dawoud wandte sich zu Adoulla und Rasîd und zuckte mit den Schultern. »Dann gehe ich eben allein. Litas muss hierbleiben, und der Kalif schätzt deinen Orden nicht, Adoulla.«

Der Doktor verdrehte die Augen. »Ja, und das beruht ganz auf Gegenseitigkeit. Es ist aber ohnehin am besten, wenn wir die Aufgaben aufteilen. Ich für meinen Teil«, begann er, wirkte dann aber zögerlich, ja sogar peinlich berührt von dem, was er sagen wollte.

Was soll denn das?, wunderte sich Dawoud. Seinem alten Freund war selten einmal etwas peinlich.

»Ich für meinen Teil«, fuhr der Ghuljäger fort, »gehe morgen früh ins Sängerviertel, um noch einmal mit dem Jungen Faisal zu sprechen, dessen Familie erschlagen wurde.«

Das ist es also. Adoulla schämte sich seiner Schwäche. Er fürchtete, eigennützige Entscheidungen zu treffen, und hatte Angst, dass Dawoud ihn dafür tadeln würde. Nun, Dawoud hätte diesen Mann, mit dem er ein Leben lang befreundet gewesen war, niemals verurteilen können. Aber er durfte genauso wenig zulassen, dass sich Adoulla etwas in die Tasche log.

Lächelnd sagte er: »Ja, rede noch mal mit dem Jungen. Und wenn du schon einmal dabei bist – wer weiß? Dann bist du im Haus der einzigen Frau, die du jemals richtig geliebt hast. Schon komisch, wie der Allsorgende Gott diese Zufälle einfädelt, was?«

Eigentlich hatte er seinen Freund nur aufziehen wollen, doch Adoulla sah finster und besorgt drein. »Miri Almoussa weiß viel über die Geschichte der Stadt – womöglich weiß sie auch etwas über unseren Feind.«

An dieser Stelle schrillte die Stimme des Derwischs, den Dawoud ganz vergessen hatte, dazwischen: »Ich bitte um Verzeihung, Doktor, aber ich hoffe, du entbindest mich meiner Pflicht, dich morgen zu begleiten, denn ...«

»Denn ein Heiliger sollte nicht dabei erwischt werden, wie er um ein Hurenhaus herumschleicht, nicht wahr? Und sollte sich nicht mit gewissen Individuen gemein machen, was?« In Adoullas Ton schwang der Überdruss über eine alte Diskussion mit. »Ich habe es allmählich satt, Junge. Du kannst jemanden nicht deinen ›Partner‹ nennen, wenn du bei jeder sich bietenden Gelegenheit seine Freunde beleidigst.«

Die schräg stehenden Augen des Jungen wurden groß, und Dawoud vermutete, dass es ihm selbst nicht anders ging. Adoulla schien seine überraschende Wortwahl gar nicht aufgefallen zu sein.

»Ich ... ich hätte nie gewagt, mich als dein Partner zu bezeichnen, Doktor. Ich bin lediglich dein Gehilfe.«

Adoulla zuckte mit den Schultern. »Natürlich bist du bei der Ghuljagd mein Gehilfe. Aber du und dein zweispitziges Schwert seid dabei fast so gut, wie ich es in meinen besten Zeiten war.«

Der Junge war zutiefst verlegen, und seine goldenen Wangen waren von roten Punkten gesprenkelt. »Danke, Doktor. Aber trotz allem bitte ich nicht aus den von dir genannten Gründen darum, nicht mitgehen zu müssen.

Vielmehr bitte ich dich, hierbleiben und die Frauen bewachen zu dürfen.« Jetzt war es an dem Jungen, peinlich berührt zu stottern. »Das Ungeheuer könnte zurückkehren. Ich habe … ich habe schon einmal dabei versagt, Sa…, äh, die Stammesfrau zu beschützen. Wegen meines mangelnden Eifers wurde sie angegriffen, und wenn ich …«

Dawoud konnte es sich nicht mehr mit anhören. Zwar stichelte Adoulla gern, wenn es um den Derwisch ging, aber im Grunde beförderte er damit den halsstarrigen Unsinn des Jungen. Dabei würde Dawoud nicht mitspielen. Wenn der Derwisch sich für nichts die Schuld geben wollte, dann war das seine Angelegenheit. Allerdings wurden Dawoud und seine Frau in düstere Machenschaften hineingezogen, die sie lange hinter sich geglaubt hatten. Ihnen blieb kaum eine Wahl, wenn die teuflischste Macht, die Dawoud je gespürt hatte, ihren besten Freund bedrohte. Aber er sollte verdammt sein, wenn er mit verwirrten Kriegern an seiner Seite in die Schlacht ziehen würde.

Er wirbelte zu Rasîd herum. »Hast du die Reißzähne eines Schakals, Junge? Soweit ich sehen kann, nicht. Weshalb im Namen des Allerbarmers sollst du dann daran schuld sein, dass das Mädchen verletzt wurde? Krieg ist das Leben, das du gewählt hast, junger Derwisch. Der Krieg gegen den Treulosen Engel. Das, wovon dein Orden in all seinen Schwüren und Überlieferungen *spricht*. Nun, aber dies ist die Wirklichkeit. Das Mädchen sollte Gott lobpreisen, dass sie noch am Leben ist. Menschen – Menschen, die wir lieben – sterben im Krieg. Darauf scheinst du nicht vorbereitet zu sein. Und vielleicht bist du auch nicht auf die Pflicht vorbereitet, für die du die Loge verlassen hast.«

Rasîd senkte den Kopf, sodass sein blauer Turban wackelte. »Du hast natürlich recht, Onkel.« An seiner Miene sah man, dass jedes Wort eine Schwertklinge war, die ihm in den Magen fuhr. »Ich muss ›das Wohl Gottes, das wie eine Sonne strahlt, über die Kerzenflamme eines einzelnen Menschenlebens‹ stellen. Ich dachte nur ... ich ... Es war meine Schuld, dass ...«

Da erschien Litas wieder in der Tür. Offenbar hatte sie das Mädchen zu Bett gebracht. » Angesichts all der Feinde, die hinter Adoulla her sind, würde ich mich tatsächlich besser fühlen, wenn ich mir keine Sorgen um Ghulrudel machen müsste, die mir die Tür eintreten. Lasst den Jungen hier bei mir, damit er uns bewacht.«

Dawoud nickte. »Alles, solange du nur beschützt bist, Geliebte.«

Er und Litas lagen die halbe Nacht wach nebeneinander im Bett, zu besorgt, um einzuschlummern, und nicht ungestört genug, um miteinander zu schlafen. Dawoud hielt Litas' kleine Hand, aber sie sprachen kaum miteinander. Irgendwann schliefen sie endlich ein.

Als er im Morgengrauen aufwachte, weckte er Litas nicht. Stattdessen verabschiedete er sich wortlos von ihr und einem laut schnarchenden Adoulla und trat leise vor die Tür, ging in das Dämmerlicht des stillen Morgens hinaus.

Bald würden die Nächte kürzer werden. Das Vorsehungsfest in der Nacht vor dem kürzesten Tag des Jahres rückte näher – auch wenn er es nicht feiern würde, solange

Orshado und die Kreaturen, die ihm dienten, nicht vernichtet waren.

Dawoud marschierte los und ließ das Gelehrtenviertel bald hinter sich. Er atmete die Morgenluft tief ein und versuchte, das Gefühl der Verunreinigung, das er seit dem Wahrsagezauber in der Nacht zuvor empfand, aus seinem Körper zu vertreiben. Die Macht hinter dieser Verunreinigung … es steckte mehr als nur eine Handvoll Morde dahinter. Dawoud war verunsichert. Eine solche Macht hatte es auf größere Ziele abgesehen.

Zum ersten Mal, seit er und Litas den Rauch über Adoullas Haus gesehen hatten, ging Dawoud die Ereignisse der letzten Zeit der Reihe nach durch. Er war wütend, dass er in die Sache hineingezogen worden war. Seit Jahrzehnten hatten seine Arbeit und die seiner Frau sie von einem normalen, glücklichen Leben abgehalten. Dawouds Leib war vom Zaubern ausgezehrt. Ihr Sohn war als Kleinkind von einem Ungeheuer getötet worden. Wenn sie an der Seite von Adoulla und anderen auf Reisen gewesen waren und gekämpft hatten, dann hatte sie der hypnotische Gesang der Verantwortung auf Pfade der Gefahr und des Wahnsinns gelockt – wie die Dünenmädchen mit ihren Schlangenschwänzen, die Reisende in der Wüste ins Verderben führten. Doch all das hatten sie hinter sich gelassen. Dawouds größte Sorge der letzten paar Jahre war die Frage gewesen, wie er für die Armen arbeiten konnte, ohne sich dabei finanziell zugrunde zu richten. Und der wachsende Wunsch seiner Frau, die Stadt, die ihre Heimat geworden war, zu verlassen. Aber nun …

Er kam an einer verrammelten Ladenfront vorbei und

blieb unvermittelt stehen, als sich seine Brust unter Schmerzen zusammenzog. Im Verlauf seiner Karriere war Dawoud sowohl gestochen als auch vergiftet worden, und dies fühlte sich an wie beides zugleich. Er fing an zu husten und brach dabei fast zusammen.

Es dauerte ein paar Minuten, bis der Hustenreiz abklang. Dawoud stand wie festgenagelt auf der Straße, keuchte schmerzhaft und spürte, wie sein Körper noch mehr alterte. Die Heil- und Wahrsagemagie, die er im Verlauf des vorigen Tages gewirkt hatte – seit Monaten hatte er solche Zauber nicht mehr gesprochen. Bei jedem mühsamen Atemzug spürte er den Tribut, den sie forderten. Großmäulig pflegte Adoulla über die Zipperlein des Alters zu klagen, doch er hatte keine Ahnung, was Schmerzen waren. Was Schwäche war. Wenn Dawoud seine Magie wirkte – beim Namen Gottes, es reichte schon, wenn er zu schnell auf den staubigen Straßen Dhamsawaats entlangging –, dann fühlte es sich an, als drückte ihm Gott mit seinen großen Fingern die Lungen zu.

Solange Orshado und seine monströsen Diener umgingen, wurden Dawoud, seine Frau und sein ältester Freund mehr denn je gebraucht, doch er wusste nicht, wie lange er es in diesem Leben noch machen würde. Nicht zum ersten Mal gingen ihm Bilder durch den Kopf, die ihn als klapprigen Invaliden zeigten, der von seiner Frau gefüttert werden musste.

Vergeblich versuchte er, seine Schmerzen vor den Trägern und Karrenschiebern zu verbergen, die an ihm vorbeigingen. Doch er stellte fest, dass er sich erst gar keine Mühe geben musste, denn die geschäftigen Leute von

Dhamsawaat scherten sich einen feuchten Kehricht um die Qualen eines sterbenden Alten. Wenn ihn überhaupt jemand anblickte, dann voller Ekel.

Kurz darauf konnte er wieder normal atmen, und er betrachtete die selbstsüchtigen Leute auf der Straße nun seinerseits voller Ekel. *Vielleicht hat Litas recht. Vielleicht ist es wirklich endlich an der Zeit, diese kaltherzige Stadt zu verlassen.*

Er lehnte sich schwer gegen eine Steinwand und gestattete sich, einmal bis tief ins Mark zu erschaudern. Dann nahm er seine Kräfte zusammen und straffte sich. Er hatte eine Aufgabe vor sich. Und wenn er für Litas da sein wollte, musste er stark sein. Er ballte die Fäuste, trieb sich weiter an und ignorierte die Schmerzen in seinem Rücken.

Er trat auf die Hauptstraße und achtete nicht auf die Rufe der fliegenden Händler. Einen halben Moment lang spielte er mit dem Gedanken, sich eine Sänfte zu mieten. Aber es war nur ein Gedankenspiel. In all seinen Jahren in Dhamsawaat hatte Dawoud nur ein paar Mal in einer Sänfte gesessen. Wie in vielen anderen Dingen war es seiner Frau leichter gefallen, die Lebensweise der Sû abzulegen und die der Abassener anzunehmen. Wenn sie ohne ihn unterwegs war, mietete sie oft eine Sänfte. Als reiches Mädchen vom Blauen Fluss war sie darauf vorbereitet, von Menschen durch die Gegend getragen zu werden, dachte er mit einem Schnauben, während er einem krummbeinigen Pistazienverkäufer auswich.

Für einen ehrlichen Sû vom Roten Fluss war diese Art der Fortbewegung durch die Menschenmengen einfach falsch. Doch wenn er auf dem Weg zum Palast keine Sänfte nahm, bedeutete das einen langen, beschwerlichen Fußmarsch. Wenigstens versprach der Tag kühl zu werden.

Eineinhalb Stunden lang folgte er breiten Straßen, bevor er die Gasse der Geflügelhändler hinunterging, die vollgestopft mit Menschen war, weil sich alle aufs Vorsehungsfest vorbereiteten. In jedem Viertel der Stadt gab es einen Hühnchenverkäufer, aber in der Gasse der Geflügelhändler konnte man die seltenen Köstlichkeiten der großen Händlermeister begutachten: purpurne Rebhühner, Sonnentauben und mit Reihern gefüllte Schwäne. Es war auch der einzige Ort in Dhamsawaat, wo man eingelegte Straußeneier aus der Republik kaufen konnte. Der Geruch von Federn und toten Tieren hing schwer in der Luft, und Dawoud würgte trocken. Für einen Augenblick setzte er sich hin und drückte einem Wasserträger einen Fels in die Hand. Der Träger goss ihm aus seinem Schlauch einen Becher voll. Das Wasser war Dawoud so willkommen, dass er Gott laut dankte.

Nachdem seine Sandalen eine weitere Stunde auf Stein und fest gestampften Lehm getreten waren, erreichte Dawoud das Westtor des Halbmondpalasts. Sein letzter Besuch war schon ein paar Jahre her, und er war aufs Neue geblendet von dem strahlenden Gebäude. Auf der mächtigen weißen Kuppel erhob sich eine dünne Säule aus Gold, auf der die Statue eines Reiters mit langer Lanze thronte. Den Kopf der Statue hatte man ausgetauscht, damit er dem des neuen Kalifen glich.

Dawoud stellte stirnrunzelnd fest, dass er nicht mehr im Palast gewesen war, seit der neue Kalif den Halbmondthron bestiegen hatte.

Die Statue schimmerte und zeigte, wie der hagere Kalif gegen die Feinde Gottes stritt. Natürlich wusste jedermann in Dhamsawaat, dass der neue Kalif – genau wie sein ebenso verhätschelter Vater vor ihm – niemals in eine Schlacht geritten war. Es war diese Heuchelei, die Adoulla beim Frühstück würgen ließ, doch Dawoud störte sich nicht sonderlich daran. In Staatsdingen gehörte Heuchelei einfach dazu. Die Sû nahmen dies als unumstößliche Tatsache hin, die man nicht zu verdammen brauchte. So war es nun mal.

Dawoud näherte sich dem rechteckigen steinernen Wachhaus, das sich neben dem Tor erhob. Um Roun Hedaad einen Besuch abzustatten, musste er erst einmal einen hilfsbereiten Gardisten finden, der dem Hauptmann Bescheid geben würde. Dawoud betrachtete die Männer des Kalifen zwar nicht mit derselben Verachtung wie Adoulla, aber dennoch wusste er, dass man die wenigsten von ihnen als wirklich hilfsbereit bezeichnen konnte. Zwei von ihnen kamen aus dem Wachhaus und gingen an ihm vorbei. Sie trugen eisenbeschlagene Lederwämser und waren mit ihren Dienstwaffen ausgerüstet, schlanken Streitkolben. Sie beäugten Dawoud wie jeden anderen, an dem sie vorbeikamen – mit bedrohlich zusammengekniffenen Augen und jederzeit auf Ärger gefasst, ja beinahe versessen darauf.

Dawoud nickte den beiden ergeben und greisenhaft zu und hielt nach einem Gardisten Ausschau, der weniger feindselig wirkte, und fand ihn: einen schlaksigen Jungen mit sanftmütigem Blick.

»Gottes Friede, junger Mann. Ich muss sofort mit Hauptmann Hedaad sprechen, es ist dringend.«

Viel höflicher, als Dawoud es von einem Wachmann erwartet hätte, sagte der Junge: »Wenn du dich über die Garde beschweren willst, Onkel, dann musst du leider zur Schreibstube am Osttor. Dort erhältst du dann eine Audienz bei einem Vizehauptmann, und vielleicht in ein paar Tagen ...«

»Vergib mir, junger Mann, aber diese Sache duldet keinen Aufschub. Ich heiße Dawoud Wadschîds Sohn, und Roun kennt mich gut. Ich verspreche dir, wenn du ihm meinen Namen nennst, wird er mich umgehend sehen wollen.«

Der Junge fixierte Dawoud mit seinem sanftmütigen Blick, als wollte er böse Absichten erspähen. Träge legte er die Hand auf seinen Streitkolben und kratzte sich an der Nase. »Gut bekannt, hm?« Noch ein langer Blick. »Na gut. Aber ich hoffe für dich, dass du mich nicht zum Besten hältst, Onkel.«

Dawoud neigte dankbar den Kopf.

Eine halbe Stunde später wurde er von einem anderen Wachmann in eine kleine Kammer neben dem eigentlichen Palast geführt. Der Raum war mit Getreidesäcken und aufgerollten Ketten vollgestellt, doch in einer Ecke stand ein kleiner Diwan. Mit einer schroffen Geste deutete der Wachmann darauf und ging hinaus. Kaum hatte sich Dawoud erleichtert auf das dunkle Holz gesetzt, als Roun Hedaads massige Gestalt den Türrahmen ausfüllte.

Dawoud wollte aufstehen, doch der Hauptmann der Garde hielt ihn davon ab. Er beugte sich hinab, um Dawoud zu umarmen, und sie tauschten Grüße aus. Dann setzte sich Roun neben ihn.

Der gedrungene Mann kam Dawoud immer so vor, als wäre er aus einem braunen Steinquader herausgemeißelt. In seinen dicken schwarzen Schnurrbart mischte sich nur wenig Grau, und um die Augen hatte er ein paar winzige Fältchen. Ansonsten war sein Blick so hart wie der meisterhaft geschmiedete vierblättrige Streitkolben an seiner Seite.

»Danke, dass du dir Zeit nimmst, mich zu empfangen, Hauptmann.«

Der kratzte sich an der keulenförmigen Nase. »Für einen Mann, der mir das Leben gerettet hat, nehme ich mir immer Zeit.«

Dawoud machte eine wegwerfende Handbewegung. »Nun, die Tinkturen meiner Frau hatten damit mindestens genauso viel zu tun. Außerdem hat man uns damals für unsere Arbeit gut bezahlt.«

»Na schön. Und was wolltest du mich fragen, Onkel?«

Wenn Litas an meiner Stelle wäre, hätte sie sich schon alle Worte zurechtgelegt. Doch das war nicht seine Art. »Du weißt doch von der seltsamen, grausamen Zauberei, mit deren Bekämpfung ich und meine Frau früher unseren Lebensunterhalt verdient haben«, sagte er zu dem Hauptmann der Garde. »Ich komme zu dir, weil eine solche Bedrohung nun in Dhamsawaat umgeht.«

Dawoud erzählte das Wenige, was sie über Mouw Awa und seinen Meister Orshado wussten. Die Namen. Die Menschen, die ihnen zum Opfer gefallen waren. Während seines Berichts konnte er die Reaktionen des Hauptmanns deutlich in dessen grobschlächtigen Gesichtszügen ablesen: Erst war er skeptisch und verärgert, dann ernsthaft besorgt und schließlich von misstrauischer Furcht erfüllt. Doch besaß der Hauptmann genug Respekt, Dawoud nicht zu unterbrechen.

»Alles, um das ich bitte«, fing Dawoud an, unterbrach sich aber, als ein kostbar gekleideter Page hereinstürmte. Ohne sich um Dawoud zu kümmern, flüsterte der Page dem Hauptmann etwas ins Ohr. Mit seinem schlechten Gehör konnte Dawoud nur die Worte *er möchte*, *deine Schicht* und Rouns unwillige Erwiderung darauf aufschnappen, bevor der Junge wieder hinausging.

Roun verzog das Gesicht. »Nun, Onkel, du hast Glück. Gelegentlich bittet mich Seine Heiligkeit zu sich, um ihm alle derzeitigen Sicherheitsangelegenheiten vorzubringen. Das macht er auch mit den Schatzkanzlern und seinen Regierungsbeamten so. Damit zeigt er sein lebhaftes Interesse und lässt die vielen Bereiche seiner Regierung von seiner Weisheit profitieren.« In Rouns Stimme schwang keine Ironie mit – vielmehr gab sich der Hauptmann bewundernswerte Mühe, seine Worte ernst klingen zu lassen. Dawoud war allerdings nicht auf Zauberei angewiesen, um die wahren Gefühle des Mannes zu erkennen.

Das mag dennoch zum Besten sein. Vielleicht hört mir der Kalif ja tatsächlich zu.

Dawoud wurde nicht in den Halbmondhof gebracht, sondern in eine kleine Audienzkammer. Im Halbmondpalast bedeutete »klein«, dass der Raum größer war als Dawouds ganzes Haus, und dennoch wirkte er anders als die öffentlichen Teile des Palasts, die Dawoud zuvor gesehen hatte. Hier war die Aura von Reichtum und Herrschaft nicht so einschüchternd, sondern bekam etwas Vertrautes.

Dies war der Ort, an dem ein Mächtiger so tat, als hörte er einem zu. *Möge es der Wille des Allmächtigen sein, dass er mir tatsächlich zuhört!*

Dawoud wurde mit einer Reihe jener lauer Nettigkeiten begrüßt, mit denen man die einfachen Leute bedachte. Mit seinem dröhnenden Bariton verkündete der Hofrufer, dass die Gäste durch die Anwesenheit des »Regenten Gottes auf Erden, des Verteidigers der Rechtschaffenen, des Erhabensten unter den Menschen, Seiner Majestät Dschabbari ach-Chaddhari, des Kalifen von Abassen und des ganzen Königreichs des Halbmonds« geehrt wurden. Dann, gemeinsam mit Roun, kniete Dawoud nieder und verneigte sich so tief, wie es seine schwachen Glieder erlaubten.

In den hohen Fenstern waren die Namen Gottes in Smaragd- und Opalglas dargestellt. Durch die vornehmen Brokatvorhänge drang kein Laut aus dem geschäftig wimmelnden Palast herein. An den Seiten des Saals saßen Hofmusiker, die auf platinbesetzten Rohrflöten und zweisaitigen Fiedeln aufspielten. Dicke Rätselteppiche, in denen sich das Siegel des Kalifen endlos wiederholte, dämpften die Schritte. Am anderen Ende des Raums ragte unterhalb der Decke eine seltsame Loge aus goldenem Maßwerk aus der Wand hervor. Sie hatte die Größe einer kleinen Sänfte und befand sich etwas über Kopfhöhe. *Die Sprechloge des Kalifen.* Sie war gebaut worden, damit der Herrscher von Abassen Hof halten konnte, ohne den Blicken seiner gewöhnlichen Untertanen ausgesetzt zu sein. Hier saß der Verteidiger der Rechtschaffenen.

Neben dem Bogengang aus rosa Marmor unter der

Loge standen zwei Männer in schwarzen Roben und Kapuzen. Sie strahlten starke magische Kraft aus, die Dawoud mit seinen Zaubersinnen wahrnehmen konnte. *Hofmagier*. Laut Gesetz durfte in Dhamsawaat niemand ohne die Erlaubnis der Hexenmeister des Kalifen Zauber wirken. In Wahrheit aber wurden einige kleinere Zaubereien, Anrufungen und Ghulbeschwörungen durchgeführt, ohne dass die Handvoll Hofmagier es verhindern konnten. Der wahre Zweck der Hofmagier war es, alle Zauberei zu unterbinden, die dem Kalifen oder seinem Reichtum schaden konnte. Allerdings wusste Dawoud wenig über sie, denn sie verbrachten ihre Zeit in ihrem eigenen Minarett hinter dem eigentlichen Palast. Was in diesem schlanken Turm aus silbrigem Stein vorging, wusste Gott allein. Dawoud war sich lediglich über die Verachtung im Bilde, mit der diese Magier auf normale Zauberer wie ihn herabblickten.

Hinter dem goldenen Maßwerk der Sprechloge nahm er undeutliche Bewegungen wahr. *Hält er immer aus dieser stickigen Kiste heraus Hof?* Von dem Gedanken wurde Dawoud übel, doch ließ es einige der rücksichtsloseren Beschlüsse des Kalifen nachvollziehbarer erscheinen. Wenn man so eingezwängt herrschte, musste man ja verrückt werden. *Das ist es, was Adoulla – und dieser Falkenprinz, den er so sehr bewundert – nicht sehen: Dass jeder einen Preis dafür zahlt, wie die Welt eingerichtet ist, sogar die sogenannten Mächtigen. Dass Macht ebenfalls eine Falle ist.* Die Auswirkungen der Zauberei auf seinen Leib hatten Dawoud einen sehr klaren, wenn nicht gar brutalen Blick auf diese Zusammenhänge eröffnet.

Die Sonne gleißte durch die mit Juwelen durchsetzten Fenster, und die Loge des Kalifen schien von Regenbogen umkränzt zu sein. Ob Käfig oder nicht, einen Moment lang glaubte Dawoud tatsächlich, dass dieser Mann der Regent Gottes auf Erden war.

Die Hofmusikanten beendeten ihr Spiel.

Ein Mann mit langem Gesicht und kostbaren Seidengewändern, offensichtlich ein höherer Minister, fragte Roun, welche Angelegenheiten der Palastwache er vor den Hof brachte.

Erst dann fiel Roun auf, wie spärlich sein Wissen war. Vor Verwirrung bekam er ein rotes Gesicht, sprach aber ruhig weiter. »Dieser Mann neben mir, o Verteidiger der Rechtschaffenen, ist Dawoud Wadschîds Sohn. Er ist ein wahrer Diener Gottes, der mir einst das Leben gerettet hat, als ein Giftmischer mich töten wollte, damit ich deinem Vater nicht mehr dienen konnte. Um genauer zu sein, Majestät, hat dieser Mann viele Jahre damit verbracht, die Handlanger des Treulosen Engels zu jagen. Eben war er dabei, mir von einer möglichen Bedrohung für deine Stadt zu erzählen, Majestät, als du mich hierher gerufen hast. Vielleicht ist es am besten, wenn ich ihn selbst vor dem Hof sprechen lasse.«

»O Erhabenster unter den Menschen, ich komme, um dich zu bitten …«, fing Dawoud an und versuchte in der täppischen Art der Leute vom Roten Fluss, die höflichen Floskeln anzuwenden, die Litas ihm vor langer Zeit beigebracht hatte.

Dem Minister mit dem langen Gesicht traten vor Empörung die Augen aus dem Schädel. »Du bist weder Minister noch Hauptmann! Du musst zum Hof sprechen, Herr! Du darfst Seine Majestät nicht selbst ansprechen!«

Dawoud hatte die Sache falsch eingeschätzt. Litas hatte ihre Familie zwar aufgegeben, war aber nichtsdestotrotz die Nichte eines Paschas. Deshalb hatte sie ihn die Umgangsformen eines Mannes gelehrt, der standesmäßig viel höher gestellt war als er. Natürlich hatte sie ihn vor Jahren, als sie ihm das alles beigebracht hatte, entsprechend gewarnt. Warum fielen ihm die Warnungen seiner Frau immer erst dann ein, wenn er sie einen Augenblick zuvor in den Wind geschlagen hatte?

Aus der goldenen Loge hörte Dawoud ein Räuspern. Es wurde mucksmäuschenstill im Hof.

»Er ist ein Mann von der Straße, Dschawdi. Man darf nicht von ihm erwarten, dass er wie ein Hofmann spricht. Fahre fort, o ehrwürdiger Untertan, und wisse, dass wir dich hören.«

Vielleicht ist er gar nicht so übel, wie die losen Zungen in der Stadt ihn machen. Dawoud machte sich keine Illusionen darüber, dass der Kalif nichts als Verachtung für ihn übrig hatte. Doch denen, die man verachtete, dennoch höflichen Respekt zu zollen, zeugte mehr als alles andere von vornehmer Haltung, wie Dawoud wusste. Er holte mühsam Luft und wählte seine Worte mit Bedacht.

»Ich bin im höchsten Maße, das einem Menschen nur möglich ist, geehrt, dass ich vor dir sprechen darf, o Verteidiger der Rechtschaffenen. Wie Hauptmann Hedaad sagt, habe ich meinen Lebensunterhalt damit verdient, gegen den Einfluss des Treulosen Engels zu kämpfen. Der Hauptmann kann dir versichern, dass ich kein Verrückter bin. Von all den Menschen, die ich gerettet habe ...« Er zögerte und suchte weiter nach Worten.

Da mischte sich der Minister mit dem langen Gesicht ein. »Ich hoffe, Herr, dass du nicht die strahlende Gegenwart des Verteidigers der Rechtschaffenen aufgesucht hast, nur um dich mit deinen Gassenheldentaten zu brüsten. Jeder Augenblick der Aufmerksamkeit Seiner Majestät ist dein Gewicht in Gold wert. Seine Zeit zu verschwenden ist ein schlimmeres Verbrechen als Mord! Sprich, Herr, wenn du etwas Wichtiges zu sagen hast!«

»Selbstverständlich, Eminenz.« Der Mann wirkte ein wenig besänftigt. Gut, immerhin hatte er diesen Titel richtig getroffen. Ohne Zweifel gefiel es diesen Leuten, einem einfachen Mann wie Dawoud dabei zuzuschauen, wie er sich in höfischer Redeweise versuchte – solange er nur nicht zu gut darin war. Darüber mussten sie sich allerdings keine Sorgen machen.

»Ich komme zur Sache. Über deiner Stadt schwebt eine eigentümliche Bedrohung, Majestät. Ein Mann, der so gelehrt ist wie du, Majestät, weiß besser als ich, dass vor der Großen Feuerflut die Kem dieses Land beherrschten. Wir wissen, dass Gott sie bestraft hat und dass sie vom Antlitz der Erde ausgelöscht wurden. Ein paar Zeugnisse aus ihrer Zeit – ein Statuentrümmer hier, eine vergrabene Mauer dort – haben bis heute überdauert, Gott hat sie uns als Warnung vor solcher Verderbtheit zurückgelassen. Doch auch andere teuflische Dinge aus dem von Gott zerstörten Kem haben überlebt, o Verteidiger der Rechtschaffenen. Oder zumindest hat der Einfluss ihrer grausamen Zauberei überlebt.«

»Sprichst du von den Toten Göttern?«, fragte einer der Hofmagier verächtlich. Es waren die ersten Worte, die Dawoud aus dem Mund einer der beiden schwarz berobten Gestalten vernahm. Sein Ton sagte deutlich, dass er die Bedrohung nicht ernst nahm. Dawoud überkam die Erinnerung an die verunreinigte Seele, die er mit seinem Hellsichtzauber berührt hatte. Er musste dafür sorgen, dass diese Leute ihn ernst nahmen.

»Ja, Eminenz. Einer der Toten Götter Kems – oder der starke Schatten seiner Macht – hat Besitz von einem Mann ergriffen, der ohnehin schon ein lasterhafter Mörder war. Er hat ihm Macht verliehen und ihm die Furcht vor Schwert und Feuer genommen. Seine Magie ist mit der dunklen Seele dieses Mannes verschmolzen, und die Kreatur, die aus dieser Vereinigung entstanden ist, nennt sich Mouw Awa, der Schakalmann. Dieses Geschöpf geht frei in deiner Majestät Stadt umher. Es hat schon Dutzende getötet. Und schlimmer noch: Sein Meister …«

»Warum, Herr, haben wir am Hof dann noch nichts von diesen Morden gehört?«, unterbrach ihn der langgesichtige Minister höhnisch. »Wo ist …?«

Der zweite Hofmagier brachte den Mann zum Schweigen, indem er die Hand hob. *So also verläuft die Hackordnung.* »Das Salbadern dieses Mannes ist für die Ohren des Beschützers der Gläubigen nicht angemessen. Höchstens ist anzunehmen, dass einer seiner Standesgenossen von der Straße ein paar andere Straßenleute mit einigen Zaubertricks ermordet hat.« Der von einer schwarzen Kapuze bedeckte Kopf wandte sich Dawoud zu. »Der Hof befiehlt dir, nach Hause zurückzukehren. Sprich dort mit dem ersten Wachmann, der dir begegnet, und dieser wird sich der Sache in der Weise annehmen, die von den Gesetzen seiner Majestät vorgesehen ist.«

Dawoud wagte es, zu sprechen, wo er eigentlich den Mund hätte halten sollen. Doch wann würde er ein zweites Mal das Ohr des Kalifen haben? »Ich bitte zehntausend Mal um Verzeihung, Eminenz, aber dieser Mouw Awa und sein Meister – er nennt sich Orshado, auch wenn wir sonst nicht viel über ihn wissen – sind keine Leute von der Straße. Sie werden wieder töten. Und sie werden sich nicht damit begnügen, Leute von der Straße und aus der Wüste zu töten. Mächtige Schurken nehmen die Mächtigen ins Visier. Die Gefahr für den Palast ist …« Zu spät bemerkte Dawoud seinen Fehler und brach ab. *Dummkopf! Dem mächtigsten Menschen der Welt Drohungen an den Kopf zu werfen!*

Das goldene Gitter der prächtigen Loge schwang mit einem plötzlichen Schlag nach oben. Dawoud spürte, wie sich ihm bei dem Geräusch das alte Herz zusammenzog. *Bitte, Gott, gib, dass er nicht wütend auf mich ist. Ich will meine Frau wiedersehen.* Die Macht, über die ein solcher Mensch verfügte. Das war es, was Adoulla nicht verstand. Dass einen all die Verachtung der Welt nicht vor einer solchen Macht bewahren konnte. Dawoud vermochte noch immer nicht, in die Loge hineinzublicken – hier herrschte eine Dunkelheit, die nicht natürlichen Ursprungs war, wenn ihn sein Magusspürsinn nicht trog. Doch eine dünne, bleiche Hand schoss aus den Schatten hervor. Der Kalif deutete mit zwei wütenden Fingern, an denen blendende Rubine funkelten, auf Dawoud. Höflinge wie Diener keuchten und sahen schnell zu Boden.

»Nach Hauptmann Hedaads Vorstellung waren wir geneigt, gegenüber unserem ehrwürdigen Untertan nachsichtig zu sein. Aber nach diesem Unsinn sind wir verärgert. Du solltest dem Allmächtigen danken, dass wir dich nicht in den Kerker werfen lassen.«

Dawoud hatte sich schon hundert Mal dem Tod gegenübergesehen. Er hatte nicht bis heute überlebt, um nun wegen der Laune eines missgestimmten Herrschers zu sterben. Er verneigte sich noch tiefer, geißelte seine alten Glieder und unterdrückte ein Ächzen. »Gott verleihe dir zehntausend Wohltaten für deine Gnade, Majestät.«

Gottes Regent auf Erden witterte in Dawouds Worten anscheinend eine Unaufrichtigkeit, denn der Kalif verzichtete auf die formelhafte Sprache des königlichen Hofs. »Halt die Klappe, du alter Narr! Du kommst hierher, um unserer Stadt und unserem Palast zu drohen? Du erzählst schauerliche Märchen über einen Mördergeist, als wären wir ein Kaufmannssohn und du eine Amme, die Schauergeschichten verbreitet? Und bestimmt würde sich der Schatten dieser Bedrohung von unserem Hof lüften, wenn wir dir nur einen Plunder oder einen Zauberspruch abkaufen, was? Pah! Mein Vater hätte dir den Kopf abhacken lassen, Alter!«

Dein Vater hätte den eigenen Kopf aus dem Arsch genommen und diese Bedrohung ernst genommen. Das behielt Dawoud jedoch für sich.

Roun verneigte sich tief neben Dawoud. »Ich flehe deine Majestät an, diesem alten Narren zu verzeihen, dass er dich belästigt hat. Ich schwöre bei Gott, dass Dawoud Wadschîds Sohn deiner Majestät selbst im Traum nie

Schaden zufügen oder auch nur androhen würde. Allein sein altersschwacher Sû-Geist ist von eingebildeten Bedrohungen zerrüttet.«

Der Kalif schwieg einen Moment, und der Hof schien die Luft anzuhalten. Als er schließlich antwortete, war er ungemein rüde. »Pah! Hauptmann, wir sollten dir Prügel verabreichen, weil du unsere heilige Zeit mit diesem Schwachsinn vergeudet hast. Beim Namen Gottes, ihr könnt euch beide glücklich preisen, dass wir für unsere Gnade bekannt sind. Sollten wir jemals wieder dein hässliches Gesicht sehen müssen, Magus, dann werden wir deinen Kopf vom Rumpf trennen. Dasselbe gilt für dich, Hauptmann, wenn du das nächste Mal, wenn wir nach dir rufen, nicht wahrhaft dringliche Angelegenheiten vor uns bringst. Nun verschwindet, alle beide!«

Dawoud verneigte sich tief, dreimal, und dabei wich er jedes Mal einen Schritt zurück. *Der Narr! Beim Namen Gottes, wenn ein ungehobelter alter Sû schon reicht, um den Mann seine gestelzte Hofsprache vergessen zu lassen, dann hat Adoulla vielleicht recht.*

Roun begleitete Dawoud schweigend zum Palasttor. Er führte ihn in einen kleinen, abgeschiedenen Innenhof mit einem winzigen Brunnen und verscheuchte einen einzelnen Gardisten. Als sie allein waren, atmete der gedrungene Mann laut aus und hob die Arme in die Höhe.

»Du siehst, wie es um den Hof bestellt ist, Onkel«, sagte der Hauptmann. »Um ehrlich zu sein, diese Art von Rücksichtslosigkeit kennt keine Zügel mehr. Die Wachmänner ...« Der Mann brach ab. Es war offensichtlich, dass er sich danach sehnte, sich Erleichterung von der

Last seiner Gedanken zu verschaffen, es aber nur widerwillig tat.

Dawoud ermutigte ihn. »Ich bitte um Verzeihung für das, was ich nicht wissen sollte, Hauptmann, aber mir ist zu Ohren gekommen, dass es … Spannungen zwischen der Garde und der Wache gibt.«

Roun sprach halb zu sich selbst. »Schau, in jeder Stadt wird es Wachmänner geben, die die Tochter des Schmieds belästigen und alte Männer zu Boden schlagen für ein paar Münzen oder einfach nur zum Spaß. Aber es gibt Grausamkeit, und dann gibt es *Grausamkeit*. Es gibt Korruption, und dann gibt es *Korruption*. Die Leute können die Steuern nicht mehr bezahlen, die wir verlangen. Zu viele landen im Kerker. Viel zu viele. Und jeder Schuldner, der einmal zwei Wochen im Gefängnis war, ist ein Rekrut für diesen herausgeputzten Verräter Faraad As Hammas!«

»In der Tat«, pflichtete Dawoud ihm bei.

»Und dann das Ausmerzen der Diebe. Hier im Palast fallen alle rechtlichen und standrechtlichen Angelegenheiten mir zu. Aber in den Straßen hat der Hauptmann der Wache das Sagen, und er wurde auf den Posten gesetzt, weil er noch nie eine Gelegenheit ausließ, andere zu triezen. Diese neue Idee, die Taschendiebe vollständig auszumerzen, ist Wahnsinn. Wenn das vorbei ist, wird es in Dhamsawaat viel mehr Einhändige geben als jetzt. Die letzte Verstümmelung, die ich erlebt habe, wurde an einem zehnjährigen Jungen vorgenommen. Aber wenigstens hat der Junge nur die Hand verloren! Viel zu viele mussten sich in letzter Zeit auf die Ledermatte des Henkers knien.«

»Ja«, sagte Dawoud. »Ich habe von dem Jungen gehört, der hingerichtet werden sollte, bevor der Falkenprinz …«

Roun bekam einen bedrohlichen Gesichtsausdruck. »Der Hundesohn heißt Faraad As Hammas, Onkel! Er ist kein Prinz! Wie dem auch sei, Vorfälle wie dieser treiben gute Leute von der Wache und der Garde weg. Vor zwei Wochen verließ mein zweiter Befehlshaber, Hami Samad, die Garde. Ein Mann, der im Palast geboren und aufgewachsen ist. Nie habe ich je einen standhafteren Menschen gesehen. Ohne irgendwem ein Wort zu sagen, hat er seine Pflichten stehen und liegen lassen.« Roun drückte seinen Schnurrbart platt und seufzte. In seiner Miene zeigte sich Erschöpfung.

»Tja, es tut mir leid, dass ich dir noch zusätzliche Schwierigkeiten gemacht habe. Der Kalif war nicht zufrieden mit dir, dass du mich zu ihm gebracht hast.«

Roun wischte Dawouds Entschuldigung mit einer wegwerfenden Geste beiseite, aber im Blick des Hauptmanns lag ernsthafte Sorge. Er runzelte die Stirn. »Was ist nur los, Dawoud? Was immer die Schmeichler des Kalifen auch denken mögen, ich weiß, dass du nicht hier wärst, wenn es nicht einen schrecklichen Grund dafür gäbe.«

»Und so ist es, mein Freund. Die Diener des Treulosen Engels hecken etwas aus. Aber ich weiß nicht mehr als das Wenige, was ich dir erzählt habe. Sobald ich mehr erfahre, werde ich es dich wissen lassen, Hauptmann. Das schwöre ich dir.«

Roun sah ihn an. »Nun gut, Onkel. Aber tu das auch wirklich. Und ich werde meine Spione auf den Straßen auf die Namen und Verbrechen ansetzen, von denen du mir berichtet hast. Ich bin hier im Palast. Wenn du mit mir sprechen willst, dann lass einen Gardisten nach mir schicken.«

Dawoud tauschte Wangenküsse mit dem Hauptmann und ging dann wieder auf die Straße hinaus. Muskeln und Knochen taten ihm weh. Er hatte sich zu viel verbeugt und war zu viel gelaufen. Er brauchte Ruhe, und mehr als alles andere auf Gottes weiter Welt musste er seine Frau wiedersehen. *Ich hätte dort drin sterben können – wegen der Laune eines Narren!*

Dawoud dankte dem Allmächtigen laut dafür, dass er noch am Leben war. Dann machte er sich auf den schmerzhaften Heimweg.

13

Als er den Brotbäckerweg hinunterging, kam Adoulla an einem Brunnen aus einst weißem Marmor vorbei. In seinem Becken spielten Kinder, und ihr schrilles Kreischen bohrte sich in Adoullas Gehörgänge. »Blagen«, schnaubte er vor sich hin, auch wenn ihm klar war, dass er als Kind der Straße doppelt so laut und unausstehlich gewesen war.

Ein Kind vor den Ghulen zu retten bedeutet, die ganze Welt zu retten. Zum tausendsten Mal fiel Adoulla das Ghuljägersprichwort ein. Doch was würde es kosten, die ganze Welt zu retten? Sein Leben? *O Gott, hat denn das Glück eines alten Fettsacks nicht auch etwas zu bedeuten?*

Dieser Kampf hatte ihn bereits sein Haus gekostet. Das Heim, das er so lange so sehr geliebt hatte, war dahin. Mitsamt den Phiolen voll Silberpulver und den Ebenholzblöcken. Dem Sandgemälde, das er in der Sû-Republik gekauft hatte, und dem Rughali-Diwan, auf dem sein Hinterteil so bequem Platz gefunden hatte. Aber vor allem anderen: mitsamt den Büchern! Schriftrollen und Codices, neue Foliobände und alte Handschriften. Sogar ein paar Bücher in Sprachen, die er erst noch zu lernen gehofft hatte – in Leder gebundene Bücher in der quadratischen Schrift der Kriegslande im fernen Westen. Er hatte es nie zu mehr gebracht, als sich ein paar ihrer seltsam gebellten Worte zu merken. Jetzt würde er keine weiteren mehr lernen.

Er bewegte sich gegen einen starken Strom von Fußgängern und kämpfte sich auf den glatten, ausgetretenen Steinen der Hauptstraße voran. Er war es gewohnt, gegen den Strom zu gehen. Wie oft war ihm ein Mob vernünftiger Menschen entgegengekommen, der vor einem widerwärtigen Ungeheuer floh, während der törichte Adoulla und seine Freunde auf das Ding zugelaufen waren? Wieder war er wütend auf die Dinge, die er seiner Berufung halber tun musste, und stemmte sich mürrisch gegen die Menschenmasse.

Ein weiteres Rudel Kinder, die sich gegenseitig durch die Menge aus Fußgängern und Packtieren jagten. Die kleine Bande drohte, in Adoulla hineinzurennen, doch kurz vor ihm teilte sich das Rudel auf, sodass die Blagen links und rechts an ihm vorbeirasten. Wenn er seiner Pflicht nicht nachkam, würde es viele solcher Kinder mit blutverschmierten kleinen Gesichtern und rot leuchtenden Augen geben, denen man die Seelen gestohlen hatte, rief er sich ins Gedächtnis. Übung half ihm, bei dem Gedanken an all die Gefahren, die da draußen unsichtbar lauerten, nicht in Panik zu verfallen.

Adoulla kam an Männern aus Rughal-ba mit ihren sauber geschnittenen Spitzbärten und ihren eng anliegenden Turbanen vorbei. Er sah Sû vom Roten Fluss und vom Blauen Fluss. Er hörte die falschen Versprechungen von hundert fliegenden Händlern, die einsaitige Fiedel eines wandernden Musikanten, den Streit, den ein zuckender

Mann mit wildem Blick mit sich selbst führte. Anders als die meisten Söhne der Eselsaasgasse hatte Adoulla viele Städte gesehen. Die Leute hingegen, mit denen er aufgewachsen war, würden die Stadt in ihrem ganzen Leben nur selten verlassen – für manche war es schon ein Ereignis, wenn sie in ein anderes Viertel gingen. Adoulla dagegen hatte die Dörfer der Sû-Republik mit ihren niedrigen, ausgeblichenen Lehmhäusern und ihrem versteckten Luxus gesehen. Er hatte die seltsamen Häuser in den Bergen des fernen Nordens gesehen, wo der Regen in der Luft gefror. Er war bis an die Grenzen Rughal-bas gekommen, wo ein Ghuljäger keine Figur aus einem schlüpfrigen Puppentheaterstück war, sondern von den Mächtigen als Agent Gottes auf Erden geachtet und dennoch vom Großsultan der Rughali als Sklave – wenn auch als reicher und mächtiger Sklave – betrachtet wurde.

Doch mit dieser Stadt – seiner Stadt seit sechzig Jahren –, konnte sich nichts vergleichen. Die Menschenmengen hatten Adoulla sein ganzes Leben lang gepiesackt. Doch von allen Orten im Königreich des Halbmonds, die er bereist hatte, war nur Dhamsawaat seine Heimat. Und irgendwo in dieser Stadt stellten mörderische Ungeheuer den Menschen nach.

Deshalb braucht dich Dhamsawaat, du alter Sack. Indem er diese Wahrheit stolz in seinem Kopf kreisen ließ, fühlte sich Adoulla schon nicht mehr ganz so müde. Erst als ihn seine mit Sandalen beschuhten Füße näher und näher zum Haus von Miri Almoussa brachten, kehrte seine Erschöpfung mit doppelter Wucht zurück.

Getreu den Satzungen der Ghuljäger hatte Adoulla nie

geheiratet. *Wer mit Ghulen verheiratet ist, hat schon drei Weiber*, lautete ein anderes Sprichwort seines Ordens. Über den alten Orden wusste er wenig – ein paar Sprichwörter und Anrufungen, die ihm sein Lehrer, der alte Doktor Boudschali, vor vielen Jahren weitergegeben hatte, und das, was er aus Büchern erfahren hatte. Die Ghuljäger waren nie ein derart zusammenhängender Orden wie die Derwische gewesen – und jeder konnte sich weiß kleiden und Ungeheuer jagen. Dennoch hatte Adoulla im Lauf der Jahre probiert, sich an das zu halten, was er über den alten Orden gelernt hatte. Er legte vieles freimütig aus – für sich selbst ebenso wie für andere, wie er zugeben musste. Aber in manchen Belangen war Härte der einzige Weg. Sprach er vor Gott ein Ehegelübde, würde er seinen Ghuljägerkaftan verunreinigen, und es würde ihn die Kraft seiner Anrufungen kosten. Wie bei so vielen schmerzhaften Ratschlüssen Gottes wusste Adoulla nicht, warum das so war – nur, dass es so war.

Die Menge dünnte aus, und Adoullas Kaftan flatterte im Wind, während er den Kleinen Platz überquerte. Der Kleine Platz war keineswegs klein – vielmehr war er nach dem Engelsplatz der zweitgrößte der Stadt. Aber der Name war alt und stammte aus der Zeit, als Dhamsawaat auf den Ruinen einer Kemistadt gegründet worden war und nur zwei Plätze gehabt hatte. Im Osten und Westen wurde er von langen Reihen brauner Dornenbüsche gesäumt. Diese niedrigen Wüstensträucher dienten als Rückwand für die Stände bettelarmer Händler, die sich links und rechts von Adoulla aneinanderreihten.

Der Kleine Platz war eine Zuflucht für die weniger

wohlhabenden Krämer und Händler der Stadt – für diejenigen, die zu arm oder zu unzuverlässig waren, um durch ehrliche Arbeit oder Bestechung einen richtigen Laden oder Stand auf den besseren Marktplätzen aufzumachen. Rings um den Platz saßen solche Männer und Frauen auf Teppichen oder standen neben ihren armseligen Waren. Adoullas Blick wanderte über die Reihe schäbiger Flickschuster und Verkäufer von faulendem Gemüse zu seiner Rechten.

Er fluchte, als er ein Dutzend Schritte vor sich einen dürren Mann im weißen Kaftan seines Ordens erblickte. Er ging hinüber und machte jenes kehlige Geräusch, das er ausstieß, wenn er ernsthaft beleidigt wurde. Litas hatte einmal behauptet, dass es klang, als würde es ihm gerade eine schlecht ausgebildete Hure besorgen.

So sehr er Rasîds Derwischtum auch verspottete, so hatte Adoulla sein Leben ebenfalls einem altertümlichen Orden verschrieben, den die meisten Leute in Dhamsawaat nur noch aus den Geschichten ihrer Urgroßeltern und aus zotigen Puppenspielen kannten. Schon vor langer Zeit hatte Adoulla begriffen, dass die meisten Männer, die seinem Beruf nachgingen, Scharlatane waren, die nur über Bruchteile des erforderlichen Wissens verfügten und noch nie einem Ghul gegenübergestanden hatten. Mithilfe billiger Zauberei ließen sie ihre Roben weiß wie Mondlicht aussehen und knöpften den Armen das Geld ab, indem sie falsche Zaubersprüche murmelten und Schutz vor Ungeheuern versprachen.

Der haarige junge Mann mit dem öligen Lächeln, der vor ihm stand, trug eine solche billige Robe. Er gehörte zu der Sorte Leute, die behaupteten, »verborgene Geister« zu jagen, die angeblich an den Nöten der arbeitenden Leute schuld waren. Die Sorte, die vorgab, die Zukunft voraussagen zu können. *Diejenigen, die die fauligen Früchte meines Ordens verkaufen.*

In seinen jungen Tagen hatte er die Ehre des Ordens noch mehr verteidigt und es für seine Pflicht gehalten, diese Krämer auszumerzen, sie mit schmutzigen Roben und gebrochenen Nasen und falschen Talismanen nach Hause zu jagen. Aber in den Jahrzehnten, die seither vergangen waren, hatte er resigniert. Stets tauchten neue Scharlatane auf, und die Menschen – die so verzweifelten Menschen – würden sich immer auf sie stürzen. Dennoch nahm sich Adoulla die Zeit, den Schwindler lange und verächtlich anzuschauen. Diese Leute kannten Adoulla. Sie wussten, dass er der letzte echte Ghuljäger war – war es falsch, dass er darauf stolz war? Der hier hatte wenigstens so viel Anstand, beschämt den Blick zu senken.

Dass solche Diebe Erfolg hatten, war zwar traurig, aber so war die Welt nun einmal. Adoulla ging an dem Schwindler vorbei und spuckte ihm vor die Füße, statt ihm eine Ohrfeige zu verpassen, wie er es früher getan hätte. Der Narr stieß einen empörten Laut aus, aber das war auch alles.

Als er Miris reinliche Ladenfront erreichte, war es schon Nachmittag. Die messingbeschlagene Tür stand offen. Im Türrahmen stehend, roch Adoulla das süße Räucherwerk in den eisernen Brennern und Kameldorn auf dem Herd. Eine Weile lang rührte er sich nicht und fragte sich, warum um alles in der Welt er diesem Ort so lang fern geblieben war.

Ein sehniger Unterarm versperrte ihm den Weg, und der Schatten eines Mannes fiel auf ihn. Ein muskulöser Mann, der Adoulla sogar noch überragte, stand vor ihm, eine hässliche Narbe teilte sein Gesicht in zwei Hälften. Er setzte Adoulla eine breite Pranke auf die Brust und packte ihn am weißen Kaftan.

»Ho, ho! Welcher Mann lässt seine Freunde im Stich und will sich nachher wieder schamlos einschleichen?«

Trotz seiner bedrückenden Gefühle lächelte Adoulla. »Bloß eines der vielen närrischen Kinder Gottes, das nicht an seinem Platz bleiben kann, Beilgesicht.« Er umarmte Miris zuverlässigen Türsteher, und sie küssten sich gegenseitig auf die Wange.

»Wie geht es dir die Tage denn so, Onkel?«, fragte der furchterregend große Kerl.

»Schrecklich, mein Freund. Schrecklich, elend und abscheulich, aber wir preisen Gott trotz allem, was? Kannst du mich bei Miri melden, bitte?«

Beilgesicht wirkte verlegen, als stünde er im Begriff etwas zu sagen, das er nicht sagen wollte.

»Was ist los?«, fragte Adoulla.

»Ich melde dich an, Onkel, und über keinen anderen Besuch der Herrin würde ich mich mehr freuen. Aber sie wird sich nicht freuen, dich zu sehen. Du hast Glück, dass ihr neuer Freund nicht da ist.«

Adoulla spürte, wie ihm die Eingeweide verkümmerten. Einen Augenblick lang fehlten ihm die Worte. »Ihr … ihr …was?«, brachte er schließlich heraus. »Ihr wer?« Er kam sich vor, als wäre er plötzlich schwachsinnig.

»Ihr neuer Kerl«, sagte Beilgesicht mit einem mitfühlenden Kopfschütteln. »Du kennst ihn, Onkel. Den Hübschen Mahnsûr nennen sie ihn. Kleiner Kerl, dünner Schnauzer, und riecht immer besser, als es sich für einen Mann gehört.«

Adoulla kannte den Mann tatsächlich. Zumindest hatte er von ihm gehört. Ein hinterlistiger Geck, der seine Mitmenschen dazu brachte, dass sie die Arbeit für ihn taten. Adoullas Taubheit verging in der Hitze seiner Entrüstung.

»Der? Der ist doch viel zu jung für sie! Beim Namen Gottes, der hat es ganz eindeutig auf ihr Geld abgesehen!« Mit einer Handbewegung deutete er auf das Begrüßungszimmer hinter Beilgesicht. »Dieser Hurensohn will sich doch bloß diesen Laden unter seinen parfümierten Nagel reißen. Aber klar, Mann, das musst du doch sehen!«

Beilgesicht hob die lammhaxengroßen Hände, als hätte er Angst vor Adoulla. »He, he, Onkel, unter uns gesagt, ich liebe dich. Du würdest einen vortrefflichen Ehemann für die Herrin abgeben. Aber du hast ein paar gottverdammt blödsinnige Entscheidungen getroffen, was das angeht. Aber klar doch, Mann, das musst du doch sehen, he?« Beilgesicht stupste ihn spielerisch, doch Adoulla war nicht in der Stimmung dafür.

Ganz und gar nicht.

Als würde er das spüren, richtete sich Beilgesicht zu seiner vollen ungeheuerlichen Größe auf. »Schau, Doktor, das Entscheidende ist, dass ich nichts mitbekomme, was die Herrin Miri nicht will, das ich es mitbekomme. Auf diese Weise bleibe ich gut bezahlt, gut genährt und grinse wie ein Kind. Aber wenn du die Herrin sehen willst, dann warte hier.«

Adoulla wurde angemeldet und in das geräumige Begrüßungszimmer geführt. Durch die hohen Fenster strömte schwaches Sonnenlicht herein. An der Wand gegenüber der Tür reihten sich große Sofas, auf denen einige gut gekleidete Männer saßen, die sich jeweils mit einer Frau unterhielten.

Dann trat sie ein. Miri Almoussa, Verkäuferin von Seiden und Süßigkeiten. Miri der Hundert Ohren. Miri. Ihre üppigen Rundungen bebten, wenn sie sich bewegte, und ihre verbrauchten Hände leuchteten hennarot.

»Was willst du denn?«, fragte sie in eisigem Ton.

Adoullas Ärger überwog einen Moment lang seine Sehnsucht. »Du wirst dich ja wohl noch erinnern, dass du um meine Hilfe gebeten hast, Frau, und das, nachdem du mich gebeten hast, ›mit meinen großen Latschen aus deinem Leben zu verschwinden und nie mehr zurückzukehren‹. Aber das ist nicht der richtige Ort, um sich zu unterhalten.«

Miri hob eine Augenbraue und schwieg, aber sie führte ihn in den schmalen Hinterhof des Hauses, setzte ihn an einen kleinen Tisch und brachte ihm ein Tablett mit Obstnektar, kleinen gesalzenen Fischen und eingelegtem Gemüse. Dann setzte sie sich neben ihn und wartete darauf, dass er etwas sagte. Aber für eine Weile lang saß Adoulla einfach nur da, hörte den trillernden Vögeln in den beiden Birnbäumen des Innenhofs zu und wich Miris Blicken aus.

Er sagte nichts, bis Miri anfing, ungeduldig mit den Seidenpantoffeln zu trommeln. »Ich bin hier, Miri, weil ich etwas über die Mörder deiner Nichte herausgefunden habe. Aber noch nicht genug, um sie davon abzuhalten, andere zu töten. Ich würde gern noch einmal mit deinem Großneffen sprechen, vielleicht hat er sich ja noch an etwas mehr erinnert.«

»Faisal ist nicht hier. Ein paar der Mädchen haben sich von der Arbeit freigenommen, um die neue Menagerie zu besichtigen, die der Kalif vor der Stadt gebaut hat. Ich hielt es für eine gute Idee, ihn mit ihnen mitzuschicken, damit er seinen Schmerz vergisst. Er ist frühestens morgen wieder zurück.«

Adoulla nahm etwas von dem sauren Gemüse und lächelte vor sich hin bei dem Gedanken an Huren, die Urlaub machten, um sich fremdartige Tiere anzuschauen – bestimmt war Miri die einzige Betreiberin eines Freudenhauses in der Stadt, die so etwas gestattete.

Wie so oft schien Miri seine Gedanken zu lesen. Sie fand es nicht witzig. »Jeder Mensch, der arbeitet, hat ein paar freie Tage verdient, Doullie«, sagte sie schlicht. »Und Huren sind Menschen, auch wenn mein Geschäft darauf gründet, dass Männer dies vergessen.«

Er ließ sich nicht provozieren. »Natürlich. Wie dem auch sei, ich bin nicht nur gekommen, um mit Faisal zu reden. Ich bin auch gekommen, weil Miris hundert Ohren stets offen sind, manchmal auch für Lieder, die alle anderen nicht hören. Zum Beispiel: Sagt dir der Name

›Mouw Awa‹ etwas? Oder der Name ›Orshado‹? Und was weißt du über den Fall Hadu Nawas?«

Ihre beleidigte Miene verschwand. Sie kniff die Augen zusammen, kräuselte die Nase und sah wieder aus wie Miri, die vieles weiß. Wenn sich Miri an etwas zu erinnern versuchte, machte sie dasselbe Gesicht wie beim Durchwühlen ihrer Schränke, wenn sie eine bestimmte Bluse suchte. »›Orshado‹ … Das klingt wie ein Name aus dem Norden, richtig? Ich bin mir nicht sicher. Aber Hadu Nawas … er war ein Feind des Throns, stimmt's? Einer der vielen Verschwörer, die im Bürgerkrieg getötet wurden.«

»Nicht so richtig getötet, wie es scheint«, murmelte Adoulla.

Miri sah ihn verblüfft an und fuhr dann fort: »Wenn ich mich recht erinnere, ging auch das Gerücht um, dass er ein Kindermörder war. Nun, ›Mouw Awa‹ … Hm. Alles, was ich dir sagen kann, ist, dass es sich nach … nach der Verborgenen Sprache von Kem anhört?«

Adoulla schnaubte. »In der Tat. Auch wenn ich einen ganzen Tag gebraucht habe, bevor ich dieses Rätsel geknackt hatte. Manchmal, meine Süße, werde ich wegen deiner Gelehrsamkeit grün vor Neid.«

»Nun, selbst wenn man den Altersunterschied zwischen uns außer Acht lässt – ich habe viel seltener einen Schlag auf den Kopf abbekommen als du, Doullie.« Sie hatte die Güte, ihn anzulächeln, und ihm wurde ganz warm ums Herz.

Adoulla zuckte theatralisch zusammen, als hätte man ihm in die Magengrube getreten. Früher hatte Miri immer gelacht, wenn er so auf ihre Sticheleien reagiert hatte. Doch als sich ihre Blicke trafen, verschwand ihr Lächeln, und sie wandte sich von ihm ab.

Tausend Dinge wollte er ihr sagen, als er das sah, doch keines von ihnen hätte etwas gebracht.

»Wie geht es deinem Großneffen?«, fragte er.

»Wie es ihm geht?« Ihr dicker Zopf mit der Silbersträhne peitschte herum, als sie sich zum ihm umwandte und ihn ungläubig anstarrte. »Wie es ihm geht? Er ist niedergeschmettert! Wie sollte es ihm gehen nach dem, was ihm zugestoßen ist? Du siehst so viele Schrecken, dass du den Schrecken darin gar nicht mehr erkennst! Er ist ein Junge, Doullie! Acht Jahre alt! Keiner von deinen selbstmörderischen fanatischen Freunden! Keiner deiner ›Feinde des Treulosen Engels‹!« Die nächsten Worte presste sie leise hervor. »Das … dieser Wahnsinn hat uns auseinandergebracht.«

Diesmal war Adoullas Zusammenzucken nicht gespielt. Schon immer hatte Miri betrübliche Worte gefunden für seinen Lebenswandel und die Freunde, die ihn mit ihm teilten, aber sie waren nie so heftig, so voller Verachtung gewesen.

Doch sie ließ sich von seinem schmerzerfüllten Gesicht nicht beirren. »Sieh dir die Welt um dich herum doch mal an, Doullie! Vierzig Jahre hast du mit dieser Jagd verbracht. All die Toten. Warum? Ist die Welt jetzt etwa sicherer? Ist sie glücklicher?« Sie sank auf ihrem Stuhl zusammen und legte den Kopf in die Hände. »Barmherziger Gott, es tut mir leid. Jetzt hast du mich wütend gemacht. Was ich eigentlich sagen wollte, war …« Aber sie sagte nichts weiter.

»Die Mörder deiner Nichte laufen noch frei herum, Miri. Sie … sie haben mein Haus abgebrannt.«

»Das habe ich gehört.« Natürlich hatte Miri mit den Hundert Ohren es gehört. Und trotzdem warf sie ihm diese harten Worte an den Kopf. »Gott beschütze dich«, sagte sie jetzt.

Als sein Haus neu gebaut worden war, hatten er und Miri sich nähergestanden, grübelte er. Viel näher. Sie hatte ihm geholfen, es auszusuchen. Lange Zeit gab Adoulla keine Antwort. Dann fing er an zu sprechen, obwohl er nicht wusste, was er sagen sollte. »Miri, ich …«

Miri brachte ihn mit erhobener Hand zum Schweigen. Mit der anderen wischte sie sich Tränen aus den Augen. Sie holte tief Luft und sah Adoulla an. Ihr Blick war abgekämpft, aber voller Liebe, und sie klang sanft: »Es tut mir leid, Doullie. Ich habe nicht gemeint, was ich gesagt habe.«

Adoulla hatte sich noch nie so erschöpft gefühlt, und er versuchte, sich den Schmerz nicht anmerken zu lassen. »Doch, das hast du.«

Inzwischen war Miris Stimme fester, und sie wickelte sich das Ende ihres langen Zopfs um die Hand – vor vielen Jahren war Adoulla schon aufgefallen, was diese Angewohnheit bedeutete: Dass sie sich innerlich auf etwas vorbereitete. »Nun, ja, ich habe es so gemeint, aber … Ich weiß, weshalb du tust, was du tust, Doullie. Du …« Ein Lächeln erschien auf ihrem Gesicht, und gemeinsam mit Adoulla begann sie zu lachen.

»›Weshalb du tust, was du tust, Doulliedu?‹«, fragte er und imitierte den lustigen Klang ihrer Worte. Sie lachten beide. Und wieder tat es Adoulla weh, weil er wusste, dass es bald wieder enden würde.

Weshalb war dies sein Schicksal? Warum konnte er nicht einer der Männer sein, an denen er oft im frühen Morgenlicht auf dem Markt vorbeiging? Die Würfel aus Limonengelee verkauften und jeden Abend zu einer appetitlich fetten Frau heimkehrten, die sich selbst in Rosenöl einweichte. Die mit ihren Frauen über Albernheiten lachten, während die sich gegenseitig warm hielten, wenn der Nachtwind zum Fenster hereinpeitschte. Die den Tag freinahmen, um mit ihr zusammen zu sein, und dabei nur ein paar Münzen verloren. Aber seine Arbeit – seine Berufung – war anders. Wenn Adoulla seine Pflichten vernachlässigte, passierten in den Schlafzimmern von Kindern grauenhafte Dinge. Das war nicht gerecht. Wirklich nicht.

Seine Augen brannten, und er merkte, dass er den Tränen nahe war. *Was ist los mit mir? Ich bin kurz davor, wie ein Weib zu flennen!*

Herrin Miri Almoussa mit den Hundert Ohren präsentierte ihm ihr geheimes, schutzloses Selbst, das sie ihm sonst immer nur spät in der Nacht gezeigt hatte. »Ich … es tut mir leid, Doullie. So oft schon hatte ich harte Worte für das, was du tust. Und doch, wie alle anderen bitte ich dich um Hilfe für meine Familie.«

Miris mit Kajal umrandete Augen funkelten wild und schimmerten feucht. Als die ersten Tränen fielen, legte Adoulla einen Arm um ihre breiten Schultern und wischte ihr die Tropfen aus dem Gesicht. Es würde ihrem Ruf schaden, wenn jemand sie weinen sah.

»Wie lange kennen wir uns schon, Frau? Sind es jetzt dreißig Jahre? Mach dir darüber keine Sorgen. Du kannst immer auf meine Hilfe zählen. Warum also diese Tränen, he? Alles wird gut, so Gott es will.«

Sie schniefte, wischte eine weitere Träne weg und biss die Zähne zusammen. »Gut? O Barmherziger Gott! Meine Nichte ist tot! Nicht alles wird gut, Doullie. Alles fährt hinab zum Flammensee und zum Treulosen Engel. Aber du hast recht … Es hat keinen Zweck zu weinen. Zumindest nicht hier, wo man mich sehen kann.« Nach einem letzten Schniefen war sie wieder vollkommen ruhig. »Also, hast du irgendeinen Hinweis, wer oder was sich hinter ihrem Mörder verbirgt?«

Adoulla rief sich mühsam ins Gedächtnis, was die wahnsinnige Kreatur Mouw Awa ihnen offenbart hatte. »Da war noch eine Sache«, sagte er schließlich. »Das Ungeheuer, das ich jage … Es sprach davon, dass sein Meister auf dem ›Kobrathron‹ sitzen werde. Hast du davon schon mal etwas gehört? Weißt du, wo der sein könnte?«

Miri biss sich auf die Lippe und wirkte besorgt. »Ich habe davon gehört«, sagte sie. Sie holte Luft, trank einen Schluck Nektar und fuhr fort: »Das war vor Jahren – nach einem der ersten Einbrüche des Falkenprinzen. Die ganze Stadt sprach über das Gold und die Waffen, die er aus dem Schatzhaus des alten Kalifen gestohlen hatte. Aber meine Quellen haben mir berichtet, dass der Prinz selbst viel mehr an einer alten verstaubten Schriftrolle interessiert war, die er gefunden hatte.«

Adoulla war wie immer beeindruckt von dem, was Miri alles wusste, und offenbar sah man ihm das an.

Miri zuckte mit den Schultern. »Natürlich habe ich mich dafür interessiert. Ich bin die Quelle alles Wissens in dieser Stadt. In Dhamsawaat wären alle ahnungslos, gäbe es meine Spione nicht. Und Bücher sind wie in Bernstein eingeschlossene Berichte von Spionen. Wenn der Falkenprinz etwas so dringend wissen wollte, dann musste es wichtig sein, habe ich mir gedacht. Deshalb ließ ich eines meiner Ohren in seiner Vereinigung als Auge und Feder handeln und so viel wie möglich von der gestohlenen Schriftrolle abschreiben. Das waren damals natürlich noch andere Zeiten. Faraad As Hammas' Vereinigung war damals noch nicht ganz so luftdicht. Wie dem auch sei, mein Spion musste einen sehr teuren Schreibzauber anwenden, aber die Schriftrolle stellte sich für mich als nutzlos heraus. Sie zu kopieren, hatte eine unverschämte Geldsumme verschlungen, aber die Gelackmeierte war ich – denn alles bis auf den Titel war in einer dreifach verschlüsselten Variante der verborgenen Schrift verfasst. So hatte ich zwar die Buchstaben vor mir, aber es wären enorm kostspielige Zauber nötig gewesen – von denen nicht einmal gesagt war, dass sie erfolgreich sein würden –, um die Verschlüsselungszauber zu brechen. So reich ich bin, ich hatte nicht genug Geld, um es für einen Übersetzungsversuch zu verschleudern.«

Adoulla wurde langsam ungeduldig und sagte mit gesalzenem Fisch im Mund: »Verzeih, meine Süße, aber ich habe dich nach …«

»Nach dem ›Kobrathron‹ gefragt. So lautete der Titel der Schriftrolle. Sie handelte vom alten Kem. Aber wie ich schon sagte, war sie nicht den Preis der Übersetzung wert. Nach allem, was ich weiß, ging es um einen alten vergrabenen Hort der Faronen, der vielleicht irgendwo einmal existiert hat ... oder auch nicht. Und der bereits von Grabräubern gefunden wurde ... oder auch nicht. Und ich gehöre nicht zu den Leuten, die Ausgrabungen finanzieren. Dann bestand noch die Möglichkeit, dass der Falkenprinz es gestohlen hatte, weil das Original wertvoll war. Das wusste ich nicht, und es lohnte sich nicht, noch mehr Geld auszugeben, um das herauszufinden. Um Gottes Wahrheit zu sagen, ich glaube auch nicht, dass sich der raffgierige Kalif jemals die Mühe gemacht hat, es zu übersetzen. Wenigstens hatten meine Spione damals gehört, wie sich der Falkenprinz darüber lustig gemacht hatte.«

Adoulla schnaubte. »Ja, das sieht nach dem Werk eines Kalifen aus: Worte und Wissen einzuschließen, ohne sie vorher gelesen zu haben.«

»Warum ist das so wichtig, Doullie? Was ist los?«

Adoulla ging nicht auf ihre Frage ein. »Bitte, meine Süße, sag mir, dass du noch eine Kopie dieser Schriftrolle hast.«

Miris gekränktes Zischen stand in schroffem Gegensatz zu ihrem besorgten Gesichtsausdruck.

»Hast du jemals erlebt, dass ich etwas weggeschmissen habe, was noch von Wert sein könnte? Beim Namen Gottes, nicht einmal dich habe ich in dreißig Jahren rausgeschmissen!« Doch dann bekam sie einen matten Blick. »Sei vorsichtig, Doullie. Wenn der Falkenprinz seine Finger mit im Spiel hat ... Ich weiß, dass du ihn bewunderst, aber er ist ein gefährlicher Verrückter. Und nach allem, was mir meine Ohren erzählen, ist er gerade rasend vor Wut wegen der ermordeten Bettlerfamilie, die unter seinem Schutz stand – Mutter, Vater und Tochter, alle drei hat man mit herausgeschnittenem Herzen gefunden. Anscheinend hat dasselbe Schicksal auch einen Trupp seiner Männer ereilt.«

Adoulla hatte diese letzte interessante und besorgniserregende Neuigkeit, die Basîm ihm erzählt hatte, fast vergessen. Darüber dachte er aber nur halb nach, weil er ganz von Dankbarkeit erfüllt war. Was auch immer Schlimmes in der Welt passierte, Gott hatte es gefügt, dass diese Frau noch immer in Adoullas Leben war und sich um ihn sorgte. Diese lustige, starke, im Schlafgemach so talentierte Frau, die ihn liebte. Schakalmänner und Ghule konnten daran nichts ändern.

Dennoch steigerte diese Neuigkeit Adoullas Gefühl, dass er in Faraad As Hammas einen nützlichen Verbündeten haben würde. »Kannst du mich mit ihm zusammenbringen, Miri? Das könnte mir helfen, diesen Morden ein Ende zu setzen.«

Sie kniff kurz nachdenklich die Augen zusammen und schüttelte dann den Kopf. »Vielleicht … vielleicht könnte ich das. Aber es tut mir leid, Doullie, ich werde es nicht tun. Denn das würde bedeuten, dass ich mehr mit diesen Leuten zu tun haben müsste, und nachdem er diesen Henker getötet hat … Nein, das ist mir zu gefährlich. Der Mann hat zwar viele Ideen, die sich richtig anhören«, fuhr sie fort, »und ich muss zugeben, dass er bemerkenswert gut aussieht. Ich vermute, du weißt nicht, dass ich seine Schenkel schon einmal aus allernächster Nähe gesehen habe. Hast du das gewusst? Frag bloß nicht, wann oder wo.«

Sie wollte Adoulla eifersüchtig machen. Ihn ärgern. Und es klappte. Er fühlte sich wie ein Junge mit fünfzehn Jahren – und zwar nicht auf die angenehme Art.

»Aber trotz alldem«, sagte sie, »verbirgt sich hinter all den schönen Worten die Botschaft des Bürgerkriegs. Kriege sind schlecht fürs Geschäft. Und ein Krieg innerhalb der Tore der Stadt? Gott bewahre. Weißt du, was im Krieg mit Huren passiert, Doullie? Natürlich weißt du das. Hier habe ich Feuer und Vergewaltigung und da einen Beutel klimpernder Münzen, Doullie. Für mich und meinesgleichen ist das eine einfache Wahl. Ich habe das Haus voll mit unschuldigen Mädchen, die ich beschützen muss.«

Adoulla lächelte trotz seiner Wut. »Unschuldig? Ein komisches Wort, wenn man alles zusammennimmt.«

Miri erwiderte das Lächeln nicht. »Ja, du gottverdammter Dummkopf. Mein neues Mädchen Charîsi floh vor nicht einmal drei Wochen vor ihrem Vater. Was weiß sie schon vom Krieg?«

Adoulla seufzte. »Nun, Schönauge, mir ist schon klar, dass du nicht nachgeben wirst, wenn du nicht nachgeben willst. Aber sage mir wenigstens, was deine Ohren über diese Morde gehört haben.«

Miri zuckte mit den Schultern. »Nicht viel. Die Wache hat sie als Morde abgetan, die von Leuten von der Straße an anderen Leuten von der Straße begangen wurden. Die Familie hat vor Jehjehs Teehaus Almosen gesammelt, und dort wurde sie tot aufgefunden, zusammen mit dem alten Jehjeh selbst. Sie …«

»Was? Jehjeh? Wann ist …? Wer …?« Er brachte kein weiteres Wort heraus, und während Miri große Augen bekam, wurde ihm mulmig im Bauch.

Sie nahm seine Hand. »Oh. Oh, beim Namen Gottes, Doullie, es tut mir so leid. Ich habe vergessen, dass ihr beide Freunde wart.«

In Adoulla stieg ein Schluchzen auf. Er unterdrückte es, und dann breitete sich in ihm Kälte aus. »Jehjeh … Helfende Engel … Jehjeh«, sagte er geistesabwesend. »O Miri, siehst du es denn nicht? Es gibt keine Sicherheit mehr, egal, wer herrscht. Du mit deinen Hundert Ohren weißt das besser als jeder andere.«

Sie seufzte und nickte. »Ich weiß. Aber vielleicht bleibt es noch für ein paar Jahre erträglich. Das ist alles, was ich von Gott zu erbitten wage.«

Er fuhr sich mit der Hand durch den Bart. »Und dann, meine Süße?«

»Dann steige ich warm und schläfrig ins Grab, so Gott will.«

Sie stand auf und küsste ihn auf die Stirn. Dann ging sie die Schriftrolle suchen, von der sie erzählt hatte. Adoulla ließ sie zurück, allein mit dem Gesang der Vögel, dem Geruch der Birnbäume und den Gedanken an seinen toten Freund.

Tot. Möge Gott deine Seele bewahren, du schielender alter Gauner. Adoulla dachte an Jehjehs Worte vor ein paar Tagen zurück – vor Faisal, vor dem Riesenghul, vor Samia und vor Mouw Awa. Bevor er starb. »Möge Gott der Allerbarmer uns alten Gesellen erst einen friedlichen Tod gewähren.«

Adoulla wusste nichts von einer Familie des Teehausbesitzers. Wahrscheinlich hatten die Wachmänner seine Leiche schon in ein Massengrab geworfen. Adoulla dachte daran, dass er selbst wohl allein ins Grab gehen würde. Und dann dachte er, was er sich während Miris Anwesenheit nicht zu denken gestattet hatte: An das, was Beilgesicht vor einer Stunde zu ihm gesagt hatte: ihr neuer Mann.

Als sie ein paar Minuten später zurückkehrte und ihm eine Schriftrollenhülle überreichte, konnte er seine Gedanken nicht mehr für sich behalten. »Und was höre ich da, dass Mahnsûr der Hübsche hier seine Zeit verbringt? Auf der Straße weiß jeder, dass der Kerl zu billig ist, um ein ehrlicher Kunde von dir zu sein.«

Sie starrte ihn an, wütender, als Adoulla sie je erlebt hatte. »Möge Gott dich verfluchen, Doullie«, sagte sie beinahe flüsternd. »Möge Gott dich dafür verfluchen, dass du es wagst, eifersüchtig zu sein.« Ihr Blick wurde grausam. »Willst du die Wahrheit wissen? Willst du? Nun, die werde ich dir erzählen. Ja, Mahnsûr hat Zeit mit mir verbracht, Preis sei Gott. Und, Preis sei Gott, gestern Abend hat er um meine Hand angehalten.«

Gestern Abend! Als ich damit beschäftigt war, die Wahrheit über einen lebenden toten Mörder und seinen Meister herauszufinden.

»Und was hast du ihm geantwortet?«, hörte Adoulla seine eigene schwache Stimme fragen.

»Das geht dich gottverdammt noch mal nichts an.

Es sei denn, du bist bereit, um meine Hand zu kämpfen?«

Adoulla traf der vertraute Schmerz darüber, dass er für den Menschen, der ihm in Gottes weiter Welt am meisten bedeutete, keine Antwort hatte. »Oh, Schönauge. Ich weiß, dass du das nicht hören willst, aber es gibt … andere Möglichkeiten als eine formale Heirat vor Gott. Wir könnten …«

»Zum Flammensee! Glaubst du, dass ich, bloß wegen meines Broterwerbs, jegliche Tugend abgelegt habe?« Miri sah ihn durch Schlitze an. »Nun, das habe ich nicht. Und wie kann eine Frau ihre Tugend am deutlichsten zeigen? Durch Heirat.«

»Ich weiß, dass du tausend Tugenden besitzt, Miri.« Adoulla meinte jedes Wort ernst, doch Miri riss verärgert die Arme hoch.

»Oh, nein. Schluss mit dem gottverdammten Süßholzraspeln. Seit vielen Jahren schon kann ich mich mit der Erinnerung an deine Worte wärmen, wenn ich nachts allein im Bett liege und du Gott weiß wo bist. Meine Nichte ist tot, Doullie. Das ist eine Mahnung des Allmächtigen. So Gott will, bleiben mir noch gute zwanzig Jahre auf dieser Erde. Tausende Tage, Tausende Nächte. Die werde ich nicht alle allein verbringen. Ganz bestimmt nicht.«

Sie schwieg und sah in das Geäst des Baumes hinauf. Als er den Schwung ihres breiten Halses betrachtete und die sandbraune Haut, die trotz ihrer fünfzig Jahre noch glatt war, hätte er weinen mögen.

Adoulla massierte sich mit den Fingerknöcheln die

Schläfen und versuchte, die richtigen Worte heraufzubeschwören. Wieder und wieder stellte er sich Jehjeh vor, der immer gesagt hatte, dass nur Narren heiraten. *Tot.* Jehjeh war tot. Vielleicht hatte Miri recht. Vielleicht sprach Gott mit diesen Morden tatsächlich eine Mahnung aus. Gemahnte ihn an seine Prioritäten. Daran, was von seinem Leben noch übrig war.

Adoulla starrte auf seine Hände. Sollten er und seine Freunde diesen Orshado – diesen Ghul der Ghule – finden und besiegen, was dann? Wäre Gottes weite Welt dann von aller Gefahr gereinigt? Würden die Diener des Treulosen Engels einfach verschwinden? Nein. Wann wäre Adoullas Werk getan? Diese Frage hatte er sich schon oft gestellt, doch heute stellte er sich zum ersten Mal in vierzig Jahren der ehrlichen Antwort. Sein Werk wäre erst getan, wenn er tot wäre. Oder wenn er seine Arbeit niederlegen würde.

Er schluckte und sah von seinen Händen auf. »Miri.«

»Ja?«, fragte sie mit flacher Stimme.

»Das ist es, meine Süße. Ich … ich kann nicht zulassen, dass ein Mann, der meinen Freund – und deine Nichte – ermordet hat, weiter in dieser Stadt sein Unwesen treibt. Aber wenn ich das überlebe … Dann war es das für mich. Ich bin fertig. Die Leute können sich einen anderen suchen, der sie vor den Ghulen rettet.«

Miri verdrehte die Augen, und die Härte, die er so gut kannte, kehrte in ihre Stimme zurück. »Erwartest du, dass ich einen kleinen Tanz aufführe? Schließlich habe ich den Spruch ja erst zehnmal von dir gehört, Doullie! Meinst du nicht, dass mir inzwischen längst klar ist, dass solche

Beteuerungen nur heiße Luft sind? Mit dem ersten starken Windstoß sind sie verweht.«

Wieder schluckte Adoulla, fasste Miri bei den Schultern und sah ihr so offen wie möglich ins Gesicht. »Aber nicht dieses Mal.« Und dann entrangen sich ihm formelhafte Worte, die er in dreißig Jahren voller halbherziger Versprechen nie ausgesprochen hatte: »Das schwöre ich dir, o Miri Almoussa. Im Namen Gottes, des Allhörenden, dem Zeugen aller Eide. Im Namen Gottes, des Allerrechtschaffendsten, der nicht die Lüge liebt, sondern die Wahrheit. Ich schwöre dir, wenn dies getan ist, werde ich hierher zurückkehren und, so mir das Schicksal gnädig ist und du noch nicht mit diesem geldgierigen Geck verheiratet bist, werde vor dir mit der Stirn die Erde berühren und dich bitten, meine Frau zu werden. Das schwöre ich im Namen Gottes, des Großen Vaters.«

Er wusste, dass ihr klar war, was ihm ein solcher Eid bedeutete, doch zugleich wusste er auch, dass Miri in einer Welt der Eidbrecher lebte. Er rechnete mit spöttischer Skepsis. Miri Almoussa aber stand mit leuchtenden Augen und zitternden Lippen da und sah so lieblich aus wie an dem Tag, an dem Adoulla sie zum ersten Mal gesehen hatte.

Und sie sagte kein Wort.

Stunden später trat er müde in das Empfangszimmer von Dawoud und Litas. Das Sû-Paar saß auf einem Diwan. Leise unterhielten sie sich miteinander. Rasîd saß im Schneidersitz auf dem Boden und war mit einer seiner Atemübungen beschäftigt, doch das Lager, auf dem sich Samia ausgeruht hatte, war leer. Ein gutes Zeichen.

Seine Freunde sahen zu ihm auf, als er hereinkam.

»Gibt es Neuigkeiten?«, fragte Dawoud. »Konnte der Junge etwas Neues berichten?«

»Der Junge?«, fragte Adoulla verwirrt. »Oh, der. Der kleine Faisal. Der war gar nicht da, wie sich herausstellte. Aber«, sagte er und zeigte ihnen die Schriftrolle, die Miri ihm gegeben hatte, »Miri Almoussa hat mir das da gegeben. Darin könnten ein paar Antworten liegen. Und bei dir, mein Bruder? Wie lief dein Treffen mit Roun Hedaad?«

Litas antwortete für ihren Mann. »Dawoud hat es immerhin geschafft, sich nicht vom Verteidiger der Rechtschaffenen höchstpersönlich töten zu lassen. Und eine vage Warnung auszusprechen. Aber das war es auch schon. Aber erzähl doch: Wie geht es Miri?«

Adoulla runzelte die Stirn, da er die feine Spitze in den Worten der Alchemistin herausgehört hatte. »Ich bitte dich, meine Teure, verschone meine Hurengeliebte mit deinem hochnäsigen Spott. Zumindest heute.«

Dawoud schnaubte. »Du vergisst, dass meine geliebte Frau auch noch nach einigen Jahrzehnten in Dhamsawaat im Herzen ein etwas prüdes Mädchen vom Blauen Fluss ist.«

Litas' funkelte ihren Gatten halb mörderisch, halb belustigt an. »Prüde? Du, mein Gatte, solltest es besser als jeder andere wissen, wie …«

»Er sagte *etwas* prüde«, gab Adoulla mit einem Lächeln zu bedenken, denn er fühlte sich inmitten seiner sich neckenden Freunde wieder etwas munterer.

Litas verdrehte die Augen. »Du weißt, dass das damit

nichts zu tun hat, mein Freund. Wir wollen für dich nur etwas Besseres. Mehr wollten wir gar nicht. Ich störe mich nicht daran, dass Miri … an dem, was sie ist, aber du kannst bei ihr nicht sein, was du bist! Diese Leier krähe ich schon fast zwanzig Jahre, also was soll's? Das ist heute noch genauso wahr, wie es vor einem Dutzend Jahren wahr gewesen ist. Es gibt Frauen – jüngere Frauen, schönere Frauen –, die in der Lage wären, sich mit dem weißen Kaftan, den du trägst, richtig zu arrangieren.«

Adoulla ließ sich auf einen brokatgepolsterten Stuhl fallen und seufzte laut. »Selbst wenn das wahr wäre, meine Teure, würde es keine Rolle spielen.«

Eine ganze Zeit lang herrschte bis auf das Ein- und Ausatmen Rasîds Stille im Zimmer.

Dann hörte sich Adoulla sagen: »Sie heiratet einen anderen. Zumindest hat ein anderer Mann um ihre Hand angehalten. Ein jüngerer Mann.«

Dawoud sah ihn voller Zuneigung und Mitleid an. Litas stand auf, kam zu ihm herüber und nahm seine großen Pranken in ihre kleinen Hände. Sie drückte sie, lächelte traurig und schwieg.

Schließlich sah Rasîd von seinen Übungen auf und sagte verwirrt: »Doktor, ich verstehe nicht …«

»Du und dein Verstehen, ihr könnt zum Flammensee hinabsteigen, Junge! Jetzt halte den Mund, wir müssen über wichtigere Dinge sprechen! Wo ist denn überhaupt die Stammesfrau? Ist sie in der Stadt Gazellen jagen gegangen?«

»Ich bin hier, Doktor«, sagte Samia, die gerade aus dem Hinterhof kam, wo sie sehr wahrscheinlich Wasser gelassen hatte. Adoulla bemerkte, dass sie mehr oder weniger sicher auf den Beinen stand und ihr von der Schwäche des gestrigen Abends kaum noch etwas anzumerken war. »Hast du etwas erfahren, das mir hilft, meine Sippe zu rächen?«

Zu seinem Erstaunen musste Adoulla feststellen, dass er nicht von Jehjehs Ermordung erzählen konnte. Ihm war bewusst, dass das töricht war – schließlich waren dies seine engsten Freunde auf der ganzen Welt und dazu noch Verbündete, die alle Informationen brauchten, die es gab. Aber Adoulla stellte sich vor, wie Litas sich auf die Suche nach Blutstropfen von Jehjeh machen oder versuchen würde, den Winkel zu bestimmen, in dem ihm das Herz aus dem Leib gerissen worden war. Und da spürte er, dass sein eigenes Herz es nicht aushalten würde, wenn er dieses bisschen Grausamkeit nicht für sich behielt. Während ihm seine Freunde und Verbündeten lauschten, erzählte er deshalb nur das Wenige, das Miri sonst noch gewusst hatte, und er berichtete von der dreimal verschlüsselten Schriftrolle, die vom Kobrathron handelte. »Auch wenn allein der Allerbarmer weiß, wie wir die Schlüsselzauber lösen sollen. Die dafür erforderlichen Kosten und Kenntnisse …« Erschöpft und von allem entmutigt, was aus seinem Leben geworden war, ließ er den Satz unvollendet.

Litas sah besorgt zu ihrem Mann hinüber. »Ich kenne jemanden, der das Wissen und auch die Bereitschaft haben könnte, uns zu helfen. Und wenn ich ihn bitte, würde er es auch schnell machen.«

Dawoud sah erst verblüfft, dann verbittert drein. »Der.

Nun, ich habe keine Zweifel, dass dieser Kerl nur allzu bereitwillig helfen würde. Der wird sich überschlagen, um dir zu geben, was du brauchst. Gegen Bezahlung.«

Adoulla lächelte. »Yasîr, der Zauberverkäufer. Natürlich. Wie es scheint, bin ich nicht der Einzige, den Gott dazu bestimmt hat, Hilfe von einer alten Flamme in Anspruch zu nehmen.«

Litas seufzte. »Er wird uns ausnehmen, aber weniger schlimm, als andere es täten. Und er wird ehrlich und diskret arbeiten. Wenn ich ihm jetzt einen Boten schicke, kann ich ihn morgen bereits treffen.«

»Auf jeden Fall, schicke einen Boten. Und morgen solltest du den Jungen mitnehmen.«

Litas und Rasîd begannen gleichzeitig zu sprechen, aber Adoulla fiel ihnen ins Wort. »Ich weiß, ich weiß. Du kannst selbst auf dich aufpassen«, sagte er und deutete mit der einen Hand auf Litas. »Und deine Aufgabe ist es«, fuhr er fort, indem er mit der anderen Hand auf Rasîd zeigte, »mich zu beschützen, oder Samia, oder wen immer du heute zu schützen für deine Pflicht hältst. Aber so der Allmächtige will, können Dawoud, Samia und ich uns jeder Bedrohung erwehren, die uns auflauern könnte. Du aber musst viel Geld mitnehmen, Litas – und selbst davon abgesehen … Je mehr ich darüber nachdenke, desto weniger gefällt mir die Vorstellung, dass jemand von uns allein auf der Straße ist. Habt Nachsicht mit mir, bitte.«

Damit ging Adoulla hinaus und ließ Wasser, bevor er sich auf das provisorische Bett warf, das seine Freunde ihm bereitet hatten. Er war erschöpft, aber die Gedanken an Jehjeh ließen ihn nicht los. Und die an Miri. An die Wahl, die sie getroffen hatte. An den Eid, den er geschworen hatte. Miris Worte, Tausende Tage, Tausende Nächte, hallten in seinem Kopf wider, genau wie Jehjehs Worte über alte Männer und Gräber.

Es würde lange dauern, bis er einschlief.

14

Die Luft des späten Morgens hatte etwas Frisches, und Rasîd bas Rasîd sog sie auf seinem Weg zum Inneren Nordtor tief ein. Litas Likamis Tochter ging einen halben Schritt vor ihm her und war kostbarer gekleidet, als Rasîd sie jemals gesehen hatte. Ihr langes Kleid war mit Stickereien aus Amethystfäden verziert. In ihre verfilzten Locken hatte sie goldene Ringe und Korallen geflochten, und an ihrem Gürtel, in einer Scheide aus gefärbtem Ziegenleder, steckte ein Dolch mit juwelenbesetztem Griff. *Rechnet sie mit einem Kampf?* Rasîd beschloss, noch wachsamer zu sein als sonst.

Die Schenke, in der sie sich mit Litas' Kontaktperson trafen, lag in der Runden Stadt, dem innersten Kern Dhamsawaats. Eine zwanzig Schritt hohe Mauer aus riesigen, in der Sonne getrockneten Ziegeln umschloss die Runde Stadt. Im Norden und Süden waren große Eisentore eingelassen. Rasîd und Litas reihten sich in eine Menschenschlange ein, die sich durch das Innere Nordtor schob. Als sie hindurchgingen, nickte Litas lächelnd einem der diensthabenden Wachmänner zu. Der Mann beäugte Rasîds Kleider und Schwert, sagte jedoch nichts.

Sobald sie das Tor passiert hatten, verließen sie die Hauptstraße mit ihren großen grauen Pflastersteinen. Litas ging selbstsicher voran, und Rasîd folgte ihr. Sie bogen um eine Ecke und gelangten in die Goldschmiedstraße, einen gepflasterten Weg, nicht ganz so breit wie die Hauptstraße. Hinter ihnen nahmen das Gedränge und das Geschrei der Träger bereits zu, doch sie selbst hatten es viel ruhiger und weniger beengt in dem Fluss, in dem sie sich nun treiben ließen.

Litas biss sich auf die Unterlippe und murmelte vor sich hin. Offenbar war sie tief in Gedanken versunken. Deshalb hielt Rasîd den Mund und beobachtete die Umgebung. Seit fast zwei Jahren war er nun schon in Dhamsawaat, doch war er noch nie die Goldschmiedstraße entlanggegangen. Interessiert sah er sich um.

Saubere Ladenfronten und glanzvolle Häuser säumten die Straße, die einfachen, offenen Steinfenster des Gelehrtenviertels wichen Rahmen aus erlesenem Sandelholz und, in den prächtigeren Läden, in Blei gefassten Glasscheiben. Obwohl man in nur einer Stunde vom Gelehrtenviertel hierher wandern konnte, war man doch in einer anderen Welt.

Hier lebten und arbeiteten die reichsten Kaufleute und die angesehensten Handwerker von Abassen – Importeure von Luxuswaren, Parfumhändler, Gemmenschneider und Juweliere, Buchbinder und Glasbläser. In ihren verschwenderisch eingerichteten Stadtpalästen lebten hier auch die Höflinge und Wesire mit ihren Familien – diejenigen, die nicht im Halbmondpalast selbst wohnten. Rasîd wunderte sich, wie wenige Leute hier waren und wie wenig Lärm sie machten.

Zweifellos waren viele von ihnen zu Hause und bereiteten Mahlzeiten für das Vorsehungsfest zu, das heute Abend gefeiert werden würde. Aber es musste noch einen weiteren Grund geben, dachte Rasîd. An einem solchen Ort konnte man ganz in Ruhe meditieren. Die Straßen des Gelehrtenviertels waren nie so ruhig oder so leer. Oder so sauber. Rasîd beneidete die Bewohner um die Feierlichkeit ihrer Umgebung. Keine riesigen stinkenden Pfützen. Kein lautes Eselpeitschen. Kein Hashirauch, der durchs Fenster hereinwehte. Keine brabbelnden Verrückten. *Hätte ich doch nur ein solches Haus zum Meditieren und Üben.* Er versuchte, diese unangebrachte Begehrlichkeit zu ersticken. *O Gläubiger! Verehre Gott, wo immer das Schicksal dich findet – sei es im Kerker, auf dem kargen Feld oder bei Tisch am Gebetstag*, stand in den Himmlischen Kapiteln.

Sein Dienst beim Doktor brachte ihn nicht mit den gemästeten Bewohnern der Runden Stadt zusammen. Das war wahrscheinlich auch gut so. Die Leute aus dem Viertel des Doktors widerten Rasîd mit ihrer Entartung und Lüsternheit an. Doch so verdorben die Hashiraucher und Huren des Gelehrtenviertels auch waren, die Männer und Frauen hier waren womöglich noch verdorbener, denn hier herrschte Reichtum, mehr Reichtum als sonst irgendwo im Königreich des Halbmonds. Hier gab es zwar unendliche Möglichkeiten, zu lernen und Tugend zu üben, und das frei von dem grässlichen Trieb zum Laster, den die Armut mit sich brachte. Aber der Doktor behauptete, dass die Leute der Goldschmiedstraße diese Möglichkeiten nicht wahrnahmen und ihren Reichtum stattdessen dazu benutzten, neue und noch viel verschwenderischere Laster zu erfinden.

Partner, hatte er Rasîd vor zwei Tagen genannt. Doch

war Rasîd unwürdig. Er hatte dem Doktor und den anderen nicht von seiner Begegnung mit Faraad As Hammas erzählt. Und von dem Diebesgut, das der Bandit ihm gegeben hatte. Er war nicht so weit gegangen, eine Falschheit auszusprechen, denn als er zu dem Laden der beiden Sû zurückgekehrt war und Litas sich über sein staubiges Seidengewand und seine zerraufte Erscheinung gewundert hatte, hatte er die Frage ignoriert, und die Alchemistin hatte nicht nachgebohrt. Dennoch war es falsch, und es brannte in seiner Seele wie ein Vorgeschmack auf den Flammensee.

Partner. Wieder ging ihm das Wort im Kopf herum. So unwürdig er war, sich im Gebet an Gott zu wenden, betete er doch dafür, dass der Doktor sicher sein möge. Niemand vermochte zu sagen, wann die Kreatur Mouw Awa wieder zuschlagen würde.

»Rasîd?« Litas' Stimme unterbrach seine Gedanken.

»Ja, Tantchen?« Während er antwortete, behielt er die Menschen um sie herum im Blick.

»Samia Banu Laith Badawi – sie interessiert sich für dich. Siehst du das? Begreifst du, wie behutsam du damit umgehen musst?«

Ihm war, als hätte sie ihn geohrfeigt. Ohne es zu wollen, blieb er stehen. Dann umfasste er seinen Schwertknauf, schwieg und ging weiter.

Litas' herzförmiges Gesicht verzog sich zu einem gönnerhaften Lächeln, und sie ging jetzt neben ihm. »Und du interessierst dich auch für sie. Wer Augen im Kopf hat, der erkennt das auf den ersten Blick«, sagte sie und klang belustigt.

Er wollte den Worten der Alchemistin widersprechen, stellte aber fest, dass er das nicht tun konnte, ohne eine Falschheit auszusprechen, und das verbaten ihm die Überlieferungen seines Ordens. Er suchte nach einer Erwiderung. Doch ihm fielen nur Fragen ein. »Ich bitte demütigst um Verzeihung, Tantchen, doch solltest du solche Dinge nicht sagen«, brachte er schließlich heraus.

»Sie ist eine Badawi, Rasîd. Auch wenn sie ganz auf Rache fixiert ist, wird sie doch daran denken, wie sie ihre Sippe vor dem Aussterben bewahren kann.« Litas' Lächeln wurde breiter. Es war das Lächeln einer Frau, die über gewisse Dinge besser Bescheid wusste als Rasîd, und das ärgerte ihn. Er ging stur weiter, blickte geradeaus und hoffte, das Ende dieses Gesprächs erzwingen zu können.

Doch Litas machte weiter: »Das ist schon in Ordnung, weißt du. Was du empfindest, wenn du sie anschaust. Du hast so lange nichts als das Schwert in der Hand gehalten, dass du von allem anderen keine Ahnung hast. Aber was du fühlst, wenn du sie siehst, ist nichts Verkehrtes.«

Die Leute aus Sû sprachen sehr offen über unanständige Dinge – es war kein Wunder, dass sich der Doktor in ihrer Gesellschaft so wohlfühlte. Rasîd spürte, dass er rot anlief, und presste heraus: »Du sprichst zu ungeniert über diese Dinge!« Und niemand konnte ihm einen Vorwurf machen, dass er gegenüber einer Älteren schroffer war, als es sich schickte.

Doch wenn sich Ärger in seinen Tonfall schlich, dann war es in erster Linie Ärger über sich selbst. Denn er wollte ermutigt werden, so verabscheuungswürdig das auch war.

Er wollte sich Litas anvertrauen und mit ihr über diese Dinge reden. Doch das war schlicht unstatthaft, deswegen verfiel er in Schweigen.

Sie lächelte freundlich. »Wenn du reden willst, junger Mann, dann schwöre ich vor Gott, dass ich niemandem etwas davon erzähle. Nicht einmal Adoulla oder meinem Mann.«

Sie gingen weiter, verließen die Goldschmiedstraße und bogen in eine saubere, aber enge Seitengasse mit Kopfsteinpflaster ein. In seiner Seele zog sich etwas zusammen und löste sich dann wieder. Die Worte kamen zu ihm, ohne dass er darum gebeten hatte.

»Ich habe keine Geheimnisse, Tantchen. Es ist nur, dass … Sie wurde von den Engeln selbst erwählt! Ich wünschte nur, dass … Es … es ist so … schwer, manchmal. Als ich losging, um das Purpurquecksilber zu …«

»Antworte besser schnell, Dirne, und wahrheitsgemäß!« Die barsche Stimme drang im selben Moment an Rasîds Ohr, in dem auch ihr Ursprung – ein in eine Robe gekleideter Mann mit einer Peitsche – in seinem Blickfeld erschien. Der Mann war hager und hatte graue Haare. Zwei große Kerle mit kurzen Prügeln standen neben ihm. Die beiden hätten Zwillinge sein können – beide waren jung, riesig und besaßen eine Hakennase. Alle drei Männer waren glatt rasiert, trugen schlichte Turbane und schwere Kutten aus braunem Sacktuch, die mit rauen Kordeln zusammengehalten wurden. In der Seitengasse hatten sie ein Mädchen in die Enge getrieben.

Die Demütigen Jünger! Wandernde Bettelmönche, die das Übel auf den Straßen und in den Tavernen des Königreichs des Halbmonds tilgten. Jetzt fühlte sich Rasîd noch schlimmer als einen Moment davor. Er sah Litas an. Sie lächelte nicht mehr, sondern blickte grimmig drein, sodass sie weniger wie die gütige Großmutter, sondern mehr wie eine erfahrene Kriegerin aussah.

Die Demütigen Jünger hatten die Aufgabe zu züchtigen, wer gezüchtigt werden musste. Dadurch halfen sie Männern wie Frauen, den Pfad Gottes zu beschreiten. Allerdings war Rasîd zu Ohren gekommen, dass manche von ihnen es eher aus Gier oder Grausamkeit und weniger der Gerechtigkeit wegen taten. In Rughal-ba wurden sie verehrt, in der Republik von Sû verspottet, und in Dhamsawaat gab es nur wenige Jünger. Der Kalif duldete sie, die Menschen lehnten sie ab.

Wie nicht anders zu erwarten, gehörte Rasîds Lehrmeister zu jenen, die sie verachteten. »Ich traue niemandem, der behauptet, Gott zu dienen, indem er Tänzer und Betrunkene verprügelt«, hatte der Doktor einmal gegrummelt.

Die drei Männer standen Schulter an Schulter zwanzig Schritte entfernt in der Gasse. Sie waren Rasîd und Litas zugewandt, hatten die Blicke jedoch ganz auf das Mädchen gerichtet, das ein hauchdünnes Hemd und hautenge Beinkleider mit blassen Spitzen trug. Selbst aus dieser Entfernung konnte Rasîd den Geruch des billigen Veilchenöls riechen, den das schlanke Mädchen verströmte. *Ärger*, schwante es Rasîd. Während er stehen blieb, um sich einen Überblick über die Lage zu verschaffen, preschte Litas vor. Die Jünger und das Mädchen richteten ihre Blicke auf die Sû-Frau.

»Was ist hier los?«, fragte Litas forsch, was die Jünger sogleich gegen sie aufbrachte.

Ihr grauhaariger Anführer runzelte die Stirn. »Was los ist? Einem unreinen Mädchen soll der Weg Gottes gewiesen werden. Möchtest du zuschauen und dir ein Beispiel nehmen, Ausländerin? Die Republik ist ein verdorbener Ort, deshalb hätten die Sû es nötiger als alles andere, von unseren Lektionen zu lernen.« Außer Verachtung lag keinerlei Gefühl in der Stimme des Mannes.

Litas lächelte ihn ätzend an. »Die Lektionen der Jünger kenne ich, Bruder. Ich fürchte, dass ich sie nicht immer gutheiße.«

Der Mann zog eine Augenbraue nach oben. »Hüte dich, Weib. Wir haben es nicht nötig, dass Ausländer uns gutheißen. Wir haben dieses Flittchen dabei erwischt, wie es in aller Öffentlichkeit seinem Gewerbe nachging. Man hat die Hurenhäuser dieser Stadt so lange vor sich hineitern lassen, bis sich ihre fauligen Früchte auf die Straße der ehrbaren Leute ergossen. Wenn die Wachmänner ihrer Pflicht nicht nachkommen, dann tun wir es für sie. Zehn Peitschenhiebe sind die Strafe.« Das Leder quietschte, als der Mann seine Peitsche bog.

Das Mädchen witterte ihre Chance und ergriff das Wort. »Ich … ich habe nicht auf der Straße gearbeitet, Tantchen, das schwöre ich! Ich … das würde ich nicht tun. Ich kam nur gerade von … von einer … Ich kam vom Haus einer Freundin.« Beschämt senkte das Mädchen den Blick. *Sie ist höchstens vierzehn*, dachte Rasîd angewidert. Doch während er sie betrachtete, durchlief ihn etwas wie Scham. Schreckliche Scham.

»Wie heißt du, Mädchen?«, fragte Litas.

Mit Augen, die an eine gehetzte Gazelle erinnerten, sah das Mädchen die Alchemistin an. »Suri.«

Litas machte ein überraschtes Gesicht. »Suri? Wirklich? Den Namen hört man nicht alle Tage.«

Das Mädchen gab einen kehligen Laut von sich und zog den Kopf ein.

»Suri«, wiederholte Litas. »Ein schöner Name. Und ein sehr, sehr alter Name.« Mit sichtbar gezwungenem Lächeln wandte sie sich den Jüngern zu. »Ihr Brüder erkennt bestimmt das Zeichen des Allmächtigen? In der Geschichte von Suri in den Himmlischen Kapiteln heißt es: ›O Henker, lasse dein Schwert sinken und diene seiner Barmherzigkeit! O Züchtiger, lasse deine Peitsche sinken und diene seiner Barmherzigkeit!‹«

Der grauhaarige Jünger hob beschwichtigend die Hand, lächelte dabei aber höhnisch. »Die Kapitel sagen jedoch auch: ›Und wahrlich, angemessene Strafe ist die süßeste Barmherzigkeit‹, oder nicht? Ein neues Zeitalter bricht an, Ausländerin! Ein Zeitalter, in dem Wohlfahrt nur denen beschieden ist, die den vorgeschriebenen Weg beschreiten.«

Die beiden Hünen machten sich auf einen Kampf gefasst. Rasîd tat dasselbe und trat einen Schritt näher an Litas heran.

»Den vorgeschriebenen Weg? Und die Jünger sind diejenigen, die darüber zu Gericht sitzen, welcher Weg das ist?« Während Litas sprach, verengten sich ihre Augen zu gefährlichen Schlitzen. »Bitte, lasst das Mädchen gehen. Ich bitte euch, tut einer alten Frau diesen Gefallen.« Doch als dies keine Reaktion hervorrief, ging Litas vom Bitten zur Drohung über. »Seht, wir sind nicht am Flusshafen, Brüder. Glaubt ihr, die ehrenwerten Leute in diesem Viertel, die euren Orden sowieso nicht ausstehen können, werden tatenlos zusehen, wie ihr dieses Mädchen in ihren Straßen schlagt?«

Das verächtliche Lächeln des ältesten Jüngers wurde breiter. Er fuhr sich mit der Hand übers glatte braune Kinn. »Hör mir zu, Weib. Geh jetzt. Bitte. Siehst du? Ich sage bitte. Kehre in eines deiner verkommenen Ausländerviertel zurück. Ich werde dich kein weiteres Mal bitten.« Dann wandte er sich Rasîd zu. »Und du, Meister Derwisch?« Sein spröder Ton machte aus der förmlichen Anrede den reinsten Spott. Dennoch wirkte er zum ersten Mal verunsichert. »Leistest du diesem Abschaum wirklich Gesellschaft?« Rasîd machte den Mund auf, doch kam kein Ton heraus. Stattdessen schwirrten ihm Worte durch den Kopf.

Ich leiste ihr zwar Gesellschaft, aber …

Bitte vergib ihr, Bruder, denn sie …

Ich fürchte, dass ich dazu verpflichtet bin …

Doch keines dieser Worte schaffte es durch seine plötzlich trockene und raue Kehle. Rasîd hatte siegreich gegen Wegelagerer, Zyklopen und Ghule gekämpft, fand sich jetzt aber wie gelähmt und war nicht in der Lage zu sprechen.

Die Unsicherheit des Grauhaarigen verflog, stattdessen blickte er kalt und finster. »Aus deinem Schweigen schließe ich, dass du tatsächlich mit dieser verrückten, verkommenen Alten zusammen bist! Wo ist deine Tugend? Dienst du Gott überhaupt noch, junger Mann?«

Die beiden großen Männer mit den Hakennasen wurden unruhig. Offenbar brannten sie auf einen Kampf.

Völlig unpassend war Gelächter zu hören, als zwei junge Paare in die Gasse einbogen, die Szene erblickten und rasch wieder umkehrten.

Litas zog den Dolch aus der Ziegenlederscheide an ihrem Gürtel. *Was tut sie da?* Mit der langen, breiten Klinge wirkte der Dolch in ihrer kleinen Hand wie ein Kurzschwert. »Geh, Suri«, sagte die Alchemistin mit tödlicher Ruhe in der Stimme.

Da sich das Mädchen nicht rührte, rief Litas: »Geh! Jetzt!«

Das Mädchen rannte davon, bevor die Männer es packen konnten.

Die beiden großen Jünger wollten ihr hinterherlaufen, doch ihr Anführer hob eine Hand, und sie hielten inne. Ohne etwas zu sagen oder noch mal zurückzuschauen, floh Suri aus der Gasse.

»Die Lasterhaftigkeit dieser alten Hure ist schlimmer als die der jungen«, sagte der Anführer der Jünger zu seinen Männern. Seine Gelassenheit war unheimlich. »Sie wird anstelle des Mädchens die Strafe erhalten.« Dann wandte er sich direkt an Litas. »Und wer bist du, Hure mit einem Messer, dass du glaubst, dich ungestraft in Gottes Arbeit einmischen zu können?« Anscheinend war der Mann tatsächlich neugierig.

Litas gab ihm keine Antwort.

Die Halsadern des Mannes traten hervor. »Wer immer du bist, du wirst merken, dass du dich irrst!« Rasîd gefiel der Ton des Mannes nicht – in ihm lag eine wenig tugendhafte Vorfreude darauf, Litas auf irgendeine brutale Weise von ihrem Irrtum zu überzeugen.

Noch ehe er sich überlegte, wer seine Gegner waren, legte Rasîd die Hand auf den Schwertknauf. Der Orden pflegte Verbindungen zu den Demütigen Jüngern. So unangenehm und anmaßend diese Männer auch sein mochten, waren sie doch Rasîds Verbündete, was seine Verpflichtungen anging.

Aber. Litas Likamis Tochter war eine wahre Dienerin Gottes, die gewiss mehr richtige Kämpfe ausgefochten hatte als diese drei Männer zusammen. Rasîd schwirrte der Kopf, und seine Hand krampfte sich um den Schwertgriff.

Litas brach das Schweigen: »Der Vater des Universums gebietet uns nicht, ängstliche Mädchen zu schlagen, Brüder! Könnt ihr und euresgleichen nicht andere Wege finden, um Tugend zu verbreiten?«

Einer der Hünen klopfte sich mit seiner Keule in die offene Hand und ging zwei Schritte auf Litas zu. Jetzt waren sie beinahe in Waffenreichweite, und Rasîd näherte sich mit langen Schritten. Nach einem warnenden Blick auf Rasîd sagte der Grauhaarige ruhig zu Litas: »So rüde Worte. Komm, Weib. Ob alt und zerknittert oder jung und rüstig, alle müssen ihr Leben unter Gottes Wort stellen. Komm und lass dich züchtigen. Bei einer so kleinen Frau wie dir wird es schnell und ganz leicht vorbei sein, das schwöre ich beim Namen Gottes.«

Litas lachte bitter. »Komm doch und versuche, mich zu züchtigen, Bruder. Dann landest du im Dreck.«

Alles passierte gleichzeitig.

Die beiden Hakennasigen stürzten sich auf Litas, doch

sie waren keine Kämpfer. Das sah Rasîd nur zu deutlich. Also brauchte er sein Schwert nicht zu zücken. Er verstellte dem Angreifer, der Litas am nächsten war, den Weg und ließ seine Faust vorschnellen.

Erst als der Mann mit blutiger Nase und bewusstlos am Boden lag, wurde Rasîd klar, dass er seine Seite gewählt hatte.

Zum, wie ihm schien, tausendsten Mal in dieser Woche krampfte sich Rasîd der Magen zusammen, weil er etwas Falsches tat. Dennoch sah er auf und war bereit, mit den beiden anderen Jüngern genauso zu verfahren. Litas stand zwischen ihm und den Männern. Rasîd erstarrte, als er sah, dass die Alchemistin den Männern den Griff ihres Dolchs entgegenhielt. *Sie händigt ihnen ihre Waffe aus?*

Der Anführer zögerte, und in seiner bartlosen Miene drückte sich ein Widerstreit aus Verwirrung und Wut aus. »Was …?«, fragte er.

Der Stein im Dolchknauf zischte, und aus seiner Spitze schoss grün leuchtender Dampf, der sich um die Köpfe der beiden Jünger zu einer Wolke zusammenballte. Litas tänzelte ein paar Schritte zurück und wich einigen unbeholfenen Keulenhieben aus. Rasîd spürte ein Stechen in Augen und Nase, als ihn Schwaden vom Rand der Wolke erreichten.

Die Jünger zeigten heftigere Reaktionen. Sie brachen zusammen und husteten, und der Hüne ließ dabei klappernd seinen Holzknüppel fallen. Kurz darauf lagen die drei Männer reglos wie Leichen da. Sie atmeten nur noch ganz schwach, stellte Rasîd mit seinen scharfen Sinnen fest.

Litas hustete ein paar Mal, und Rasîd, der vor dem ätzenden grünen Rauch zurückgezuckt war, tat es ihr gleich. Während sich die Wolke in der Morgenluft auflöste, wischte sich die Alchemistin die Waffenhand, an der Rückstände klebten, am Rock ihres Kleids ab. Ein grünschwarzer Fleck blieb darauf zurück. Dann sah Litas mit grimmiger Genugtuung auf die bewusstlosen Jünger hinab, und der Stolz über ihr Werk stand ihr ins Gesicht geschrieben. Vorsichtig steckte sie den Dolch in die Scheide zurück, schaute Rasîd an und zuckte mit den Schultern.

»›Dann landest du im Dreck‹. Aber ich habe sie gewarnt, oder nicht?«

»Tantchen? Wie? Was?«

»Eine seltene Tinktur, die man den Atem Dargon Lûngs nennt.«

»Wie das Ungeheuer aus den Geschichten?«

Wieder zuckte Litas die Schultern. »Ja. Wenn man Adoulla glaubt, dann ist Dargon Lûng jedoch echt, auch wenn die meisten ihn bloß für ein Wesen aus den Geschichten halten.«

Erst jetzt fielen Rasîd die zahlreichen Schaulustigen auf, die nunmehr hastig dem Ort des Geschehens den Rücken kehrten und davoneilten. Er wollte Litas darauf hinweisen, in welche Gefahr sie sich begeben hatte, überlegte es sich aber anders. *Sie hat dich auch mit hineingezogen*, sagte ihm seine zweifelnde Stimme. Dann sah er auf die unbeweglichen Jünger hinab. *Ich stehe auf der richtigen Seite*, sagte er sich. *Bestimmt!*

»Lass uns weitergehen, Tantchen«, war alles, was er sagte.

Ihr zuversichtliches Grinsen verschwand, und einen Moment lang wirkte sie wie eine alte Frau. »Hör her, Rasîd. Ich spiele nur deshalb die Tapfere, weil ich gerade die Demütigen Jünger angegriffen habe. Das wird meinem ohnehin schon geplagten Heim noch mehr Ärger einbringen.« Trauer trat in ihren Blick. »O Gott, bitte beschütze sie!« Damit meinte sie eindeutig nicht die Jünger. »Rasîd, wenn dieses Geschöpf, dieser Schakalmann, wieder zuschlägt …« Sie ließ den Satz unvollendet und forderte Rasîd mit Gesten auf, weiterzugehen.

Schließlich blieb Litas vor der Schwelle eines geschmackvollen zweistöckigen Gasthauses aus grün glasierten Ziegeln stehen. Große Gitter schirmten den Innenhof der Schenke vor Vorübergehenden ab. Durch eine schmale Öffnung im Gitter traten sie in den Innenhof, der mit zwei Brunnen aus beinahe durchsichtigem Marmor verziert war. Zwei große, gut gekleidete Männer führten sie in den eigentlichen Schankraum. *Wachen*, vermutete Rasîd, auch wenn sie sich eher wie Hausherren benahmen und keine sichtbaren Waffen trugen. Ehrerbietig nahmen sie ihm das Schwert ab und versprachen, es ihm wieder auszuhändigen, wenn er das Gasthaus verließ. Er nahm anerkennend zur Kenntnis, dass sie die Waffe mit der angebrachten Ehrfurcht behandelten.

Das Empfangszimmer des Gasthauses war riesig und beinahe so offen und luftig wie der Innenhof. An einigen niedrigen Tischen aus weißem Holz und Schildpatt saßen kleine Grüppchen zusammen. Litas lächelte und winkte einem dicken Mann zu, der an einem runden Tisch ganz an der entgegengesetzten Wand saß. Sie war größtenteils von einem aus Jade- und Smaragdfäden geknüpften Teppich bedeckt, der einen grünen Olivenhain darstellte. Der Dicke, der allein am Tisch saß, winkte zurück und strahlte Litas freudig entgegen. Er sah aus, als wäre er selbst eine Olive. Seine Haut schimmerte grünlich, fast wie der Teppich, und er war ungefähr so klein wie Rasîd, dabei aber eiförmig, und besaß eine eigenartig glatte Haut, obwohl er in Litas' Alter war. Wie um die Wirkung noch zu verstärken, trug er kostbare, dunkelgrüne Seidenkleider.

»Herrin Litas Lokamis Tochter!« Als sie auf ihn zukamen, grinste der Mann sie an, stand auf und verneigte sich. Dabei machte er die ganze Zeit aufgeregte Geräusche. Rasîd nickte ihm knapp, aber respektvoll zu, während Litas ihn herzlich umarmte. »Du hast mich warten lassen, Wundervolle. Aber die Helfenden Engel wissen, dass du des Wartens wert bist.«

Litas strahlte, und Rasîd stellte fest, dass er nicht schlau genug war, um zu herauszufinden, ob ihr Lächeln ernst gemeint oder gespielt war. »Liebster Yasîr«, sagte sie und streifte den Unterarm des Mannes mit ihrer zierlichen Hand. »Es tut mir sehr leid, dass wir zu spät sind, guter Freund. Wir hatten ein bisschen Ärger auf dem Weg hierher.«

Yasîr wischte das unsichtbare Ärgernis mit der Hand weg. »Es muss dir nicht leidtun, meine Teure, ganz und gar nicht. Ich werde darauf verzichten, dich zu fragen, welche Art Ärger ihr hattet. Ganz bestimmt ist es besser, dass ich es nicht weiß. Ganz bestimmt.«

Rasîd mochte diesen Narren nicht, der viel zu viel

lächelte, sich so durchtrieben bewegte und durchtriebene Worte wählte. Doch hielt er sich zurück und zwang sich zu einem ungerührten Gesichtsausdruck.

Yasîr erwiderte den Gefallen nicht. Als er Rasîd betrachtete, verging ihm sein Lächeln, und er runzelte verwirrt die Stirn. »Wen hast du mitgebracht, Herrin? Mir war nicht bekannt, dass du einen Leibwächter brauchst, abgesehen von deinem sauertöpfischen Ehemann.« Obwohl Yasîr den Derwisch unverschämt anstarrte, richtete er das Wort nur an Litas. »Ist er wirklich ein Heiliger? Bist du jetzt eine Freundin der Derwische? Du, die mir einst erzählt hat, die Derwische wären die aufgeblasenen Pfauen des …«

»Das reicht, Yasîr!«, unterbrach ihn die Alchemistin. Sie warf Rasîd einen entschuldigenden Blick zu.

Der Dicke breitete die weichen Hände aus, als wäre er die Offenheit in Person. »Wie du willst, meine Teure, aber du weißt, dass ich mit Fremden nicht übers Geschäft rede. Vor allem nicht mit glatt rasierten Fremden, die mit ihren zweispitzigen Schwertern ›das Gute vom Bösen scheiden‹. Du wirst deinen tugendhaften Leibwächter bitten müssen, uns allein zu lassen.«

Vor Wut machte Rasîd einen halben Schritt auf den Mann zu, bevor er sich selbst zurückpfiff. Irgendwie gelang es ihm, ungerührt zu klingen. »Ich werde sie nicht allein lassen, wenn …«, fing er an.

Doch Litas legte ihm ihre schwarzblaue Hand auf die Schulter und drückte sanft zu. »Rasîd, bitte.«

Es steht zu viel auf dem Spiel, um halsstarrig zu sein. Zum Zeichen seiner Einwilligung neigte er den Kopf und wünschte sich, der Doktor wäre hier. »Ich warte an der Tür, Tantchen«, sagte er.

»Danke, mein Lieber.«

Rasîd ging zum Eingang der Schenke. Er fasste nach einem Schwertknauf, der nicht da war. Dann wartete er. Noch immer rasten seine Gedanken. Noch immer hatte seine Seele keine Ruhe.

15

Litas blieb stehen und beobachtete, wie sich Rasîd in die Ecke des Empfangszimmers zurückzog. Sie war aufgewühlt. Die Begegnung mit den Jüngern und die Gedanken an den Ärger, den ihr das noch einbringen würde, wollten ihr nicht aus dem Kopf gehen. Sie hatte niemanden getötet. Sie hatte nicht einmal jemanden verletzt. Der Atem Dargon Lûngs war im Grunde harmlos und raubte seinen Opfern lediglich für ein paar Stunden das Bewusstsein. Trotzdem hatte sie sich gefährliche Feinde gemacht, denn Litas war klar, dass sich die Jünger furchtbar rächen würden, wenn sich ihnen eine Gelegenheit dazu bieten würde. Der Umstand, dass außer ihrem Stolz nichts zu Schaden gekommen war, würde sie nicht milder stimmen. Doch was hätte sie tun sollen? Zulassen, dass das Mädchen wie Vieh ausgepeitscht wurde?

Sie drehte sich zu Yasîr um und zwang sich, ruhiger zu werden. Die Begegnung mit den Demütigen Jüngern war schon eine Stunde her, und jetzt hatte sie etwas Wichtiges zu erledigen. *Ich bringe das besser hinter mich.*

Sie nahm einen geschäftlichen, aber freundlichen Ton an. »Es freut mich, dass der Bote dir meine Nachricht überbracht hat. Und dass du in der Lage warst, eine derart außergewöhnliche Bitte so schnell zu erledigen.«

Yasîr hörte ihr zwar zu, beobachtete dabei aber Rasîd. Dabei musste er den Hals recken, um den Derwisch besser sehen zu können. Sein forschender Blick war so besorgt, dass sich die glatten Gesichtszüge des Zauberverkäufers in Falten legten. Dann erst wandte er sich Litas mit einem herzlichen und – wie sie mit einiger Überzeugung annahm – ehrlichen Lächeln zu.

»Hm, ich freue mich, deine Köstlichkeit immer noch in einem Stück zu sehen, o Auge voller Sternenlicht! Deine Nachricht ließ mich befürchten, dass du in tödlicher Gefahr schwebst. ›Notfall‹, ›Äußerst wichtig‹, ›Bedrohung für unsere Stadt‹. Solche Worte standen in deinem kurzen Brief. Wegen dir, o Atem der Rose, habe ich die ganze gottverdammte Nacht keinen Schlaf gefunden! Und diesen Zauber zu wirken war außerordentlich teuer. Smaragdpulver, diese gottverdammten Pilze, die nur die von den Banu Kassim Badawi gezüchteten Kamele erschnüffeln können! Solche Dinge sind keine Kleinigkeiten, nicht einmal für einen Zauberverkäufer, der neben einem für immer gebrochenen Herzen über so viel Barschaft verfügt wie jener, den du vor dir siehst. ›Was kann an einer verstaubten alten Schriftrolle in dreifach verschlüsselter Geheimsprache nur so bedeutsam sein, dass sie meinen Schlüsselzauber so gottverdammt schnell braucht?‹, fragte ich mich. ›Und warum sollte ich es tun, wo ich doch genau weiß, dass ich nicht in der Lage sein werde, ihr das zu berechnen, was ich berechnen sollte?‹ Aus Liebe?«

Der verletzte Liebhaber war eine halb ernst gemeinte Rolle, die Yasîr stets spielte, wenn sie zusammen waren. Sie musste unweigerlich lächeln. Einen schmerzhaft süßen

Moment lang überlegte sie, wie ihr Leben mit einem so robusten Mann wohl aussehen würde. Sie war froh, dass Dawoud nicht mitgekommen war. Der wäre jetzt außer sich vor Eifersucht. Als sie an ihren Mann dachte, zerfloss ihr Lächeln, und die Müdigkeit kehrte zurück.

»Aber du hast nie zu den Frauen gehört, die ›Ghul‹ schreien, wenn keine Gefahr im Verzug ist«, fuhr Yasîr fort. »›Also muss etwas dran sein‹, sagte ich mir, ›wenn sie deswegen in einer solchen Aufregung ist.‹ Abgesehen davon, dass du meinen Heiratsantrag ausgeschlagen hast, warst du immer eine vernünftige Frau.«

Sie dachte an diese Zeit vor vielen Jahren zurück, kurz nach der einzigen Reise, die Dawoud und sie in ihre Heimat unternommen hatten. Sie dachte daran, wie sie den parfümierten Brief mit Yasîrs skandalösem Antrag gefunden hatte – dabei war sie bereits mit Dawoud verlobt gewesen. Sie hatte Dawoud nur mit Mühe davon abhalten können, den Kerl umzubringen. »Ich war schon verheiratet, als du mich gefragt hast, Yasîr.«

Wieder verscheuchte der untersetzte Mann etwas Unsichtbares und Unwichtiges. Unter der Anleitung des langbärtigen Gasthausbesitzers trugen einige Diener Teller mit Speisen auf. Dabei verneigte sich der Wirt die ganze Zeit unterwürfig vor Yasîr. Als er sich zurückzog, schüttelte sich Yasîr, als erwache er aus einem Albtraum.

»Oh, meine Teure, vergib mir. Das Frühstück wurde aufgetragen. Leistest du mir Gesellschaft?«

Vor dem Zauberverkäufer war ein Frühstück ausgebreitet, das Adoulla ein freudiges Wimmern entlockt hätte. Mit Nelken und Minze gewürzte Lammmedallions, gekochte Taubeneier, in Honig gebratene Taroknollen, feiner Getreidebrei mit Datteln, Teegebäck aus Hundertflocken, dunkle und helle Tees und Fruchtsäfte. Litas war nicht so aufs Essen versessen wie Adoulla, doch nach dem Kampf mit den Jüngern verspürte sie einen gewissen Heißhunger, und die vielen verschiedenen Aromen ließen ihren Magen knurren. Allerdings würde sie keine ganze Mahlzeit mit Yasîr teilen. Die Gefahr, in irgendwelche Fallen zu laufen, wäre dabei zu groß.

Mit der gleichen Sorgfalt, mit der sie in ihrer Werkstatt Messbecher füllte, wog sie ihre Antwort ab. »Ich fürchte, ich habe nur wenig Zeit, mein Freund. Ich habe es sehr eilig.« Ehrerbietig neigte sie den Kopf, sodass die Ringe in ihren Filzlocken klingelten. »Aber ich esse einen Teekuchen, wenn es dir recht ist?« Wenn sie mit dem Mann Geschäfte machen wollte, durfte sie nicht vollkommen unhöflich sein. Sie saß an dem weißen Holztisch, nahm sich einen Hundertflockenkuchen und knabberte daran. Er war köstlich, und sie musste sich beherrschen, ihn nicht so schnell hinunterzuschlingen, wie ihr Hunger es ihr diktierte. »Danke.«

Yasîr zuckte mit den fleischigen Schultern, sodass sich die grüne Seide seines Hemds wellte. Er lächelte anzüglich und deutete in die Ecke des Zimmers, in der Rasîd wartete. »Aha. Jetzt also ein Derwisch, was? Und so jung, dass er dein Sohn sein könnte. Stimmt es, was man sagt? Dass sie sich überall rasieren?« Wieder das Olivenöllächeln. »Nein, nein, gib mir keine Antwort, streite es nicht ab. Ich freue mich doch nur, dass du tatsächlich zu einem kleinen Skandal fähig bist, meine Teure. Es macht mich glücklich zu wissen, dass du das Leben genießt, auch wenn du in einer armseligen Hütte lebst und dich um die Armen kümmerst. Ein schlanker kleiner Junge vom Orden, zweispitziges Schwert und all das! Beim Namen Gottes! Das ist so dekadent, dass ich fast dazu neige, nicht eifersüchtig zu sein. Ah, aber ich sehe, dass es dir peinlich ist. Wie geht es dir denn eigentlich?«

Schließlich musste Yasîr innehalten, um Luft zu holen. Litas ließ sich nicht auf das Geplänkel ein, sondern nutzte die kurze Stille, um so direkt zu werden, wie es die Höflichkeit gestattete. »Wie ich schon sagte, Yasîr, ich habe es eilig. Das tut mir wirklich leid. Mir geht es aber ganz gut, Preis sei Gott. Und wo wir gerade vom Genießen sprechen – dir scheint es ja auch nicht gerade schlecht zu gehen. Allein vom Gegenwert dieser Brosche könnte man eine Familie ein Jahr lang ernähren. Für wen hast du denn gearbeitet?«

Wieder kräuselte sich die weiche Haut um seine Augen, diesmal aber in leisem Spott. »Oh, Schöne, du weißt, dass ich dir das nicht sagen kann. Sagen wir einfach, dass so besondere Persönlichkeiten wie du und ich – Menschen, die gewisse Geheimnisse und Künste kennen – dieser Tage sehr gefragt sind.« Gemächlich schlürfte er einen Löffel Brei, bevor er fortfuhr. Litas' Eile schien ihn offensichtlich nicht zu kümmern. »Das Gerede über Aufstand und Chaos veranlasst wohlhabende Männer und Frauen, sich auf den Notfall vorzubereiten. Und diese Vorbereitungen sind gut fürs Geschäft, Preis sei Gott.«

Diplomatisch wäre es gewesen, nichts darauf zu antworten. Doch Litas konnte es sich nicht verkneifen. »Und ist es für dich immer noch nur ein Handel, Yasîr? Die Gaben, die Gott uns zugedacht hat? Ist das nur eine Möglichkeit, Gold zu machen, ohne an diejenigen zu denken, die nichts bezahlen können?«

Yasîr strahlte ohne auch nur die Spur eines Schuldgefühls. »Nicht alle, die über das Wissen verfügen, verabscheuen es so sehr wie du, will mir manchmal scheinen, o Lavendellippe, die du deine Künste und deine Zeit mit von Flöhen befallenen Idioten vergeudest, es nicht einmal zu schätzen wissen, die mit Steinen nach Leuten wie dir und mir werfen. Wenn ich kriecherisch gepriesen werde, wenn meine Künste Erfolg zeigen, ich auf der anderen Seite aber Scharlatan und Hexer geschimpft werde, wenn sie versagen, dann sollen wenigstens ein paar Münzen dabei herausspringen, vielen Dank auch. Soll ich mir die Mühe machen, dir ein weiteres Mal zu erklären, dass es schönere Orte auf der Welt gibt als diese schmutzige Gasse, in der du mit deinem knorrigen Mann lebst? Orte, an denen dein unübertroffenes Können und dein für dein Alter rüstiger Körper genauso hoch geschätzt würden, wie sie es verdient haben?«

Wie bereits vor Jahren meinte Yasîr es so bitterernst, dass sie ihn in gewisser Weise wollte. Trotzdem fiel es ihr nicht allzu schwer, ihr abschreckendstes Grinsen aufzusetzen und zum Thema zurückzukehren. »Nein, Yasîr, du solltest dir keine Mühe geben. Aber sei vorsichtig, ja? Es kommen gefährliche Zeiten auf uns zu, und was uns bevorsteht, ist mehr als nur Gerede.« Sie holte Luft. »Also …«

Yasîr neigte leicht den Kopf. »Ich danke dir für deine Besorgnis, o Stimme eines singenden Vogels. Was deinen

Auftrag angeht, ich habe die Schriftrolle bei mir.« Der glänzende Mann versuchte sich an einem tadelnden Blick. »Wie ich bereits sagte, das Ding hat mich die ganze gottverdammte Nacht hindurch wach gehalten. Für die Eile und meinen geraubten Schlaf wirst du einen hohen Preis zahlen. Nun, und zusätzlich erhöht sich der Preis für die Schriftrolle wegen der Unklarheit der Worte, die …«

Litas knirschte mit den Zähnen. Dafür hatte sie keine Zeit.

»Komm zum Punkt, Yasîr.«

Jetzt war nichts Weiches oder Öliges mehr an Yasîr. Er sah sich nach unerwünschten Beobachtern um, und da die Luft rein war, holte er ein kleines Stück Papier und Kohle hervor. Er notierte eine Zahl und schob das Papier zu Litas hinüber. »Das sind die Gesamtkosten. Der Preis lässt sich nicht verhandeln, da es in deiner Nachricht hieß, dass ich gleich anfangen soll und dass du ›jeden Preis‹ zahlen würdest.« Theatralisch zog der Zauberverkäufer einen dünnen, ein Fuß langen Ebenholzzylinder unterm Tisch hervor. Die dunkle Hülle war mit Gold und Jade verziert.

»Das ist ja ein Vermögen!« Hastig rechnete sie die Summe im Kopf durch. Alles hatte sich geändert, seit sie die Republik verlassen hatte. Vor vielen Jahren hatte ihr Mann sie damit aufgezogen, dass sie ein reiches Mädchen vom Blauen Fluss war, die den Wert des Geldes nicht kannte. Und es hatte tatsächlich Jahre gedauert, bis aus der Herrin Litas a-Likami aus dem Hohen Geblüt der Erlauchten Paschas die schlichte Litas Likamis Tochter geworden war. Inzwischen regelte sie – mit ihrem Blick für Zahlen und Werte – die Geldangelegenheiten in Geschäft und Haushalt. Sie dankte dem Allerbarmer, dass sie darin so gut war, dass Dawoud nicht gemerkt hatte, wie sehr sie sich in ihren Verhältnissen den Armen angenähert hatten, die sie versorgten.

Wenn es sein musste, war sie bereit, Yasîrs Preis zu zahlen. Trotzdem lohnte es sich immer, ein bisschen zu feilschen. Sie lächelte vornehm und spielte mit ihren Filzlocken. »Du sprichst von der Wertschätzung, die ich verdient hätte. Aber drückt sich die in diesem Preis aus, mein Teurer?«

Yasîr schüttelte traurig den glänzenden Kopf. »Es tut mir wirklich leid, Augengestirn, aber wir wissen beide, dass meine Wertschätzung für dich nicht auf Gegenseitigkeit beruht. Da du in mir einen verachtenswerten Söldner siehst, weiß ich, dass ich so bald keine Küsse von dir bekommen werde. Deshalb, fürchte ich, bin ich gezwungen, dich wie einen herkömmlichen Kunden zu behandeln.«

Sie lächelte ihn schief an. »Und muss ich für die Hülle extra zahlen?«

Er lächelte zurück. »Man kann meine Arbeit nicht zusammengefaltet in der Hosentasche herumtragen – nicht einmal in deiner paradiesischen Hosentasche, meine Teure.«

Genug Sticheleien, dachte Litas. Sie war müde und machte sich Sorgen um ihren Mann und ihre Freunde. Und sie gestand sich ein, dass sie immer neidischer auf Yasîrs Reichtum wurde, je länger sie hier saß. Dieses luxuriöse Leben – und noch mehr – war einst ihr Erbe gewesen. Doch sie hatte es verschmäht, um ihrem Herzen zu folgen und eine Kunst zu erlernen, die sie nie hätte ausüben können, wenn sie eine achtbare Herrin am Hof der Drei Paschas hätte bleiben wollen. Die großen Entscheidungen ihres Lebens hatte sie nie bereut. Aber manchmal ertappte sie sich dabei, dass sie sich wünschte, Gott, von dem alles Glück ausgeht, hätte sie erst gar nicht vor diese Entscheidungen gestellt.

Aber er hat es getan, was immer du dir auch wünschst, sagte sie sich. *Jetzt konzentriere dich gefälligst!* »Sehr gut«, sagte sie zu Yasîr. »Ich hoffe allerdings, dass ich bei diesem Geschäft auf deine Verschwiegenheit zählen kann?«

»Hmmm. Ja. Verschwiegenheit. Wieso interessierst du dich eigentlich plötzlich für dreifach verschlüsselte Schriften? Was Schlüsselzauber angeht, gibt es nichts Undurchsichtigeres. Was für ein angestaubtes altes Stück willst du damit überhaupt entschlüsseln? Nein, nein, ich weiß, dass du nicht antworten wirst. Verschwiegenheit ist eine Ware wie alles andere auch. Diese Ware aber schenke ich dir als Zeichen meiner Wertschätzung für dich. Nun, das Geld bitte.« Wieder musste Yasîr innehalten, um Atem zu schöpfen.

Litas griff in die Falten ihrer bestickten Robe und zog aus einer geheimen Brusttasche ein Päckchen Münzen heraus, eingeschlagen in ein lavendelfarbenes Tuch. »Da sind ein paar Dinare mehr drin. Behalte sie, mein Freund.«

Sie hätte es nicht zugegeben, aber sie freute sich über das Gesicht, das Yasîr machte, als er das Bündel mit den Lippen umschmeichelte. »Nie wurde Gold aus einer lieblicheren Mine geschürft, meine Teure. Ich danke dir, ich danke dir, ich danke dir.«

Endlich, nach einigen weiteren höflichen Worten und

Gesten, konnte sich Litas endlich verabschieden, dem Zauberverkäufer Gottes Frieden wünschen und sich zum Ausgang der Schenke aufmachen. Anscheinend war ihr das Schicksal endlich etwas gewogener. Mit dem Schlüsselzauber würden sie und ihre Freunde nicht mehr weiter im Dunkeln tappen müssen. Das hoffte sie zumindest.

Litas gestattete sich ein kleines Triumphgefühl. Zwar hatte sie sich von einem großen Batzen Geld trennen müssen – dem Großteil dessen, was sie und Dawoud besaßen –, aber schließlich hatte sie gewusst, dass Yasîrs Hilfe nicht billig sein würde.

Mit einem Blick erlöste sie Rasîd von seinem Wachposten bei der vergoldeten Tür. Der Derwisch ließ sich seine kostbare Klinge wiedergeben, und sie traten aus der Schenke in den Innenhof. Litas sagte kein Wort zu dem Jungen, bis sie auf der Straße waren.

»Nun, mein Teurer«, sagte sie, als sie den Innenhof verlassen hatten, »trotz des Ärgers vorhin können wir den beiden alten Herren verkünden, dass wir …«

»Halt!«, bellte ihnen der hübsche junge Anführer einer Wachmannschaft entgegen und funkelte sie hässlich an. Neben ihm stand der grauhaarige Demütige Jünger, dem sie vorhin begegnet waren. Hinter ihm standen vier weitere Wachen. Die beiden großen Jünger waren nicht zu sehen – *wahrscheinlich schlafen die noch auf der Straße*, dachte Litas –, aber sie alle hatten eine Waffe in der Hand.

»Glaubst du etwa, Gott schläft, während ihr bösen Gesellen euer reueloses Leben fortführt?«, fragte der Grauhaarige. Hätten Blicke töten können, wären sie und Rasîd bereits tot gewesen. »Ich hab's dir gesagt, ausländische

Hexe: Du wirst gezüchtigt werden! Und Preis sei Gott, dass sein barmherziger Zorn gebietet, dass die Strafe dem Maß deiner Sünden entspricht.«

Der Wachführer warf dem Mann zwar ärgerliche Blicke zu, doch die Blicke, die er für Litas übrig hatte, waren noch unfreundlicher. »Du kommst mit uns, Weib. Und du auch, Derwisch.«

Der ist kein Eiferer, vermutete Litas auf den ersten Blick. Die Jünger waren lediglich an einen gierigen Wachführer geraten, der scharf auf einen Dinar war. Ihr berechnendes Gehirn machte sich sogleich an die Arbeit: *Was tun?*

»Herr, ich bitte ganz bescheiden …«, fing sie an, als sie Rasîd neben sich etwas über seine Befugnisse und die Überlieferungen des Ordens sagen hörte.

»Haltet die Klappe, alle beide!«, schrie der Jünger. »Schluss mit dem Gerede!«

Der Wachführer seufzte. »Ach, zum Henker mit euch allen, bei Gott!«, sagte er und sah dabei auch den Demütigen Jünger an. Dann aber zeigte er auf Litas. »Komm schon mit uns. Etwas plötzlich. Und dir nehmen wir die Waffen ab.«

»Was geht hier vor?« Erst als sie seine Stimme hörte, bemerkte Litas, dass Yasîr im Torbogen zum Innenhof stand. Er sprach ruhig, kraftvoll und ganz ohne die Verspieltheit, mit der er sich vorhin mit ihr unterhalten hatte.

»Was, Herr, geht dich das an?«, fragte der Wachführer. Eine Spur Furcht schlich sich in seine Stimme, da Yasîr offensichtlich zum privilegierten Stand gehörte.

»Wenn ich will, eine ganze Menge, Mann.« Der Zauberverkäufer kramte in dem Beutel an seinem Gürtel nach etwas. Als er es herausholte – einen Vierfingerring mit einem glänzenden violetten Stein, in den die Sande, Meere und Städte des Halbmondkönigreichs eingraviert waren –, stieß Litas ein lautes Keuchen aus. *Das Siegel des Kalifen? Für den hat er also gearbeitet!* Sie hatte lediglich gewusst, dass er während seines Auftrags im Palastviertel gewohnt hatte.

Dem Demütigen Jünger schien das Siegel kaum aufzufallen. »Hüte dich! Du besitzt Reichtum und irgendein Abzeichen der Regierung, Mann, aber Allmächtiger, wer …«

Der Wachführer wandte sich dem Grauhaarigen zu. »Sei still, du Gottverdammter! Ich erkenne das Siegel des Kalifen, wenn man es mir zeigt, und jetzt, wo ich darüber nachdenke, kommt mir das Gesicht dieses Mannes aus dem Palastviertel bekannt vor. Dennoch …« Er schien einen Gedanken abzuwägen. »Vergib mir, Eminenz, doch du hast dich nicht laut im Namen des Verteidigers der Rechtschaffenen vorgestellt. Weil …« Als er Yasîr ins Gesicht blickte, schien sein Zweifel Gewissheit zu weichen. »Weil du dich vielleicht – ah, vergib mir, Eminenz – vielleicht mit Dingen befasst, die die anderen Minister infrage stellen würden, was? Wiederum bitte ich untertänigst um Verzeihung, Eminenz.«

»Du unterstellst so einiges«, sagte Yasîr eisig.

Der Wachführer verneigte sich tief und bat um Vergebung. Dabei verlieh ihm Angst eine gewisse Aufrichtigkeit. Seine Männer wirkten entsetzt, und selbst der Jünger schien an sich zu zweifeln. Litas spürte allerdings auch Yasîrs Nervosität. Sie hatten es nicht mit einem stumpfsinnigen Wachmann zu tun. Vielmehr war der Mann Wachführer in der Runden Stadt und wusste ebenso gut wie Yasîr, welchen Ärger es geben würde, wenn jemand das Siegel missbrauchte.

»Tausend Mal Verzeihung, Eminenz«, sagte der Wachführer schließlich. »Heute Nacht ist das Vorsehungsfest, und meine Gedanken sind darauf gerichtet, wie ich meine Familie ernähre. Schon die kleinste Geste – die allerkleinste Gabe würde genügen, um meine Unterstellungen zu vergessen.«

Geld. Ohne lange darüber nachzudenken, kramte Litas eine Handvoll Dirhams heraus – weit mehr, als sie sich leisten konnte, aber im Moment waren ihr die Ausgaben des nächsten Jahres egal. Sie drückte dem Wachmann das Geld in die Hand.

Der sah sie an, als wollte er sie anspucken, nahm das Geld aber dennoch. »Verschwinde«, sagte er und kam sich dabei anscheinend verwegen vor. »Verschwinde sofort. Nimm deine schmutzigen Gifte mit zurück ins Gelehrtenviertel. Wenn ich dich in dieser Gegend wiedersehe, übernehme ich keinerlei Verantwortung für das, was meine Männer tun.« Der Mann bedachte Rasîd mit einem langen, hasserfüllten Blick, drehte sich dann um und ging fort. Seine Männer trotteten hinter ihm her.

Der Grauhaarige verweilte noch lange genug, um Litas böse anzufunkeln. »Du kommst schon noch dran, Sû-Hexe. Und du auch, falscher Derwisch. Ihr beide werdet nicht schwer zu finden sein.« Bei dem Wort *falsch* zuckte Rasîd zusammen, doch Litas sah dem Jünger schweigend ins Gesicht, bis sich der Wachführer umdrehte und ihn zu sich rief.

Dann wandte sie sich zu Yasîr um. »Danke«, sagte sie, und ganz gegen ihren Willen schlug ihr das Herz bis zum Hals. »Danke, Yasîr! Ich könnte dich küssen!«

»Aber das wirst du nicht tun.« Die Miene des Zauberverkäufers war weder heiter noch scherzhaft. Sein Blick war kälter, als Litas es je bei ihm gesehen hatte. »Du bist mir eine Menge schuldig. Eine Menge.« Er sah Rasîd giftig an und ging davon, kalt wie ein Eisklotz.

Ein Teil von Litas wollte Yasîr hinterher und ihn aufhalten. Aber das war nur ein Teil. Vor allem nämlich wollte sie Dawoud wiedersehen. Es war höchste Zeit, nach Hause zu gehen.

16

Gerade als die Sonne zu sinken begann, betrat Rasîd hinter der Alchemistin das Haus des Sû-Paares. Er freute sich, dass Dawoud Wadschîds Sohn, der Doktor und Samia Banu Laith Badawi alle sicher im Empfangszimmer saßen.

»Wir wären früher zurück gewesen«, sagte Litas, als sie zu ihnen hineinging, »aber wir hatten einige ... Verwicklungen mit einer Gruppe Demütiger Jünger.«

»Was?«, riefen der Ghuljäger und der Magus gleichzeitig.

»Verwicklungen? Was meinst du damit?«, fragte Dawoud.

Samia sagte nichts, fiel Rasîd auf. Aber sie wirkte gesünder als noch am Abend zuvor. »Preis sei Gott«, flüsterte er, ohne es zu wollen, und Samia sah verwundert zu ihm auf. Beschämt senkte er den Blick.

»Ich musste ein paar von ihnen in ihre Schranken weisen, aber das ist jetzt nicht wichtig. Das hier ist wichtig«, sagte die Alchemistin und stellte die verzierte Schriftrollenhülle auf einen niedrigen Teetisch. Dann ließ sie sich auf ein Kissen fallen. »Beim Namen Gottes! Heute freue ich mich aufs Schlafen!«

Rasîd musste sich zu Wort melden. »Und du hast Ruhe verdient, Tantchen. Ich aber kann es mir nicht gestatten, mich zur Ruhe zu legen. Sollte diese Schriftrolle uns helfen, mehr über die Pläne des teuflischen Orshado herauszufinden, muss ich es – dafür bitte ich um Verzeihung – so schnell wie möglich erfahren.«

Dawoud stellte sich zwischen Rasîd und seine Frau. »Derlei lässt sich nicht im Handumdrehen bewerkstelligen, Junge. Der Schlüsselzauber braucht genauso lange wie die Hand eines sorgfältigen Schreibers. Was auch immer in dieser Schriftrolle steht, wir werden es erfahren, aber es muss bis morgen früh warten.«

»Demnach haben wir Zeit, uns den Luxus einer Nachtruhe zu gönnen«, sagte der Doktor.

Rasîd protestierte und beharrte darauf, dass sie sich diesen Luxus eben nicht gönnen konnten, aber Litas unterbrach ihn, indem sie eine Hand hob. »So ist es, und mehr noch«, sagte sie, während sie Rasîd einen wütenden Blick zuwarf. »Wir bedürfen der Ruhe.«

»Samia Banu Laith Badawi auf jeden Fall, ob sie es weiß oder nicht«, fügte Dawoud hinzu. Der Magus sah Samia an, und Rasîd war beeindruckt, wie wenig sie Dawoud mittlerweile fürchtete – oder zumindest, wie wenig sie es zeigte.

Litas setzte hinzu: »Und wir werden nicht nur ausruhen, sondern auch feiern! Denn bei Sonnenuntergang beginnt das Vorsehungsfest.«

Der Magus zog eine weiße Augenbraue nach oben. »So ist es! Denk nur, das hätte ich fast vergessen.«

»So wie ich«, gestand der Doktor.

Litas legte ihrem Mann eine Hand auf die Schulter, richtete das Wort aber an die ganze Gruppe. »Wir dürfen unsere Feste nie vergessen. Der heutige Abend ist dem Dank für Gaben gewidmet, die Gott uns gewährt. An einem solchen Tag ist es unsere Pflicht, das Leben mit Essen und Trinken zu feiern. In den Himmlischen Kapiteln steht: ›O Gläubiger, ob beim Fest oder einer Totenfeier sollst du lächeln angesichts der Vorsehung Gottes.‹« Die Alchemistin wandte sich zu ihm um. »Habe ich recht, Rasîd?«

Er neigte den Kopf. »Ein rätselhafter Vers, Tantchen, aber … aber du hast recht.«

Dawoud und Litas gingen in die Werkstatt, der Magus trug Miri Almoussas Schriftrolle und die Alchemistin die von Yasîr.

Ein paar Minuten später kehrten sie zurück. Dann hörte Rasîd aus der menschenleeren Werkstatt das unverwechselbare Geräusch einer Feder auf Papier.

»Der Schlüsselzauber wurde ausgelöst«, verkündete Dawoud. »Jetzt ist es weiß Gott höchste Zeit zum Essen!«

Litas war es irgendwann in den letzten Tagen noch gelungen, ein Festmahl vorzubestellen. Jetzt tauchte ein alter Mann mit seinem Sohn auf, huschte mit einem halben Dutzend unter Kupferdeckeln warm gehaltener Gerichte einer teuren Garküche in der Nähe des Engelsplatzes herein und huschte wieder hinaus. Dann setzten sich alle, und Rasîds Magen knurrte. Ein weißer Laib Frischkäse leuchtete unter magentaroten Rübenscheiben. Von einem Reisbrot mit gerösteten Kichererbsen stieg Dampf auf. Süßsauer eingelegtes Gemüse, Hammelwürfel mit Paprikaschoten und Nüssen, Knoblauchgemüse, Obst und salziger Mandelpudding.

Und seit wann hast du so einen gefräßigen Blick?, fragte eine tadelnde Stimme in ihm.

Auf Litas' Bitte hin sprach Rasîd ein einfaches Tischgebet. Dann aßen sie.

Rasîd schob seine Teetasse von sich weg und lehnte jeden Teller ab, der ihm gereicht wurde. Er trank nur Wasser und aß ein paar Scheiben Rüben und Brot. Wie so oft unterbrach die dröhnende Stimme des Doktors seine Gedanken.

»Nun!«, sagte der Doktor und stand ein wenig taumelnd auf. *Er besäuft sich*, befürchtete Rasîd. »Nun!«, wiederholte der Doktor. »Im Lauf der Jahre habe ich gelernt, den Sinnen meiner Seele zu lauschen. Ich, so nehme ich an, bin nicht der Einzige, der davon ausgeht, dass der Blutsturm, der sich über uns zusammengebraut hat, bald niedergehen wird. Aber ich danke dir, Gott der Vorsehung, dass du mir vorher noch dieses Mahl mit meinen geliebten Freunden schenkst.« Der Doktor rieb sich die großen Hände und betrachtete die verschiedenen Teller auf dem Tisch. »Beim Namen Gottes«, rief er halblaut. »Litas, du verstehst es, aufzutischen!«

Samia meldete sich leise zu Wort und wischte sich Haare aus den Augen. »Was der Doktor sagt, ist wahr, Tantchen. Du und dein Mann, ihr seid so gastfreundlich und großzügig, dass selbst ein Badawi eifersüchtig werden könnte!«

Dawoud kicherte freundlich. »He. Das war nicht billig, das kann ich dir sagen. Jetzt weißt du, weshalb ich ein reiches Mädchen vom Blauen Fluss geheiratet habe!«

Die Alchemistin reagierte mit einem besorgten Blick.

Rasîd hätte nicht sagen können, warum, und tatsächlich war es auch nicht seine Angelegenheit.

Die alten Leute aßen, tranken und unterhielten sich. Sie verwöhnten Samia mit Geschichten, die Rasîd alle schon mehr als einmal gehört hatte. Von den Feinden, die sie im Lauf der Jahre bezwungen hatten. Von den Unsichtbaren Räubern und der Goldenen Schlange, von den Männern mit den vier Gesichtern und einem Dutzend unbedeutender Magi.

Rasîd hörte nur halb zu und nippte an seinem Wasser, bis er Samias Stimme hörte.

»Die Dornenherrin! Mein Vater hat mir von ihren berühmten Verbrechen erzählt! Es hieß, ihr Vater wäre ein böser Dschinn gewesen.«

Der Doktor schnaubte verächtlich, während er sich mehr Wein einschenkte. »Das sagen die Leute in Uniform immer, wenn sie jemandem begegnen, der Dinge tut, die sie für unmöglich halten. ›Dschinnenblut!‹ Unsinn! Die Tausendundeinen können keine Kinder zeugen, genauso wenig, wie ein Mensch einen Bären zeugen kann!«

Dawoud griff ungestüm über den Tisch und stach den Doktor mit dem Finger in den Bauch. »Willst du alter Sack mir damit sagen, dass ich mich all die Jahre getäuscht habe? Dass dein Vater kein Bär war?«

Der Doktor lachte. »Nun, ein Bär ist wenigstens ein edles Tier! Zumindest hat mein Vater kein Kind mit einer gottverdammten Ziege gezeugt!« Der Doktor fasste nach dem hennagefärbten Spitzbart des Magus und zog daran. Die beiden alten Männer lachten angeheitert.

Sie aßen zu Ende, und für eine Weile wurde es still am

Tisch. Nach einiger Zeit atmete der Doktor lautstark aus. »Ja, nun, dieses ganze Gerede hat mir Appetit auf etwas Süßes gemacht.« Dawoud füllte erst die Tasse seiner Frau, dann die Adoullas und schließlich seine eigene mit Palmwein. Vorsichtig goss er die goldene Flüssigkeit in die Tassen.

Samia lehnte eine zweite Tasse ab, wie Rasîd zufrieden feststellte. Und als Litas eine Platte mit unterschiedlichem Teegebäck und Obst herumgehen ließ, nahm sich Samia nur ein kleines Stück.

Doch geschah dies nicht aus Misstrauen. Wie Rasîd bemerkte, hatte sie nicht nur weniger Angst vor Dawoud Wadschîds Sohn, sondern offenbar auch sehr schnell ein herzliches Verhältnis zu seiner Frau entwickelt und einen lockeren Umgang mit ihr. Litas erklärte der Wüstenfrau: »Der Teppich kommt aus dem Teil der Republik, aus dem mein Mann stammt. Wo ich herstamme, haben wir nicht auf Teppichen gegessen – wir saßen auf hohen Stühlen an einem hüfthohen Tisch. Ich habe Jahre gebraucht, bis ich mich ans Hocken gewöhnt habe. Als ich zum ersten Mal …«

Die Alchemistin wurde vom Kichern des Doktors unterbrochen. Er unterhielt sich und den Magus mit kindischen Possen. Auf seinem Teller hatte er aus unterschiedlich geformten Teegebäcken ein Gesicht zusammengefügt. Jetzt spielte er Theater und ließ die Lippen aus Gewürzplätzchen mit hoher Fistelstimme betteln: »Nein, Doktor! Bitte iss mich nicht! Im Namen des Allerbarmers, ich flehe dich an, iss mich niiiicht!«

»Aber im Namen des Gnädigen Gottes«, antwortete der Doktor darauf mit seiner normalen Stimme, »ich wurde dazu erschaffen, dich zu verschlingen, kleines Plätzchen, und ich muss meinem Schicksal gehorchen!«

Litas und Dawoud lachten.

Manchmal sind sie schlimmer als Kinder, dachte Rasîd. Umso mehr freute es ihn, dass Samia es anscheinend nicht lustig fand. *Sie nimmt das Leben ernst, wie es sich für eine junge Frau ziemt. Von Gottes Engeln selbst erwählt.*

Doch dann, während sie Adoullas absonderliche kleine Vorführung weiter beobachtete, schlich sich ein Lächeln auf die vollen Lippen der Stammesfrau. Schließlich entrang sich ihr ein leises, bescheidenes Kichern.

Rasîd merkte jedoch, dass er nicht enttäuscht war. Vielmehr stellte er zu seiner Beschämung fest, dass er den Blick nicht von diesem Lächeln abwenden konnte. Ihm war, als schnitte Samias leises Lachen durch ihn hindurch wie ein mit reinem Glück vergiftetes Schwert. Er versuchte, seine disziplinierten Augen abzuwenden, doch es gelang ihm nicht. Da drehte sich Samia um und sah ihm direkt ins Gesicht. Als der Blick ihrer grünen Augen dem seinen begegnete und sie merkte, dass er sie anstarrte, wich das Lächeln einem Ausdruck reinsten Schreckens.

Sie hielt sich die Hand vor den Mund und neigte erneut den Kopf. Er tat es ihr gleich und richtete den Blick auf den sauber gefegten Boden. *Du hast sie angestarrt! Du hast sie angestarrt und sie geschändet. Hast du denn gar keine Scham? Dienst du Gott oder dem Treulosen Engel?*

Er musste meditieren und allein sein – wenigstens so allein, wie es in diesem überfüllten Haus ging. Er aß die letzten Reste auf seinem Teller, leerte sein Wasser und entschuldigte sich.

»Geh nur«, sagte der Doktor. »Ich gehe auch bald schlafen.«

»Vielleicht gleich hier am Tisch, mit der großen Nase in den Teeplätzchen, wenn uns die Erfahrung irgendetwas gelehrt hat«, sagte Dawoud mit einem schelmischen Lächeln.

Der Doktor grunzte, und die beiden Alten fingen wieder an, sich gegenseitig zu sticheln. Rasîd stand auf und ging die Treppe hinunter, um sich im Keller eine ruhige Ecke zu suchen.

»Bleib aber nicht die ganze Nacht auf, um zu beten und zu wachen, hörst du mich, Junge?«, rief der Doktor ihm nach. »Du kannst eine Wache übernehmen, aber du musst auch etwas schlafen. Wenn du bei einer so gefährlichen Jagd nicht alle Sinne beieinander hast, dann endest du als Leiche. Selbst du.«

Rasîd verrichtete seine Waschungen und meditierte, bis er die Furcht und den leisen Klang von Samias Lachen aus seinem Geist vertrieben hatte. Er hätte gedacht, dass er zu sehr von Pflichtgefühl erfüllt war, um einzuschlafen, aber er schlummerte dennoch ein.

Dann wurde er von Dawoud geweckt, weil er die letzten zwei Stunden der Wache übernehmen musste. Durchs Fenster wurden allmählich schwache Streifen rosaroten und orangefarbenen Lichts sichtbar, und wie vor dem Zubettgehen hörte er das seltsame Kratzen der magischen Feder des Schlüsselzaubers.

Eine Stunde später saß er auf einem Stuhl neben der Haustür, als plötzlich eine laute Stimme durch den Laden hallte. Erschrocken sprang Rasîd auf und zückte das Schwert.

NUN WERDEN DIE GEBORSTENEN WORTE WIEDER ZUSAMMENGEFÜGT! JEDEM AUGE UND JEDER SEELE WIRD SICHTBAR IHRE WAHRHEIT!

Aus der Werkstatt drang die Stimme von Yasîr, dem Zauberverkäufer. Rasîd verfluchte die eigene Nutzlosigkeit. Wie hatte der Mann ins Haus eindringen können, ohne dass Rasîd ihn gesehen hatte?

Doch als er in die Werkstatt stürmte, bereit, im Notfall zu töten, fand er keinen Zauberverkäufer. Dawoud und der Doktor eilten nach ihm herein, doch sie wirkten schläfrig und nicht beunruhigt.

»Doktor, ich habe die Stimme eines Eindringlings gehört!«

Der Doktor sah ihn schlaftrunken an, als fragte er sich, wer Rasîd war.

»Da ist kein Eindringling, Rasîd«, erklärte ihm Litas, nachdem auch sie in die Werkstatt gekommen war, Samia im Schlepptau. Die Alchemistin trug ihre Hausrobe, doch Samia war bereits in das Kamelkalbsleder der Badawi gekleidet. »Das ist nur Yasîrs Signatur. Wenn der Zauber seine Aufgabe beendet hat, wird man durch sie noch einmal daran erinnert, wer ihn geschaffen hat.«

Rasîd hütete sich, Samias Blicken zu begegnen. Stattdessen sah er auf den Werkstatttisch und stellte fest, dass die Schriftrolle, die der Doktor aus dem Haus Miri Almoussas mitgebracht hatte, leicht schimmerte. Daneben lag auf einem Haufen verbrannten Pergaments die Schriftrollenhülle, die Litas beigesteuert hatte.

Dawoud hob die intakte Rolle auf und rollte sie auf. Dabei stieß er ein beeindrucktes Pfeifen aus. »Dieser Yasîr ist zwar ein charakterloser Misthaufen, aber er liefert gute Arbeit ab, das kann man nicht bestreiten. Die Schriftrolle ist entziffert.«

»Dann lass uns mal sehen, ob sie uns irgendetwas Wertvolles sagen kann«, sagte der Doktor.

Jeder suchte sich einen Stuhl, und Dawoud las vor:

»Niemand weiß, wie der Halbmondthron geschaffen wurde. Und nur wenige wissen, dass er einst der Kobrathron genannt wurde. Seine große, wie ein Mond geformte Lehne, die einst die Gestalt des gespreizten Nackenschilds einer Kobra hatte, lässt sich weder durch Werkzeug noch durch Feuer beschädigen. In den verschollenen Messingbüchern der Kem wurde berichtet, dass die Faronen, die man auch die Kobrakönige der Kem nannte, während ihrer Krönung darauf saßen, so wie es die Kalifen später taten. Doch sagen welche, dass die Kalifen seine wahre Macht nicht kennen, obwohl sie seit Jahrhunderten auf dem Thron gekrönt werden. Dass er mit unsichtbaren Todeszeichen verhext wurde, verwunschen von den Toten Göttern, die den Verrat liebten. Dass man diese Macht nur beschwören konnte, indem man am kürzesten Tag des Jahres das Blut des ältesten Erben des Herrschers auf ihm vergoss. Die Messingbücher behaupten, dass derjenige, der solcherart vergossenes Blut trinkt, über die schrecklichste Todeszauberei gebietet, die die Welt je gesehen hat – denn er wird zum Meister der gefangenen Seelen unzähliger längst verstorbener Sklaven. Die schwarzen Künste der Kobrakönige, die Gott von der Erdoberfläche getilgt hat, würden zurückkehren.«

»Hier endet die Schrift.« Der Magus rollte das Pergament zusammen und legte es hin.

Der Doktor vergrub das Gesicht in den Händen und stieß ein tiefes Ächzen aus. »Litas, meine Teure, sag mir, im Namen des Allmächtigen, der unsere einzige Zuflucht ist, dass du guten, kräftigen Kardamomtee hast.«

Eine Viertelstunde später saßen sie im Empfangszimmer zusammen, und die Älteren tranken Tee und rauchten. Von der Wasserpfeife stieg der Duft des Apfeltabaks auf.

»Ich will das nicht«, sagte der Doktor. »Wir hatten so einen schönen Abend, und dann müssen wir den Morgen mit diesen finsteren Themen beginnen ... Aber ich wurde geschlagen und verwundet, und mein Haus liegt in Asche und Trümmern. Meine große Liebe habe ich genauso verloren wie die Aussicht auf ein friedvolles Leben. Meine Stadt werde ich nicht auch noch verlieren. Auf keinen Fall!«

Er deutete mit dem langen Mundstück der Pfeife auf Dawoud. »Aber vielleicht kommt es gar nicht erst so weit«, sagte er, und Rasîd schien, als wollte er sich selbst davon überzeugen. »Glaubt ihr, dass dieser Orshado überhaupt dazu fähig ist? In den Palast einzubrechen, den Gardisten die Kontrolle zu entreißen und den Sohn des Kalifen zu ermorden? Selbst mir, der ich schon viele unmögliche Dinge gesehen habe, erscheint das nahezu unmöglich. Er bräuchte Verbündete innerhalb des Palasts, ein Dutzend uralte Anrufungen, um an den Schutzzaubern vorbeizukommen – ganz zu schweigen davon, dass tausend Menschen den Kalifen beschützen.« Der Doktor reichte das Mundstück der Pfeife an Litas weiter.

Dawoud sah den Doktor an. »Du verstehst das nicht, mein Bruder. Du hast diesen Ghul der Ghule nicht gespürt. Seine Grausamkeit. Seine Macht. Zu was er dank ihr in der Lage ist, wenn der Treulose Engel ihn als Werkzeug benutzt.«

»Doch selbst mit Kriegszaubern und Todeszeichen ist ein Thron nur ein Symbol«, unterbrach ihn Litas und stieß Rauch aus. »Ohne eine Armee, ohne Wachen wird sein blutiger Plan nur dazu führen, dass ein wütender Mob den Palast stürmt.«

»Nein«, sagte der Doktor, und Rasîd sah in seinem Blick einen widerstrebenden Entschluss, der in ihm reifte. »Nein, meine Teure, dein Mann hat recht. So einfach ist es nicht. Wir haben es hier nicht mit Zaubern zu tun, die man für ein paar Dinare kauft – keine Sprüche, mit denen man Häuser ausraubt oder Morde wie Unfälle aussehen lassen kann. Sondern wir haben es mit den Todeszaubern zu tun, von denen die alten Bücher handeln – grausame Magie, die es möglich machen würde, dass alle Kinder, alle Frauen und Männer Dhamsawaats – ja, sogar alle Vögel und Tiere – eines Tages an der schieren Luft ersticken, dass ihre Lungen bersten wie faules Obst. Es ist die Art von Kriegszauberei, die es einem Menschen ermöglicht, eine ganze Horde zu erschlagen, die das Blut einer angreifenden Armee zum Kochen bringt und in brodelndes Gift verwandelt, die die Eingeweide einer ganzen Volksmenge in Kobras verwandelt. Aber es ist noch mehr als das. Solche Zauberei dient als … Sammelspeicher. Jemand, der diese Magie zu nutzen weiß, könnte an einem Tag tausend Menschen töten. Und danach könnte er die verdorbene

Macht dieser unfreiwilligen Opfer nutzen, um noch mehr Menschen zu töten.«

Litas stand das blanke Entsetzen ins Gesicht geschrieben, und Rasîd zweifelte nicht daran, dass sein eigenes Gesicht denselben Anblick bot. »Wahnsinn«, sagte sie schließlich. »Wahnsinn! Selbst wenn – Gott bewahre! –, selbst wenn er ganz Dhamsawaat auslöschen würde, würden sich alle anderen Reiche gegen ihn erheben. Die Sû würden ihre Söldnerlegionen entsenden, die Himmlische Armee von Rughal-ba würde …«

Der Blick des Doktors war kalt wie Stein. Die Kohle auf der Wasserpfeife zischte und erlosch. »Wenn er den Thron an sich reißt, muss er sich um diese Dinge keine Gedanken mehr machen. Dann wird er zum Statthalter des Treulosen Engels auf Erden. Keine Armee kann ihn dann noch aufhalten.«

»Aber warum?«, fragte Samia. »Warum sollte jemand, und wenn er noch so grausam ist, so etwas tun? Was hat er davon?«

»Macht«, gab der Doktor ohne zu zögern zurück. »Dasselbe, was einer davon hat, wenn er seinen Nächsten ermordet. Dasselbe, was ein Herrscher davon hat, wenn er seine Armee aussendet, um zu töten und zu sterben. Macht und das Versprechen auf einen Namen, der ewig fortleben wird. Was der Treulose Engel seinen Dienern verspricht, ist genau dasselbe. Allerdings ist der Ehrgeiz dieses Mannes ein Ozean gegen die Pfützen und Teiche irdischer Mörder.«

Rasîd sagte leise: »Preis sei Gott, dass die Kalifen Abassens in ihrer Majestät stets so sicher waren, dass sie diese verdorbene Macht nie benutzt haben.«

Der Doktor ließ einen lauten Wind fahren. »Oh! Verzeiht! Aber vielleicht hat mein Leib aus eigenem Antrieb auf deinen närrischen Gedanken reagiert.« Er hob belehrend den Finger. »Glaubst du wirklich, Junge, dass die Kalifen diese Macht nicht benutzt haben, weil sie es aufgrund ihrer Rechtschaffenheit nicht wollten? Nein. Menschen lassen sich Macht nicht einfach entgehen, Kalifen noch weniger als andere. Bestimmt haben sie von den Kräften des Throns bloß nichts gewusst. Die Hofmagier waren schon immer aufgeblasene Gauner, die auf die rohe Gewalt ihrer schlichten Zauberkünste vertrauten. Sie waren zu keiner Zeit große Gelehrte oder Forscher. Die Krönungszeremonie lebt als unverstandenes Erbe fort und ist Anlass für königliches Gepränge, bei dem die Macht nominell von einer Generation an die nächste weitergereicht wird. Aber ich vermute – und dafür preise ich den Allerbarmer von ganzem Herzen –, dass diese Schriftrolle jahrhundertelang nicht gelesen wurde.«

Litas massierte sich mit den Fingerknöcheln die Schläfen. »Bis jetzt«, sagte sie. »Bis jetzt, denn nun hat sie nicht nur ein gerissener Möchtegernthronräuber gelesen, sondern auch ein mächtiger Diener des Treulosen Engels – mehr noch: einer, der einen Splitter des Treulosen Engels in seiner Seele trägt.«

Samia nippte von ihrem Tee. »Aber wenn das Wissen dieser Schriftrolle doch so geheim war, wie kommt es, dass dieser Orshado davon weiß?«

Rasîd war beeindruckt, dass sie nicht furchtsam wirkte, sondern wie jemand, der seinen Gegner kaltblütig einschätzt.

»Er hat Mittel und Wege, Dinge zu erfahren«, sagte der Doktor, und er schien näher am Rand der Panik zu sein, als Rasîd ihn je erlebt hatte. »Mittel und Wege, die kein Mensch, dem seine Seele etwas wert ist, auch nur ergründen kann. Der Treulose Engel verleiht Kräfte, die einem Gott nicht gewährt. Er verlangt das, was er immer verlangt hat. Furcht. Die Eingeweide unschuldiger alter Frauen. Schmerz. Die Augenlider von Kindern. Die Diener des Treulosen Engels haben keine Bücher oder unwägbare Gerüchte nötig.«

Dawoud sprach mit hohler Stimme: »Orshado. Als ich dieses Blut berührte … Ich schwöre, dass keiner von euch das Ausmaß der Grausamkeit ahnt, mit dem wir es hier zu tun haben. Wenn dieses Geschöpf über solche Zauberei gebietet, wird die ganze Welt innerhalb einer Woche in Blut versinken.«

»*Sechs Tage für dich, um die Menschenwelt zu schaffen, sechs Tage für mich, um sie wieder auszulöschen*«, zitierte Rasîd. »So hat der Treulose Engel Gott herausgefordert, als er verbannt wurde.« Er hatte sich immer gewünscht, einmal in einer Schlacht mitzukämpfen, in der es um so viel ging. Doch jetzt musste er zu seiner Schande feststellen, dass er es sich nicht mehr wünschte.

»Dann müssen wir ihn aufhalten«, schloss Litas ganz sachlich. »Aus himmlischen wie irdischen Gründen. Der neue Kalif ist ein Narr und ein Mörder, aber sein Sohn … dass die Armenhäuser auf der anderen Seite vom Bognerhof letztes Jahr gebaut wurden, war die Idee des Jungen. Und auch, dass dort ein Hospiz für die Leute von der Straße errichtet wurde. Kleine Gesten, aber mehr, als sein

Vater tut. Man sagt, er sei ein gut gelaunter Junge, der die einfachen Leute liebt.«

Der Doktor schnaubte. »Lass ihn noch ein Jahrzehnt in diesem Palast leben, und das wird sich ändern! Ich kann nicht behaupten, dass ich dem Kalifen oder seinem Mistkerl von Sohn gern zu Hilfe eile.«

Litas verdrehte die Augen. »Das machen wir nicht ihnen zuliebe, Adoulla. Das weißt du. Aber wir haben kaum eine andere Wahl.«

Dawoud hob seine Teetasse und leerte den Bodensatz. »Also gehen wir zum Palast«, sagte der Magus. »Auch wenn es nicht einfach sein wird, eine Audienz zu bekommen, egal wie viele aufrüttelnde Warnungen wir vorbringen. Vor allem nach meinem letzten Besuch. Wir können uns glücklich schätzen, wenn man uns nicht für Assassinen hält. Roun Hedaad ist ein anständiger Mann, aber schon bei der kleinsten Provokation werden uns seine Gardisten nur zu gern mit Armbrustbolzen spicken. Und selbst wenn wir an denen vorbeikommen, wird der Kalif uns nicht sehen wollen.«

Adoulla runzelte finster die Stirn. »Und was, wenn der Kalif uns doch zuhört?«, fragte er. »Was, wenn wir diesen Orshado irgendwie aufhalten? Dann wartet diese verdorbene Macht nur darauf, vom Kalifen ergriffen zu werden. Bezweifelt hier allen Ernstes jemand, dass der Kalif seinen Sohn dafür töten würde?«

Rasîd wollte sagen, dass so etwas nicht möglich war, doch er wusste, dass der Doktor ihn dann wieder verspotten würde. Und als er darüber nachdachte, war auch er sich nicht mehr sicher, ob er es hätte sagen können, ohne dabei eine Falschheit auszusprechen.

Lange antwortete niemand auf die Frage des Doktors. Dann stand Dawoud auf. »Es spielt keine Rolle. Wir können nur tun, was wir glauben, tun zu müssen, und alles andere müssen wir den gnädigen Händen des Allmächtigen überlassen.«

»Ja, es ist ein Kinderspiel«, sagte der Doktor sarkastisch. »Wir müssen lediglich den mächtigsten Ghulschöpfer besiegen, dem wir je gegenübergestanden haben. Und wenn wir schon mal dabei sind, müssen wir irgendwie noch diese Kreatur töten, die unverwundbar ist.«

»Das Ungeheuer Mouw Awa ist nicht unverwundbar, Doktor«, sagte Samia halb knurrend. »So Gott will, werde ich das beweisen.« Rasîds Herz schlug schneller, als er diese tapferen Worte hörte.

Der Doktor strich sich über den Bart. »Ja, Samia Banu Laith Badawi, möge es Gott gefallen. Es ist kaum ein paar Tage her, dass dieses Geschöpf dich halb tot auf einer Pritsche zurückgelassen hat. Deine Genesung schreitet wunderlich schnell voran, Preis sei Gott. Glaubst du …«, der Doktor sprach so freundlich, wie Rasîd ihn noch nie gehört hatte, »… glaubst du, dass du die Löwengestalt wieder annehmen kannst?«

Tränen füllten Samias smaragdgrüne Augen, rollten ihr aber nicht über die Wange. Rasîd wurde übel, weil er – wie verdorben! – nichts so sehr wollte, als zu ihr hinüberzugehen und sie so zu halten, wie er es bei manchen Männern auf den Straßen Dhamsawaats gesehen hatte, die Frauen im Arm gehalten hatten.

Ein trauriges Lächeln breitete sich auf Samias Gesicht aus. »Ich weiß nicht, Doktor. Für ein paar Tage im Monat, wenn ich … wenn ich an einem Problem der Frauen leide, kann ich die Gestalt nicht annehmen. Gestern war der letzte dieser Tage. Selbst wenn ich nicht verwundet wäre, würde es mir erst wieder gelingen, wenn die Sonne ihren höchsten Punkt erreicht hat. Haben wir aber erst einmal Mittag, dann werde ich es probieren. Sollte es mir nicht gelingen, was der Allmächtige verhüten möge, dann sterbe ich wenigstens bei dem Versuch.«

Rasîd konnte es nicht glauben – erst brachte man die Stammesfrau dazu, über solche beschämenden Dinge zu sprechen, und dann verlangte man dieses Opfer von ihr! »Doktor, das letzte Mal, als wir dieser Kreatur begegnet sind, wurde Samia beinahe getötet! Wir können nicht von ihr verlangen, dass sie …«

Samia stieß ein Knurren aus, das lauter war als je zuvor. »Niemand verlangt etwas von mir, Rasîd bas Rasîd. Die Dinge sind nun einmal so, wie sie sind. Ich kenne den Mörder meiner Sippe. Durch meine eigene Achtlosigkeit ist er … es … einmal entkommen. Das wird nicht noch einmal vorkommen.«

Der Doktor nickte. »Manchmal sieht selbst ein Blinder die Hand Gottes am Werk. Dieses Geschöpf Mouw Awa muss zerstört werden. Darüber kann es keinen Zweifel geben. Und Gottes Engel haben uns eindeutig die richtige Waffe gegeben, um das zu tun. ›Eine Wand einzureißen, wo Gott eine Tür geschenkt hat, ist das Werk eines Narren.‹«

Dawouds Stimme klang hart und trocken. »Dann ist es so, wie es ist. Samia, du gehst mit uns zum Palast, und wenn wir diesem Mouw Awa begegnen, ist es an dir, ihn zu töten.«

Die Alten gingen hinaus, um sich vorzubereiten, sodass Rasîd mit Samia allein zurückblieb. Sobald die anderen draußen waren, kam sie auf ihn zu, und er bemühte sich verzweifelt, ihren Duft nicht zu tief einzuatmen. Als sie zu reden anfing, zuckte er erschrocken zusammen.

»Rasîd bas Rasîd«, sagte sie leise, »bevor wir unserem Tod entgegengehen, würde ich dich gern etwas fragen.«

»Ja?«

»Weißt du, dass du mich jetzt, da mein Vater tot ist, direkt fragen musst, wenn du um meine Hand anhalten willst?«

Rasîd kam sich vor, als hätte man ihm ein Schwert in die Eingeweide gestoßen. »Ich … ich … Warum fragst du …« Er war nicht in der Lage, seine Gedanken in Worte zu fassen.

Doch die Wüstenfrau zuckte nur mit den schmalen Schultern. »Die Himmlischen Kapitel sagen uns: ›O Weib! Stelle deinem Freier hundert Fragen und stelle dir selbst hundert Fragen!‹«

»Freier?« Nie zuvor hatte sich Rasîd innerlich so verloren gefühlt. Zehn unterschiedliche Rasîds befanden sich dort im Widerstreit. »Möge Gott mir vergeben, Samia Banu Laith Badawi, wenn ich auf eine Weise gehandelt habe, die … falls ich dich beschämt habe, indem ich …«

»Beschämt?« Sie sah ihn verblüfft an, was ihn nur noch mehr verwirrte. »Was hat das mit Scham zu tun? Ich habe lediglich gesehen, wie du mich anschaust. Der einzige Grund zur Scham wäre Täuschung. Kann …« Sie brach ab, als sie die schweren Schritte des Doktors aus einem anderen Zimmer näher kommen hörte.

»Wenn Gott uns morgen noch ein Leben gewährt, dann sprechen wir noch einmal darüber«, sagte sie hastig. Dann nickte sie ihm förmlich zu und beendete die Unterhaltung.

Rasîd widmete sich seiner Atemübung, denn nie hatte es ihn mehr nach der Ruhe verlangt, die sie ihm verschaffte. Er dehnte sich und bereitete Geist und Körper auf die Schlacht vor. Dabei fragte er sich, ob er heute sterben würde oder weiterleben mit einer Seele voller Scham und Verlangen. Und er wusste nicht, was Gott mehr gefallen würde.

TEIL III

Die Welt bestand aus Schmerz, die Seele des Gardisten aus Furcht. Wie lange hatte er schon regungslos in diesem Kessel gesessen, sodass nur sein Kopf aus dem trüben roten Glühen herausragte? Er erinnerte sich an kleine Schlucke Wasser und Haferschleim, als wären es Träume. Der verschwindend kleine Teil von ihm, der noch zu einem Gedanken in der Lage war, sagte sich, dass er am Leben gehalten wurde, während sein Körper in dem sprudelnden roten Öl langsam aufweichte.

Der hagere Mann in dem besudelten Kaftan war bei ihm und hielt einen Sack aus kostbarer roter Seide auf. Neben ihm stand der Schakalmann. Der Hagere kippte den Inhalt des Sacks in den Kessel. Knochen und Schädel – menschlich, aber zu klein, um von Erwachsenen zu stammen – fielen mit schrecklichem Geklapper heraus. Zerbrechlich wirkende Schädel, winzige Brustkörbe und Fingerknochen …

Die Stimme des Schattenwesens kreischte wieder in seinem Kopf. *Höre auf Mouw Awa, der für seinen gesegneten Freund spricht. Du bist gar ein ehrenwerter Gardist. Gezeugt und geboren im Halbmondpalast. Im Namen Gottes hast du geschworen, ihn zu verteidigen. Alle, die dir untergeben sind, müssen dir dienen.*

Siehe die Knochen der kleinen Kinder. Kinder, die genährt und genährt wurden und dann ausgeblutet. Alles um der Furcht willen, die von dir aufsteigt.

Höre auf Mouw Awa. Lange hat sein gesegneter Freund auf den Kobrathron gewartet. Viele Male ist der kürzeste Tag gekommen und wieder verstrichen. Nie war einer der richtige. Mouw Awa, der Schakalmann, kennt sehr wohl die Qual des Wartens. Er hilft, seinen gesegneten Freund von der Qual des Wartens zu erlösen, so wie es sein gesegneter Freund für Mouw Awa getan hat.

Der Hagere verbrannte etwas vor dem Gardisten, den der Rauch in die Augen biss, während der Schakalmann weiter in seinem Kopf dröhnte.

Du riechst den Rauch der Alraune und entsinnst dich der Furcht. Du riechst den Rauch schwarzen Mohns und entsinnst dich des Schmerzes.

Und plötzlich kehrte ein ganzer Teil seines Bewusstseins wieder an seinen Platz zurück. Er war Hami Samad, Vizehauptmann der Garde, und er konnte nichts tun, als mit rauer Kehle um sein Leben zu flehen. »Bitte, Herr! Ich sage dir alles, was du willst! Über den Kalifen, über den Palast!« Er fing an, heftig zu schluchzen. »Helfende Engel, bewahrt mich! Gott schütze mich!«

Der Hagere starrte Hami Samad aus Augen wie aus schwarzem Eis an. Der Gardist spürte, wie sich ihm die spinnenartigen Finger des Hageren brutal in die Kopfhaut bohrten. Die Augen des Hageren verdrehten sich, sodass nur noch das Weiße zu sehen war. Schreckliche Laute erfüllten den Raum, als schrien tausend Menschen und Tiere auf einmal.

Ein Geräusch, wie wenn etwas riss, und dann übermannten ihn brennende Schmerzen, wie er sie noch nie empfunden hatte. Er spürte, wie sich – unmöglich – sein Kopf vom Rumpf löste. Er hörte sich – unmöglich – sprechen.

»ICH BIN DAS ERSTGEBORENE SAMENKORN DES ENGELS, AUSGESÄT MIT HERRLICHEM SCHMERZ UND GESEGNET MIT FURCHT. GEERNTET VON DER HAND SEINES DIENERS ORSHADO. DIE HÄUTE DERER, DIE MIR UNTERSTELLT WAREN, SOLLEN SICH RÜHREN ZUR MUSIK MEINER WORTE. DIE MIR UNTERSTELLT SIND, MÜSSEN MIR DIENEN.«

Das Letzte, was er sah, war Hami Samads kopfloser Leib in einem großen eisernen Kessel. Blut spritzte aus dem offenen Hals und vermengte sich mit dem roten Glühen des kochenden Öls.

17

Die Sonne war auf halbem Weg zu ihrem Zenit, und es heizte sich schon ordentlich auf. Dawoud schwitzte und keuchte, um mit den beiden jungen Kriegern und seiner unermüdlichen Frau mitzuhalten. Er ging mit Adoulla ein paar Schritte hinter den anderen, und der Ghuljäger schnaufte beinahe so laut wie er selbst. Vor ihnen unterhielt sich Litas leise mit Samia und Rasîd, doch Dawoud und sein alter Freund schwiegen, um nicht noch mehr außer Atem zu kommen.

Es verging eine Stunde, und die Sonne kletterte noch höher. Eben durchquerten sie die große gepflasterte Karawanserei, die den Eingang zum Palastviertel bildete. Vor ihnen diskutierte eine Gruppe Händler hitzig mit einem der Geldeintreiber des Kalifen.

»Siehst du das, mein Bruder?«, fragte Adoulla leise. »Es sind nicht nur die Armen, die der Falkenprinz anspricht. Der Kalif hat sich selbst ein Nest aus Skorpionen gebaut. Selbst die kleineren Kaufleute hat er vergrault mit seinen Steuern und seinen Zolllisten, die einen halben Tag lang sind. Die kleinen Händler warten nur auf einen Vorwand, um sich dem Prinzen anzuschließen.«

Dawoud lachte. »Das wäre ein Bündnis! Wie eine schlechte Prophezeiung: ›O siehe, der Tag wird kommen, wenn der Kaufmann beim Dieb liegen wird!‹!«

Adoulla sah ihn von der Seite an. »Das ist nicht so unmöglich. Der Prinz war immer kühn. Seine Opfer waren immer die mit den dicksten Geldbeuteln, und die meisten Ladenbesitzer und kleineren Händler freuen sich, die ausgeraubt zu sehen.«

Die Straße folgte dem neuen Kanal, der vom Tigerfluss abgeleitet wurde. Dawoud stieß Adoulla an und deutete auf die kleinen Boote, die darauf fuhren, denn er wusste, dass sein Freund dieses neue Wunder noch nicht gesehen hatte. Das rasche, durch Zauberkraft fließende Wasser, das die Boote schaukelnd vorantrieb, wurde von einem mächtigen Wasserrad gespeist. »Folge dem gewundenen Pfad von Windzaubern und Kupferrohren, und du kommst zum anderen Ende des Gestanks, der unser Viertel jeden Monat heimsucht. Dieses Ding kann so viel Getreide mahlen wie zehn normale Mühlräder.«

Adoulla schnaubte. »Ja, das ist die Kehrseite der Medaille, an der keine Scheiße klebt. Selbstverständlich geht das ganze Geld, das diese Ungeheuerlichkeit erwirtschaftet, in die Kasse des Kalifen. Und jetzt sind wir auch noch dabei, diesem Hurensohn den Erben zu retten.«

»Still!«, zischte Dawoud, als ein Wachmann rücksichtslos aus einer Seitengasse trat und, ohne sie auch nur eines Blickes zu würdigen, vor ihnen die Straße überquerte.

Sie blieben stehen und warteten, bis der Wachmann vorbei war. Dann näherten sie sich dem Rad. Es machte einen ohrenbetäubenden Lärm – knirschendes Holz, plätscherndes Wasser und ächzende Ketten. Es war monströs, musste Dawoud zugeben. Kaum zu glauben, dass es Menschenwerk war.

Dann kamen sie unter einem Marmorbogen hindurch, der den Beginn einer mehrere Hundert Schritt langen Straße aus glattem weißen Pflaster markierte. Sie war breit genug für sechs Reiter und breiter als die Hauptstraße. An ihrem Ende, hinter einer hohen Mauer, lag der Halbmondpalast. Wie immer war Dawoud von seinem Anblick fasziniert, auch wenn er erst vor zwei Tagen hier gewesen war.

Diesmal wurde sein Blick allerdings noch viel stärker von der schlanken, silbern glänzenden Nadel angezogen, die das Minarett der Hofmagier darstellte. *So viel Platz für sieben Menschen, wenn siebzig darin leben könnten.* Offenbar hatten die Kalifen von Abassen nie von der frevlerischen Macht erfahren, auf der sie seit Generationen saßen und die sie nie genutzt hatten. Aber was wussten die Hofmagier? Wie passten sie in diese verrückte Geschichte magischer Geschehnisse? Sein müder Kopf schwirrte angesichts zu vieler gottverdammter Komplikationen.

Auf ihrem langen Weg zum Palasttor verlegte Dawoud seine Aufmerksamkeit auf Rasîd. Die Blicke des Jungen huschten immer zwischen der Wüstenfrau und dem Straßenpflaster hin und her. *Er macht sich Sorgen, wie er sie beschützen soll. Er fragt sich, wie er seine Pflicht erfüllen und gleichzeitig das Mädchen bewahren kann.* Das beunruhigte Dawoud. Nicht die verborgene Zuneigung, die der Derwisch für Samia empfand – denn Dawoud vertraute dem Urteil seiner Frau, dass die offensichtlichen Gefühle der beiden jungen Menschen füreinander keine Behinderung darstellen würden. Vielmehr war »Liebe jene Kraft, die allem anderen umso mehr Bedeutung verlieh«, auch wenn die Liebe junger Menschen nur auf Torheit und den ersten Blick beruhte. Nein, Rasîds Interesse für das Mädchen beunruhigte Dawoud nicht. Es war der Kampf, den der Derwisch gegen dieses Gefühl führte, und die Zweifel, die daraus entstanden. Sie gingen im Halbmondpalast Ungeheuer jagen. In einer solchen Situation konnten Zweifel das Ende der Welt bedeuten.

Sie waren noch zwanzig Schritte vom Tor zum Palasthof entfernt, als ein grauäugiger junger Offizier der Garde sie aufhielt.

»Halt! Wer seid ihr, dass ihr es wagt, euch dem Palast des Verteidigers der Rechtschaffenen mit Waffen zu nähern?« Die Hand des Wachmanns ruhte locker auf seinem Schwertgriff.

»Gottes Friede, Wachmann. Ich bin Dawoud Wadschîds Sohn, ein Freund von Hauptmann Hedaad. Ich muss unverzüglich mit dem Hauptmann sprechen. Er erwartet meinen Besuch.« Das stimmte wenigstens so weit, dass er es mit Überzeugung sagen konnte.

»Hauptmann Hedaad?« Der Mann sah sie unsicher, aber nicht unfreundlich an. »Nun, ich darf meinen Posten nicht verlassen, Onkel. Aber wenn du wirklich etwas mit dem Hauptmann zu bereden hast, dann lasse ich nach ihm schicken.«

»Das ist gut. Allerdings ist die Angelegenheit dringend, deshalb beeile dich bitte.«

»Sehr wohl.«

Dawoud hatte damit gerechnet, jemandem Silber in die Hand drücken zu müssen, damit Roun seine Botschaft bekam. Anscheinend war das Schicksal ihm und seinen

Freunden gewogen. In der Stunde der Not hatten sie einen ehrlichen Gardisten gefunden. Ihm, der in diesem Land, in dem er ein Fremder war, einer so verrückten Aufgabe nachging, tat es gut zu sehen, dass sich Abassens Beamte so verhielten, wie sie es sollten.

Der junge Offizier rief einen schlanken Gardisten herbei. »Kassin! Melde dem Hauptmann Hedaad, dass …«

»Wie? Sollen wir den Hauptmann wirklich stören?«, unterbrach eine vage bekannte Stimme.

Beim Namen Gottes, nein!

Der Minister mit dem langen Gesicht aus dem Kalifenhof kam auf sie zu, von einem Gefolge aus einem halben Dutzend Gardisten begleitet. *Was in Gottes weiter Welt tut der hier?* »Was haben wir denn da?«, fragte er. Der grauäugige Offizier wollte zu einer Erklärung ansetzen, doch der Minister schickte den jungen Mann mit einer Handbewegung ins Wachhaus. Dann wandte er sich Dawoud zu.

»Man hat dich gewarnt, dass du dich vom Palast fernhalten sollst, Alter. Aber stattdessen kehrst du mit bewaffneten Freunden zurück! Entweder bist du verrückt oder der frevelhafteste aller Verräter.«

Dawoud hütete sich, diesem Mann von der Bedrohung zu erzählen, die über dem Thron schwebte. »Ich bitte tausendmal um Verzeihung, Eminenz. Ich bin lediglich hier, weil ich mit Hauptmann Hedaad sprechen muss.« Er hörte seine Freunde nervös von einem Fuß auf den anderen treten.

Der Mann sah ihn durch schmale Augenschlitze an. »Der Hauptmann ist beschäftigt. Und du hast auf verräterische Weise die Wünsche seiner Majestät missachtet.

Daran ändert auch deine Freundschaft zu dem Hauptmann nichts. Männer! Ergreift sie!«

Dawoud hörte Rasîd ein Gebet murmeln. Das Badawi-Mädchen knurrte. Dawoud wechselte einen fragenden Blick mit seiner Frau und Adoulla. In Jahrzehnten gemeinsamer Kämpfe hatten die drei eine wortlose Halbsprache entwickelt. *Was machen wir jetzt?*

Doch weder seine Frau noch Adoulla schien eine Antwort zu haben. Und was hätten sie auch tun sollen? Selbst wenn sie es irgendwie geschafft hätten, einen Trupp Gardisten auszuschalten, wären noch weitere aufgetaucht, und sie wären gestorben, bevor sie in den Palast gelangt wären. Ihre einzige Hoffnung lag darin, sich erst einmal zu fügen und auf eine Gelegenheit zu warten – oder eine zu schaffen –, um Roun Hedaad zu benachrichtigen. Und zu hoffen, dass der ihnen tatsächlich helfen konnte. Die Gardisten nahmen seiner Frau das Messer und Rasîd das Schwert ab und führten sie mit vorgehaltenen Speeren vom Tor weg.

Dawoud verfluchte seine mangelnde Geistesgegenwart, und seine Wut spiegelte sich in den Augen seiner Frau und denen Adoullas wider. Es gab einen Weg aus dieser Sache heraus – sie drei hatten die Goldene Schlange von Kem zerstört und eine ganze Bande unsichtbarer Räuber bezwungen. Dies waren nur einfache Menschen mit Waffen. Sie mussten lediglich herausbekommen, wie …

Seine Gedanken gerieten ins Stocken, als ihm auffiel, dass der Minister und seine Männer sie vom Palast wegbrachten. *Das hat nichts Gutes zu bedeuten.* Nach ein paar Minuten waren sie ein gutes Stück vom Tor entfernt in einer abgeschiedenen Gasse des Palastviertels. Dort gelangten sie zu einem kleinen, fensterlosen Haus mit verriegelter Eisentür. Der Minister selbst schloss die Tür mit drei kleinen Schlüsseln auf. Als sie drinnen waren, schlossen die Gardisten hinter ihnen die Tür.

Adoulla war der Erste, der die Sprache wiederfand. »Weshalb in Gottes weiter Welt hast du uns hierhergebracht?«

Ein hochgewachsener Gardist stieß Adoulla mit dem stumpfen Ende des Speers und befahl ihm, die Klappe zu halten. Der Minister, der noch immer kein Wort sagte, ging in die Mitte des einzigen Zimmers in diesem winzigen Haus und hob einen alten staubigen Teppich hoch. Unter dem Teppich befand sich ein Metallgitter, das der Minister mit einem weiteren Schlüssel öffnete. Obwohl es rostig war, gab das Gitter kein Geräusch von sich, als der Minister es nach oben klappte. Eine in den Stein gemeißelte Treppe führte nach unten – breit genug für zwei Personen. Wohin sie führte, wusste Gott allein. *Bestimmt irgendein feuchtes Loch, in dem man uns erschlagen kann, ohne dass der Hauptmann der Garde oder sonst jemand es erfährt.*

»Genug damit!«, rief Samia plötzlich. Anscheinend dachte sie dasselbe wie er. Sie richtete sich energisch auf, und Dawoud fiel auf, wie sie dabei die Schmerzen in ihrer Seite unterdrückte. »Ich rieche den Betrug an dir! Eine Banu Laith Badawi lässt sich nicht still wie ein Städter wegführen und ermorden!«

»Ich sagte, Ruhe!«, sagte der Gardist, der Adoulla gestoßen hatte, und unterstrich das letzte Wort, indem er ihr den Speerschaft ins Kreuz rammte. Samia schrie auf, krümmte sich, fiel aber nicht hin.

Zu schnell für Dawouds Augen war der kleine Derwisch heran, packte den großen Gardisten mit einer Hand an der Kehle und hob ihn in die Luft. Wenn Dawoud Adoullas Geschichten über die übermenschlichen Kräfte des Jungen jemals angezweifelt hatte, dann waren diese Zweifel nun ausgeräumt!

Plötzlich klirrten Waffen, und eine weitere Gruppe Bewaffneter entstieg dem Loch im Boden wie Ameisen einem Ameisenhügel. Zusammen mit den Gardisten bildeten sie einen Kreis um Dawoud und seine Freunde.

Die neuen Männer waren mit Dolchen und Knüppeln bewaffnet. Sie trugen die schlichten Kleider von Handwerkern oder Lehrlingen, obwohl Dawoud hier und da auch die eine oder andere unpassende Verzierung sah: ein Seidenschal am Hals eines schlaksigen Mannes direkt vor ihm, eine gestickte Weste an einem kurzen, aber robust wirkenden Jungen zu seiner Rechten. Gleichmäßig unter die einfach gekleideten Schläger gemischt, entdeckte er auch Gestalten in Livreen. Eine von ihnen war eine hässliche Frau, so groß und stämmig wie ein Mann. Sie hatten alle dasselbe an: eng anliegende Leinenhosen und überhüftlange Hemden in der Farbe von feuchtem Sand. Die Vorderseiten der Hemden zierte das aufgemalte Bild eines segelnden schwarzen Falken. Sie waren besser bewaffnet als die anderen. Jeder hatte ein ordentliches Buschmesser in der einen und einen kleinen Stahlschild in der anderen Hand.

Jemand aus der neuen Gruppe rief mit donnernder

Stimme: »Lass den Mann in Ruhe, Meister Derwisch! Er hat euch hierhergebracht, damit ihr euch mit mir unterhaltet, also lasst uns damit anfangen!«

Faraad As Hammas, der Falkenprinz, trat in die Mitte. Er bewegte sich wie Flüssigkeit in Menschenform, obwohl er gut über sechs Fuß groß war und die massigen, sehnigen Arme eines Schmieds hatte. Seine Hand ruhte auf dem schwarz-goldenen Handkorb seines Säbels. Rasîd ließ den Mann los, der Samia gestoßen hatte. Der ging auf die Knie, fasste sich an den Hals und schnappte verzweifelt nach Luft.

Dawoud kramte nach seinen Gedanken wie ein Junge, der Blinde Kuh spielte. »Du … du …«, wandte er sich zu dem Minister mit dem langen Gesicht um. »*Du* arbeitest für *ihn*?«

Der Minister runzelte die Stirn und sagte nichts, doch der Prinz verbeugte sich halb vor Dawoud und seinen Freunden. Dann legte er Adoulla eine seiner großen Hände auf die Schulter. »Wer hätte gedacht, Onkel, dass wir uns unter solchen Umständen wiedertreffen?«, fragte der Bandit. »Dass meine Männer ausgerechnet deinen weißen Kaftan in der Menge erblicken würden, als sie die Torhüter des Palasts überprüften? Und dann auch noch mit einer so seltsamen Sammlung von Freunden um dich herum? ›As‹, habe ich da zu mir gesagt, ›was für ein Zufall! Das muss etwas zu bedeuten haben. Lass uns doch mal mit dem Doktor plaudern, um herauszufinden, was es ist.‹«

Einer der Männer in Falkenuniform – ein stämmiger Geselle mit nur einem Ohr – meldete sich zu Wort. »Ja, Herr, das sieht mir doch sehr zufällig aus. So zufällig, dass ich misstrauisch werde. Da stinkt doch was nach der Scheiße am Finger des Kalifen, und heute können wir uns keine Überraschungen leisten. All die Jahre, Herr, haben wir auf den heutigen Tag hingearbeitet. Einem von uns haben sie schon schwer zugesetzt.« Damit deutete er auf den Gardisten, der noch immer röchelte. »Wenn du mich fragst: Das einzig Sichere wäre, sie zu töten.« Der sachliche Ton des Mannes ließ es Dawoud kalt den Rücken hinunterlaufen.

Eine ganze Weile strich sich der Falkenprinz über den Schnurrbart und schien über den Vorschlag seines Leutnants nachzudenken. Doch als er schließlich etwas sagte, hatte er ein breites Grinsen im Gesicht. »Nein. Nein, Kopfknacker, damit würde ich es dem edlen Doktor furchtbar schlecht vergelten, dass er vor wenigen Tagen die Wache fehlgeleitet hat, um meine Haut zu retten. Und es wäre eine morsche Grundlage für unsere neue Ordnung. Außerdem hat der da verdient, erdrosselt zu werden, wenn er unbewaffnete Mädchen schlägt!« Der Prinz schnalzte tadelnd mit der Zunge, während er dem Gardisten wieder auf die Füße half.

Fehlgeleitet? Wovon spricht der?, fragte sich Dawoud. Er konnte sich nicht vorstellen, dass sein alter Freund zu einem Agenten des Falkenprinzen geworden wäre, ohne dass er davon erfahren hätte. Außerdem erwartete er, dass Adoullas Gehilfe die Gelegenheit ergreifen würde, den meistgesuchten Verbrecher der Stadt zu stellen. Doch der Junge verhielt sich eigenartig ruhig. Als wäre er von einer inneren Pein gelähmt.

»Allerdings fürchte ich«, fuhr der Prinz fort, »dass ihr

trotz allem meine Gefangenen seid. Und falls ihr Agenten des neuen Kalifen seid, dieses üblen Sohns eines halbwegs brauchbaren Vaters, dann muss ich euch warnen: Ich bin nicht so töricht, euch zu unterschätzen. Selbst du, Mädchen«, sagte er, indem er sich zu Samia umwandte und sie von Kopf bis Fuß abschätzte, »bist mehr, als du zu sein scheinst, was?« Damit richtete er seine Aufmerksamkeit wieder auf Adoulla. »Also, warum seid ihr hier?«

Was machen wir jetzt?, fragte sich Dawoud erneut. *Was sagen wir ihm und was nicht?*

»Wir sind hier«, gab Adoulla zurück, »weil wir dieselbe Schriftrolle gelesen haben wie du. Weil wir genau wie du wissen, dass der Halbmondthron einst der Kobrathron war.«

Nun, damit hat sich die Frage erledigt.

Der Falkenprinz machte große Augen. »Erstaunlich. Ich werde nicht oft überrascht, Onkel, aber du hast es geschafft. Dieses Wissen bedeutet jedoch, dass ich umso mehr Grund habe, euch festzuhalten, bis diese Sache erledigt ist.« Der Bandit breitete die leeren Hände aus und zog eine entschuldigende Grimasse.

Adoulla sah so finster drein, dass selbst der unerschütterliche Prinz einen Schritt zurückwich. »Faraad As Hammas, hör mir zu. Wir sind nicht die Einzigen, die von der Macht des Throns erfahren haben. Du hast die Leute von mir erzählen hören und davon, aus welchen Gefahren ich im Lauf der Jahrzehnte etliche Menschen gerettet habe. Jetzt sage ich dir, dass es noch jemand auf die Macht des Throns abgesehen hat. Ein anderer, der heute, am kürzesten Tag des Jahres, über den Palast herfallen wird. Einer, der zugleich mehr und weniger als ein Mensch ist. Einer, dessen Macht größer und grausamer ist als die jedes Magiers oder Ghulschöpfers, den ich je gesehen habe. Er heißt Orshado, und wenn er und seine Kreaturen den Thron vor dir erreichen, dann schwöre ich dir vor Gott, dass sich der Schatten der Fledermausflügel des Treulosen Engels für immer und ewig auf uns alle legen wird.«

Kurz wirkte der Prinz aufrichtig beunruhigt, doch das Lächeln kehrte schnell zurück. »Der Treulose Engel, was, Onkel? Es tut mir leid, aber ich habe nicht viel Zeit für derlei hochtrabende Mysterien! Ich bin der Feind der treulosen Menschen! Der treulosen Kalifen!«

»Machst du dir denn keine Sorgen wegen der seltsamen Morde an deinen Männern und den Bettlern, die zu schützen du geschworen hast?«, fragte Adoulla.

Auf einmal hatte der Prinz seinen Säbel gezückt. »Was hast du damit zu tun, Alter? Wenn du an diesen frevelhaften Morden beteiligt warst, dann werden wir es dir nicht leicht machen.«

»Ich schwöre bei Gott, dass ich nichts damit zu tun habe. Im Gegenteil, wir wollen die teuflischen Wesen vernichten, die es getan haben.«

Der Meisterdieb sah Adoulla durchdringend an, bevor er seine Klinge wieder in die Scheide steckte. »Nun denn, Onkel, wir müssen reden.« Er sah sich misstrauisch in dem fensterlosen Haus um. »Aber nicht hier. Du und deine Leute, ihr werdet mich begleiten.«

Die Männer des Prinzen führten sie die Treppe in der Mitte des Zimmers hinunter. Sie betraten einen Steinkeller, und hier trat der Minister mit dem langen Gesicht erneut in die Mitte. Er zog einen schmalen Stab aus seinem Ärmel hervor und zeichnete am Boden einige Symbole im Staub nach. Dawoud erkannte, dass Zauberei im Spiel war, und er war kaum erstaunt, als der scheinbar massive Stein lautlos zur Seite glitt und einen Tunnel freigab, der steil nach unten führte. Dann verabschiedete sich der Minister in vertraulicher Weise vom Prinzen und ging wieder die Stufen hinauf. Zwei Gardisten folgten ihm.

Dawoud und seine Freunde dagegen wurden wortlos nach unten geführt. Bald schon verlief der Tunnel jedoch eben. Ein paar Minuten später befanden sie sich in einer Kammer, die so groß war wie der Eingangsraum einer kleinen Taverne. Auf der gegenüberliegenden Seite mündete ein weiterer Tunnel in die Kammer. Die Leute des Prinzen holten Fackeln hervor, die sauber brannten und nur für viel Geld bei Alchemisten zu erstehen waren. Mit diesen stellten sie sich an den Wänden entlang auf.

»Von hier dringt kein Wort nach draußen«, erklärte der Prinz und gebot ihnen, stehen zu bleiben. »Hier werden wir auf Nachricht von meinen Leuten im Palast warten. Und du, Onkel, erzählst mir eine Geschichte.«

Während sie darauf warteten, dass der Prinz von einem seiner Agenten ein Zeichen erhielt, berichteten Adoulla und Litas dem Banditen das Wenige, was sie über Mouw Awa und Orshado in Erfahrung gebracht hatten. Dawoud hielt sich mit Samia und dem immer noch viel zu schweigsamen Rasîd im Hintergrund, sodass er nicht alle mit großer Dringlichkeit vorgebrachten Worte verstand. Doch hörte er seine Frau fragen: »Begreifst du, was ein wahrer

Diener des Treulosen Engels mit der Macht anstellen kann, die du suchst?«

Ihm war es nie gelungen, sein Verhalten so geschickt zu verändern wie Litas – von stahlhart zu honigsüß und wieder zurück, je nachdem, was es die Lage erforderte. Sie führten zusammen ein seltsames Leben, und normalerweise pflegte sie das Reden zu übernehmen, es sei denn, jemand sollte mit düsteren Voraussagen eingeschüchtert werden. Dann runzelte Dawoud bedenklich die Stirn und verdrehte die Augen.

»Du wirst unsere Hilfe brauchen«, sagte Adoulla schließlich. »Ghule zu jagen, ist nicht dein Metier, Faraad As Hammas.«

Da er der Meinung war, dass die Zeit des Einschmeichelns und Bettelns vorbei war, trat Dawoud nach vorn. Der Prinz warf ihm einen kurzen Blick zu, sprach aber weiterhin mit Adoulla. »Du erzählst mir etwas von Ghulen, Onkel. Aber um die Wahrheit zu sagen, solche Dinge sind nicht erschreckender, als wenn man zuschauen muss, wie die eigenen Kinder langsam auf einem schmutzigen Lager von Ratten zerbissen werden. Sie sind nicht erschreckender, als wenn man seinen alten Vater im Schlaf ersticken muss, um ihn von den Schmerzen einer Krankheit zu erlösen, die geheilt werden könnte, hätte man nur das nötige Geld für die Arznei. Sie sind nicht erschreckender, als wenn einem die Hand abgehackt wird, weil man vor Hunger schier den Verstand verloren und ein Stück Brot gestohlen hat.«

»Deine Theatralik ist nicht …«, fing Dawoud an.

»Das ist keine Theatralik!«, donnerte der große Mann.

»Die Wahrheit! Das Leben in Dhamsawaat! Ich könnte dich auf der Stelle zu dem Jungen bringen! Zehn Jahre alt, und er hat nur noch eine Hand. Er wäre an der Wunde gestorben, hätten meine Leute ihn nicht behandelt. Die widerlichen Wachen haben ihm nicht einmal das Stück Brot gelassen!« Ein bösartiges Leuchten trat in die ebenholzfarbenen Augen des Banditen. »Es kostete einige Mühe, die Namen der Wachmänner herauszufinden, die das getan haben, aber wir haben sie am Ende doch gefunden.«

Das Grinsen des Diebs jagte Dawoud einen Schauer über den Rücken.

»Diese Bösewichte«, fuhr der Falkenprinz fort, »diese Ungeheuer sind täglich um euch herum. Aber solange sie nicht fauchen und Fänge aus Ungeziefer haben, sind sie es nicht wert, dass man gegen sie kämpft, was? Schmerzmagie, Todesmagie – so ist es, wenn man Macht durch Folter und Furcht gewinnt, stimmt's? Hunger. Schläge. Menschen in Käfige stecken. Worin unterscheidet sich der Kalif davon? Weil er sich mehr Zeit lässt, wenn er für seine Macht Menschenleben opfert? Weil die Zellen der Arbeiter in der Gerberei ein klein wenig größer sind?«

Adoulla gab ein ärgerliches Geräusch von sich. »Stell dich doch nicht so begriffsstutzig, wie es der Hurensohn von Kalif ist, den du für einen Narren hältst! Derselbe Diener des Treulosen Engels, der deine Leute ermordet hat, sucht das, was du auch suchst. Womöglich ist er schon da. Und nur meine Freunde und ich können ihn aufhalten.«

»Nun, du weißt mehr als ich, Onkel. Na schön, dann freu dich eben. Aber deine Spione – wer immer die auch sind, und darüber werden wir uns eines Tages noch unterhalten müssen – haben dir nicht alles gesagt. Die Macht des Kobrathrons ist schrecklich. Aber es gibt noch eine andere Möglichkeit. So wie das Blut des Erben eines auf dem Thron Gekrönten große, aber grausame Macht verleihen kann, so kann dieser Erbe die Gewalt über die gutartige Zauberkraft des Throns auch aus freien Stücken weitergeben. Und diese Zauberkraft ist genauso groß. Es ist die Macht, hundert Aussätzige innerhalb eines Herzschlags zu heilen. Tausende mit Fisch und Brot zu speisen. Manche Quellen behaupten gar, der Thron vermag Tote wiederauferstehen zu lassen. Der Erbe muss sich lediglich auf den Thron setzen, die Hand eines anderen fassen und erklären, dass er die Macht des Throns weitergeben möchte. Jetzt stellt euch vor, was ein Mann mit dieser Macht in Händen und einer Gruppe ehrenhafter und weiser Minister an seiner Seite für unsere Stadt tun könnte. Er könnte …«

Dawoud konnte sich das nicht mehr länger anhören. »Selbst wenn es stimmt, was du sagst, ist es Wahnsinn. Zweifellos hast du Agenten im Palast, die bereit sind, auf deinen Befehl zu handeln. Aber während die Gardisten gegen deine Leute kämpfen, werden Orshado und sein Geschöpf zuschlagen – und dann werden alle Streitereien unter den Menschen bedeutungslos.«

Adoulla fuhr sich mit der Hand über den Bart und starrte den Dieb an. Erwog er etwa ernsthaft den verräterischen Plan des Falkenprinzen?

»Adoulla …«, begann Dawoud, doch sein alter Freund unterbrach ihn, indem er die Hand hob.

»Dawoud Wadschîds Sohn hat recht«, sagte Adoulla.

»Du spielst mit dem Leben der ganzen Welt, Faraad As Hammas. Als ich dir neulich geholfen habe, den Wachen zu entkommen, hast du gesagt, dass du mir etwas schuldig bist. Jetzt bitte ich dich …«

Der Bandit stieß ein hallendes Gelächter aus. »Onkel, glaubst du wirklich, dass ich dich gebraucht habe, um zu entkommen? Selbst im Schlaf und auf einem Bein wäre ich diesen Leuten entwischt! Als ich dich in der Gasse sah und erkannte, wer du warst, habe ich beschlossen, mir einen Moment Zeit zu nehmen, um herauszufinden, von welcher Seite bei dir der Wind weht.«

»Der Wind kommt bei mir aus dem Arsch, Mann! Doch im Gegensatz zu dir bilde ich mir nicht ein, dass er nach Parfüm duftet. Dein Plan ist verrückt, und du setzt diese Stadt, die du zu lieben vorgibst, aufs Spiel. Ich bitte dich, die Sache abzublasen.«

»Ich schulde dir einen Gefallen für deine Absichten, wenn auch nicht für deine Hilfe, Onkel. Aber ich bin nicht so töricht, einen Dirham mit einem Dinar zu vergelten! Außerdem, und das kann dein Gehilfe bezeugen, habe ich den Gefallen bereits zurückgezahlt – oder hat dir dieser Ausbund an Ehrlichkeit das etwa vorenthalten?« Er wandte sich dem Derwisch zu und schnalzte mit der Zunge. Dawoud hatte jedoch keine Ahnung, auf was der Bandit damit anspielte. »Nun, ›der Stolz kann selbst die Zunge des Ehrlichen einpökeln‹, das sei dahingestellt. Aber selbst wenn das stimmt, was du sagst, Onkel – und eine Hälfte meines Herzens sagt mir, dass es so ist –, wirst du es ohne meine Hilfe auf keinem gottverdammten Weg schaffen, in den Thronsaal zu gelangen.«

»Also sieht es so aus, als wären wir aufeinander angewiesen«, hörte Dawoud seinen Freund sagen. Er selbst öffnete zwar den Mund, um zu widersprechen, musste jedoch feststellen, dass ihm kein besseres Vorgehen einfallen wollte.

Adoulla wandte sich ihm mit gerunzelten Augenbrauen zu. »Entweder so, oder wir lassen uns von diesen Leuten fesseln und töten. Muss ich dich an den Preis erinnern, den unser Versagen kosten wird?«

»Dann retten wir den Kalifen nur, um seinem größten Feind zu helfen?«, mischte sich Rasîd nach langem Schweigen ein.

Adoulla wischte die Worte des Jungen beiseite. »Es war noch nie meine Absicht, den Kalifen zu retten, Junge. Der kann an Knochen ersticken, wenn du mich fragst! Ich bin hier, um meine Stadt zu retten und die Welt, in der sie erbaut wurde.«

»Nun denn.« Der Prinz klatschte einmal und lächelte Adoulla erfreut an, als hätten sie sich auf einen Tee verabredet. »So soll es sein: Du und die Deinen, ihr schließt euch uns an, denn wenn es diesen Orshado wirklich geben sollte, könnten eure Kräfte uns tatsächlich nützlich werden. Aber ich warne euch – wenn ihr mich hintergeht, dann töte ich euch allesamt.«

Rasîds stahlharter Blick hätte einen Menschen zerteilen können. »Und wenn du versuchst, diesen Leuten etwas anzutun, Dieb, dann töte ich dich.«

Um sie herum ließen die Leute des Prinzen grummelnd ihren Unmut vernehmen. Doch der Falkenprinz schien weniger eingeschüchtert als verletzt zu sein.

»Bisher kam niemand zu Schaden, junger Mann«, sagte der Prinz. »Wir unterhalten uns nur. Mir mit dem Tod zu drohen, könnte jedoch leicht dazu führen, dass du zu Schaden kommst, wenn du nicht ein bisschen mehr aufpasst.«

Der Derwisch sah die Bewaffneten um sich herum an. »Dann würde ich mich eben mit dir duellieren«, sagte er schließlich. »Im Angesicht Gottes, dem Richter aller Dinge, im Kampf Mann gegen Mann, um die Schicksale von …«

»Mich duellieren?«, unterbrach ihn der Prinz. »Du machst Scherze? Welcher Lagerfeuergeschichte bist du denn entsprungen, Junge?«

Und das von dem Mann, der sich selbst Falkenprinz nennt, dachte Dawoud.

»Du weigerst dich?«, schäumte der Junge. »Aber ein Duell ist das Recht eines jeden …«

Zum Glück stand Adoulla, der die Augen verdrehte, hinter dem Jungen und beruhigte seinen Schützling. Er trat zwischen die beiden Schwertkämpfer und wandte sich an den Falkenprinzen. »Vergib ihm, Faraad As Hammas, denn er ist jung.«

»›Ein Wunderkind des Schwerts, doch ein Idiot der Straße‹, was, Onkel? So etwas habe ich schon geahnt.«

Adoulla stieß ein bellendes Lachen aus und schien erst zu spät zu bemerken, dass er sich mit einem Fremden zusammentat, um einen Freund zu beleidigen. Da senkte der Ghuljäger den Kopf, trat auf Rasîd zu, legte dem Jungen die Hand auf die Schulter und murmelte eine Entschuldigung.

»Mich beeindruckt dein scharfes Auge, mit dem du über diese gefährlichen jungen Leute wachst, Onkel«, sagte der Prinz. »Als wären sie deine Kinder, selbst wenn du sie in die Schlacht führst. Das verstehe ich gut. Denn all diese Leute, die du bei mir siehst, sind wie meine Kinder!« Dawoud ging die große Klappe des Banditen auf die Nerven, doch der Ernst, mit dem er sprach, schien aufrichtig zu sein, wenn auch ein wenig einstudiert.

Ein pockennarbiger Mann, der vom Alter her der Vater des Diebs hätte sein können, sagte trocken: »Nun, Papa, wenn du Kopfknackers Rat nicht befolgst und diese Leute umbringst, was ist dann der Plan?«

»Wir haben neue Verbündete, die uns helfen, Ramsi. Unsere Pläne haben sich nicht geändert. Wo wir gerade davon sprechen: Ich höre – auch wenn es bestimmt keiner von euch hören kann – das stumme Zeichen, mit dem unser Mann mich ruft. Ich muss mit ihm sprechen. Passt liebevoll auf unsere neuen Freunde auf, verstanden?«

Schneller, als es einem Menschen möglich sein sollte, verschwand der Prinz durch den anderen Tunnel. Sobald er draußen war, trat das alte Raubein namens Ramsi an Dawoud und Adoulla heran und flüsterte bedrohlich: »Ihr solltet besser lernen, wie man mit unserem Prinzen spricht!«

»Sonst was?« Dawoud sah den Mann so herausfordernd an, wie er nur konnte. »Sonst tötest du einen alten Mann, weil er seine Meinung sagt?« Er hatte die Schnauze voll davon, von Schlägern herumkommandiert zu werden. Sollte Dhamsawaat zwischen Leuten wie dem Kalifen und Leuten wie diesen hier eingekeilt sein, dann hatte Litas vielleicht recht. Dann war es vielleicht am besten, diese gottverdammte Stadt zu verlassen, sollten sie das alles überleben.

Der Mann sah ihn eine Weile lang streng an, doch dann wurde seine Miene sanfter. »Lass mich dir eine Geschichte erzählen, Ausländer. Vor fünf Jahren war ich Steinhauer und nur noch einen Kupferfels vom Hungertod entfernt. Für Kalifen und Prinzen und dergleichen hatte ich nie einen Frieden Gottes übrig gehabt. Eines Nachts kehre ich aus dem Teehaus zurück und finde meine jüngste Tochter Shahnta mit dem dreitägigen Grünfieber vor. Sie liegt im Sterben. Es gibt kein Mittel dagegen außer den Tränken, die die Ärzte des Kalifen brauen, und ihr wisst ja, wie das läuft. Ich verbringe zwei Tage und Nächte mit den Gedanken im Flammensee, schufte, um meine gesunden Kinder zu ernähren, während ich eigentlich der Frau dabei helfen sollte, das sterbende Kind zu versorgen.

Dann klopft es an der Tür, und der Prinz steht mit einer Handvoll Silber davor – nicht Kupfer, hörst du, Silber. Und einer der Ärzte aus dem Palast! Und der Mann des Kalifen bricht sich fast die Beine, so eilig hat er es, unserem Mädchen zu helfen! Den Blick in seinem Gesicht werde ich nie vergessen. Er wollte uns so sehr helfen! Fast …« – an dieser Stelle grinste Ramsi verschlagen – »fast, als hinge sein eigenes Leben davon ab. Doch ehe der Prinz mit ihm gesprochen hatte, hätte er sich nicht einmal die Mühe gemacht, eine Fliege vom reglosen Gesicht meiner Shahnta zu verscheuchen. Jetzt ist die Familie des Prinzen meine Familie.«

Dawoud merkte am Dialekt des Mannes, dass er ursprünglich aus dem Dorf kam. Leute aus dem Dorf nahmen Familienbande ernster als Städter.

Der Prinz tauchte wieder aus dem Tunnel auf und ging zu ihnen herüber. Dawoud räusperte sich laut. »Menschen entführen und sie mit Waffengewalt zwingen, für dich zu arbeiten. Einem Menschen einen Vorteil zu verschaffen, indem man einen anderen in Angst und Schrecken versetzt. Was, wenn einer der Jungen im Palast gestorben wäre, während der Arzt weg war? Wäre es ihm dann recht geschehen, weil er der Sohn eines Reichen war? Du bist wahrlich ein Held, o Falkenprinz!«

Ramsi legte die Hand auf seine schwere Keule. »Ich habe dich gewarnt, dass du deine Zunge hüten sollst, Ausländer!«

Der Prinz sah seinen Gefolgsmann enttäuscht an. »Nein, Ramsi. Ich danke dir für deine Treue, aber das entspricht nicht unserer Art. Wir kämpfen nicht für den Stärkeren oder für denjenigen, der die meisten Bewaffneten auf seiner Seite hat. Sondern wir kämpfen für denjenigen, der die besten Gründe auf seiner Seite hat. Ich habe euch nie gebeten, mir wegen dem zu folgen, was ich bin, sondern wegen dem, wofür ich stehe.«

»Ja, Herr, das hast du mir gesagt. Prinzipien. Ich bin auch ein Freund von Prinzipien. Aber der da …« Der Mann grinste gefährlich und deutete auf seinen Knüppel. »Der da ist ein altmodischer Hurensohn. Für den zählt nur die Familie.«

Der Prinz lächelte und klopfte Ramsi auf den Rücken. »Du bist ein hoffnungsloser Fall, Ramsi. Wie dem auch sei, halte dich bereit – du auch, Kopfknacker –, denn unsere Leute sagen, dass die Zeit zu handeln bald gekommen ist.«

Litas schnaubte. »Kopfknacker! Kamelhintern! Solche Namen gebt ihr Straßenjungen euch?«

Dawoud drückte ihren Arm. *Das ist nicht der richtige Augenblick, um die Nichte des Paschas zu mimen, meine Liebe!*, sagte er mit Blicken. Doch sie achtete nicht auf ihn.

»Wirklich! Sind das die Namen, die euch eure Mütter gegeben haben?« Sie schnalzte mit der Zunge.

Die Schläger gingen locker damit um. Kopfknacker verbeugte sich halb scherzhaft. »Wenn du es wirklich wissen willst, Tantchen, meine Mutter nannte mich Fayyas.«

»Das ist ja gar nichts! Meine Mutter nannte mich Schlafzimmerhengst!«, rief einer von Kopfknackers Gefährten und brach in schnaubendes Lachen aus.

Trotz ihrer hochnäsigen Miene stimmte Litas in das Lachen ein. »›O Gläubiger! Begegnest du einem Mann auf der Straße, dann wisse, dass Gott, der alle gebrochenen Dinge wieder heil macht, eure freundlichsten Schicksale aneinandergekettet hat‹«, zitierte sie, während sie sich zu dem Prinzen umwandte. »Dieses Lachen habe ich gebraucht. Möge es Gott gefallen, uns lieber zu Freunden als zu Feinden zu machen, Faraad As Hammas.«

In ihrem Herzen ist sie immer noch ein verwöhntes Mädchen vom Blauen Fluss, dachte Dawoud. *Bezaubert von kaltblütigen Mördern, die sie für liebenswerte Schurken hält.* Nicht zum ersten Mal empfand Dawoud feurigen Hass auf Männer mit rüstigen Körpern und sorglosem Lächeln.

Der Falkenprinz neigte zustimmend den Kopf. »Möge es in der Tat so sein, Tantchen, aber ich werde Gott nicht darum bitten, der die Menschen um jedes Stück Essen und Land kämpfen und ringen lässt. Der zulässt, dass Kinderleiber von Krankheiten verzehrt werden!«

Rasîd fauchte, und es klang so tierisch wie das Knurren der Stammesfrau.

»Ärgere dich, so viel du magst, Derwisch«, sagte der Prinz. »In sechstausend Jahren hat sich Gott einen feuchten Dreck um seine Kinder geschert! Glaubst du wirklich, dass er im Himmel sitzt und auf uns herablächelt? Sieh dich um! Sieh dir unsere blutige, schmutzige, irrsinnige Welt an. Er hat sie erschaffen. Er hat uns erschaffen, und dann hat er uns auf Gedeih und Verderb uns selbst überlassen. Und bisher haben wir nichts anderes hinbekommen als einen großen Haufen Affenscheiße.« Die Augen des Banditen funkelten wieder. »Doch selbst Scheiße hat ihren Nutzen. Dung. Brennstoff. O ja. Doch sie nützt erst etwas, nachdem man sie zermahlt. Oder verbrennt.«

»Wahnsinniger! Gotteslästerer!« Rasîd machte einen großen, bedrohlichen Schritt auf den Prinzen zu.

Der Bandit hob die Hand, um seine Leute zurückzuhalten, und richtete einen stählernen Blick auf den Derwisch. »Pass auf, junger Mann. Dies ist die Wirklichkeit und kein Duellplatz. Wie du weißt, kämpfe ich mit unlauteren Mitteln.«

Die Hand des Derwischs zuckte zum Schwertgurt, bevor ihm einfiel, dass er keine Waffe mehr bei sich trug.

Dann stürzte sich Litas zwischen die beiden. *Meine Frau, die Friedensschlichterin*, dachte Dawoud. Sie richtete sich zur ihrer ganzen Höhe auf, sodass sie fast so groß wie

Rasîd war, aber immer noch einen guten Kopf kleiner als die Schultern des Prinzen.

»Seid ihr beiden denn verrückt? Seid ihr vollkommen verrückt? Hier stehen weiß Gott wie viele Menschenleben auf dem Spiel, und ihr Witzfiguren trommelt euch auf die Brust? Dafür haben wir keine Zeit! Idioten!«

Nun, vielleicht doch keine Friedensschlichterin.

Der Prinz lächelte. »Du erinnerst mich an meine Mutter, Tantchen. Und meine Mutter war keine nette Frau. Aber ich beherrsche mich, solange sich euer japsender kleiner Heiliger beherrscht.«

»Ich dulde nicht, dass Gott straflos gelästert wird«, sagte der Derwisch eisig.

Litas drohte Rasîd mit dem Finger, sagte aber mit sanfter Stimme: »Beantworte mir das, Junge: Glaubst du wirklich, dass es das ist, was Gott von uns will? Dass wir uns wegen leichtsinniger Worte gegenseitig bekämpfen, während die Welt vom Treulosen Engel in blutige Stücke gehauen wird? Die wenige Zeit, die wir haben, ist kostbar. Dienst du dem Allerbarmer, indem du sie hier vergeudest und hinausposaunst, wie gläubig du bist?«

Plötzlich drang aus dem anderen Tunnel das Geräusch hektischer Schritte. Ein Mann in der Falkenuniform stapfte heraus, und der Prinz ging ihm entgegen, um mit ihm zu sprechen. Dann richtete der Meisterdieb das Wort wieder an alle, die in der Höhlenkammer versammelt waren. »Die Sû-Frau hat recht, meine Freunde. Die Zeit drängt, und endlich ist alles bereit! Unsere Zeit ist gekommen! Schon vor Jahren hätten wir in dieser Stadt einen zweiten Bürgerkrieg anzetteln können. Doch der Falke weiß, wann er zuschlagen muss und wann nicht. Haben wir den Leuten wegen der Ungerechtigkeit, der sie ausgesetzt sind, immer nur etwas vorgeheult? Nein! Wir haben fetten Juwelieren in den Hintern gepikst und ihre Rubine für die Armen gestohlen! So wie wir jetzt dem fettesten Juwelier von allen in den Hintern piksen werden und dem Volk den größten Rubin von allen vorwerfen werden! Viele unserer Freunde haben einen hohen Preis gezahlt, damit dieser Tag möglich wurde. Sollen ihre Opfer vergeblich gewesen sein?«

»NEIN!«, riefen die Männer des Meisterdiebs wie auf Kommando.

»Der zeitliche Ablauf muss genau stimmen!«, donnerte der Prinz. »Wir haben nur eine einzige Chance, urplötzlich mit gezückten Waffen mitten im Palast aufzutauchen. Wenn unsere kühnen Pläne in die Tat umgesetzt werden und …« Der Dieb verlor sich in seiner eigenen Geschichte, und seine Worte gingen unter, während er die Gruppe durch den anderen Tunnel hinausführte.

Als sie ein paar Minuten lang durch den gewundenen Tunnel gegangen waren, trabte der Prinz zu Dawoud und seinen Freunden zurück. Ganz anders als sein lautes Poltern eben noch, sprach er jetzt gedämpft. »Ich kann euch die Frage, wo wir sind, an den Gesichtern ablesen«, sagte er. »Ich will es euch sagen. Wir sind in einem unterirdischen Gang zum Palast. Es gibt mehrere solcher Gänge. Von manchen hat selbst der Kalif noch nie etwas gehört. Sie sind älter als das Kalifat selbst, denn sie gehen auf die Unterirdische Stadt der Kem zurück. Nur jemand, der sein halbes Leben damit zubringt, dieses Wissen zu studieren, kennt sie. Ein Tunnel im Besonderen führt geradewegs zu dem zerstörten Kem-Tempel, auf dem das Herz des Palasts errichtet wurde. Leider hat der Tunnel einen verschlungenen Verlauf, windet sich so sehr, dass aus einer Entfernung von zehn Minuten eine ganze Stunde wird. Der Schall trägt hier sehr weit, deshalb müssen wir von jetzt an leise sein. Und so sehr ich es hasse, neu gewonnene Freunde zu bedrohen, muss ich euch doch warnen, dass ich notfalls auch mit Gewalt für Stille sorgen werde. Oh, und das hätte ich ja beinahe vergessen – ihr könnt eure Waffen wiederhaben.« Der Meisterdieb gab einem seiner Männer ein Zeichen, und Rasîd und Litas bekamen ihre Waffen zurück. Dann eilte der Prinz wieder an die Spitze des Zugs.

Eine Stunde lang ging es in Windungen vor und zurück, auf und ab, durch Tunnel und Kammern aus bleichem Stein und festgestampftem Erdreich. Vom Laufen taten Dawoud die Füße weh, und tausend düstere Gedanken gingen ihm durch den Kopf. Doch kein Wort drang aus seinem Mund.

18

Fast eine Stunde nachdem der Falkenprinz Adoulla und seinen Freunden zu schweigen befohlen hatte, führte der Tunnel unvermittelt steil nach oben. So steil, dass Adoulla ins Schnaufen kam. Danach öffnete sich der Tunnel in eine große … Höhle? Kammer? Ob der Raum nun von Menschenhand geschaffen worden war oder nicht, die Steinwände waren feucht, schmale Wege führten zwischen mehreren großen Tümpeln und großen Steinsäulen hindurch. Um ihn herum gurgelte überall Wasser, und Adoulla musste sich beherrschen, bei dem Anblick nicht laut zu fluchen. *Eine Zisterne! Älter als der Halbmondpalast und direkt darunter! Wie lange sind hier unten keine Menschen mehr gegangen?*

Ihm war, als verwandle sich die altbekannte Stadt unter seinen Füßen. Sein Kopf schwirrte so sehr, dass er im ersten Moment gar nicht merkte, dass sie bereits von anderen Leuten erwartet wurden. Schließlich war die ganze Zisterne vom Licht ihrer rein brennenden Fackeln erleuchtet.

Zwei muskulöse junge Männer standen in der Mitte der großen Fläche und bastelten an einer langen, leiterartigen Gerätschaft aus Stangen und Stricken herum. Die Leiter ging bis zur Decke, wo sie den Blicken seiner alten

Augen beinahe entschwand. Doch als er eine Weile in die Dunkelheit hinaufstarrte, erkannte er ein kleines Loch in der Decke, an dem die Leiter irgendwie befestigt war.

Ein Brunnen, begriff Adoulla. *Ein Brunnen, der sich in den Palast öffnet.* Jetzt verwandelte sich die Stadt tatsächlich unter seinen Füßen! Die reine Existenz dieses kleinen Lochs im Stein versetzte ihn in Erstaunen – wäre der Bürgerkrieg vor Zeiten anders verlaufen, wenn die Streitmächte des Heiligen Thronräubers von dieser Lücke im Panzer des Kalifen gewusst hätten? Wie wäre der letzte …?

Seine Gedanken wurden unterbrochen, denn der Prinz wandte sich ihnen zu und mahnte erneut zum Schweigen, indem er sich den Finger an die Lippen hielt. Mit Handzeichen, denen Adoulla im Halbdunkel nicht folgen konnte, besprach sich der Prinz mit den beiden Männern an der Leiter. Kurz darauf winkte er die Gruppe heran, worauf sich alle bei der Leiter versammelten. Ein paar seiner Leute kletterten bereits an ihr nach oben.

Der Prinz bedeutete Adoulla und seinen Freunden mit einer Handbewegung, dass sie hinaufklettern sollten. Dawoud stieß einen leisen Fluch aus, doch als der Magus auf der Leiter war, schien es einfacher zu gehen, als er befürchtet hatte. Nachdem Adoulla ein paar Schritte auf ihr gemacht hatte, spürte auch er, warum. Die Leiter war so raffiniert gebaut, dass sie einem das Klettern erleichterte. Als sich Adoulla dem Brunnenloch von unten näherte, spürte er, dass weitere Anhänger des Prinzen in die Zisterne strömten und zur Leiter eilten. *Natürlich*. Der Prinz hatte dieses besondere Klettergestell errichten lassen, damit möglichst viele Bewaffnete in möglichst kurzer Zeit in den Palast eindringen konnten.

Adoullas Handflächen brannten von den Stricken, an denen er sich festklammerte, und er schwitzte unterm Kaftan. Ein paar Fuß über ihm hörte er Dawoud keuchen. Raffinierte Konstruktion oder nicht, Adoulla war froh, als er endlich oben ankam, aus dem Brunnenloch kletterte …

… und inmitten eines Pulks angespannter Gardisten mit gezückten Waffen auftauchte. Vor Furcht wäre Adoulla beinahe von der Leiter gefallen. Doch dann bemerkte er, dass die Leute des Prinzen, die vor ihm hinaufgeklettert waren, mit den Gardisten Handzeichen austauschten. *Noch mehr Agenten.* Er war sich nicht sicher, ob ihn der Einfluss des Prinzen innerhalb des Palasts freuen oder beunruhigen sollte.

Der Raum, in dem sie herauskamen, war aus grauem Stein und maß an den Wänden acht Schritt. Es roch nach Brunnenwasser. Der Prinz winkte Adoulla und seine Freunde zu einer niedrigen gewölbten Tür in der gegenüberliegenden Wand. Derwisch und Magus, Alchemistin und Badawi versammelten sich um den Prinzen, dazu ein halbes Dutzend seiner Leute. Ein kurzer Blick zurück offenbarte Adoulla, dass sich der Raum allmählich mit Bewaffneten füllte, die unablässig aus dem Brunnen herauskletterten.

Der Prinz führte sie durch die Tür in eine riesige Küche mit lauter niedrigen Steinöfen. Zwei weitere Türen gingen von der Küche in andere Zimmer ab, und jede der Türen wurde von zwei Gardisten flankiert. Da sie keinen Alarm schlugen, als der Prinz eintrat, gehörten sie wohl auch zu seinen Agenten. Der Raum war vom Geruch frisch gebackenen Brots erfüllt, aber es mischte sich noch ein anderer Geruch hinein, der Adoulla vertraut war – Blut.

In der Mitte der Küche stand eine massige dunkelbraune Frau mit Adoullas Leibesumfang, die eine Kochschürze trug und ein großes blutiges Fleischmesser in der Hand hielt. Zu ihren Füßen lag ein toter Gardist mit gespaltenem Kopf. Der Prinz eilte zu der Frau und wechselte rasch ein paar Handzeichen mit ihr. Mit seiner übermenschlichen Geschwindigkeit lief er im Kreis in der Küche herum und streute dabei eine Pulverspur auf den Boden, bis der Raum ringsum damit bedeckt war. Dann holte er einen Feuerstein hervor und entzündete das Pulver. Es brannte nicht mit einer sichtbaren Flamme, sondern umgab die Anwesenden mit einem schwachen bläulichen Glühen. *Alchemie*, dachte Adoulla, doch mehr wusste er auch nicht. Fragend blickte er zu Litas hinüber, die aber nur mit den Schultern zuckte. Dann musste es wahrlich ein seltenes Mittel sein, wenn selbst Litas es nicht kannte. Zum gefühlt hundertsten Mal an diesem Tag sah sich Adoulla beeindruckt von den Mitteln, über die der Prinz verfügte.

»Nun!«, sagte Faraad As Hammas laut. »Jetzt können wir sprechen. Das Pulver der Panther sorgt dafür, dass man uns außerhalb dieses Zimmers nicht hören kann. Meine Freunde, das ist Mutter Mitternacht, die Königin der Kalifenküche. Seit Jahren hilft sie mir zusammen mit dem Minister, den ihr bereits kennengelernt habt, dieses kleine Festspiel vorzubereiten. Sollten wir den heutigen

Tag überleben, haben wir das ihr zu verdanken.« Der Prinz wandte sich der korpulenten Frau zu. »Da noch keine Schreie und kein Glockengebimmel zu hören waren, nehme ich an, dass wir noch nicht entdeckt wurden?«

»Ja, Faraad«, sagte Mutter Mitternacht, und ihre Stimme klang wie eine Felslawine. »Die wenigen Narren, die ihre Nasen zur falschen Zeit in die falschen Ecken gesteckt haben, wurden erledigt. Aber wir können die Leichen nicht ewig geheim halten.« Mit dem rot gefärbten Fleischmesser deutete sie auf die großen Öfen, die den Raum beherrschten. Hier und da sah Adoulla eine menschliche Hand oder einen Fuß aus den Öfen schauen.

Ihm wurde übel. *Dann sind die Würfel wohl gefallen. Ob wir wollen oder nicht, wir sind Teil dieser irrwitzigen Palastrevolte.*

Rasîd und Samia wollten ihrer Empörung Luft machen, doch Adoulla sah sie streng an. »Orshado. Mouw Awa«, flüsterte er barsch. »Anders können wir sie nicht mehr aufhalten. Das ist wichtiger als alles andere.« Preis sei Gott, keiner der beiden Kinderkrieger sagte danach noch etwas.

»Er ist zwei Zimmer weiter, Faraad. Im Samtzimmer. Gleich nimmt er das private Dritttags-Nachmittagsmahl ein. Der Verteidiger der Rechtschaffenen ist nie allein, aber um diese Zeit in der Woche ist er es wenigstens beinahe. Alles läuft so, wie du es geplant hast – das ist der Augenblick, auf den wir gewartet haben.«

Nun meldete sich Rasîd doch zu Wort: »Und schämst du dich nicht, Weib? Schämst du dich kein bisschen, deinen Kalifen und Meister derart zu verraten?«

Der Falkenprinz sah den Jungen wütend an, und Mutter Mitternacht runzelte die Stirn und sog Luft durch die Zähne. »Frag den Verteidiger der Rechtschaffenen nach meiner Tochter und seinen … Gelüsten, Heiliger. Frag ihn nach Mutter Mitternacht, die ihm und seinem Vater davor treu gedient hat und damit belohnt wurde, dass ihr einziges Kind vergewaltigt und verstoßen wurde und sich schließlich selbst umbrachte. Und dann unterhalten wir uns noch einmal über Scham und Verrat.«

Zu Adoullas Verwunderung hatte sie den Jungen damit tatsächlich zum Schweigen. Hinter ihnen strömten immer mehr Anhänger des Prinzen in die Küche.

Der Falkenprinz legte Mutter Mitternacht eine Hand auf die Schulter. »Tantchen, ich schwöre, dass du den Haufen Abschaum in spätestens einem halben Tag selbst fragen kannst. Allerdings fürchte ich, dass du zur Antwort nur das Geräusch bekommen wirst, das sein Kopf macht, wenn er auf die Ledermatte des Henkers plumpst!«

Er wandte sich zu Adoulla um. »Ich sehe hier kein anderes Ungeheuer als das, das ich zu jagen gekommen bin, Onkel. Doch zwei Räume von hier entfernt befindet sich ein Mann, der unsere Stadt erdrosselt. Dir und deinen Leuten gebe ich ein letztes Mal die Gelegenheit, zu wählen. Kommt mit mir in dieses Zimmer und lebt mit den Folgen. Oder kehrt ungeachtet eurer wilden Warnungen vor Ghulen durch den Brunnen zurück – natürlich unter Bewachung durch meine Männer – und sitzt dieses Abenteuer aus. So oder so, die Worte des Derwischs machen mich misstrauisch. Deshalb verlange ich euren Eid, dass ihr mich nicht hintergeht«, erklärte er und sah Rasîd dabei vielsagend an. »Oder ihr geht keinen Schritt weiter mit uns.«

Der Gotteslästerer verlangt Eide, dachte Adoulla bitter und sah seinen ironischen Gedanken auf den Mienen seiner Freunde widergespiegelt. Doch sie sagten der Reihe nach: »Ich schwöre es vor dem Allmächtigen.« Alle außer Rasîd, dessen Züge wie aus Marmor gemeißelt wirkten und nichts preisgaben. *Er weiß so gut wie ich, dass dieser Orshado sich tatsächlich zeigen wird und dass es seine heilige Pflicht ist, mir zu helfen, ihn aufzuhalten. Und bestimmt möchte er genauso sehr die Stammesfrau beschützen.*

Der Junge sagte nichts. Adoulla räusperte sich. Mutter Mitternacht, die gerade noch schnell die Leiche des Gardisten mit dem gespaltenen Kopf in einen Ofen geschoben hatte, klopfte mit dem Fuß und sagte: »Dafür haben wir keine Zeit, Faraad.«

Adoulla packte den Derwisch am Ellbogen. Rasîds Blick huschte kurz zu Samia, bevor er flüsterte: »Ich schwöre es vor dem Allmächtigen.«

Sie folgten dem Meisterdieb aus der Küche und betraten einen Raum mit kunstvoll verzierten weißen Wänden. Der angenehme Geruch leichter Parfüms erfüllte den Raum – feiner als Räucherwerk und ohne Zweifel mit Windzaubern versprüht. Eine Ebenholztür in der gegenüberliegenden Wand war der einzige dunkle Fleck im Zimmer. Bevor Adoulla sich klarmachen konnte, dass er gleich Zeuge eines monumentalen Augenblicks werden würde, hatten der Prinz und eine Gruppe seiner Männer den Raum durchquert und schnitten zwei Gardisten die Kehlen durch. Mit scheinbar übermenschlicher Kraft stieß der Prinz die große Tür auf und stürmte in den angrenzenden Raum. Adoulla und seinen Freunden blieb nichts anderes übrig, als ihm zu folgen.

Das Samtzimmer hatte Mutter Mitternacht es genannt, und es war offensichtlich, warum es so hieß: Decke, Wände, Boden und eine große überdachte Couch waren mit dem vornehmen violetten Stoff bespannt. Und in der Mitte saß ein hagerer, jüngerer Mann über und über mit Geschmeide und prächtigen Gewändern beladen und starrte verblüfft einen seiner Gardisten an, der seinem Kollegen eben den Kopf gespalten hatte.

Als Dschabbari ach-Chaddari, Gottes Statthalter auf Erden, seine Stimme wiederfand, um zu schreien, war der Falkenprinz bereits einmal mit dem glühenden blauen Pulver im Zimmer herumgewirbelt. Offenbar drangen die Schreie des Kalifen nicht mehr hinaus.

»Du … du bist … wie hast …?«, stotterte der Kalif, und von seinem höfischen Tonfall fehlte jede Spur. »Kein Eindringling hätte es …« Er brach vollkommen verwirrt ab. Dann sah er Dawoud, und seine mit Kajal umrandeten Augen weiteten sich. »Du! Wo hast du …?«

»Keine Fragen, Tyrann!«, rief der Prinz, und seine wahnsinnigen Augen funkelten fanatisch. »Aber ich habe eine Frage an dich! Wie fühlt es sich an …«

Der Prinz wurde abgewürgt, als der Kalif einen seiner Ringe berührte und ein Lichtblitz den Raum erfüllte. Adoulla, der die Gefahr nach Jahrzehnten so gewohnt war, dass er sie kommen sah, stürzte sich auf den Kalifen. Dabei sah er, dass Faraad As Hammas dasselbe tat. Etwas glitt hinter ihm herab, dann vor ihm. Eine dicke Holztafel schoss von der Decke herab und versperrte ihm den Weg zum Kalifen. *Falsche Wände*. Sie schnitten ihm auch den Rückweg zu seinen Freunden ab.

Der Falkensprinz stand neben ihm und hämmerte mit dem Schwertgriff gegen das Holz. »Gottes Hoden!«, rief der Dieb. »Die sind aus verhextem Holz. Dieser hinterhältige Hurensohn! Aber ehrlich gesagt ist das wahrscheinlich nicht weiter schlimm. Zwar hätte es geholfen, wenn wir ihn als Erstes losgeworden wären, aber er ist sowieso nicht mein wahres Ziel. In gewisser Weise macht uns das die Sache sogar einfacher – denn jetzt ist er vom Erben abgeschnitten.«

»Einfacher für dich vielleicht, du gottverdammter Wahnsinniger!«, schäumte Adoulla. »Meine Freunde sind auf der anderen Seite dieser Wand! Die lasse ich nicht zurück.« Adoulla trommelte gegen die Holzwand und rief nach seinen Freunden, und es war ihm egal, ob er damit die Aufmerksamkeit der Gardisten auf sich zog. Er wusste, dass Dawoud und die anderen auf der anderen Seite dasselbe machen würden. Doch er hörte keine Rufe, spürte keine Schläge von der anderen Seite der Holzwand. *Da ist mehr als ein Zauber am Werk.*

Echtes Mitleid lag im Blick des Prinzen, aber sein Ton war sachlich. »Tu, was du tun musst, Onkel. Aber wenn ich mich nicht sehr irre, würde selbst eine Meisteralchemistin wie die Herrin Litas Likamis Tochter einen ganzen Tag brauchen, um diese Wände einzubrechen.«

Anscheinend war Litas' Ruf genauso zum Prinzen gedrungen wie sein eigener.

»Am besten stehen die Karten für dich«, fuhr der Dieb

fort, »wenn du mir folgst. Ohne mich musst du dich mit den Gardisten und meinen Leuten herumschlagen. Ganz zu schweigen davon, dass du dich in dem ungeheuren Irrgarten dieses Palasts zurechtfinden müsstest.«

Natürlich hatte der Mann recht.

In hilfloser Wut trat Adoulla gegen die Holzwand, die ihn von seinen Freunden trennte. Dabei verstauchte er sich einen Zeh. Er sah gerade noch rechtzeitig auf, um zu beobachten, wie Faraad As Hammas einen Samtvorhang herunterriss und durch einen dahinter versteckten gemauerten Durchgang in der Wand verschwand.

Der Meisterdieb hatte sich den Grundriss des Palasts offenbar gut eingeprägt, denn er schritt zuversichtlich voran, bog links und rechts ab, folgte Korridoren und durchquerte Zimmer so rasch, dass Adoulla nicht Schritt halten konnte. Keuchend rief er: »Ich hole dich später ein«, doch der Falkenprinz lief mit wild entschlossenem Blick weiter und kümmerte sich nicht um Adoulla.

Der Ghuljäger ging einen weiteren langen Gang entlang und hastete an zwei Uniformierten vorbei, die sich ein Scharmützel lieferten. Die Streitenden sahen zwar kurz zu ihm herüber, waren aber zu sehr mit dem Versuch beschäftigt, sich gegenseitig umzubringen, weshalb sie davon absahen, Adoulla umzubringen. Kurz erhaschte er einen Blick auf den Prinzen, der durch eine große schmuckvolle Doppeltür stürmte. Er folgte ihm.

Dann betrat er einen großen Saal, der von ewig brennenden magischen Laternen erleuchtet war. Im unheimlichen Schein der Flammen erkannte er entlang der rechten und linken Saalwände große, in Gold gefasste Glaskästen. In jedem war ein riesiger Turban ausgestellt. *Die Halle der Himmlischen Verteidiger!* Die legendäre symbolische Ruhestätte der verstorbenen Kalifen, die jeweils von einem prächtigen Turban repräsentiert wurden. Violette Silberseide, Pfauenfedern, Perlen so groß wie Kinderfäuste. Adoulla zwang sich, nicht ins Staunen zu verfallen und weiterzulaufen.

Und wieder ein Saal, beinahe so groß wie ein Häuser block in der Stadt. In die Decke waren Perlen, Platin und Gold eingelegt. An den Wänden hingen leuchtende Teppiche, auf denen die Helfenden Engel dargestellt waren. Japsend hastete Adoulla an Säulen aus rosa Marmor vorbei, die so geschickt behauen waren, dass die Wellen und Adern im Stein den Namen Gottes bildeten. *Diese Kalifen glauben tatsächlich, sie wären Gottes Statthalter auf Erden! Überall springen einem in diesem Palast Seine Namen entgegen*, dachte Adoulla. *Doch Seine Werke findet man hier nicht.*

Irgendwo im Palast war Geschrei ausgebrochen, und eine Glocke läutete Alarm. In der Nähe hörte er Waffengeklirr. Adoulla bog um eine Ecke und sah Faraad As Hammas mit zwei Gardisten fechten, die eine kleine Bronzetür bewachten.

Der Prinz schlug Finten und Paraden mit seinem breiten Säbel, als führe er ein meisterhaft geschmiedetes Rapier. Die Klinge, mit der er auf die Gardisten einstach, schimmerte golden. *Waffenzauber.* Solche Magie kostete ein Vermögen. Erneut wunderte sich Adoulla über die finanziellen Mittel von Faraad As Hammas. Innerhalb weniger Sekunden waren die Gardisten tot, und der Prinz stieß die Tür auf. Adoulla folgte ihm hinein.

Das Zimmer war kleiner und anheimelnder als die meisten, die er im Palast gesehen hatte, als würde der Geist seines Bewohners darauf abfärben: ein schwächlich wirkender neunjähriger Junge mit Brille und juwelendurchwirkten Kleidern, die so viel gekostet haben mussten wie Adoullas Haus. Der Junge sah blinzelnd auf, als sie hereinkamen.

Er hatte dieselbe Gesichtsform wie der Kalif. *Der Erbe.* Der kleine Sammari ach-Dschabbari ach-Chaddari saß im Schneidersitz auf einem Kissen in der Mitte des Zimmers und hatte ein riesiges bebildertes Buch vor sich liegen. Als ihm bewusst wurde, welcher Aufruhr im Palast herrschte, zeigte sich Schrecken in seinem sanften Gesicht. Adoulla nahm an, dass ein Stillezauber auf die Bronzetür gelegt worden war. *Da wird so viel Geld und Zauberei verschwendet, nur damit diese Narren von jeder Unannehmlichkeit abgeschirmt bleiben.*

»Du … du bist … du bist er«, stammelte der Junge mit einer Spur mehr Haltung, als es sein Vater getan hatte. »Der Falkenprinz!«

»In der Tat, der bin ich, o Tyrannenlehrling!«, donnerte der Prinz und kam mit gezückter Waffe auf den Jungen zu, der eingeschüchtert wirkte und den das Gebrüll praktisch umgeworfen hatte. »Ich bin der Falkenprinz, und mein Zorn ist schrecklich! Ich bin gekommen, um …«

»Du bist mein Held«, sagte der Junge und schob sich eine Strähne langes schwarzes Haar aus dem Gesicht.

»Ich warne dich, Brut eines … hä?« Faraad As Hammas blinzelte, und auf einen Schlag war seine aufbrausende

Haltung dahin. Zum ersten Mal erlebte Adoulla den Prinzen unsicher. »Was hast du gemeint?«

Anscheinend schämte sich der Junge dafür, dass er etwas gesagt hatte, doch er wiederholte: »Ich meinte: Du bist mein Held.« Der Erbe sah Adoulla an, schien ihn aber nur halb wahrzunehmen. Wieder erklang eine Alarmglocke.

Es war allerhand, den großmäuligen Falkenprinz sprachlos zu erleben, dachte Adoulla. Allerdings hielt es nur einen Augenblick lang an. Dann wandte sich der Prinz um und machte die Bronzetür zu, um den chaotischen Lärm auszusperren. Mit müheloser Kraft schob er eine schwere Ebenholzcouch vor die Tür, um sie zu verrammeln.

»Held?«, fragte der Prinz schließlich.

»Ja!«, sagte der Erbe, klappte sein Buch zu und wurde immer aufgeregter. *Die Tausend Geschichten des Räuberpaschas*, las Adoulla. Wahrscheinlich die teuerste Ausgabe dieses billigen, geschmacklosen Buchs, die je angefertigt worden war. Der Erbe erhob sich. »Ja! Ein Held wie die in den Büchern! Der die Armen speist. Der die Bösewichte mit dem Schwert und einem Lächeln besiegt. Meine Ratgeber sagen, dass es solche Leute nicht gibt, aber ich weiß es besser. Und so der Allmächtige will, werde ich es eines Tages genauso machen!«

Wenn der Prinz ein gläubiger Mensch gewesen wäre, dachte Adoulla, dann hätte er sich jetzt auf die Knie geworfen und dem Allerbarmer für dieses gnädige Schicksal gedankt.

Doch stattdessen grinste der Meisterdieb von Ohr zu

Ohr und klopfte dem Jungen mit seiner großen Hand auf die Schulter. »Nun! Wie es aussieht, wissen meine Spione doch nicht alles, was sich im Palast zuträgt. Du bist auf jeden Fall sehr weit vom verfaulten Stamm gefallen, Junge. Du bist bei Weitem nicht der unausstehliche, machtbesessene Scheißkerl, den ich erwartet hatte.«

Der Erbe lächelte wie ein Kind lächelt, das nie unflätig sein durfte. »Du nennst mich gar nicht Junger Verteidiger! Das gefällt mir. Weißt du, selbst meine Spielkameraden haben mich so genannt, als ich noch ein ganz kleines Kind war.«

»Als du ein kleines Kind warst?«, platzte Adoulla heraus. »Du bist noch …«

Der Prinz schnitt ihm das Wort ab. »Nun, du nennst mich auch nicht Heuchler oder Wahnsinniger. Wir werden bestens miteinander auskommen, Junge!«

Das strahlende Lächeln verschwand aus dem Gesicht des Erben. »Aber, äh, was geht hier vor, o Prinz? Willst du mich töten? Hast du meinen Vater schon getötet?« Er klang nicht ängstlich, das musste man dem Jungen lassen.

Faraad As Hammas sah den Jungen lange an. »Ich will dich nicht belügen, Junge. Ich bin hier, um den Halbmondthron an mich zu reißen. Er birgt in seinem Marmor große Zauberkraft, eine Magie, mit der ich den guten Leuten in Dhamsawaat helfen kann. Und den Palast werde ich auch erobern. Es gibt Kranke, die die Arznei brauchen, die hier aufbewahrt wird. Hungernde, die man mit den Kornkammern des Palasts ernähren könnte.«

Der Junge lächelte traurig. »Wenn ich mit meinen Lehrmeistern über solche Dinge spreche, dann sagen sie, es wäre der Wille des Allmächtigen, dass manche besitzen und andere nicht. Und dass ich dich nicht bewundern soll, weil du gar kein Prinz bist, sondern ein Mörder und einer, der Schrecken verbreitet.«

Faraad As Hammas holte tief Luft, bevor seine helle Stimme wieder donnerte. »Ich bin ein Mörder? Und was ist mit deinem Vater, der es wagt, sich selbst Verteidiger zu nennen, obwohl er das Kämpfen und Bluten und Töten und Sterben anderen überlässt? Bettler und Witwen auf der Straße verhungern, während die Kornspeicher deines Vaters überquellen, aber das ist der ›Wille Gottes‹, wie? Karrenschieber und Träger werden von Fiebern dahingerafft, die die Ärzte deines Vaters heilen könnten! Aber ich bin der Gewalttätige? Derjenige, der Schrecken verbreitet! Ich habe sowohl Hunger als auch das Schwert kennengelernt, mein junger Freund! Ich würde lieber durch das Schwert sterben. Es ist freundlicher. Schneller. Ja, ich habe Menschen getötet, aber mit den eigenen Händen, während ich ihnen in die Augen geschaut habe. Dein Vater dagegen ist ein schwacher und feiger Mörder. Der so tut, als wäre er keiner. Ist es das, was du werden willst?«

»Nein«, sagte der Junge so laut und klar wie eine der Alarmglocken, die draußen immer noch bimmelten. »Aber was wird aus meinem Vater, o Prinz? Was wird aus mir?«

»An den Händen deines Vaters klebt das Blut vieler Menschen, Sammari ach-Dschabbari ach-Chaddari. Aber wenn du mir dabei hilfst, lasse ich ihn und dich unbeschadet ins Exil auswandern, vielleicht nach …«

»Nein«, unterbrach ihn der Junge mit einem Befehlston, der den Bücherwurm, als der er erschien, Lügen strafte. »Wenn du meine Hilfe willst, dann musst du meinen Vater töten. Ich habe vor Gott geschworen, dass ich ihn tot sehen möchte.«

Adoulla sah, wie der Prinz den Jungen mit offenem Mund anstarrte. Und er selbst tat zweifellos dasselbe.

»Ich … aber … Warum …?«, stammelte Faraad As Hammas.

»Du täuschst dich, wenn du glaubst, dass mein Vater nur andere töten lässt, o Prinz. Vielleicht hast du davon gehört, dass meine Mutter, Gott behüte ihre Seele, an einem Fieber gestorben ist. Doch das ist nicht wahr. Ich habe gesehen, wie mein Vater sie erdrosselt hat, weil er glaubte, sie hätte einem seiner Gehilfen schöne Augen gemacht. Als ich versucht habe, ihn daran zu hindern, hat er mich geschlagen. Er meinte, ich würde es verstehen, wenn ich älter wäre. Das war vor fünf Jahren, bevor er Kalif wurde. Alles, was ich seither verstanden habe, ist, dass es meine heilige Pflicht ist, für seinen Tod zu sorgen.«

Die Couch, die die Tür blockierte, ächzte und splitterte. Jemand wollte sich gewaltsam Zutritt verschaffen. Faraad As Hammas' Augen funkelten blutrünstig. Er hielt den Säbel kampfbereit.

Die Märchenvorstellungen werden dem Jungen schon ausgetrieben werden, wenn er zusehen muss, wie der Prinz seine Beschützer vor seinen Augen niedermetzelt. Adoulla wandte sich mit erhobener Hand an den Prinzen. »Bitte. Es gibt noch einen anderen Weg – wenn, junger Verteidiger, du meinem Vorschlag folgen willst.« Der Prinz sah ihn nachdenklich an und schien zu begreifen. Der Erbe sagte nichts.

Hinter ihnen zerbarst die Ebenholztür, und drei Gardisten stürmten herein.

»Junger Verteidiger!«, rief der erste und verneigte sich automatisch, bevor sein Verstand ihm in Erinnerung rief, in welcher Lage sie sich befanden. »Wer sind diese Männer? Ist das …? Allmächtiger, weiche zurück, Junger Verteidiger! Wir beschützen dich vor diesen Strolchen!«

Adoulla trat vor. »Seid ihr denn verrückt? Wenn dies tatsächlich Faraad As Hammas wäre, glaubt ihr, dass der Junge Verteidiger dann noch am Leben wäre? Würden wir uns hier unterhalten? Wir sind Agenten des Verteidigers der Rechtschaffenen und haben den Auftrag, den Jungen Verteidiger in solchen Zeiten zu schützen und die Feinde des Verteidigers mit unserer Verkleidung zu verwirren!«

Der Gardist wirkte misstrauisch, doch er und seine Männer griffen nicht an. »Wer bist du, Alter? Wie heißt du? Warum habe ich dich nie …?«

Der Erbe sprach in lautem Befehlston. »Du hast diese Männer nie gesehen, weil du ein einfacher Gardist bist und nicht eingeweiht in die Pläne des Verteidigers der Rechtschaffenen! Unser Vater hat diese beiden Männer beauftragt, mich zu beschützen, bis der wahre Dieb gefunden und getötet ist! Die Hälfte deines Ordens hat uns verraten – sogar diese beiden haben versucht, uns zu töten«, sagte der Erbe und deutete auf die Leichen der beiden Torwachen, die der Prinz ausgeschaltet hatte. »Geht jetzt und tut eure Pflicht uns gegenüber! Auf der Stelle!«

Vielleicht ist er doch nicht so sanftmütig.

»Ich … aber …« Der Gardist sagte nichts mehr, sondern winkte seine Männer fort und trabte auf der Suche nach anderen Feinden ebenfalls hinaus.

Als die Gardisten fort waren, sah der Erbe auf die beiden Leichen hinab und zeigte seine Trauer. »Ayyabi war ein guter Kerl«, sagte er schlicht.

»Höre, Junge, wir müssen …«, fing Adoulla an, doch der Junge schenkte ihm so viel Aufmerksamkeit, dass er sich hätte auch in Luft auflösen können.

»Guter Kerl oder nicht, mein Freund, er war dein Türwächter«, sagte der Prinz. »Ich kenne das Leben, das du hier lebst. Seit neun Jahren unter den erstickenden Hüllen deines Vaters, ohne dass du dir deine Freunde selbst aussuchen konntest. Ohne dass du den Palast verlassen konntest, es sei denn der Ausflug wurde zwei Tage lang vorbereitet. Gezwungen, Dinge zu lernen, die dir gleichgültiger nicht sein könnten. Treffe ich damit ins Schwarze oder nicht, Junge? Stell dir das freundliche und sorglose Los vor, das dich erwarten würde, wenn du nicht im Halbmondpalast begraben wärst.«

Der Dieb vermochte meisterhaft die Saiten einer Kinderseele zum Schwingen zu bringen. Nachdem der Gedankensame von der Freiheit, die der Thronverzicht für ihn bedeuten würde, erst einmal in das Hirn des Jungen gepflanzt worden war, fing dieser gleich an, in seinen Augen Früchte zu tragen. Tausend Möglichkeiten, die er für unmöglich gehalten hatte, taten sich vor ihm auf. Adoulla konnte es an dem Lächeln des Erben ablesen. Faraad As Hammas log nicht, sondern stellte lediglich die Wahrheit dar, allerdings in grellen und dramatischen Farben. Und das wollten die Leute hören, vermutete Adoulla.

Vielleicht war er selbst ein wenig davon eingenommen worden.

»Und wie könnte ich dem entkommen, o Prinz?«, fragte der Erbe, der noch immer auf die Leichen starrte.

»Folge mir zum Thronsaal, und ich werde es dir zeigen.« Während sie sich auf den Weg machten, erklärte ihm Faraad As Hammas das einfache Ritual, mit dem der Erbe dem Dieb die Herrschaft und die Gewalt über die gutartige Magie des Throns übertragen konnte. Von der Todesmagie, die der Thron verbarg, sagte er kein Wort, und auch nicht von der Blutzaubervariante des Spruchs.

»Aber was ist mit der Anerkennung durch andere Reiche?«, fragte der Junge. »Rughal-ba? Die Sû-Republik?«

Der Prinz zuckte mit den mächtigen Schultern. »Das lass meine Sorge sein. Für mich arbeiten nicht nur Diebe und Söldner, sondern auch Diplomaten und Rechtsgelehrte.« Er blinzelte dem Jungen zu. »Glaube mir, die Rechtsgelehrten sind Furcht einflößender als die Diebe! Also. Was sagst du, Sammari?«

»Ich gebe dir den Thron, o Prinz. Wenn du vor Gott schwörst, dass du seine Macht so benutzen wirst, wie es sich für einen Helden geziemt. Und wenn du den Verteidiger der Rechtschaffenen für das, was er meiner Mutter angetan hat, mit dem Tod bestrafst.«

»Das schwöre ich vor dem Allmächtigen, der Zeuge aller Eide ist.« Faraad As Hammas nahm die kleine Hand des Erben in seine große Pranke. Adoulla hatte keine Zeit, in den vielen prächtigen Räumen, durch die der Dieb ihn und den Jungen führte, stehen zu bleiben und zu gaffen. Zweimal hasteten sie an Kämpfenden vorbei, doch der Prinz trieb den Erben stets weiter zur Eile an.

Und dann gelangten sie in den Thronsaal.

Er war menschenleer und größer und reicher geschmückt als alle anderen Säle, die Adoulla bisher gesehen hatte. Holzschnitzereien, die durch Alchemistenzauberei leuchteten, und Rätselteppiche aus Gold. Und in der Luft waberten ein Dutzend liebliche Düfte von Parfüms und Räucherwerk. Möbel standen jedoch nur wenige herum, abgesehen von dem Thron in der Mitte des Saals.

Der Halbmondthron erhob sich auf einem kleinen Podest. Er strahlte in einem kalten Weiß, das genauso makellos war wie Adoullas Kaftan. Die Rückenlehne bestand aus einem drei Schritt hohen seltsamen Stein, der perlmuttartig glänzte. Seine Form hätte die eines Halbmonds sein können – oder die des Nackenschilds einer Kobra.

Faraad As Hammas pfiff leise. »Endlich«, flüsterte er.

Sie näherten sich dem Thron. Fast hatten sie ihn erreicht, als durch einen Bogen auf der gegenüberliegenden Seite ein Menschenknäuel hereingestürmt kam. Der Kalif, dessen kostbare Seidengewänder zerrauft waren, wurde von einem Mann in schwarzer Robe, bei dem es sich nur um einen Hofmagier handeln konnte, und einem halben Dutzend Bewaffneter begleitet.

Einen Moment lang starrten sich alle durch den riesigen Raum an.

»Tötet sie!«, brüllte der Kalif. »Sie haben euren Jungen Verteidiger entführt! Tötet sie!«

Faraad As Hammas' Säbel fuhr aus der Scheide und

glühte golden, doch der Erbe stellte sich vor ihn hin. »Sie haben mich nicht entführt, Verteidiger der Rechtschaffenen! Der gute Prinz hat mir die Zauberkraft des Throns gezeigt – eine Möglichkeit, ihm die Macht über den Palast zu verleihen. Und Rache für meine Mutter zu erlangen!«

Die Gardisten hielten inne, weil sie nicht sicher waren, was sie tun sollten.

»Guter Prinz?«, schäumte der Kalif. »Die haben dir den Kopf verdreht mit dummen Geschichten über edle Räuber!« Er drehte sich zu seinem Magus um. »Wovon spricht er da? Zauberkraft des Throns?«

Der Mann mit der Kapuze schüttelte den Kopf. »Verteidiger der Rechtschaffenen, ich weiß nicht …« Die Worte erstarben auf seinen Lippen, als von dem Durchgang hinter ihm ein Schatten in Form eines Schakals auf ihn zuschoss.

Alle erstarrten und lauschten den schrecklichen Geräuschen, als Mouw Awa den Magus zerfleischte. Ehe er ein einziges Zauberwort hatte aussprechen können, war er bereits in eine blutrote Leiche verwandelt worden. In der benommenen Stille, die darauf folgte, waren weiche Schritte zu hören, die die Blicke zu dem gewölbten Durchgang lenkten.

Orshado. Er war groß, aber dünn wie ein Schilfhalm, und seine Haut war gelb. Ein fleckiger schwarzer Bart bedeckte sein Gesicht, und sein Kaftan hatte dieselbe Form und Farbe wie der Adoullas. Nur war er mit Kot und Blut verschmiert. In der Hand hielt er einen roten Sack aus Seide.

Plötzlich fiel Adoulla der Albtraum von vor einer Woche wieder ein, als dieser ganze Schrecken angefangen hatte. Die Ströme von Blut. Die Blutflecken auf seinem Kaftan. Vom Ghul der Ghule hieß es, dass sein Kaftan nie sauber werden würde. Dies also war der Mann, von dem Gott ihm in der seltsamen Sprache der Träume zugeraunt hatte. Der teuflische Mann, den Adoulla jagte. Der Mann, der Miris Nichte getötet und die Banu Laith Badawi abgeschlachtet hatte. Der Jehjeh ermordet und Adoullas Haus mitsamt all den teuren Erinnerungen niedergebrannt hatte.

Wie in jener Nacht hörte Adoulla die Stimme des Schakalmanns in seinem Kopf. *Der Fette brüstet sich gar in seinem unbefleckten Gewand. Noch hat er nur die ersten Aschen seiner brennenden Welt geschmeckt. Noch kennt er nicht die süßen Feuer des Flammensees, die bald über all das Seine hinwegfluten werden.* Während Mouw Awas Stimme in Adoullas Kopf hallte, vollführte Orshado mit einem knochendürren Arm eine wegwerfende Bewegung, die Palast, Stadt und Gottes weite Welt einzuschließen schien.

Mouw Awa stürzte sich auf den Kalifen und schnappte mit seinen Schattenkiefern zu. Als Adoulla hörte, wie sich das Wimmern des Verteidigers der Rechtschaffenen in Schreie verwandelte, wurde er daran gemahnt, dass auch der mörderische Tyrann seiner Stadt am Ende nur ein Mensch war. All der Pomp seiner Macht und all der Hass, den Adoulla gegen ihn hegte, wurden innerhalb eines Augenblicks fortgerissen.

Adoulla war vor Entsetzen und Furcht gelähmt und sah, dass es Faraad As Hammas genauso ging.

Orshado holte einen menschlichen Kopf aus seinem Sack. Mit unheimlicher Stimme plapperte es aus dem Kopf: »ALLE, DIE DIR UNTERGEBEN SIND, MÜSSEN DIR DIENEN. ALLE, DIE DIR UNTERGEBEN SIND, MÜSSEN DIR DIENEN.«

Die Augen der Gardisten um Adoulla herum verdrehten sich, ihre Haut schrumpelte, und ihre Münder wiederholten diesen Satz. Wie auf ein Kommando drehten sie sich zu Adoulla, dem Prinz und dem Erben um.

In diesem Augenblick wusste Adoulla, dass sie zu etwas geworden waren, das nicht mehr menschlich war.

Hüllenghule. Ungeheuer, die man erschuf, indem man die Seele eines Menschen nach außen kehrte. Auch noch nach all den Schlägen der letzten Tage war dieser Schlag besonders schwer für Adoulla. Er hatte bisher immer nur von ihnen gelesen, und er hatte geglaubt, dass die frevelhafte Technik ihrer Erschaffung gnädigerweise vergessen war. Weder Zauber noch Schwert vermochte einen Hüllenghul zu zerstören. In den alten Büchern stand, dass sich das verdorbene Fleisch so lange mit verdorbenem Fleisch verbinden und unreines Gebein sich so lange an anderes unreines Gebein fügen würden, bis der Tod des Schöpfers die bösartige Macht aus ihren gestohlenen Leibern bannen würde.

Mouw Awa kauerte über dem toten, rotäugigen Kalifen, Blut und etwas Halbfestes troffen ihm aus dem Maul. Hinter Adoulla wimmerte der Erbe.

Die Hüllenghule trotteten auf Adoulla zu. Der Erbe und der Falkenprinz standen wie angewurzelt da, gelähmt vor Furcht.

So endet es also. Sein verwirrter Verstand kramte nach Gedanken. Tee und Dichtkunst. Seine Freunde und seine Stadt.

Miri, wie sehr wünschte er sich beim Allmächtigen, dass er sie geheiratet hätte!

Nein. Nein, es kann hier nicht enden. Das werde ich nicht zulassen.

Hüllenghule konnte man nicht erschlagen, aber man konnte sie behindern. Er konnte Zeit schinden, damit der Prinz den Thron ergreifen oder Orshado töten oder den Erben in Sicherheit bringen konnte. Oder … irgendetwas.

Er stürzte vor. Als er den Beutel aus seinem brennenden Haus gerettet hatte, war er nicht sehr voll gewesen. Aber eine Sache war darin, die er jetzt benötigte. Er holte einen kleinen Schildkrötenpanzer heraus und schüttelte ihn über seinem Kopf. Die drei Saphire in seinem Inneren rasselten.

»Der Gnädige Gott ist der letzte Atem in unseren Lungen!«, rief er. Es war eine alte Anrufung, mit der er eine Wand errichten würde, die kein Ghul durchbrechen konnte. Allerdings würde sie wenig gegen die ältere Zauberkunst der Toten Götter ausrichten. Er wäre dem Schakalmann ausgeliefert.

Eine Bahn aus irisierendem Licht erhob sich vor ihm, gerade als sich die Ghule ihm näherten. Ihre Schläge drangen nicht zu ihm durch, auch wenn die Wand aus Licht bei jedem Hieb schimmerte. Er hörte, wie der Prinz hinter ihm endlich aus seiner Angststarre erwachte und nach vorn trat.

Wieder hörte Adoulla Mouw Awas Worte in seinem Geist. *Hat der Gedankenlose dein Gemüt mit Geschichten über heilende Zauberkräfte besänftigt? Ha! Sein Vorhaben ist zum Scheitern verurteilt! Nicht liebt der Kobragott Liebe und Güte!*

Dann war die Kreatur über ihm, und Adoulla spürte, wie seine Seele langsam aus seinem Körper gerissen wurde.

19

Es herrschte Chaos. Von überall hörte Litas das Getrappel von Stiefeln und das Klirren von Waffen. Alarmglocken und Hörner erschallten, und von irgendwo drang der Ruf »Zu den Waffen, zu den Waffen!« an ihr Ohr. Diejenigen unter den Gardisten, die dem Prinzen treu waren, offenbarten sich, indem sie mit gezogenen Schwertern auf ihre Kollegen losgingen. Oft gurgelten ihre Opfer mit aufgeschlitzten Kehlen ihr Leben aus, bevor sie begriffen, was ihre abtrünnigen Kameraden taten.

Adoulla, Faraad As Hammas und der Kalif waren von ihnen durch ungewöhnliche falsche Wände abgetrennt worden, denen mit Gewalt nicht beizukommen war. Die Wände hatten sogar ihre Wahrsagetinkturen unwirksam gemacht. Deshalb lief sie nun ziellos durch die Räume, denn das war die einzige Möglichkeit, wie sie ihre Freunde wiederfinden konnte.

»Wir müssen Adoulla finden!«, rief sie ihrem Mann zu. Zum Glück war der Gang, durch den sie Rasîd folgten, menschenleer.

Dawoud antwortete nur mit einem knappen Nicken. Er knirschte mit den Zähnen, was nur bedeuten konnte, dass er eine unerträgliche aufgestaute Kraft in sich zurückhielt. Ein Zauber, der ihn innerlich aushöhlen würde, bis er ihn auf einen unglücklichen Feind loslassen konnte.

Sie stürmten in einen Innenhof aus blauem Marmor. Die Sonne stand als großer goldener Lichtball hoch am Himmel. Rasîd ging mit gezücktem Schwert voraus. Sein blaues Seidengewand verschmolz mit dem Marmor und machte ihn fast unsichtbar.

Sie waren gerade in der Mitte des Innenhofs, als von entgegengesetzten Seiten zwei Gruppen von je einem Dutzend Männern hereinrannten. Die einen trugen die Falkenuniform, die anderen waren offenbar kalifentreue Gardisten. Sie schrien sich gegenseitig an, griffen zu den Waffen und gingen aufeinander los.

Litas und ihre Gefährten standen genau zwischen ihnen.

Sie hob ihren Dolch und ließ den Daumen über die Knöpfe wandern, die in seinem Griff verborgen waren. Rasîd machte einen Schritt auf die Stammesfrau zu und nahm Verteidigungshaltung ein.

Dann ging eine seltsame Energiewelle durch die Luft, ein blendendes goldenes Licht, und beide Kämpfergruppen blieben abrupt stehen. Ein lautes Grollen zerriss die Luft.

Plötzlich stand Samia Banu Laith Badawi in ihrer Löwengestalt neben Litas, und ihr goldenes Fell schimmerte. Eine mehr als tierische Wut erfüllte die smaragdgrünen Augen, und ihr Schwanz peitschte durch die Luft. Dabei hatte das Mädchen solche Angst gehabt, nie mehr ihre Gestalt annehmen zu können!

Die Leute des Prinzen flüsterten zischelnd untereinander, bevor sie kehrtmachten und davonliefen. Die Kalifentreuen taten es ihnen gleich, bis auf sechs Schwachköpfe, die sich mit Speeren und Schwertern näherten.

Die Löwin – Samia – schlug mit blitzschnellen Prankenhieben nach zwei der Gardisten, die blutend zu Boden stürzten. Ein Speerträger wollte sie aufspießen, musste aber feststellen, dass er die goldene Löwenhaut mit seiner Waffe nicht durchdringen konnte. Samia zermalmte die Arme des Mannes zwischen ihren Kiefern und schleuderte ihn wie eine Puppe davon.

Seine Gefährten wandten sich in dem Moment zur Flucht, in dem Rasîd auf sie zustürzte, um die Löwin zu verteidigen, die das gar nicht nötig hatte.

»Preis sei dem Allmächtigen und Dank seinen Helfenden Engeln!«, sagte Samia, als sie wieder allein waren. Litas wusste nicht, ob sie jemals einen aufrichtigeren Dank vernommen hatte. »Mit deinen Tränken und Berechnungen wirst du den Doktor nicht finden, Tantchen. Aber ich habe bereits seine Witterung aufgenommen. Er ist da lang.«

Trotz all ihres Wissens und ihrer Erfahrungen fand Litas es etwas beunruhigend, eine Löwin sprechen zu hören, bevor sie davontrabte. *Und wo sind ihre Kleider hin?*, fragte sich die Gelehrte. Aber es blieb ihr kaum etwas anderes übrig, als dem Löwenmädchen, das die Führung übernahm und einer Witterung nachging, die kein Mensch riechen konnte, zu folgen und an Rasîd vorbeizueilen. Der Derwisch sah Samia lange nach, bevor er ihr ebenfalls folgte. *Der Heilige, der eine Löwin liebt – daraus ließe sich ein gutes Stück für ein Schattenspiel machen, wenn …*

Aus einer Wandnische wurde sie angefallen.

Es war einer der Kalifentreuen, doch anscheinend hatte er seine Waffe verloren. Offenbar sah er in ihr ein leichtes Opfer. Bevor sie ihren Dolch heben konnte, schlug der Mann ihr ins Gesicht. Ihre Augen füllten sich mit brennenden Tränen, und rote Sterne tanzten vor ihr herum. Aus ihrer Nase rann Blut. Sie war eine Frau. Gott hatte ihren Leib nicht für so etwas bestimmt.

Und trotzdem hatte sie seit Jahren dabei mitgemacht. Sie wich ein paar Schritte zurück und spritzte dem Kerl ein scharfes Pfefferpuder ins Gesicht. Schreiend rieb er sich die Augen. Jetzt war es ein Kinderspiel, ihm in die Magengrube zu treten.

Mit seiner zweispitzigen Klinge wand Rasîd einem Gardisten das Schwert aus der Hand, mit einem weiteren Hieb erschlug er ihn. Ein dritter Gardist, der in magischen Flammen stand, die Dawoud heraufbeschworen hatte, rannte kreischend davon.

Dann waren sie wieder allein. Zu Rasîds Füßen lagen die Leichen dreier Männer, die teils zum Kalifen, teils zum Falkenprinzen gehörten. Ihr war klar, dass der Derwisch jeden töten würde, der eine Waffe trug und töricht genug war, bedrohlich zu wirken. Und sie schämte sich, dass sie sich darüber freute. Weiter vorn an einer Ecke wartete Samia und trieb sie mit einem Knurren zur Eile an.

So gelangten sie in einen weiteren Innenhof voller kleiner dampfender Brunnen, der üppig mit Topfpflanzen und Bäumen begrünt war, die man eher in den Dschungeln der Republik vermutet hätte. Hier waren mächtige Wasserzauber am Werk, daran konnte es keinen Zweifel geben. Und im Hof hallte es von Tierstimmen.

»Der grüne Tierhof«, erklärte ihr Mann mit pfeifendem Atem. »Die persönliche Menagerie des Kalifen. Von diesem Ort habe ich erzählen hören.«

»KRÄCHZ! Selbst die Engel verkünden den Ruhm des Verteidigers der Rechtschaffenen! KRÄCHZ!« Ein graugrüner sprechender Vogel, dessen Stimme durch Zauberei menschlicher klang, als Litas es je erlebt hatte, flog aufgeschreckt auf einen höheren Ast. Weitere Männer brachen durch das Blattwerk, warfen Palmen und pinkfarbene Giftblütenbüsche um.

Ein untersetzter, kantig wirkender Mann mit einer verzierten Uniform führte eine Gruppe von sechs Gardisten an. »Dawoud Wadschîds Sohn!«, rief der Mann und schwang seine Stahlkeule, an der schwarzes Blut klebte. *Roun Hedaad.* Es war Jahre her, seit sie geholfen hatte, ihm das Leben zu retten, doch sein Gesicht vergaß man nicht so schnell.

Als der Mann die Stirn runzelte, wurden die Furchen in seinem Gesicht noch tiefer. »Und da sehe ich Litas Likamis Tochter. Dann gehört ihr beiden also zu diesem verräterischen Haufen? Ich schulde euch beiden das Leben, aber wie es scheint, habt ihr es so eingerichtet, dass ich euch töten muss und für meine Undankbarkeit im Flammensee bezahlen werde – denn ich kann euch den Durchgang nicht gestatten.«

Zwei wütend plappernde Affen krabbelten an ihnen vorbei. Dawoud trat vor die Stammesfrau und den Derwisch, zeigte seine leeren Hände und beäugte die Armbrüste der Gardisten misstrauisch. Er sprach mit gepresster Stimme, was darauf schließen ließ, dass er noch immer Zauberkräfte in sich aufgestaut hatte.

»Hauptmann Hedaad, wir sind keine Verräter. Wir sind hier in der Hoffnung …«

Dawouds Erklärung wurde von einem Ächzen aus einem halben Dutzend Münder übertönt. Roun Hedaads Männer fingen an, eigenartig zu zucken, ihre Haut begann zu schrumpeln und ihre Augen verdrehten sich so weit, dass nur noch das Weiße zu sehen war.

Im Chor skandierten die neu geschaffenen Ungeheuer: »ALLE, DIE DIR UNTERGEBEN SIND, MÜSSEN DIR DIENEN. ALLE, DIE DIR UNTERGEBEN SIND, MÜSSEN DIR DIENEN«, als sprächen sie den Satz einem unsichtbaren Lehrmeister nach. Dann drehten sie sich wie auf ein Kommando zu ihrem Hauptmann um.

Dies waren keine bloßen Überläufer, und dies war nicht das Werk von Faraad As Hammas. Das war ihr auf Anhieb klar. Hier lag etwas in der Luft, das unzweifelhaft mit dem unreinen Blut in Verbindung stand, das sie vor ein paar Tagen in ihrer Werkstatt berührt hatte. Aber darüber hinaus hatte sie keine Ahnung, was sie da vor sich hatte.

»Hüllenghule«, flüsterte ihr Mann ehrfürchtig.

Hüllenghule. Aber die sind doch nur eine Legende. Auch wenn sie nicht so alt wie Dawoud oder Adoulla war, so hatte sie dennoch mehr als zwei Dutzend Jahre damit zugebracht, gegen frevelhafte Zauberei zu kämpfen. Aber nichts, was sie gelernt hatte, hatte sie darauf vorbereitet. Sie hatte Dinge gesehen und gemacht, die für normale Leute ins Reich der Geschichten gehörten. Jetzt wusste sie, wie diese Leute sich vorkamen, wenn sie ihr bei der Arbeit zusahen.

Trotz seines Alters und Leibesumfangs bewegte sich

Roun Hedaad schnell wie eine Katze, als er den Schwertstreichen der Hüllenghule auswich. Er holte mit seiner Keule aus und schlug einem der Wesen den Schädel ein, doch das schien es kaum aufzuhalten.

Der Derwisch und die Löwin schüttelten ihre Schockstarre ab und schossen gleichzeitig auf die Feinde zu. Im Sprung ließ Rasîd sein Schwert durch die Luft sausen, sodass es glatt durch den Hals des nächsten Hüllenghuls fuhr. Der Kopf fiel zu Boden, und der Körper machte noch einen Schritt, bevor er zusammenbrach. Dann fing der Kopf zu zischen an, und der Körper tastete blind nach ihm. Rasîds schräg stehende Augen waren weit vor Entsetzen. Er trat den Kopf weg wie einen jener Holzbälle, mit denen die Sû-Kinder spielten.

Samia hatte sich eines der Wesen geschnappt, und ihre Pranken schlugen so schnell zu, dass man nur noch ein silbernes Blitzen sah. Dann sprang sie auf und stürzte sich auf das nächste Opfer. Zurück ließ sie die blutige Masse einer zerfleischten Leiche.

Doch vor Litas' entsetzten Augen fing das zerrissene Fleisch des Hüllenghuls an, sich wieder zusammenzuflechten. Als das Mädchen einen zweiten Feind ausgeweidet hatte, stand sein erster Gegner wieder, und sein Leib war unversehrt.

Ächzend taumelte eines der Wesen auf Litas und ihren Mann zu. Noch immer schwang es das Schwert, das es als Mensch geführt hatte. Als es platschend in einen der größeren Teiche des Innenhofs trat, stieß eine verschwommene, grünbraune Gestalt nach oben und griff es an. Ein Krokodil, das gefährlichste Tier ihrer Heimat. Das Tier war winzig – entweder noch jung oder magisch am Wachsen gehindert –, doch auch ein kleines Krokodil war furchterregend. Dreimal schnappte es mit den Kiefern zu und biss den Hüllenghul in der Mitte durch. Doch als sich der Ghul wieder zusammensetzte, arbeitete sich einer seiner Arme wieder zum Maul des Krokodils heraus, und das ledrige Tier zog sich panisch zurück.

Samia sprang hin und her, zerfleischte die Ungeheuer und wich ihren Faustschlägen und Schwertstreichen aus, während Rasîds Klinge die Hand eines Hüllenghuls am Gelenk abtrennte. Kaum war die Hand am Boden aufgekommen, marschierte sie auf den Fingern wieder auf ihren Besitzer zu und sah dabei aus wie eine scheußliche Spinne. Inzwischen kämpfte der Derwisch Rücken an Rücken mit Roun Hedaad, und beide bluteten. Gewiss fragten sich beide, wie man einen Gegner töten sollte, der nicht sterben konnte.

Aus dem Durchgang, der zurück zum blauen Innenhof führte, drang Stöhnen und Fauchen herüber. Von dort taumelten weitere dieser Ungeheuer herein. *Allmächtiger, steh uns bei.*

»Das bringt nichts. Du musst etwas unternehmen«, sagte sie zu ihrem Mann. Sie spürte seine Hand mit den langen Fingern in ihrem Rücken und hatte plötzlich nicht mehr ganz so viel Angst.

Dann hörte sie ihn etwas in jener Unsprache der Zauberei murmeln, die sie in den ganzen dreißig Jahren ihres Zusammenlebens nicht mal ansatzweise verstanden hatte. Er bereitete sich darauf vor, die Kräfte freizulassen, die er in sich aufgestaut hatte.

»Zieht euch hinter Dawoud zurück!«, rief sie ihren Gefährten zu.

Rasîd und Samia gehorchten, doch sie musste traurig feststellen, dass Roun Hedaad dies nicht mehr möglich war. Er lag mit halb abgeschlagenem Kopf auf dem Boden. Zwei Hüllenghule rissen seinen Brustkorb auf und versuchten, an sein Herz heranzukommen. *Sie wollen fressen.*

Sie trat hinter ihren Mann, dessen Singsang unnatürlich laut geworden war. Seine süße, raue Stimme klang nie so kräftig, wie wenn er einen Zauberspruch sprach, dachte sie. In dem Augenblick, in dem ein Spruch seine Lippen verließ, erschien er ihr immer am männlichsten.

Er beendete seinen Singsang und deutete mit den Handflächen auf die näher rückende Monsterhorde. Inzwischen waren fast ein Dutzend von ihnen im Grünen Hof der Tiere.

Ein kräftiger Lichtblitz – ein golden schimmernder Strahl, so hell wie die Nachmittagssonne über ihnen – schoss aus den Händen ihres Mannes und fuhr zielsicher in die Hüllenghule. Sie hatte schon erlebt, wie dieser Strahl einen Menschen in Asche verwandelte. Und einen Moment lang, während der Strahl auf die Bande der Kreaturen einprasselte, wagte Litas zu hoffen, dass seine Zauberei die Oberhand gewinnen würde. Die Hüllenghule lagen allesamt regungslos am Boden, Rauch stieg aus ihren Leibern.

Sie hörte Dawoud erschöpft Luft holen, sein Atem ging rasselnd. Litas sah, dass plötzlich zwei weitere Fältchen in seinem Gesicht erschienen.

Dann bemerkte sie eine Bewegung unter den Leichen der Hüllenghule. Sie verlor allen Mut. Die Kreaturen waren lediglich aufgehalten worden. Jetzt fingen sie bereits wieder an, sich aufzurappeln.

»Was nun?«, fragte Dawoud und japste dabei so sehr, dass sie glaubte, er würde den Geist aufgeben.

Noch vor zehn Jahren hätte ihn dieser Zauber kaum Kraft gekostet, dachte sie voller Sorge.

»Ich weiß nicht«, sagte sie. »Auf jeden Fall können wir nicht gegen diese Ungeheuer kämpfen. Wir müssen hier verschwinden.«

Dawouds Zauber verschaffte ihnen genug Zeit, um durch einen großen Bogen aus dem Grünen Hof der Tiere hinaus und in ein kleines Vorzimmer mit Steinwänden zu rennen.

Rasîd und Samia folgten ihnen, doch der Derwisch stieß ein verärgertes Geräusch aus. »Tantchen! Rückzug entspricht nicht dem Pfad des Ordens …«

»Noch dem der Badawi«, mischte sich Samias halb löwische Stimme ein.

Durch den Türbogen beobachtete Litas, wie sich die Hüllenghule zur Karikatur einer Wachmannschaft formierten und sich langsam auf sie zubewegten. Ihnen blieb keine Zeit für Diskussionen.

»Dumme Kinder!«, presste Dawoud zwischen zwei Atemzügen heraus und gab damit Litas' Gedanken wieder. »Das sind Hüllenghule! Löwenpranken, Zaubersprüche, Tinkturen, zweispitzige Schwerter – gegen diese Ungeheuer ist das alles nutzlos, wenn man den alten Büchern Glauben schenkt. Adoulla ist der Einzige, der vielleicht weiß, wie man diese Wesen tötet. Und solange wir das nicht können …«

Er unterbrach sich, als ein markerschütternder Schrei die Luft zerriss. Litas erkannte die Stimme. Er kam aus dem nächsten Raum. *Adoulla! Halte durch, alter Freund, wir kommen! Dann sterben wir wenigstens gemeinsam!*

Samia und ihre Gefährten standen in einem kleinen Vorzimmer neben dem Grünen Hof der Tiere.

»Adoulla ist der Einzige, der vielleicht weiß, wie man diese Wesen tötet«, sagte Dawoud Wadschîds Sohn. »Und solange wir das nicht können …«

Samia hörte den Schrei einer vertrauten Stimme aus dem angrenzenden Raum. *Der Doktor!*

Mit der Geschwindigkeit einer Löwin raste sie in einen großen Saal mit Säulenreihen. Rasîd folgte an ihrer Seite. Von ihren Verletzungen hatte sie sich immer noch nicht ganz erholt, und in der Gestalt zu bleiben kostete sie ihre ganze Kraft.

Im Saal herrschte ein wildes Durcheinander von Gerüchen und Anblicken. Auf dem Thron saßen der Falkenprinz und ein Junge und schrien etwas. Leichen. Eine Lichtwand. Einige der taumelnden Ungeheuer. Ein hagerer, schwarzbärtiger Mann, der nach unnatürlichem Unrat roch.

Samia blendete alles aus und konzentrierte sich auf das, weshalb sie hier war: Mouw Awa, der Schakalmann, war über die Gestalt des Doktors gebeugt. Sie rief sich die Leichen ihrer Sippe ins Gedächtnis, die Wut verlieh ihr neue Kraft, und sie schoss an Rasîd vorbei, ohne den Blick von Mouw Awa zu wenden. »Der gehört mir!«, knurrte sie.

Sie warf sich gegen die Schattenkreatur, schlug dabei

mit ihren Pranken zu und riss das Ding einige Schritte vom Doktor weg. Rasîd wandte sich einer anderen Bedrohung zu und verschwand aus ihrem Blickfeld.

Die unheimliche Stimme des Schakalmanns füllte ihren Kopf aus. *Das Kätzchen! Nein! Mouw Awa hat sie gar erschlagen! Das kleine wilde Löwenkind ward erschlagen!* Mouw Awas schattenhafte Gestalt wich zurück, als Samia sich ihr näherte.

Samia fauchte. »Nicht ganz. Du hast Angst, Kreatur? Gut!« Sie fühlte sich mutig, wie es sich für eine Stammesfrau der Badawi gehörte. Es war, als spräche ihr Vater durch sie. Sie bereitete sich auf den Angriff vor.

Sie sprang, doch Mouw Awa bewegte sich zu schnell. Er krabbelte zurück, und ihre Pranken schnappten ins Leere. Ein-, zweimal biss das Ungeheuer zu, doch sie war auf jeden seiner verzweifelten Angriffe gefasst. Mouw Awa kämpfte angsterfüllt. Die Kreatur war tatsächlich zur Hälfte ein Schakal: grausam gegenüber einem hilflosen Opfer, aber feige, wenn sie einem Gegner gegenüberstand, der sie töten konnte.

Samia versetzte Mouw Awa Prankenhiebe und hinterließ tiefe Striemen in seinem Schattenfleisch. Mouw Awa heulte vor Schmerz auf.

Nein! Sie hat Mouw Awa gar verletzt!

Die Kreatur griff erneut an, verfehlte Samia aber. Mit dem Gegenangriff brachte die Löwin ihr allerdings nur einen Kratzer bei.

Sie umkreisten sich, jeder suchte in der Verteidigung des anderen nach einer Öffnung. Mouw Awa versuchte, sie mit dieser irrsinnigen Stimme im Kopf durcheinanderzubringen.

Gedenkst du der Qual? Der Übelkeit, als Mouw Awas Zähne sich in deine Seele bohrten? Ja! Du erinnerst dich wahrlich!

Sie schenkte den Worten in ihrem Kopf kaum Beachtung. Ihre Rache stand bevor.

Mouw Awa deutete einen Angriff an und schnappte gleich darauf – schneller, als Samia es für möglich gehalten hätte – erneut nach ihr. Zwar erwischten seine Kiefer nur leere Luft, doch wurde Samia dabei zu Boden gerungen. Schattenhafte Klauen, die nach Leichen stanken, bohrten sich in ihre Flanke. Vor Schmerz verlor sie beinahe das Bewusstsein.

In den Schatten spürte sie etwas grinsen, das einst ein Mensch gewesen war. *Das Kätzchen hofft gar, die Pläne seines gesegneten Freunds zu vereiteln! Nein! Mouw Awas malmender Kiefer …*

Sie erkannte ihre Chance und schlug zu. Schwindelnd vor Schmerz und mit einem Hilferuf zu den Helfenden Engeln warf sich Samia kräftig herum. Jetzt nagelte sie das schreiende Monster mit den Vorderpranken am Boden fest.

Nein! Geschummelt! Mouw Awa, der Schakalmann, ward betrogen!

Der Rest des Saals löste sich auf. Samia sah nichts, hörte nichts, roch nichts bis auf den Gegner unter ihr. Sie riss sich zusammen, schlug ihre Fänge in Mouw Awas Kehle und riss Schatten heraus, so fest wie Fleisch. Der Schakalmann, der nur noch wortlos heulte, trommelte und kratzte gegen ihre Flanken.

Doch sie stieß ihre Fänge tiefer und tiefer in seinen Hals, bis sie ihm die Kehle herausgerissen hatte. Kurz wurde die Gegenwehr des Schakalmanns heftiger, dann endete sie vollständig.

Sie würgte, weil sie den scheußlichsten aller Geschmäcker in Mund und Nase hatte. Ohne es zu wollen, verließ sie die Löwengestalt.

Zitternd erhob sie sich.

Die Schatten, aus denen Mouw Awa zu bestehen schien, wirbelten herum und stiegen wie Rauch auf. Ein unsichtbarer, unwirklicher Wind riss an den Schatten, bis sie nur noch aus ein paar dunklen Schwaden bestanden. Schließlich lösten sich die Schwaden in nichts auf.

Auf dem Palastboden blieb ein menschliches Skelett zurück. *Hadu Nawas. Die Kindersense.* Statt des Schädels eines Menschen besaß das Gerippe den eines Schakals. Der Anblick rief ihr die vom Wind polierten Knochen der Wüste ins Gedächtnis – und alles, was sie zwischen dem Sand verloren hatte.

Sie trat das Skelett mit ihren Stiefeln, und es zerfiel sofort zu Staub. Dann schloss sie wegen der quälenden Schmerzen in ihrer Seite die Augen und brach zusammen.

Meine Sippe ist gerächt. Die Banu Laith Badawi sind gerächt.

Samia wagte sich einzureden, dass ihr Vater stolz auf sie sein würde.

Und dann übergab sie sich. Immer und immer wieder, bis ihr Tränen in die Augen stiegen und ihr der Magen wehtat.

Rasîd hörte den Doktor schreien und rannte los, so schnell ihn seine Beine trugen und ungeachtet der Gefahren, die vor ihm liegen mochten. Er gelangte in einen großen Saal mit Säulen und einem Podest in der Mitte. Auf dem Boden erblickte er die Leichen des Kalifen und eines Mannes in schwarzer Robe – ein Hofmagier, nahm er an. Daneben stand ein hagerer Mann in einem beschmutzten weißen Kaftan. Mehrere Hüllenghule hämmerten auf eine Wand aus schimmerndem Licht ein.

Auf dem Podest stand ein Thron mit hoher Lehne aus leuchtend weißem Stein. Auf ihm saß der Falkenprinz und hielt die Hände eines Jungen, der neben ihm saß. Faraad As Hammas rief: »Es geht nicht. ES GEHT NICHT!«

Rasîd wusste nicht, was der Verräter vorhatte, noch wollte er es wissen. Er achtete allein auf Mouw Awa, der neben dem Podest über dem vor Schmerz schreienden Doktor kauerte.

Er musste seinem Lehrmeister helfen. Der Schakalmann war abgelenkt, und Rasîd, der sich schneller bewegte als jemals in seinem Leben, stürzte sich auf die Kreatur.

Doch so schnell er auch war, Samia Banu Laith Badawi war schneller. Fauchend wie ein goldener Blitz raste sie an ihm vorbei. »Der gehört mir!« Sie rammte Mouw Awa und schleuderte ihn vom Doktor weg.

Rasîd sah kurz zu dem Kampf zwischen Licht und Schatten, einem Knäuel aus Pranken und fauchenden Fängen hinüber. Dann bemerkte er, dass der Mann im besudelten Kaftan – das musste Orshado sein – zu der Wand aus Licht hastete und sie berührte. Ein roter Blitz war zu sehen, und dann war die Wand weg. Auf ein Zeichen Orshados hin bewegten sich die Hüllenghule auf den Thron zu. Nichts hielt sie mehr auf.

Rasîd gelangte beim Doktor an. Prankenhiebe hatten seinen Kaftan aufgeschlitzt, doch Rasîd entdeckte kein Blut. Um die Augen herum bemerkte Rasîd eine rötliche Färbung, die heller war als bei blutunterlaufenen Augen.

»Helfende Engel! Doktor, bist du … Was kann ich tun?«, fragte er und schämte sich der Furcht, die er empfand.

»Rasîd bas Rasîd«, gab der Doktor mit hohler und abwesender Stimme zurück. »Ein guter Kerl … ein guter Partner.«

Rasîd packte den Ghuljäger an den Schultern. »Doktor, bitte! Wie können wir diese Geschöpfe töten?«

Die hellbraunen Augen des Doktors schienen gegen das Rot anzukämpfen, das sie umgab. »Hä? Kö… Köpfe. Halte die Hüllenghule auf!«

»Ich habe einen von ihnen geköpft, Doktor, das hat nichts …«

»O… Orshado.« Es war das Letzte, was der Doktor sagte, bevor er in einen Art magischen Todesschlaf fiel.

Orshado. Dann muss wohl der Ghul der Ghule selbst geköpft werden!

Aus dem Augenwinkel sah er magische Flammen sprühen – Litas und Dawoud setzten sich gegen Hüllenghule zur Wehr. Was aus Samia geworden war, wusste er nicht.

Vorsichtig legte Rasîd den großen schlaffen Leib seines Lehrmeisters auf das Podest. Als er aufblickte, sah er, wie Orshado mit einem Satz – unmöglich, magisch – auf den Thron sprang. Der Ghul der Ghule verpasste Faraad As Hammas mit – ohne Zweifel – magischer Kraft einen Rückhandschlag. Der Dieb ließ das Schwert fallen und fiel vom Thron auf das Podest. Dann packte sich Orshado, mit einem Fuß auf dem Thron, das Kind – den Erben, wie Rasîd begriff – an den langen kohlrabenschwarzen Haaren und zog ein Messer.

Er wird das Blut des Erben trinken, wie es in der Schriftrolle geschrieben stand.

Orshados geschwungene Klinge sauste hoch und wieder runter, und der Erbe schrie vor Schmerz auf. Rotes Blut spritzte auf Orshados Kaftan.

Zur selben Zeit sprach der halb ohnmächtige Falkenprinz ein einziges Wort und machte mit der Hand ein Zeichen. Dann griff er an dem Erben vorbei zur Armlehne des Throns und drückte dort etwas. Rasîd hörte ein lautes Klicken und das Ächzen von sich bewegenden Steinplatten.

Ein weiteres Geheimnis, von dem der Kalif nichts wusste? Anscheinend, denn der Saalboden wich rasch zurück, während der Thron mitsamt Podest – und Rasîd, dem Doktor, dem Erben, Faraad As Hammas und Orshado – nach oben fuhr wie auf einer Art Säule.

Rasîd sah noch einmal schmerzerfüllt auf den schlaffen Leib des Doktors hinunter und blickte dann zu Orshado auf. Der Ghul der Ghule ließ sein Messer ein zweites Mal in die Brust des Erben sinken.

Rasîd sprang auf den Thron. *Allmächtiger, auch wenn ich unwürdig bin, so flehe ich dich an, verleihe deinem Diener Kraft!*

Er schoss auf Orshado zu. Aber der Ghul der Ghule wedelte mit der Hand, und dann geschah etwas Seltsames, etwas Unmögliches.

Der Thronsaal um sie herum war verschwunden. Wo Steinwände und Decke gewesen waren, breitete sich jetzt nur noch rot wirbelndes Licht aus. Rasîds Gefährten waren verschwunden. Orshado und seine Ungeheuer waren verschwunden. Rasîd war allein.

Was ist das für eine teuflische Zauberkunst?

Panisch sah sich Rasîd um und versuchte, eine Decke zu finden, einen Boden oder eine Tür. Doch überall war nur der aufgewühlte Strudel aus rotem Licht.

Er begann mit seinen Atemübungen, sie schenkten ihm ein wenig Ruhe. Er zitierte die Schriften. »Und ob ich schon wanderte in der Ödnis der Ghule und der verderblichen Dschinne, fällt kein Schatten der Furcht auf mich. Zuflucht finde ich in seiner …«

Die Himmlischen Kapitel erstarben Rasîd auf den Lippen, als vor ihm ein Mann auftauchte.

Der Mann trug einen Speer. Er war grob gekleidet und hatte an der Seite eine grässliche Schwertwunde. Eigentlich hätte er nicht mehr in der Lage sein sollen, aufrecht zu stehen. Sein Gesicht erinnerte Rasîd an jemanden …

Einer der Wegelagerer! Als Rasîd vor zwei Jahren die Gottesloge zum ersten Mal verlassen hatte, hatten ihm auf dem langen Weg nach Dhamsawaat drei Wegelagerer aufgelauert. Er hatte sie mit Leichtigkeit erschlagen.

Dies war der erste Mensch, den Rasîd je getötet hatte.

Mit leeren Augen sah er Rasîd an und sagte:

»›O GLÄUBIGER! WISSE, DASS GOTT WEINT, SO DU DEINEN NÄCHSTEN ERSCHLÄGST!‹«

Als er die Worte der Himmlischen Kapitel hörte, erstarrte Rasîd vor Furcht, denn der Mund des Mannes bewegte sich, und heraus drang Rasîds Stimme. Es war die Stimme des Zweifels, die er so oft in seinem Inneren vernahm.

Während der Mann sprach, erschienen die beiden anderen Wegelagerer, die Rasîd an jenem Tag getötet hatte. Einem fehlte der halbe Kopf, der andere blutete aus der Brust. Sie stimmten in den Singsang ein, doch auch sie sprachen mit Rasîds Stimme.

»›O GLÄUBIGER! WISSE, DASS GOTT WEINT, SO DU DEINEN NÄCHSTEN ERSCHLÄGST!‹«

Neben Rasîd tauchte aus dem Nichts eine weitere verkrüppelte Gestalt auf. Der Magier Soud, der Frauen entführt, sie geehelicht und dann seinen Wasserghulen zum Fraß vorgeworfen hatte. Während seiner ersten Ghuljagd mit dem Doktor hatte Rasîd diesen Zauberer getötet.

»›O GLÄUBIGER! WISSE, DASS GOTT WEINT, SO DU DEINEN NÄCHSTEN ERSCHLÄGST!‹«

Und noch ein Bösewicht, den Rasîd umgebracht hatte, erschien. Dann noch einer. Wie auf Kommando traten die Toten auf ihn zu. Und endlich kehrte die Beweglichkeit wieder in Rasîds Glieder zurück.

Er versetzte dem nächsten einen Schwerthieb, doch die zweispitzige Klinge pfiff glatt durch den Wegelagerer hindurch wie durch Luft. Er fürchtete sich vor der Berührung dieser Toten mehr, als er sich jemals vor etwas gefürchtet hatte, auch wenn er nicht sagen konnte, warum. Schritt für Schritt wich er zurück, ohne den Blick von ihnen zu wenden.

Hinter sich hörte er fauchende Flammen. Er spürte, dass sein blaues Seidengewand angesengt wurde, riss den

Blick von den Toten los und wandte sich der schrecklichen Hitze zu. Da erblickte er einen großen Abgrund, der von Feuer ausgefüllt war.

Der Flammensee! Gott hat mich dem Flammensee überantwortet!

Die Toten kamen näher, und Rasîd wich noch ein paar Schritte weiter zurück, bis die Hitze ihm die Haut verbrannte. Von überall und nirgends hörte er leises Weinen, das so klang, als würde das Weltall auseinandergerissen.

Doch dazwischen hörte er noch eine andere Stimme. Schwach und aus weiter Ferne hörte er, was Doktor Adoulla Machslûd vor wenigen Augenblicken gesagt hatte.

»Rasîd bas Rasîd. Ein guter Kerl … ein guter Partner.«

Rasîd klammerte sich an diese Worte, als wären sie die schützende Umarmung Gottes. In ihnen fand er Kraft.

Nein. Diese Flamme ist nicht echt. Diese Männer sind tot. Ich habe dem Allmächtigen so gut ich konnte gedient. Manchmal habe ich gefehlt, aber »Vollkommenheit ist der Palast, in dem einzig Gott weilt«.

Der dicke rote Strudel um Rasîd schien zu flattern und dünner zu werden. Die Toten lösten sich auf. Für einen Sekundenbruchteil sah er eine hagere Gestalt in einem beschmutzten Kaftan vor sich.

Orshado! Das ist sein Werk, nicht das von Gott!

Es währte nur einen Augenblick, und dann bedrängten ihn die Toten wieder, scheuchten ihn auf den Flammensee zu. Rasîds Haut brannte, doch er unterdrückte seine Schreie.

Er versuchte, sich so sehr auf seine Gedanken zu konzentrieren, wie er es noch nie zuvor getan hatte. Er stellte sich den Doktor, Litas und Dawoud vor. Er stellte sich Samia Banu Laith Badawi vor, die es gewagt hatte, mit ihm übers Heiraten zu reden. Er dachte an all die Makel, die sie hatten, und an all das Gute, das sie getan hatten. Und er hörte sich selbst sprechen.

»›Vollkommenheit ist der Palast, in dem einzig Gott weilt. Vollkommenheit ist der Palast, in dem einzig Gott weilt. Vollkommenheit ist der Palast, in dem einzig Gott weilt.‹«

Wieder flackerte das wabernde rote Licht und ließ nach. Wieder sah er Orshado vor sich stehen.

Mit dem Schriftvers auf den Lippen und dem Kopf voller Gedanken an seine Freunde schnellte Rasîd nach vorn. Das rote Licht verging, die Toten kehrten nicht zurück. Er ließ sein Schwert auf Orshado herabsausen, und es fühlte sich an, als schlüge er damit gegen eine Ziegelwand.

Er hörte den gurgelnden Schrei eines Mannes ohne Zunge. Dann war er wieder im Thronsaal, auf dem nach oben fahrenden Podest. Blutend lag der Erbe auf dem Thron, und Orshado stand vor Rasîd und hielt sich vor Schmerz die Schläfen. Es war, als hätte die Zeit stillgestanden, während er den Totengeistern begegnet war.

Doch die Qualen, die sie ihm bereitet hatten, spürte er noch immer. Am ganzen Körper hatte er Schmerzen, und sein Rücken brannte. Doch er zwang sich weiter nach vorn und holte dabei mit dem Schwert aus.

Schakalmann, Sandghule, Hüllenghule. Immer wieder hatte sich Rasîds Schwertarm in den letzten Tagen als zu schwach erwiesen, um die Kreaturen des Treulosen Engels zu besiegen. Jetzt aber fühlte er sich von Gottes Macht erfüllt. Er war die Waffe des Allverehrten.

Für diesen Augenblick hatte er sein ganzes Leben gelebt.

Die Wucht seines Schlags riss nicht nur Orshado, sondern auch ihn selbst vom Thron weg und über die Kante des Podests hinaus. Der Thron hatte bereits die halbe Strecke zur Decke zurückgelegt. Während Rasîds Klinge in den Hals des Ghuls der Ghule schnitt, fielen sie in die Tiefe.

Der Mann im beschmutzten Kaftan gab keinen Ton von sich, auch dann nicht, als er starb.

Rasîd spürte, wie ihm die Knochen brachen, als er aufkam. Vor Schmerz schrie er auf, doch in seinem Geist hörte er nur die Himmlischen Kapitel. *Gott ist die Gnade, die die Grausamkeit vertilgt.*

Er sah, wie der kopflose Leib Orshados einmal zuckte und sich dann nicht mehr regte.

Rasîd versuchte aufzustehen, spürte aber, dass ihn der Schmerz in die Dunkelheit hinunterzog. Er sah zum Podest – mit dem Doktor, dem Erben und dem Falkenprinzen – hinauf. Es hob sich auf einer geriffelten Marmorsäule, die aussah wie der schuppige Leib einer Kobra. In der Decke glitt ein Steinblock zur Seite. Der Thron verschwand in der Öffnung, die passgenau zur Unterseite des Podests war. Als die Apparatur zum Stillstand kam, war wieder ein lautes Knirschen zu hören.

Verblüfft starrte Rasîd an die Decke, die den Doktor verschluckt hatte. Mit Genugtuung bemerkte er, dass die Hüllenghule zusammenbrachen.

Dann übermannten ihn die Schmerzen, und die Dunkelheit holte ihn.

Adoulla Machslûd fühlte sich, als würde ein großer Fels auf seine Seele stürzen und jedes bisschen Glück darin zermalmen. Was um ihn herum geschah, spürte er vage – eine Löwin rannte herum, Feuerstrahlen schossen durch die Luft, die weichen Schritte eines Mannes in einem dreckigen Kaftan, sein Mund, der einem Mann in Blau etwas zumurmelte. Doch die Worte verstand er nicht. Er fühlte, dass er starb und aus der schützenden Umarmung Gottes herausgezerrt wurde. In all seinen Jahren auf Gottes weiter Welt hatte er nie eine so tiefe Verzweiflung empfunden.

Dann hörte er das Heulen eines Schakals, das gleichzeitig auch der Schrei eines Menschen war, und im nächsten Augenblick spürte er, dass die gnädige Hand des Allmächtigen den Fels, der seine Seele zermalmte, von ihm herunterrollte.

Er blinzelte sich Tränen dankbarer Freude aus den Augen, dann hörte er ein lautes Knirschen von Stein und ein Klicken, als glitte etwas an seinen Ort zurück. Er rieb sich die Augen und setzte sich auf. Seine Brust platzte beinahe vor Schmerzen, und sein Kaftan war zerfetzt. Aber als er nach Wunden tastete, fand er keine.

Und dann fiel ihm alles wieder ein. Die Dinge, die er gesehen hatte, während seine Seele hinter einer Wand aus Schatten gefangen gewesen war. Mouw Awa hatte ihn angegriffen. Samia hatte Mouw Awa angegriffen. Orshado hatte den Erben erstochen. Der Thron war zur Decke hochgefahren.

Adoulla kämpfte sich auf die Beine und versuchte, seine Gedanken zu ordnen. *Ich lebe noch. Was wohl bedeutet, dass Mouw Awa vernichtet wurde. Doch was ist mit seinem Meister?* Von Orshado sah er keine Spur.

Er befand sich in einem sehr kleinen Raum mit gemauerten Wänden ohne Fenster und Türen. Der Thron war irgendwie in diese Kammer gehoben worden. Auf dem blutverspritzten Halbmondthron lag, lang ausgestreckt, der regungslose Körper des Erben. Faraad As Hammas beugte sich über den Toten.

Und von den Lippen des Diebs tropfte Blut.

Adoulla sackte auf die Knie, und die Freude darüber, einem grausigen Tod entgangen zu sein, wich aus ihm. Angesichts der Freveltat, deren Zeuge er wurde, stieß er einen wortlosen Schrei aus.

Der Prinz sah ihn an, und sein schlechtes Gewissen war genauso deutlich zu sehen wie das Blut in seinem Gesicht. »Der Junge bat mich, das zu tun, Onkel. Er wusste, dass er sterben würde.« Seine Stimme war aufgekratzt und entbehrte ihrer üblichen Großspurigkeit. »Wie es scheint, war es eine Lüge, dass die Macht des Kobrathrons durch Handhalten übertragen werden kann. Seine heilenden und nährenden Zauberkräfte sind ein Märchen. Der Zauber des Bluttrinkens jedoch, die Mächte für den Krieg, die sind echt. Ich spüre, wie sie in meinen Adern rauschen.«

Adoulla wollte sich übergeben. Er wollte den Prinzen auf der Stelle erwürgen. Doch es kostete den Ghuljäger schon alle Kraft, überhaupt aufzustehen. Dabei presste er wütende Worte heraus. »Er war ein Junge, du intriganter

Sohn einer Hure! Ein Junge von nicht einmal zehn Jahren!«

Und auf einen Schlag verschwand die blasierte Maske des Wahnsinnigen. »Meinst du etwa, das wüsste ich nicht, Onkel? Glaubst du wirklich, mein Herz wäre bei all dem nicht zerrissen?«

»Es wäre besser, dein Herz wäre von Ghulen zerrissen worden, als dass dieses Kind stirbt. Dass du das getan hast, macht dich zum Frevler, Faraad As Hammas, und Gott wird dich dafür verdammen.«

Der Bandit wischte sich mit dem Ärmel Blut vom Mund. »Vielleicht. Ich habe den Jungen nicht getötet, Onkel. Aber jetzt ist er tot. Sein Vater ist tot. Es wird einen Krieg um diesen gottverdammten Marmorklotz geben, und ich werde all die Macht brauchen, die ich bekommen kann, wenn ich verhindern will, dass er an einen vollgefressenen Mörder zurückfällt, der sich vom Blut unserer Stadt ernährt. Was hätte ich tun sollen?« Jetzt kehrte das selbstzufriedene Lächeln wieder zurück.

Die nüchterne Art des Prinzen machte Adoulla wütend. Ohne recht zu wissen, was er tat, stürzte sich Adoulla auf den Banditen und versetzte ihm den rechten Haken, den er seinerzeit, als er der stärkste Junge der Eselsaasgasse gewesen war, zur Meisterschaft entwickelt hatte. Der Dieb war völlig von seiner neu gefundenen Macht gefesselt, sonst hätte Adoulla ihm kein Haar krümmen können. So aber landete der Schlag mit lautem Knirschen.

Hass blitzte in den Augen des Meisterdiebs auf, und seine Hand fuhr zum Schwertgriff. Adoulla hatte sein eigenes Todesurteil unterzeichnet.

Doch dann verwandelte sich der Gesichtsausdruck des Prinzen langsam in ein trauriges Lächeln. »Vermutlich habe ich das verdient, Onkel. Das und mehr.« Faraad As Hammas zuckte zusammen, als er seinen Mundwinkel berührte, aus dem nun sein eigenes Blut tropfte. Adoulla sah zu Boden, angewidert vom Falkenprinzen, angewidert von sich selbst – angewidert von Gottes ganzer weiter Welt.

»Sieh mich an, Onkel, bitte«, sagte der Prinz. Er klang plötzlich anders – wie ein furchtsames Kind. Adoulla blickte auf und sah ihm in die Augen.

»Selbst ... selbst ohne die wohltätige Zauberkraft, die ich zu erhalten gehofft hatte«, fuhr er fort, »gibt es eine Chance, hier etwas Neues zu beginnen. Das ist der Grund, weshalb mich der Junge vor seinem Tod gebeten hat, dies zu tun. Der Kalif hat behauptet, Gott hätte sein Geschlecht auf den Thron gesetzt. Jetzt weiß ich, dass du recht hattest: Dieser Orshado wurde vom Treulosen Engel ausgesandt, um nach dem Thron zu greifen. Aber ich? Ich bin nur ein Mensch, Onkel. Ein Mensch, der versucht, das Richtige zu tun.

Als ich gesehen habe, dass Orshado den Jungen erstach, da wusste ich, was ich zu tun hatte. Und dank einer Vorrichtung in dem alten Mauerwerk konnte ich das Nötige ungesehen tun. Nun stellt sich die Frage, was passieren wird, wenn ich den Thron wieder herunterlasse und versuche, Ordnung in dieses Chaos zu bringen. Es gibt noch immer Minister, die mich unterstützen, und meine Diplomaten und Rechtsgelehrten werden mir helfen, den Nachbarreichen Anerkennung abzuringen. Es besteht eine geringe Chance, ein Blutbad auf den Straßen zu verhindern.

Mit etwas Zeit finden meine Gelehrten vielleicht sogar heraus, wie man den Leuten mit der Macht des Kobrathrons helfen kann. Aber wenn die Nachricht von dem …« Er deutete auf den toten Erben und zögerte.

Bevor er weitersprach, schluckte der Prinz einmal. »Wenn Nachricht darüber nach außen dringt, ist diese geringe Chance auch noch zunichte. Es würde einen weiteren Bürgerkrieg bedeuten, darauf können wir uns verlassen. Wir zwei sind nicht aus reinem Zufall hier, Onkel. Du würdest es Gottes Willen nennen, ich dagegen sage einfach: ›Große Seeleute segeln auf demselben Meer.‹ Doch wie dem auch sei, ich brauche deine Hilfe. Dein Schweigen über das, was du gesehen hast.«

Weißt du, was im Krieg mit Huren passiert? Miris Frage von vor zwei Tagen hallte Adoulla in den Ohren. Er betrachtete den schlaffen Körper des Erben, der auf dem Halbmondthron lag. Wenn er dieses teuflische, abgefeimte Geheimnis für sich behalten würde, dann gäbe es eine Chance – nicht mehr als eine Chance –, dass das Ganze glimpflich verlief – ohne zehntausend Leichen in den Straßen. Er beobachtete, wie ein kleiner Blutstropfen – ob vom Prinzen oder vom Erben, vermochte er nicht zu sagen – durch Zauberei an seinem Kaftan hinabglitt. Wieder erinnerte er sich an seinen von Gott gesandten Traum – ein beschmutzter Kaftan und ein Strom aus Blut. Hatte Gott ihn vor Orshado gewarnt? Oder vor sich selbst?

Was für eine gottverdammte Sauerei. Er würde das Geheimnis des Prinzen wahren. Es war falsch, und es war frevelhaft, und er zweifelte nicht daran, dass er dafür würde Rechenschaft ablegen müssen, wenn Gott ihn zu sich rufen würde. Aber es gab keinen anderen Weg. Und damit konnte er – gleich hier und jetzt – seine Stadt, seine Freunde und die Frau, die er liebte, retten. Er sah zum Barmherzigen Gott auf, zu ihm, der alle Schicksale lenkt, und flehte stumm um Vergebung.

Dann sah er den Prinzen an und sagte so kalt wie möglich: »Wenn du dich als Lügner entpuppst, Faraad As Hammas, wenn du nicht alles in deiner Macht Stehende tust, um diese Stadt zu schützen und ihre Bewohner zu ernähren, dann wirst du dafür bezahlen. Einen hohen Preis. Glaube nicht, dass Paläste und Todeszauberei dich beschützen können. Wenn du diese Stadt verrätst, dann, das schwöre ich beim Allmächtigen, dann trinke ich dein Blut.«

Der Prinz verneigte sich feierlich vor ihm und sagte nichts.

20

Samia stand mit ihren Gefährten im Licht der frühen Morgensonne und starrte auf die verbrannten und eingestürzten Trümmer, die einst der Laden von Dawoud Wadschîds Sohn und Litas' Likamis Tochter gewesen waren. Der Gestank verkohlten Holzes und angesengter Steine stach ihr in die empfindliche Nase, und sie musste ein bisschen weiter entfernt stehen als die anderen.

Irgendwann hatte Litas aufgehört zu schreien. Die Wut in ihrer Stimme war kalt, aber genauso kraftvoll. »Die Demütigen Jünger. Möge Gott sie alle in den Flammensee verdammen. Während wir diese gottverdammte Stadt vor dem Treulosen Engel gerettet haben, haben sie … haben sie das getan.«

Rasîd, der den Arm in einem Band trug und dessen Gesicht von der Schlacht zerschrammt war, sah mit einem Stirnrunzeln auf das ausgebrannte Haus. »Das … Was sie getan haben, ist nicht das Werk Gottes, Tantchen. Es tut mir leid.«

»Es ist das Werk von Bösewichten«, sagte der Doktor matt und legte einen Arm um Litas' Schultern und den anderen um die ihres Mannes. Noch bevor sie die Zerstörung entdeckt hatten, war Samia aufgefallen, dass der Doktor ungewöhnlich bedrückt war.

Nachdem die Heiler von Faraad As Hammas ihre Wunden versorgt hatten, waren sie heimlich und mit einer Eskorte aus dem Chaos im Halbmondpalast davongeschlichen. Der stille Dank und die Segenswünsche des Falkenprinzen hatten sie zu den Toren hinausbegleitet. Selbst Rasîd hatte nichts gesagt, als sie gegangen waren, obwohl er den Meisterdieb mit Blicken wie Schwertstreichen bedacht hatte.

Und jetzt das.

»Ich kann nur sagen«, flüsterte der Doktor halb, »was ihr mir vor ein paar Tagen gesagt habt: Nach ein paar Wochen Arbeit steht euer Haus wieder. Ihr werdet …«

Dawoud brachte den Doktor zum Schweigen, indem er seine Hand mit den langen Fingern hob. Lange standen sie einfach nur da und starrten vor sich hin.

Stunden später saßen sie zu fünft in Moshabis Teehaus, tranken Nektar und Kardamomtee und knabberten lustlos an Gebäck. Der Besitzer des Teehauses, ein gut gekleideter kleiner Mann mit einem Spitzbart, hatte die anderen Gäste für ein paar Münzen nach draußen geschickt und die Gefährten dann allein gelassen, damit sie in Ruhe über die Folgen ihrer Schlacht im Palast sprechen konnten.

»Und ist er immer noch der Falkenprinz?«, fragte Dawoud. »Oder ist er jetzt der Verteidiger der Rechtschaffenen, Kalif Faraad As Hammas? Nun, wie auch immer er sich nennen mag, der Verrückte hat ordentlich zu tun. Ich würde immer noch einen Dirham gegen einen Dinar wetten, dass es noch Krieg auf den Straßen geben wird, ehe das geklärt ist. Und so groß Dhamsawaat ist, so ist es doch bloß eine Stadt. Die Gouverneure der anderen Städte Abassens, die drei Paschas von Sû, der Großsultan von Rughal-ba – wie werden die darauf reagieren? Das Königreich des Halbmonds wird ohnehin von dünnen Fäden zusammengehalten. Nach letzter Nacht ...« Der alte Magus schüttelte den Kopf und wirkte noch älter als vor dem Kampf. »Was ist eigentlich mit den Gardisten? Orshados Zauberei muss die Seelen von fünfhundert Männern geraubt haben«, sagte Dawoud zum Doktor. »Werden die Gardisten überleben, nachdem dieser Ghul der Ghule tot ist?«

Der Doktor zuckte mit den Schultern. »Laut den alten Büchern kommt das auf den Einzelnen an. Manche werden sterben. Manche werden überleben, aber nicht als die, die sie einst waren. Manche werden sogar den Verstand verlieren. Und ein paar wenige, diejenigen, die am stärksten und Gott am nächsten sind, werden es nach ein paar Tagen Krankheit und mit einer Lücke in ihrem Gedächtnis unversehrt überstehen. Aber wir haben Wichtigeres zu besprechen. Als wir hierher gegangen sind, hast du aufgeregt mit Litas getuschelt. Und als ich erwähnte, euren Laden wieder aufzubauen, habt ihr mich schon zweimal unterbrochen. Plant ihr das, was ich denke?«

Der Magus streckte sich und sah seine Frau an, die traurig lächelte und nickte.

»Du kennst uns zu gut, mein Bruder«, sagte Dawoud schließlich. »Es ist Zeit, dass wir Dhamsawaat den Rücken kehren. Litas sagt schon seit Jahren, dass sie die Republik von Sû wiedersehen möchte, und inzwischen geht es mir auch so. Wir wollten schon immer mal wieder einen Besuch dort machen. Aber andere Dinge sind uns immer dazwischengekommen. Und ... dieser Kampf, Adoulla. Er hat mich viel gekostet. Wochen, Monate meines Lebens. Bald bin ich zu alt, um eine solche Reise zu unternehmen.«

Litas legte ihre kleine Hand auf die Schulter ihres Mannes. »Diese Geschichte mit den Demütigen Jüngern, die Unruhe in der Stadt – vielleicht sind das alles Zeichen Gottes. Vielleicht ist es Zeit für uns, nach Hause zurückzukehren.«

»Ich … Du … Ich werde euch vermissen, meine Freunde«, sagte der Doktor, und seine Augen glänzten vor Tränen, die nicht flossen. »Beim Namen Gottes, ich werde euch wahrlich vermissen.«

Auch Litas hatte jetzt feuchte Augen. »Du könntest natürlich mit uns kommen, Adoulla. Doch ich vermute, du musst dich um eigene Geschäfte kümmern, jetzt, wo unser Teil dieses kranken Wahnsinns getan ist. Vielleicht verkündest du bald ein segensreiches Ereignis, dem wir noch beiwohnen können, bevor wir aufbrechen?«

Inzwischen wusste Samia, was die Alchemistin damit meinte. Der Doktor allerdings wirkte plötzlich verlegen.

Litas fuhr fort und wirkte nicht mehr so traurig. »Wie dem auch sei, auf dem Weg hierher haben wir, das muss ich gestehen, versucht, dir deinen Gehilfen zu stehlen. Wir haben ihn gefragt, ob er sich uns anschließen möchte, denn der junge Mann muss mehr von der Welt sehen«, sagte sie und lächelte Rasîd zu, der den Blick senkte. »Selbstverständlich hat er höflich abgelehnt.«

Litas wandte sich Samia zu. »Und was ist mit dir, Samia Banu Laith Badawi? Du könntest mit uns kommen, wenn du willst. Unsere Straße führt zwar nicht in die Wüste, aber sie dürfte weniger erdrückend sein als diese Stadt. Zwar sind Dawoud und ich nur eine Sippe mit zwei Köpfen, aber es wäre uns dennoch eine Ehre, dich als unsere Beschützerin dabeizuhaben.«

Samia wusste nicht, was sie davon halten sollte, geschweige denn, was sie sagen sollte. Sich eine neue Sippe zu nehmen und mit ihr umherzuziehen – auch noch so weit umherzuziehen –, war eine seltsame Vorstellung und hatte nichts mit den Bräuchen der Badawi gemein.

Und dann war da noch Rasîd bas Rasîd. Sie wünschte sich, dass sie und er diese furchterregende Stadt gemeinsam verlassen konnten. Mit ihm, so glaubte sie, wäre sie vielleicht eines Tages in der Lage zu vergessen, dass sie Beschützerin der Sippe war, und einen Ort zu finden, wo solche Dinge keine Rolle spielten. Einen Ort, an dem keine Feinde lauerten. Einen solchen Ort musste es auf Gottes weiter Welt doch irgendwo geben? Sie schämte sich, dass ihr das so verlockend erschien.

Allerdings wusste sie, dass das nur Wünsche waren. Sie durfte sich nicht gestatten, jemals zu vergessen, dass sie die Beschützerin der Sippe war. Oder dass es überall Feinde der Menschheit gab. Die Helfenden Engel hatten ihr nicht die Kraft des Löwen verliehen, damit sie sich vor ihren Pflichten drückte. Und sie liebte den Derwisch – *Ja*, gestand sie sich ein, *du liebst ihn!* – wegen seiner Hingabe an seine Pflichten.

»Ich … Darüber muss ich nachdenken, Tantchen«, war alles, was sie herausbrachte.

Sie sah Rasîd an. Trotz seiner hässlichen Verletzungen saß er im Schneidersitz auf dem Rätselteppich mit dem zweispitzigen Schwert quer über den schlanken Schenkeln. Sie wäre fast aufgesprungen, als er, vor Schmerz zusammenzuckend, aufstand und auf sie zukam.

»Samia …«, sagte er und verlor den Faden. Dabei sah er aus, als hätte ihn jemand gestochen. Sie bildete sich ein, dass er nicht nur wegen seiner Wunden so ein Gesicht machte. Er fuhr fort: »Ich würde … ich würde gern mit dir unter vier Augen sprechen, falls es dir nichts ausmacht.« Er deutete auf einen leeren Nebenraum.

Verliere deine Pflicht nicht aus den Augen, schärfte sie sich ein. Sie packte ihre linke Hand mit der rechten und bohrte sich die Fingernägel ins Fleisch. So folgte sie ihm.

Rasîd bas Rasîd hatte Mühe, sich auf seine Pflichten zu konzentrieren. Er führte Samia in einen abgeschiedenen Teil von Moshabis Teehaus, einen kleinen Raum außer Hörweite des Doktors und seiner Freunde. Hier waren keine anderen Gäste, nicht nur, weil der Wirt sie hinausgeschickt hatte, sondern auch, weil Nachrichten über die Ereignisse im Palast – verzerrte, fantasievolle Gerüchte – auf der Straße die Runde machten. Die Leute hasteten hierhin und dorthin, kauften Nahrung und Kampfstöcke, um sich danach in ihren Häusern einzuschließen und aufs Ungewisse vorzubereiten.

Rasîd wandte sich zu Samia um. Er sah die Stammesfrau so lange an, wie er sich gerade so traute, bevor er den Blick wieder zu Boden richtete, nur um ihn gleich wieder auf Samias leuchtende Augen zu lenken. Ihm tat alles weh, und seine Seele war noch nie so unfokussiert gewesen. Trotzdem musste er sprechen.

»Du hast tapfer gekämpft gestern, Samia Banu Laith Badawi«, sagte er, und noch während die Worte seinen Mund verließen, fühlte er sich töricht.

»So wie du, Rasîd bas Rasîd.«

»Samia … ich … ich wollte dich wissen lassen, dass du, von allen Frauen in Gottes weiter Welt, die Einzige bist, die ich gern heiraten würde.« Scham brannte ihm auf den Wangen, und er konnte kaum glauben, dass er sich die Worte abgerungen hatte.

Samia bekam große Augen – die schönsten grünen Augen, die Rasîd je gesehen hatte. Doch sie sagte nichts.

»Aber …«, fuhr er fort und wünschte, er wäre tot, »aber der Orden untersagt seinen Scheichs die Heirat. Würde ich dich um deine Hand bitten, würde ich mich um jede Chance bringen, vor Gottes Angesicht aufzusteigen. Dann würde ich auf immer im Rang eines Derwischs bleiben und könnte nie in der Gottesloge lehren. Bevor ich dir begegnet bin, war ich überzeugt, dass man für kein süßeres Los beten kann als für das, vom Derwisch zum Scheich aufzusteigen – eine bessere Waffe Gottes zu werden.«

Zwar hatte Samia feuchte Augen, doch vergoss sie keine Tränen. Sie schluckte, und Rasîd musste all seine angelernte Disziplin aufbringen, um sie nicht zu berühren.

»Und jetzt?«, fragte sie schließlich.

»Jetzt … ich weiß es nicht. Vielleicht kehre ich zur Gottesloge zurück. Ich will diese verdorbene Stadt verlassen. So viel weiß ich. Aber danach …« Er ließ den Satz unvollendet, weil er nichts weiter zu sagen wusste.

»Rasîd?«

»Ja?«

»Was ist dort passiert? Im Thronsaal?«

Rasîd wollte sprechen, doch brachte er es nicht heraus. Einen Moment lang hätte ihn sein schwacher Körper beinahe verraten und geweint.

Schließlich hörte er sich sagen: »Es war eine Vision der Zauberkunst eines grausamen Menschen. Ich werde davon nicht sprechen, Samia. Aber es … es hat mich zum Nachdenken gebracht über … über viele Dinge. Allmächtiger, vergib mir, aber nach den letzten Tagen weiß ich nicht mehr, was meine Aufgabe in Seinem Plan ist. Doch glaube ich, dass ich mir etwas Zeit nehmen muss, um es herauszufinden. Allein.«

Sie fuhr sich mit der Hand über die Augen und nickte einmal. »Dann musst du das wohl tun«, sagte sie. Sie lächelte ihn traurig an, küsste ihn auf die Wange und wandte sich von ihm ab.

Seine Wange brannte wie der Flammensee. Hätten seine Scheichs diesen Kuss gesehen, wären sie empört gewesen. Rasîd jedoch vermochte Samia Banu Laith Badawi nichts vorzuwerfen. Ihm blieb nichts anderes übrig, als die Tränen zurückzuhalten, die seine Augen füllten, und ihr zurück zu den anderen zu folgen.

Adoulla trank einen Schluck Tee und sah seine ältesten Freunde an. Das Herz wollte ihm fast zerspringen, wenn er Dawoud betrachtete. Adoulla war es gewohnt, dass sein Freund nach einem Kampf trübe Augen hatte und eingefallen wirkte. Aber diesmal war es anders. Selbst noch nach einem Tag ließ Dawoud die Schultern hängen. Er hatte

Falten um die Augen und hinkte ein wenig, was er tags zuvor noch nicht getan hatte.

Sie gehen wirklich, dachte Adoulla, und es bereitete ihm beinahe körperliche Schmerzen. Alles hatte sich geändert, und nicht alles zum Besseren. Er sah sich in Moshabis steif eingerichtetem Teehaus um. Der Laden war gut, ausgefallener sogar als der von Jehjeh, gar keine Frage, und Moshabi selbst war ein großzügiger Wirt, aber der Tee war ein bisschen fade und …

Oh, Jehjeh. Mein Freund, du hattest ein ruhigeres Ende verdient als das, das Gott dir zugedacht hat. Doch möge deine Seele Zuflucht finden in seiner Umarmung.

Lautlos formten Adoullas Lippen Verse aus dem letzten Teil von Ismi Shihabs *Palmblättern*:

> *Dies also ist das Alter! Jeder zweite meiner Freunde ging dahin.*
> *Und wenn sie sterben, sprech' ich ein Gebet, weil ich zu müd' zum Weinen bin.*

Rasîd und Samia wirkten beide mitgenommen, als sie aus dem Nebenzimmer wieder auftauchten und auf den Tisch zukamen – was immer sie auch beredet haben mochten. Adoulla sah die beiden jungen Krieger an und seufzte. Sie machten ihm Angst, und er fragte sich, was die Zukunft bringen würde mit diesen eifrigen Kindern, die so gern töteten. Die im Töten eine Berufung und einen Pfad zur Ehre sahen. *Könnten wir doch in einer Welt leben, in der man weder Schwerter noch Silberklauen braucht*, dachte er. Doch in dieser Welt lebte er nicht. Ohne es zu wollen, stöhnte er vor Schmerz, als er über die Welt nachdachte. Ihm war klar, dass Dawoud recht hatte, wenn er ein wahrscheinliches Chaos vorhersagte. Doch ungeachtet der Zukunft, ungeachtet der Frage, wo er wohnen oder seinen Tee trinken sollte, war Dhamsawaat seine Heimat. Daran konnte letztlich nichts etwas ändern. Und außerdem glaubte Adoulla nicht, dass Faraad As Hammas einen schlimmeren Kalifen abgeben würde als der letzte. Er wagte sogar zu hoffen, dass der Mann – der bluttrinkende Thronräuber – ein besserer Kalif werden würde.

Mit seinem Stöhnen zog er die Blicke seiner Gefährten – nicht nur die seiner beiden alten Freunde, sondern auch die der beiden Jugendlichen – auf sich. In jedes Augenpaar – schräg gestellt, leuchtend grün, feucht und vernünftig – stand die Sorge um ihn geschrieben. Mehr noch – Liebe. Zwar gekleidet in Derbheit oder grimmige Ehre, aber sie war da. Alle sahen ihn mit der stillen Bereitschaft an, ihm ihre Kräfte zu leihen. Vier anständige Menschen, die ihm Schmerz ersparen wollten.

Vielleicht ist die Welt doch nicht in so schlechten Händen.

Er und seine Freunde hatten gegen ihre bislang gefährlichste Bedrohung gekämpft und sie besiegt. Und geändert hatte sich alles und nichts. Der Himmel hatte sich nicht aufgetan für die Chöre der Helfenden Engel, die den Tod aller Ghulschöpfer besangen. Die für immer in Sicherheit lebende Bevölkerung hatte sie nicht mit Blumen beworfen. Morgen oder übermorgen oder in einem Monat würde wieder ein Fischverkäufer oder eine Hausfrau mit schrecklichen Geschichten zu Adoulla kommen. Gott hatte Adoulla nicht damit belohnt, dass er sich in einem friedlichen Palast voller Essen und Freunden zur Ruhe setzen konnte. Die Herrschaft des halb wahnsinnigen Falkenprinzen mit der frevlerischen Macht des Kobrathrons über Dhamsawaat war nicht gesichert. Und die Menschen, die Adoulla am meisten bedeuteten, verließen die Stadt oder waren tot.

Bis auf Miri.

Bis auf Miri, die ihm mehr als alles andere bedeutete. Er hatte ihr einen heiligen Eid geschworen. Schon oft hatte Adoulla es bereut, einen Schwur ausgesprochen zu haben, doch noch nie hatte er einen gebrochen.

Nie war seine Verpflichtung Gott gegenüber süßer gewesen.

Und trotz all der Schrecken, die er erlebt hatte, und trotz all der Schrecken, die noch auf ihn warteten, stahl sich ein leises Lächeln auf Adoullas Lippen. Man konnte den Menschen auch helfen, wenn man keine Ghule jagte, redete er sich ein. Früher hatte es die Menschheit auch ohne ihn geschafft, zu überleben. Dann konnte sie es auch wieder tun. Er hatte sein Fährgeld zum Ball des Lebens längst entrichtet.

Jetzt war er mit Tanzen an der Reihe.

An diesem Abend fand sich Adoulla wieder vor der Tür von Miri Almoussas sauberem Etablissement. Die messingbeschlagene Tür war verschlossen, was ein seltener Anblick war. Bestimmt hatten ihr die Hundert Ohren Nachrichten über die Schlacht im Palast zugetragen. Sollte das der Fall sein, dann bereitete sich Miri jetzt wahrscheinlich auf das Chaos vor, das bald herrschen würde.

Er klopfte an die Tür, und als sie aufging, stand ihm nicht Beilgesicht, sondern Miri selbst gegenüber. Adoulla stockte der Atem, er brachte kein Wort heraus.

Auch Miri sagte nichts, sah ihn nur an, in ihren Augen funkelte eine stumme Frage.

Adoulla schluckte, verkrampfte die Hände in den Falten seines Kaftans und nickte einmal. Als Miri einen Schritt auf ihn zuging, gestattete er sich ein schwaches Lächeln.

Dann ging Doktor Adoulla Machslûd auf die Knie, berührte mit der Stirn den Boden und weinte vor der Frau, die er heiraten würde.

Danksagung

Etliche Menschen haben mir geholfen, dass aus der »netten Idee« von *Das Schwert der Dämmerung* am Ende dieses Buch wurde, das Sie in Händen halten. Insbesondere möchte ich mich bedanken bei:

– All jenen Lesern, die mir in den letzten Jahren geholfen haben, mein Schreiben zu verbessern: meinen Kommilitonen beim 2007 Taos Toolbox Workshop (vor allem Christopher Cavasco, Scott Andrews und Dorothy A. Windsor); den Teilnehmern des 2009 Rio Hondo Workshops; und den ehemaligen und derzeitigen Mitgliedern der Autorengruppen Tabula Rasa und Altered Fluid (im Besonderen E. C. Myers, Rajan Khanna, Richard Bowes und Justin Howe),

– Walter Jon Williams, dem besten Lehrer, was das Schreiben von Genre-Literatur angeht,

– Kevin J. Anderson, der mir seine kostbare freie Zeit geschenkt hat,

– den Mitgliedern der SFNovelists Mailingliste für ihre großzügige Anleitung,

– Jennifer Jackson, der außergewöhnlichen Superagentin,

– Betsy Wollheim, der besten Redakteurin/Lektorin, die sich ein Autor nur wünschen kann.

Ohne euch würde es dieses Buch nicht geben. Danke!